ΕΝΑ ΠΑΙΔΙ ΜΕΤΡΑΕΙ Τ' ΑΣΤΡΑ

数星星的孩子

[希] 梅奈劳斯 · 朗特米斯 Μενέλαος Λουντέμης 著
钱颖超　谢赛珠　译

新世界出版社
NEW WORLD PRESS

本书特约中国远洋海运集团有限公司引进

图书在版编目（CIP）数据

数星星的孩子 /（希）梅奈劳斯·朗特米斯著；钱颖超，谢赛珠译 . -- 北京：新世界出版社，2021.6（2021.8 重印）

ISBN 978-7-5104-7180-3

Ⅰ . ①数… Ⅱ . ①梅… ②钱… ③谢… Ⅲ . ①长篇小说—希腊—现代 Ⅳ . ① I545.45

中国版本图书馆 CIP 数据核字（2021）第 004075 号

著作权合同登记号：01-2021-3461

数星星的孩子

作　　者：（希）梅奈劳斯·朗特米斯
译　　者：钱颖超　谢赛珠
责任编辑：董晶晶
装帧设计：贺玉婷
责任校对：宣　慧
责任印制：王宝根　苏爱玲
出　　版：新世界出版社
网　　址：http://www.nwp.com.cn
社　　址：北京西城区百万庄大街 24 号（100037）
发 行 部：（010）6899 5968（电话）　（010）6899 0635（电话）
总 编 室：（010）6899 5424（电话）　（010）6832 6679（传真）
版 权 部：+8610 6899 6306（电话）　nwpcd@sina.com（电邮）
印　　刷：天津旭非印刷有限公司
经　　销：新华书店
开　　本：787mm × 1092mm　1/16　尺寸：160mm × 230mm
字　　数：400 千字　印张：34.5
版　　次：2021 年 6 月第 1 版　2021 年 8 月第 2 次印刷
书　　号：ISBN 978-7-5104-7180-3
定　　价：68.00 元

★ 给中国读者的寄语 ★

时任中国驻希腊大使 **章启月**

中国和希腊两大古老文明，从人类童年时代开始，就一直在仰望星空、追求真理，两国先贤们就像“数星星的孩子”，孜孜不倦地探索未知，为后人开辟了共同的精神家园，把两个伟大民族不远山海、跨越古今地紧紧联系在一起。今天，让我们从这本书中收获启迪，在文明互鉴中汲取滋养，以文明古国的历史担当，共同推动构建人类命运共同体。

希腊驻中国大使 **乔治·伊利奥普洛斯**

这本由希腊知名多产作家梅奈劳斯·朗特米斯所著的图书是希腊现代文学史上阅读量最大的文学作品之一。这本书令人信服地说明，知识和教育以及对真理的强烈渴望和热情，是我们生活中最值得珍惜的目标和价值观。

中国远洋海运集团有限公司董事长 **许立荣**

目前，中远海运比雷埃夫斯港项目已成为 “一带一路”倡议共商共建共享的代表性项目，也是中希两国战略合作的典范，正为增进两国人民友谊发挥着越来越重要的作用。我们衷心希望，通过在国内翻译出版这本脍炙人口的希腊小说，能够进一步促进中希两国人民的友好交流。未来，中远海运集团将进一步为中希两国的文化交流做出贡献。

北京外国语大学教授，博士生导师，
第七届鲁迅文学奖文学翻译奖、
2018年意大利文学作品译者奖获得者 **王军**

《数星星的孩子》是希腊最畅销的小说之一，自面世以来就鼓舞着一代又一代希腊读者。这部小说在希腊现代文学史上占据重要地位，字里行间留下了那个年代的时代印记，就像“五四精神”是属于我们的记忆一样，它是属于希腊人的集体记忆。

这部小说通过生动的笔触和正面积极的基调，娓娓道来主角梅里奥斯的成长故事。它不是一部简单的成长小说，里面还包含着众多元素：爱、梦想、勇气、包容、坚持……天空和知识，永远是我们需要仰望和追随的。小说翻译语言流畅，细节还原真实，尽量保持了原汁原味，向我们展现了20世纪上半叶希腊形形色色的人和事物。

知名眼科医生，医学博士，博士生
导师、教授，首都十大杰出青年医生 **陶勇**

《数星星的孩子》是希腊文学史上的经典之作，它折射了太多人性之光，亦包含了对教育体制、人权、社会结构等的诸多思考。然而最打动我的，还是主人公梅里奥斯面对苦难的态度。在孩子的眼里，苦难是有色彩的，而且是浪漫的。他们可以肆意地哭，也可以坦然地放下，不会因为苦难而闭上发现美好的双眼。当外界环境无法选择也不可改变时，我们还可以选择自身的心态，苦难的性状便会跟着发生变化。

这本书不仅适合孩子阅读，也值得所有成年人细细品味。我相信，每个成年人读它，都是一场心灵的洗涤。

关于作者

对于朗特米斯来说，写作如同呼吸一般，从未停止。几乎每本书都是他在希腊境内外漫漫流亡路的证明……孩子们数星星时，会知道他们所缺少的能在图书馆里找到。

——斯特拉迪斯·齐尔卡斯

（希腊杰出的小说家，以其小说三部曲《失去的春天》闻名）

梅奈劳斯·朗特米斯是这个时代最杰出的希腊作家之一，他在作品中展示了我们民族对自由、民主和人性的渴望以及为得到它们所进行的斗争。

——德多·索迪利乌

（希腊小说家、记者和剧作家）

朗特米斯展示了他在这个美丽而艰难的世界那悲伤的人生经历，他醉酒般的人生充斥着激烈的情感：爱、痛苦、自由、成功、毁灭……用心诉说童年回忆中流淌出来的苦难。

——迪米特里斯·拉弗多布洛斯

（希腊文学评论家、散文家和记者）

“人生战士”是朗特米斯的象征，也是他留给世人的印象。他遭遇了各种不公平，而他一直顽强地与之做斗争，直至生命的尽头。他向世人传递的精神——“听从内心而战斗”“永不放弃”在今天仍具有极其重要的意义。这些精神不仅传递给了成年人，更重要的是传递给了孩子们。那些年，人们的宽容产生了一个堕落的世界，而继承他精神的人们在那片废墟上重建起了一个多彩的世界。

——希腊著名教育期刊《教育学》

前言

跨越时空，中希合作交流焕发新的光芒

中国远洋海运集团董事长

中国和希腊两大文明古国就像两颗璀璨的明星，在人类历史长河中交相辉映，几千年来，两大古老文明的交流互鉴从来不曾停歇。公元前 4 世纪，古希腊人给遥远的中国起了一个美丽的名字——“丝之国”，丝绸成为中国在亚欧大陆另一端的文化符号，借助丝绸贸易拓展开辟的“丝绸之路”成为中西方文明交流和贸易往来的重要通道。分别作为东方文明和西方文明的代表，中国和希腊都蕴涵着丰富而宝贵的思想文化遗产，中希文明的交流互鉴向全世界展示了伟大古老文明的和合之美。

星移斗转，时光变迁。在新的历史条件下，中国提出共建“一带一路”倡议，实行全方位对外开放，推动互利共赢；与此同时，希腊也提出了建设重要国际物流中转枢纽战略。近年来，两国不断加强共建“一带一路”倡议同建设重要国际物流中转枢纽战略对接，合作成果不断涌现,合作亮点精彩纷呈,中远海运比雷埃夫斯港(比港)项目就是两国合作的代表性项目。

从2009年经营比港2号、3号集装箱码头,到2016年收购比港多数股权,正式接管该港管理运营,多年来,中远海运集团不断升级港口设施,提升服务能力,加快将比港建设成地中海地区重要的集装箱中转港、海陆联运桥头堡和国际物流分拨中心,取得了积极的成果。比港年吞吐量全球排名由2010年的第93位跃升至2019年的第25位,不仅进一步打造了连通欧亚的贸易大通道,也为当地带来大量就业机会,有力促进了希腊经济和社会的发展。比港的建设和发展是中希两国政府共商、两国企业共建的成果,更是"一带一路"倡议"成功的实践和精彩的现实"。2019年11月11日,中国国家主席习近平和希腊总理米佐塔基斯在视察比港时对该项目给予了高度评价。

中远海运集团在推动比港项目取得重要建设成果的同时,也积极挖掘两国深厚的历史文化底蕴,推动文明对话,促进民心相通,通过中远海运比港公司开展多种慈善和社会公益活动,积极加强中希文化合作交流,进一步增进两国人民之间的传统友谊和相互理解。此次牵头翻译出版《数星星的孩子》中文版,就是这种努力的具体体现,同时,我们也希望该书的出版能为2021年"中希文化和旅游年"贡献一份薄力。

《数星星的孩子》是希腊著名作家梅奈劳斯·朗特米斯脍炙人口的文学作品,这是首次将本书翻译成中文在中国大陆发行。为确保翻译出版质量,打造文化交流精品,中远海运集团委托中国外文局中国报道杂志社办理翻译出版事宜,并选择新世界出版社作为出版方。

这一活动得到中希两国高度关注，时任中国驻希腊大使章启月女士和希腊驻中国大使乔治·伊利奥普洛斯先生欣然为本书作序。北京外国语大学欧洲语言文化学院希腊语教研室主任钱颖超老师、中山大学谢赛珠老师为本书的翻译付出了大量时间与精力；希腊帕塔基斯出版社（PATAKIS）对中文版的翻译出版提供了有力支持；新世界出版社以责任编辑董晶晶老师为代表的团队也对本书的出版做出了大量贡献。在此，我们一并表示敬意和感谢。

最后，希望翻开这本书的读者能从阅读中体会到快乐，领略到希腊文学的精妙，体验到希腊文明的魅力。古老、灿烂、伟大的文明将中希两国人民的心紧紧联系在一起。我们相信，在新的时代背景下，中希两国的友谊合作必将迸发出新的火花，两国将继续在文明交流互鉴中，让文明的璀璨星光照鉴未来，为世界和平和人类进步做出更大的贡献。

序

我们都是数星星的民族

时任中国驻希腊大使 

中国和希腊两大古老文明，从人类童年时代开始，就一直在仰望星空、追求真理，两国先贤们就像“数星星的孩子”，孜孜不倦地探索未知、启迪人生，为后人开辟了共同的精神家园，把两个伟大民族不远山海、跨越古今地紧紧联系在一起。时至今日，人们还津津乐道于孔子与苏格拉底思想的相通之处，同时也感慨：“如果你细细琢磨一个希腊人，将会发现一个中国人；如果你细细琢磨一个中国人，将会发现一个希腊人。”

习近平主席 2019 年 11 月对希腊进行国事访问时曾对希腊领导人表示，交流互鉴是文明发展的本质要求；平等尊重、友好合作、开放包容、勇于进取是我们两个伟大民族共同的特性。文学作品互译是文明互鉴的重要形式，为两国人民深入了解对方提供了重要窗口。在《数星星的孩子》这部希腊现代优秀文学作品中，作家朗特米斯以细腻的笔触和亲切的语言展现了主人公梅里奥斯在纷繁世事的旋涡洪流中，始终保持的对追求真知的渴望与执着，这更是对希腊民族在逆境中不忘探求真理、坚守初心的真实写照。这种对生命温度与意义的深切感知和热爱，同样属于在亚欧大陆另一端的中华民族。相信《数星星的孩子》中文版一定会在中国读者中引发强烈的共鸣，让他们更加深刻地领略到希腊文学的魅力，以及文学所特有的跨越时空和国界的力量。感谢中远海运集团对推动中希人文交流的贡献，本书的出版必将进一步丰富中希两个民族共同的精神宝库。

正是由于始终对“数星星”念兹在兹，正是因为这样超越时空的心弦共振，中国和希腊两国人民在经历患难时守望相助，在面对挑战时共克时艰，在上下求索中拥抱希望。今天，中国和希腊两个古老民族继续仰望星空、脚踏实地，共促文明互鉴，共建“一带一路”，共同推动构建人类命运共同体。

道阻且长，行则将至，我们共同开创美好未来的脚步将永远在路上。

是为序。

序

怀揣梦想，坚定前行

希腊驻中国大使　乔治·伊利奥普洛斯

当前，希（腊）中（国）关系已经进入新的发展阶段，双方将在文化和教育领域展开更为紧密的合作。由梅奈劳斯·朗特米斯所著的青少年小说《数星星的孩子》的中文版出版恰逢其时。

这本由希腊知名多产作家梅奈劳斯·朗特米斯所著的图书是希腊现代文学史上阅读量最大的文学作品之一。它激励了一代又一代、无数的希腊少年儿童和成年人，一方面是因为它语言精湛，通俗易懂；另一方面，也是最为重要的，是因为它激励我们追逐自己的梦想！

我真诚地希望中国读者，特别是年轻读者，在阅读时把自己和本书的主人公梅里奥斯联系起来，得到启发，并更好地理解希腊。梅里奥斯是一个孩子，他下定决心在数星星的同时放飞自己的梦想，去往远方，他内心焦虑但充满希望，他对生活、知识和真理无比热爱。尽管面临各种障碍和阻力，但他通过对教育的不懈追求努力地向自己的目标进发。

这本书令人信服地说明，知识和教育，以及对真理的强烈渴望和热情，是我们生活中最值得珍惜的目标和价值观。我们的文化，包括希腊文化和中国文化，都非常重视这种价值观，旨在培育更好的、更负责任的公民，为我们的社会和世界提供卓越服务。正如古希腊箴言所言："Αιέν Αριστεύειν（超越无止境）。"走向成年的旅程无疑也是走向知识的旅程，这本书激励我们怀揣梦想，坚定前行！

祝贺中国远洋海运集团成功地把这本书介绍给中国读者，祝贺所有为此付出努力的人士。我真诚地希望，这一成功将带动更多希腊书籍在中国出版，特别是面向年轻读者的书籍。文化和教育是我们对未来最好的投资。这些努力必将增进两个具有数千年历史的文明之间的交流，促进互学互鉴，巩固两国关系。

序

戴着童真的眼镜看苦难

眼科医生　陶勇

星星是天空的孩子。

孩子是地上的星星。

《数星星的孩子》这本书的名字吸引了我，接到为其写序的邀请时，我是犹豫的，毕竟，写序并非我擅长的。但听说这是希腊国宝级文学作品，是极好的青少年读物，就收了书，看是四十万字厚厚一本，又暂且放在了床头。一夜，我随手拿起来阅读，不觉竟看了大半，过程中，无数次被作者的文笔和思想震动。感叹之余，我心想，一定要让我 10 岁的女儿看这本书。

事实上，这本书不仅适合孩子阅读，也值得所有成年人细细品味。我相信，每个成年人读它，都是一场心灵的洗涤。这本书的名字《数星星的孩子》就体现了它的核心风格——浪漫、童真，又充满幻想。整本书令我感触最深的就是孩子微笑面对苦难的态度。成年人在看待苦难时，多半有一个固有的标签——悲惨。可是在孩子的眼里，苦难是有色彩的，而且是浪漫的。主人公梅里奥斯（我更喜欢叫他小名——小拐）一生悲苦曲折，历经磨难。可是作者并没有刻意渲染这种不幸，而是用孩子天真乐观的视角和富有想象力的语言，真切地还原了主人公的求学经历。文字简单直接、明快而富有诗意，可以轻而易举地将读者领入小拐的世界，跟着他一起感受那些美好与丑恶、爱与恨、快乐与悲伤。小拐的目光如此纯粹，反衬出成人世界的复杂。

我记得童年时，有一次和父亲体验干农活。仲夏的晚上，空气清新，徐徐凉风带走了体力上的疲惫。现在想来，那是多么艰苦的一夜，然而当时的我，兴奋得不得了。头顶是浩瀚无垠的蓝色星空，耳边是忽远忽近的萤舞虫鸣，我躺在结实而广袤的大地上，天真地试图数出满天的星星有多少颗。我的内心有种从未有过的欣喜体验，肉体的疲惫和生活的艰辛于儿时的我来说是没有太多感受的，我和自然完全融为一体，有种说不出的安宁和幸福。

那一晚的经历，也许父亲早已忘记，然而，我却觉得那是有生以来无比美好的一夜。这本书唤醒了我当初的记忆，也让我突然发现了一个不同的视角，迫不及待地想把自己的感悟告诉大家——不要忽略“苦难”之于孩子的色彩。孩子远比我们想象的坚强，他们对美好的感知能力也远胜于大人们麻木脆弱的神经系统。

苦难和悲惨没有因果关系，就如视力和幸福没有直接关系一样。在很多人的眼里，人一旦失去视力，人生就会跌入深渊，不再有幸福可言。可是，我接触了很多盲人，他们完全颠覆了这一固化认知。盲人教师刘芳说：“从光明走向黑暗的是我的眼睛，从黑暗走向光明的是我的心灵。”盲人化妆师肖佳告诉我，她感觉自己比失明前更幸福，因为她在黑暗中反而看见了自己生命的价值与意义。失去视力，她拥有了看世界的不同角度，创造了更多价值。通过化妆教学，她帮助更多失明女孩找到了自信和美丽，从而得到了很多人的尊重和认可。弗兰克尔在《活出生命的意义》中写道，他在纳粹集中营过着生不如死的日子时，想的居然是：这段经历如果以后写成书，一定会鼓舞很多人。所以，当外界环境无法选择也不可改变时，我们还可以选择自身的心态，苦难的性状便会跟着发生变化。

在我受伤的那段时间，支撑我走出来的正是这种心态。这种心态的形成除了后天的修炼，很大一部分是源自原生家庭的乐观与豁达。我的父母很少抱怨生活里的苦难，他们是苦中作乐的高手。就如《数星星的孩子》中那些可爱的人们：善良慈祥的阿内斯蒂斯大叔和多尔大叔、正直勇敢的斯坎弗拉斯老师、美丽可爱的阿格兰贝丽……他们是那么平凡，却拥有金子般的心和最纯净的眼睛，他们让小拐感受到苦难中的美好，教他看到鲜艳的玫瑰，而非扎手的刺，让小拐始终相信真善美的力量。小拐的苦难就像一座圣洁的雪山，虽然艰难异常，但能开出最美的雪莲。

我在从医生涯中遇到过太多苦难的人，他们面对苦难的态度截然不同：有些患者一旦失去视力，就觉得整个世界都塌了，全家也跟着陷入黑暗的绝境；有些患者却能从苦难中走出来，重新沐浴在生命的阳光下。

薇薇是我的一个小患者，由于白血病而患上巨细胞病毒性视网膜炎，在八岁的时候就失去了视力。然而这个小姑娘异常乐观，在手术台上还给我们讲笑话。接触久了，我才发现这一切是薇薇妈妈的功劳。薇薇妈妈虽然命运多舛，但一直手捧一颗向上向善的心对待生活，从未放弃过对生命的热爱。她面对苦难的态度深深地影响着薇薇，让薇薇相信世间的美好，从容地面对病魔的折磨，在失去光明后心里依然充满阳光。就如同小拐，哪怕刚刚被校长赶出来，失去了梦寐以求的上学机会，仍能在大哭一场以后，很快又开心地同流浪汉一起共享河水泡面包的美味。不得不说，这是一种了不起的能力，是孩子们与生俱来的能力，他们可以肆意地哭，也可以坦然地放下，不会因为苦难而闭上发现美好的双眼。

《数星星的孩子》是希腊文学史上的经典之作，它折射了太多人性之光，亦包含了对教育体制、人权、社会结构等的诸多思考。然而最打动我的，还是小拐这株向阳而生的小小杂草，虽在乡野田间，却粗粝能甘，它绿意盎然的样子是那么动人。

目录

下 卷

主要人物表（按出场顺序排列）

|上卷|

梅里奥斯·卡德拉斯：男主人公，又被称为“梅里”或“小拐”

阿内斯蒂斯·卡里奥里蒂斯：最初收留男主人公的大叔

阿莱蒂：阿内斯蒂斯的妻子

多尔·察卡洛斯：学校的门卫，又被称为“多尔大叔”或“费奥多尔”

祖布莉娅：门卫多尔的妻子

索迪里斯·斯坎弗拉斯：语文老师，绰号“叨叨”

比瑟罗：吉卜赛人，梅里奥斯的朋友

凯瑟琳·斯坎弗拉：语文老师斯坎弗拉斯的姐姐

塞奥多罗斯·克里斯提蒂斯·达克里奇科斯：梅里奥斯的同学，“留级帮”首领，又被称为“索里”

斯塔马蒂斯·哈莫利亚斯：梅里奥斯的同学，“留级帮”成员

库库洛斯：梅里奥斯的同学，“留级帮”成员

哈吉阿斯戴里欧：梅里奥斯的同学

伊万希雅·穆斯古拉：梅里奥斯的同学

阿尔吉里奥斯·伊万吉鲁：梅里奥斯的同学

阿尔德米奥斯·拉伊诺斯：梅里奥斯的同学

尼奥妮娅·里安库拉：梅里奥斯的同学

克里斯托弗洛斯·阿波斯贝里迪斯：梅里奥斯的同学

阿莉琪·丝芭贝丽：梅里奥斯的同学

贝丽可·普里诺拉：梅里奥斯的同学

尼奥赫斯·坎塔里赫斯：梅里奥斯的同学

斯塔西斯·卡拉米佐斯：梅里奥斯的同学

塞迪斯·耶雷米：梅里奥斯的同学

弗洛斯：梅里奥斯的同学

安贝尔·阿纳科里迪斯：法语老师

神父：宗教课老师

阿格拉依·克洛伊度：体育老师

卡伦巴洛斯·卡尔拉夫蒂斯：数学老师

米马奇斯·斯塔米利斯：梅里奥斯的同学

阿格兰贝丽·斯塔米利：米马奇斯的妹妹

斯塔莫斯：作家

安吉利斯：鞋匠，阿内斯蒂斯大叔的朋友

杜杜：吉卜赛人比瑟罗的妻子

塞普多嬷嬷：第二个收留梅里奥斯的家庭中的老妇人，又被称作“斯琴格嬷嬷”

乌兰娜：第二个收留梅里奥斯的家庭的女主人，塞普多嬷嬷的女儿

吉雅吉亚斯：梅里奥斯的同学

卡莫纳斯：梅里奥斯的同学

塔卡·卡丽思贝丽：梅里奥斯打工的面包店老板，又被称作“美丽女士”

小樱：面包店老板卡丽思贝丽的女儿

米罗万·孟托萨莱毕斯：梅里奥斯卖面包时碰到的卖土耳其甜点的人

| 下卷 |

贝尔迪克普洛斯：梅里奥斯住过的村子里的教堂点灯人

辛内夫斯神父：梅里奥斯住过的村子里的教堂神父

马尼卡洛斯：梅里奥斯住过的村子里的领袖

曼杜拉太太：梅里奥斯的房东

卡丽翁齐：梅里奥斯的同学，阿格兰贝丽·斯塔米利的朋友，戴着眼镜，绰号是“小汽车”

雅兰布卡：梅里奥斯的同学，班上的“女神”

艾拉丝米娅：曼杜拉太太的闺密

布拉赫曼妮：梅里奥斯的同学

希卡洛斯：高年级学生

雷奥斯：巡视员

帕斯特拉斯：梅里奥斯的同学

伊格纳帝奥斯：学校附近教堂的点灯人

孔多雷恩：梅里奥斯的同学，班上的“高富帅”

阿尔西佐斯：又被叫作“西佐”，梅里奥斯教书的小山村的村民

德罗索：梅里奥斯的学生

上卷

第一章

风就像居无定所的吉卜赛人一样吹着。你曾说过，在某个地方点燃一处大火，就可以温暖这个世界。因为在这个秋天，这个可怜的世界实在太过冰冷，冰冷得就像罪人一样。这座城市的房屋也实在冰冷。自从很久之前，他们就聚在山腰生活；现在他们想改变主意，却已经太迟了，这里变成了一座城市。一个人起身然后离开，是多么容易，但是，一座城市呢？

说实话，寒冷没理由这么早就拜访这里，这是连年历也不会同意的事。严寒仍然遥远。河流凝结，水域冻结——这是寒风要做的工作。九月是不会出现这些现象的。风仍然柔和，闻起来像是成熟的水果。风身边没有云的追随，如赤脚男孩一样轻盈前行。

看，就像今晚这个赤脚男孩。他沿着路向城市跑去，寒冷促使他奔跑，风横扫着推他前行。没人会过问梅里奥斯这个名字，因为这并不重要。道路两旁的金合欢树将这座城市一分为二，他沿着这条道路穿过城市。这是一条优美的道路。夏天，一排排树和树丛边的一座座花园散发出迷人的气息。每周日，有人推着自行车经过这条道路，自行车后装有木桶，木桶上的水透过小洞洒在路上，防止尘土飞扬，弄脏女孩们的裙子。多么好的习惯！如若不然，女孩们就不会出来散步了，而没有女孩的道路，又有什么乐趣呢？

赤脚男孩已经到达道路与河流的交会处，跑到桥上。他将从这儿通过，从这座因为河水奔腾而轻颤着的古老的桥上通过，进入黑黢黢的树林。从明天起，这条河流将进入他尚不算长的人生。

在更深处，河流浇灌着校园四周的杨树林。水花翻滚，环绕纯白色的建筑流动，蜿蜒如蓝色绸带。从这里可以清楚地看到红色屋顶、校门前直立的两根柱子和宽大的窗户。从明天起，一切将变得美好……孩子们可以戴上猫头鹰帽子，学大人说话。

这所学校就像他梦中的那样：他站在草坪般的地板上，看着雪白的墙壁，窗户透出的光照亮了他那些孤独的夜晚……

这个男孩是谁？还能是谁呢？他是小拐[①]。他的舌头泛着孤独的酸味，就像那种无人问津的书弥漫出的酸味一样。“乌云密布般的生活”……小拐已经长大了。很快，他的面颊将被胡须覆盖。从那时起至今已过了三年，这个孩子长高了，体重却没有增加，他的面色变得苍白。他还遭遇了其他痛苦：一直没有被好好对待。这些年，他一直在寻找些微温暖，他用稚嫩的双手赚钱糊口。这个男孩——过去的梅里奥斯并没能找到容身之所，因为他的生活总是乌云密布，快乐的小伙伴一个接一个离他远去。

这些年他做了什么？并没做什么。他在苦难的经历中不断增长见识。他想成为一个好人，却不知道该怎么做。他想寻找朋友，但

① 因为他的腿部有点残疾，当地村民给这个过着“乌云密布般生活”的人起了这么一个名字。——作者注。本书中脚注若未注明是作者注，皆为译者注。

是整条街上的人都笑话他。他能怎么办呢？有一天，他坐在那里绞尽脑汁，想了又想，但他思绪混乱，如同吉卜赛人手中那层层编织的篮子。最后他找到了答案：他可以与书为友。他能从书中寻找并学习那些年长者们藏在胡子下的东西。他会爱上这些插图书的。这些纸制的小“爷爷们”会坐在你的膝盖上，给你讲述各种童话故事，而不需要你有任何恳求和讨好。

他还在村里做学徒时，那里没有文具店，他不得不拜托去城里卖玉米的大叔给他捎点儿东西回去。有一天，他成功了，他找到一位老大叔，在他的手掌上放了两枚硬币并发出“请求”。他说：“假如你在去的地方发现一本写着好听故事的书，请带给我，可以吗？求求你了，要是……”

老人将硬币放入手掌，用手指抚摸着，翻过一枚，看看上面写着什么……他用手指捻着胡须，过了一阵，又把硬币还了回去。“你拿回去。”他说，“假如那些纸上写着很好的童话故事，你就讲给我听，这就是报酬了。假如，故事说得不好听，我就把你的耳朵拧下来，好不好？”男孩被吓住了，老人顿时笑了起来。“好啦，好啦，不用害怕……”他说，“我不拧你的耳朵，我收你一个硬币，行吗？”

三天后，他给男孩带了一本书，比福音书要厚一些。他送给男孩。“你可以随时随地翻，”他对男孩说，“书不会跑掉。你拿着它，书会认识你并且和你交朋友。”

男孩颤抖着将书打开。书就像一间小屋，它的封面上写着：《辛巴达航海历险记》。这正是他要的书！男孩把整张脸都扑在书上，读了又读，就这样度过整个冬天。他反复地读，不停地读，如饥似渴地读。给男孩带书的老大叔听了他讲述的故事，胡子都颤抖起来。那是非常好的一本书，只有一点奇怪：书里的故事只讲给想要听的人。

到那年年底，他已经读了十来本书。在书屋里遨游，也是他成为学徒的原因。后来有一位老师知道了，叫他过去。男孩换上一件干净的衬衫去了。

“来，过来这里。”老师把他叫过去，“你就是那个讲故事的人？”

“我没做错……”男孩回答。

“谁说你做错了？你做得很好。但是你为什么不来学校让我们教你读书写字呢？你不喜欢吗？”

去学校学习？！他当然喜欢！还能有比这更好的事吗？但是，怎么去学呢？他想学那些看上去像在走路的文字、跑着的文字，这条线写这儿，那条线写那儿。但是他得放牛，他可以一边放牛一边读书吗？他怎么会不喜欢去学校学习！亲爱的老师，你怎么说出这样的话！但是一个人能有几个分身？你看，世界上的所有学校都是白天上课，他去放牧也在白天。他去哪里好呢？这里还是那里？

和其他人一样，他有一点用汗水换的钱。这些钱是他一点一点攒起来的，就像蚂蚁收集种子那样。他有一个计划，经过长时间的积攒后，去找一位老师并对他说：“请拿走这些钱，给我换点书，一些学校的书。”他希望有朝一日他去找老师时不会被赶走。他听说老师们都和蔼可亲，不会赶人。

而现在，看，这个老师自己来了，幸运就这样来到了他的面前。然后呢？这位戴着眼镜的真诚的老师邀请男孩去他的家。就是现在了，他抓住自己的外套抖动了一下衣服口袋。

“这是什么？”老师问道。

“钱。”

“你从哪儿得来的？”

“我赚的。”

“你为什么晃动这些钱？”

“我想用它们买书，尽管这些钱并不多。假如我攒到了更多的钱，我会把它们都给你。我可以向你买书吗，老师？”

“可以吗？”

老师用手揉了揉眼睛，擦掉眼角的一点儿灰尘，然后深深地注视着男孩。

“这样……”老师对他说，“钱你先留着，你自己留着。明天，你放完牛，就过来……”他的声音有些怪异，有些沙哑。

“老师，我需要带纸吗？需要带笔吗？”

“不用，我亲爱的孩子。对了，你叫什么名字？”

“梅里奥斯。”

“不需要带，梅里奥斯。”

他的声音再次改变了，变得更加低沉沙哑。

男孩站了一会儿，随后掏空了口袋，把钱放在桌上就离开了。老师没有回头看桌子，他透过窗户，看着男孩渐渐远去，专注得仿佛外面突然出现了一个新世界需要他去探知。

打第二天晚上起，梅里奥斯开始去老师家。就像放牛需要冲水清理一样，男孩往自己头上倒了一壶水，再把自己擦拭干净。他把书藏到胸前，悄悄钻进老师家中。他们达成共识，不让其他人知道这个秘密。

但是有天晚上，当他推开谷仓的门打算回阁楼睡觉时，他看到油灯亮着。谁在那儿？男孩踮起脚尖，蹑手蹑脚，往楼梯上走了几步……

“过来这里！”他听到一个粗重的声音。

他感到膝盖隐隐发软，看到他的老板双腿交叉，坐在一边，嘴在胡子中若隐若现，正等着他。

“过来！”他再次命令道，“再近点儿！坐下！你晚上晃去哪里了？”

男孩开始发抖。

“而且谷仓门竟然开着！你为什么这么做？”

“为了不……我为了不发出声音吵醒您。”男孩回答。

“假如我们因此被偷了牛呢，嗯？你现在回答我！你这个没用的东西！假如被人偷走了牛，谁去找回来？”

“我……”男孩回答。

“你？看看，我们这儿出了个有钱人。你拿什么来赔？来，现在告诉我拿什么赔？”

“不会被偷的……”男孩努力辩解。

“呵，你怎么知道？你和那些贼有关系吗？所以这么清楚，嗯？你就是偷懒，想和他们同流合污！咱们明天走着瞧！明天我就把你交给警察，走着瞧！”

“请不要！”孩子声音颤抖地说，“不要，我不是你说的那种人，我……”

“好，那见鬼了，你到底去哪儿了？”

“我，我去学校了。”

“去学校？听听，你说你去学校了？这个世界疯了吗？好吧，小玩意儿，也就是说，没你这个人，学校就无法教书了？你来告诉我，也就是说，如果你不去上学，那些字就没人学了？好了，听着，我就几句话：明天起，你得放弃一样。做农夫还是做神父，你只能二选一。我是雇你来放牛的，不是让你去学习的！我解释清楚了吗？行了，现在去睡觉吧，明天你还要干活呢。你看书还费油灯……”

男孩熄灭油灯，陷入稻草堆中，一直躺到第二天早上。

第二天他就不再读书了，他把所有书扔进粪堆，再也没有捡起它们。

他做出了决定。这是他注定的命运：在这个村子和这群牛待在一起。

就这样，他想通了，他笑了出来。第三天，当他放牧回来时，老师叫住了他。

“我已经了解了，不幸的孩子。”他说，“我不会放任你不管的，听着，我会给你任何你想要的书。你好好读它们，直到你读完所有年级，直到你小学可以毕业，直到你可以读初中。加油！不过这一切要瞒着你的主人。你拿好这个书包，里面都是书。来，别哭了，好好读书！”老师离开了。男孩的眼睛紧紧盯着他，直到他的身影消失在牛群扬起的尘土中。

老师说的他都做到了。他专心致志、如饥似渴地看完了老师给他的所有书。

夏天过去了，老师约他在茶馆外见面。

“我过来检查你的进度。”老师说。

他们坐在野梨树下聊天，一起翻看那些书，谈论他们的计划。这个孩子就像火种一样珍贵，老师陷入沉思。当他们分别时，一切都已经计划好了。等秋天到来，男孩就去城里参加考试。老师愿意给他出证明,证明他已经完成了小学的所有课程,听了“所有内容”,“他很聪明”,而且“成绩优异”……

老师建议学校录取这个男孩。

最后一个月，男孩过得心惊胆战、七上八下。直到秋天来临，果实成熟，他闻到水果的香气，第一次感受到了耐心。他向裁缝店的学徒订制了一身便宜的衣服，也是尽可能新的衣服，还让裁缝做了个鞋底。他清洗了服装，像他的主人一样把自己收拾干净。一切都准备好了。老师陪着他走到十字路口，他们双手紧握，老师将手里的东西塞入他的手中。

“这是什么，老师？”梅里奥斯问道。

“拿着吧，这是你的钱。你带上，就当你在城里的零花钱。城里的生活很艰难，你需要付房租，买食物，买练习本。快拿着吧。”

他想亲吻老师的手，却已泪眼模糊。

第二章

今晚，现在，他坐在桥上，看着那所学校。再过去就是老城了，那边笼罩着一层雾气，雾里是密密麻麻的房屋和鹅卵石街道。他穿着鞋，倚坐在石桥边，捧取一些河水，冲去身上的尘土，然后将书包背在肩上，消失在窄小的街巷中。

他要到哪里去呢？连他自己也不清楚。他在寻找一间屋子、一间破旧的屋子，里面有一位好心的家庭主妇，房租便宜。想到这些，他的鼻子有些发酸。

怎样找到这样的房子呢？并非每间屋子的门上都写着户主是谁，是怎样的人，想法是什么。屋子外围着一圈石栏，深色原木和石头镶嵌成墙，窗户显得老旧，却仍能看出粉刷过的痕迹。每间房屋都外观陈旧，此时此刻它们都沉默无语。

梅里奥斯的新鞋底踩在鹅卵石道路上，他的双眼搜寻着屋门，却没发现一扇打开的门，也没看到石阶后眼神友善的女士。希望越来越渺茫。这座建在山腰的城镇就像猫一样怕冷。当秋天的第一阵寒风刮来，这里几近废墟，街道上空无一人，就像所有人都被吞没了一样。太阳下山后，所有房屋都紧锁着，像被隔离起来了似的。

可怜的梅里奥斯在小巷中徘徊，一直没发生值得他注意的事。他能去哪里呢？过一会儿，夜晚就会降临，街巷中的狗会跟着他。他看到有处墙面是刚翻新的，他靠近了那堵墙。但门是关着的，就像死人的嘴一样紧闭。难道这座城市是处坟墓吗？路在晃动，好像有人过来了。梅里奥斯站在原处。过了一会儿，一位胖女人走过来，站到他旁边。

“你在等谁？”她问。

她的眼睛圆圆的，下眼睑有些眼袋，看起来好像有些累。

“晚上好……”男孩说。女人靠过来一些，想仔细看看他。

“啊，晚上好。你在等谁吗？”

“找房子，我在找房子。”

“房子？你为什么找房子？”

“我想租一个小房间。”

“啊，租个小房间。呣，你用什么来支付房租呢？”

“用我的钱。”男孩边说边晃动了一下口袋。

“啊，用你的钱。嗯……我不清楚。”

女人说完就走了。她该不会是鬼吧？梅里奥斯奔跑起来，好像身后跟着一群喋喋不休的鬼魂。他听一些大人说过，这种时候光跑是没用的，他得尽快躲进房子里，哪怕是陌生的房子，哪怕大门紧闭。

他紧紧合上双眼，靠在一扇门上……接着他听到从里面传来一阵脚步声。

一个声音问道：“是谁？”

“我……”梅里奥斯回答。

里面沉默了一会儿："你是谁？"

"我……一个陌生人。请开开门，阿姨！"

门后陷入安静，里面的人像是在思考。

"你是孩子吗？"

"是孩子……"

门后又陷入了一阵沉默，随后脚步声近了。

"你等一下……"

有人拉动门闩，随后猛然打开门。一双苍老的眼睛在门缝后出现，打量着男孩。她的眼光像射线一样刺穿他，却又像在治疗穿着破旧衣服的倒霉的他。

"有点冷……"男孩在门外细声细气地说。

"是的，有点……"女士回复，"我能为你做什么呢？现在就我一个人，我男人去种田了。"

"能让我进去吗，阿姨？让我进去等他。我有钱，能让我坐会儿吗？我想租一个小房间。我不是小偷，我是来上学的。"

"行吧，"女人兴味索然地说，"进来吧，直到我男人回来。但是我们没有可以出租的小房间。进来吧，我们互相体谅，我不会随便找个理由赶你走。我在跟你说进来呢，不要像珍珠鸟一样在外面着凉了。把你的包放下。要我帮你放那边吗？坐下,等我男人回来。对，对，就是那边。听着，如果你愿意，过来吧，进这个小房间里，把你的包也带上。对，就是这样。坐下，然后我们来看看。我先去做饭了。我们这算是达成共识了，对吗？"

梅里奥斯进入老妇人指给他的小房间。那里没有光，只有厨房的两三束光线隐隐照入。他抱着书包坐下。他很累，心脏剧烈地跳动，就像有锤子击打一样。他隐隐听到有蟋蟀啃食着屋顶的木头。这样也好，让他感觉身边有活物陪伴。蟋蟀是多么幸运啊，它可以吃到它想吃的，还可以在屋顶的某个地方睡觉。但是梅里奥斯呢，谁知道他明天会在哪里，是否会冻僵在路边。

老妇人欲言又止，在“同意”与“不同意”间犹豫。我们何从知道她丈夫是个怎样的人呢？她说，他们是夫妻。没错，并非所有的夫妻都一样无情，但是你能从哪儿了解这座城市的夫妻是怎样的呢？如果这个老妇人是个有同情心的妻子，她就会好好对待这个男孩，还会为他去说服自己的丈夫，最后成功将男孩留下。但是现在她表现得很犹豫，眼神里还有恐惧。之后她会变得友善吗？哪里能找到一个对他友善、对他足够好的人呢？他看过太多负面例子了：铁石心肠的父母丢弃孩子，兄弟自相残杀……

在这处陌生的房子里，有个彻夜未眠的访客。很好，他一直强撑着没闭眼睡着。他是在等男主人回来欢迎他吗？难道他们去年就认识了吗？很好，他没举起火把去找他。就这样，很好……

耳边一直传来蟋蟀吃木头的声音，时间一分一秒流逝，直到路上传来一阵低沉的马匹嘶吼声。女人紧张地盖上锅盖，随后是一阵匆匆的脚步声。

他的注意力从屋顶转向屋内。

女人提着灯下去迎接。“你今天回家晚了，”梅里奥斯听到女人说，“发生什么事了？”

为了听清男主人的声音，梅里奥斯伸长耳朵。他能分辨出谁在说话，他在等待一个合适的时机出去。

男人说：“你不知道我今天经历了什么……”

“我的天呐，你遭遇了什么？”

“是我的马福提亚斯。”

“发生什么了？天呐，圣母玛丽亚！”

“它被一只伶鼬吓得发狂，差点儿把我摔下来。看，它的皮肤还在颤抖，像被鞭子抽打过似的。我当时立刻跳到地上拉住它。”

“可怜的福提亚斯，可怜的福提亚斯……”女人爱怜地喃喃自语。

接着男孩听到一阵马蹄铁的“嗒嗒”声，他们进来了，刚好站在小房间的下方。

“把它拴到食槽这边吗？”女人问。

“对，但先拿水给它擦擦，再给它热点儿米糠。”

“擦的时候要加点儿醋吗？”

“很好，来点儿吧。”

他听到男人抚摸着马，将醋抹在它的背上。

“它觉得这样很有意思。”女人说。

“它沉迷于温柔乡。福提亚斯，来，喝点水。”

他听到马打喷嚏的声音。

“就这样，太棒了！就这样，我的小伙子。你看到了吗？阿莱蒂，它好了。”

“感谢上帝！你知道吗？”

“什么？”

“楼上有个可怜的小孩，他是……”

“哇！欢迎他！你欢迎他了吗？”

“等等，亲爱的……”

“什么等等？”

“我还没告诉你他是谁。”

“不管他是谁，都好。他进来前敲门了吗？”

“敲门了。”

“那就好。坏人是不会敲门的。”

“先听我说，亲爱的……”

“说吧。”

“他是个小男孩。他敲门来我们家是为了租个小房间，他说他是来上学的。”

“他是个怎样的孩子？”

“看起来很瘦小。但是我还没来得及进一步了解。他有一个书包，还有点零钱。”

“听起来像是去上初中。他想去吗？”

“对，是这样。”

“你怎么答复他的？”

“我让他先待在这儿，说等我男人回来了再做决定。我做得对吗？我知道我……”

“做得很好。”

“现在很晚了，等明天再让他来见你。”

“不着急。他既然来敲咱们家门，就不急于一时。”

“对，我也是这么想的。”

“呃，那让我们再看看吧。”

“你会留下他吗？”

“我刚才说了，再看看。先让我们看看他是个什么样的人，其他的话……今晚你做饭了吗？”

“没有……我再去找点蔬菜。我只做了豆子，把它们扔进瓦罐煮了。”

“熟了吗？”

“应该已经熟了。我们去看看？”

“一起去，一起去。要是再有点儿热水……”

“上来吧，全都准备好了。”

他们的脚步声在楼梯上响起。梅里奥斯从地板上爬起来，坐到衣服上。这位大叔人好像不错……他的声音是真诚的。听到他的声音，梅里奥斯内心的纠结逐渐变少。他感到了温暖，他那身价格便宜的衣服这会儿像动物皮毛一样温暖着他。

另一边，饭菜端了上来，整个屋子弥漫着饭香。啊，热腾腾的饭，让这个家变得像母亲般温馨。那么，他们会邀请他“共进晚餐”吗？还是留他一个人在那儿闻着饭香而已？好了，小拐，先不要失望，走一步看一步吧……听听，这不是脚步声吗？这脚步声会不会在他的门前停留？对，对，就像这样。

“孩子……”

男人的声音传来。男孩听到后动了一下。

“你睡着了吗，孩子？起来吧，起来，和我们一起吃晚饭，彼此认识一下。天呐，你就这样一直坐在黑暗中吗？这对你的眼睛不好。”

梅里奥斯站起来，假装整理了一下自己，出去了。

“来了。”老人就像是黑暗中的一束光线，“唔，还是小伙子呢。你叫什么名字？”

“梅里奥斯。”

“好名字！我的孩子，欢迎你。我是你的大叔，阿内斯蒂斯。

这是你的大婶，阿莱蒂。坐吧，坐这儿。对，就这里。嘿，你有点害羞啊，你这样可是会饿死的。老婆子，快给梅里奥斯一把勺子。好了，欢迎你。你挖深点，能挖到豆子。对，太棒了！老婆子，你这顿饭做得太好了，就像是给维齐尔[①]做的。”

过了一会儿，听不到说话声了，只有汤勺叮叮当当的声音。

接着，老人又找到了话头。

“寒冷让我的胃口更好……多有道理啊。小伙子，你还想再来点儿吗？不要了？好吧，随便你。”

老人打了个饱嗝，好像那是他吃完饭的结束动作。接着，他倚靠到壁炉边。

“来坐我边上吧。我先点支烟，你来讲讲你的‘传奇故事’。你是来这里上初中，对吗？我了解了。你想从哪里说起？”

“我需要参加考试……”男孩说，“整个夏天我都在准备，还有之前的冬天……我现在过来参加考试。”

“哦哦哦。”

“我存了一些钱用来买书、付房租。还有我吃得很少，一天一顿就行。”

“我的小男孩，这些会很贵，读书会很贵。你为了读书会怎么做？”

梅里奥斯不说话了。他会怎么做？你问他会怎么做？他想……做他想做的！他离不开书。他渴望书……就像渴望面包一样。这要怎么说？

他说：“我想……想要读书。”

---

① 维齐尔：旧时穆斯林国家的高官。

“那好，读完书后，你想做什么？”

“我不想放牧了。我想穿着干净的衣服写字，写得像老师那样流畅。我还想说一口流利的希腊语。请不要取笑我……我还想学会书本里的秘密，再把它们讲给其他人听。”

“你仅仅想要这些吗？”

“别人都说：‘如果不会读书写字，就像盲人迷路一样。’”

“呃，那你是吗？”

“我不知道，也许我可以成为……”

“难道你没看到你想做的一切都在你的眼前吗？”

“我能看到。但也许我忽视了一些别的东西。但如果我后天开始读书，也许我就都能看到了。”

“我的孩子，你过早遭受了痛苦。放下吧，你确定还要继续为此头痛吗？”

“其他人都去上学了，但我没有，我不得不攒钱。这个世界上我没有亲人可以依靠。”

“什么？你再这么说，我就把你的舌头拔下来！居然说自己没有亲人！那我是谁？对不对？……难道我不是你的大叔吗？我们不是聊了很久了吗？你忘记这些了吗？”

“那……那你们会留下我吗？”

阿内斯蒂斯假装生气了。

“阿莱蒂！把那边的擀面杖取下来，我要打他的手！你听到了吗？让我们留下他。”

“你明天早点去注册报名。如果别人欺负你，你就告诉他们：‘我要回去告诉我大叔。’孩子，去上学吧，去学校。别听我之前的胡言乱语，我就喜欢这样开玩笑。去吧，去学校睁开你的双眼，你不会在这个世界迷路的。现在我们去睡觉吧。”

“阿莱蒂，你给他铺床了吗？”

“先和你提前说句‘早上好’，天一亮我就出门了。你若是需要什么，就去问你大婶要。来吧，我的孩子，你会成功的。”

梅里奥斯一句话也没说就走了。他想说很多话，但他开不了口。即便他得以开口，他也说不出什么，因为他已哽咽到失声。他独自一人在小房间时，做了一些奇怪的举动。他把衣服脱下来，但是忘了脱鞋。他颤抖着双手，然后开始大笑。最后，他含着泪进入了梦乡。梦中，他看到山顶有一座金色房屋，房子四周被栅栏围了起来。他走了好多年的路，却仍然进不去。终于，他跳过围栏，发现自己已经进到了那座金色房屋里。

第三章

这所规模很大的学校一大早就开门了。多尔·察卡洛斯大叔[①]和他的妻子祖布莉娅一直忙于清洁工作，已经搞了好几天。他们一边清理着天花板上的蜘蛛网，一边抱怨。

飞扬的尘雾中的老太太穿得像银白色的鲱鱼。老头呢，在衣服开口处补上木楔形状的纹路，那件旧长袍可是他花了整整两天时间改造的。是的，我们不得不说，他穿得和其他老人都不一样。他不穿任何形式的中长裤，只穿长袍，深蓝色的长袍，就像神父们在家穿的那样，但是更加华丽，左右两边开口处的装饰也更好看。多尔大叔对服饰有很多独到的想法，但他不会去改造拜占庭贵族的长绸带，也不会去改造国王的长袍。祖布莉娅也有自己的穿衣风格。她总是穿着咖啡色、带水渍的棉质长裙，外套紧身长夹克，脖子上系着围巾，再戴上有纽扣的婴儿帽，就像亚美尼亚神职人员戴的帽子。他俩就像一对打扮得花枝招展的夫妻鸟，谁也不知道下次他们在城里出现时又穿着什么。

① 多尔·察卡洛斯大叔是文盲，所以有些词会用错，话也会说得不通顺。

他们住在学校的半地下室[1]，这间屋子是特意为他们建的。

这一天，他们俩起得非常早，就像早起的鸟一样。他们打扫着操场及附近区域，等着那群孩子再来把这里弄脏。

他们经常和孩子们吵起来，他们叫那些孩子“路西法的小恶魔”，假如有孩子改过自新，那是上帝保佑……在夏天，没人来烦他们，他们就会互相抱怨，有时候会等着“蠢货们来让他们精神焕发”。他们没有别的兴趣爱好，靠和孩子们吵架挨过这些岁月。

今天，多尔大叔打开校门后，像往常一样隐坐在门背后，等着那些麻烦的小孩上门，好给他理由吵架。

前面第一个路口出现了一个瘦小的孩子。他带着钢笔等文具来了，倚靠在柱子旁。他面含期待的神色，看上去想进入校门。老人等着他往前走，等着他的文具弄脏大理石……但是什么也没发生。但老人还是期待着这个年轻人像小牛犊一样横冲直撞，好让自己找到理由吵架。他走过去，假意咳嗽几声，拉起身上五彩斑斓的衣服擤了下鼻涕，走到另一根柱子旁。

他的眼睛半开半闭，问道：“小懒虫，你在干吗呢？”

“你好……”孩子怯生生地说。

他心想：“真浪费时间。小废物，这里都是有教养的孩子，你看你那无精打采的样子！你看你那耷拉的眼睛！”

“你来考试？”他又问。

“是的。”

他又想：“说话没规矩，连什么时候该用尊称都不知道。”

---

① 希腊的地下室住宅是半地下形式的，仍然有窗，光线较好，有的前面还有小院子。

“嗯好……你是梦游过来上学的？你不知道要等天大亮了再过来吗？”

“先生，我没有手表……”孩子面露惧色回答，“现在很早吗？我不知道，要不我晚点再来？”

“来吧，来吧！行了，是你吗？我的天，你也太蠢了！坐下吧，等会儿其他人就会来的……你是从下面小村子来的？”

“是的。”

“村里的学习你不满意吗？你来这里偷取知识？过来，过来！你跑什么？你不满意我说的话吗？好吧，我有让你回来的理由。你有父母吗？好吧好吧，不要生气了……你怎么这样！你已经准备好生气了，我是火上浇油，对吧？我又没问你别的。你看，我们可以和平相处的。我是看管这里的人，不希望这里出乱子。你看到那边的窗户了吗？对，你看……看看那些玩意儿，那些戳出来的洞跟你的手指头一样粗。那些‘小恶魔’经常对我搞恶作剧,你会这样吗？”

“不会。”

“我们走着瞧。我现在和你说,因为我是……快蹲下,快,嘘……有老师过来了，是阿纳科里迪斯先生。”

他们藏在柱子后面。过了一会儿，又有一个老师过来了。

“你看到这个老师了吗？是斯坎弗拉斯先生。他就是要给你考试的老师。”

只见一位个头不高、穿橄榄色衣服、戴领结的男子正走进学校大门。

梅里奥斯说：“您好。”（他想做什么？）斯坎弗拉斯停住脚步，有些疑惑，又有些尴尬地看着他。

"早上好，斯坎弗拉斯先生。"看门大叔带着笑意打招呼，大家都有些尴尬。天气真好啊。

这位老师带着赧意说了声"谢谢"。然后他转向男孩，问："你是来考试的？"他马上恢复了正常，接着问，"你叫什么名字？"

"梅里奥斯·卡德拉斯。"

"你过会儿过来。多尔大叔，你带他过来。但是你现在有点晚了……"

"因为六月的时候我还来不了，先生……"男孩说。

"好吧，我们再看看。校长等会儿也会来。"他走上台阶，进入教学楼。

"他人好吗？"男孩担忧地问道。

"嘿，小伙计，你问得太多了。我什么都不会告诉你，你得自己去找答案。他好还是不好，反正就他了……所有人都一样：需要接受命运给予的。这是我现在还好好儿的原因。但是谁好好对我呢？你现在看上去也不错，但是你的外套在哪里？让你秋天不受凉的外套呢？我知道你会跟我说什么，你会说你因为穷所以没有。但是你为什么穷呢？我不知道，我的智慧仅限于此。当你长大后，就算你来找我算账，我也会欣然接受的。嘘——安静，校长来了。你看到那个高个子了吗？就是他，那个金发红脸的……他就是校长。祝你接下来一切顺利！我要回屋了。"

"大叔，他人好不好？"

"我不知道，你自己去寻找答案吧。"

他拉起长袍就离开了。校长走近了，走上台阶，远远看了一眼，就进去了。校长有点壮，身材笔挺，还有白色的眉毛。过了一会儿，在另一边又出现了多尔大叔的长袍。

“嘘，孩子。我说你是……黄鹂鸟嘛。你就试试看，老师在里面等你呢。你走得也太慢了。站住，你还没告诉我，在乡下，‘慢慢’这个词怎么说？”

“鞋底有些重……”孩子说，“我觉得我做不到。”

“在你努力尝试之前，永远不要说‘我做不到’。”

“我会尽力去试试的，但是……我做不到。”

“快，进去吧。放轻松。”

梅里奥斯走进大叔指着的教室。里面一片安静，一排排课桌整整齐齐地摆放着，就像空着的蜂巢。

老师正望向窗外。男孩瞥了一眼老师。他的脸很干，木炭色，头发短直而浓密，很难看出年龄。

“你来了？”老师立刻说，“坐这里，不是那边，是这边第一排。”

接着，他靠在讲台边，打量着男孩。

“你有毕业证吗？”

孩子从一叠纸中小心翼翼地掏出一张递给老师。

老师俯身认真查看：“嗯。你的成绩很好，你的表现很优异。很好。”

他折起那张纸，无意识地玩着，敲打着左手。然后他又回到窗前看向外面。

梅里奥斯都认为他不会从窗边离开了，他甚至会在那儿过夜。过去了多久？他不知道。小公鸡都打鸣了。他不会醒来了吗？至少现在不会。

不，他现在不会醒来。也许他改变想法了？……也许他忘记自己是老师了？他会这样保持多久？

还好，没过多久，在梅里奥斯绝望之前，老师转身回来了。

“你的监护人在哪里？”老师问。

梅里奥斯斟酌了片刻，最后回答：“没有。”

“那，现在谁照顾你？”

“我自己。”

“谁教你认字的？”

“我自己。”

老师把领结系在脖子上，走向讲台，打开一本书。他抽出一张纸，写下了大约二十行字，然后递给男孩。

“这是一些问题。”他说，“你在纸上写清楚点，在下面写上你的答案。去那边安安静静地写吧。”

他走上讲台，打开一本书，沉浸于其中。

对于梅里奥斯来说，回答这些问题就像做游戏一样。

他全力以赴，马上写出了答案。他凭记忆轻松写出了答案。他把答题纸对折，坐在那儿看着老师。

“怎么回事？你刚刚看起来像是找到了答案，为什么又不写了？”

“我写好了。”

“好，那你是回答完了？”

“写完了。”

“怎么会？”老师走下讲台，“不可能，不可能啊。拿给我看看。”

他拿走答题纸，像盯猎物一样盯着纸，有一两次他张嘴想说什么，但最后又将纸放回讲台上。

“恭喜你……”他很严肃地说，听起来甚至有些沉闷，“恐怕你已经用心记住了六年级的所有课文。我喜欢记忆力好的学生，但是我从不鼓励只去机械记忆。你有没有练过拼写？”

“没有。”

“但是你的错误很少。现在我们来看看你的口语……”

半小时后，校长进来了。

“校长，”斯坎弗拉斯老师小心翼翼地说，“我们已经结束了。”

“怎么样？”校长的语气有些傲慢，他以怀疑的眼神打量着男孩。

“不错，或者我应该说，很好。他表现很好。”

“唔，我看看……”校长好奇地拿起纸，“唔，他看上去像是第二次答题……口语怎么样？

“同样，也不错。”

“挺好。就是你吗？你为什么这个月才来？”

梅里奥斯紧张地咽了一口口水，回答道：“先生，我……我不知道。我来自乡下。”

“不可思议！照理说你应该知道的。你来自哪个班级？”

“……”

“为什么不回答？”

“没……没有。”

“你为什么迟疑了？你完成了六年教育吗？”

“没有……我没……”

“什么叫没？”

“没……我没有上过学。”

“没有？怎么会？斯坎弗拉斯先生，这到底是什么情况？”

可怜的斯坎弗拉斯先生……他更希望此刻由他代替这个男孩回答。他感觉领结在收紧，勒住脖子，让他有点儿窒息。他保持着倚靠讲台的姿势，一只眼睛看着校长，另一只眼睛看着男孩。

“校长先生，我没想到会有这样的情况。这的确让人吃惊。”

“什么吃惊？斯坎弗拉斯先生，这是前所未有的欺骗！记下他老师的名字！”

然后校长转向男孩：“年轻人，你怎么有勇气欺骗学校？嗯？你不说话了？哈！你这是沉默的犯罪！赶快停止你的哭泣！”

男孩突然抬起头，校长和老师发现他们面对的是一只发怒的小老虎。

“先生，我没有哭！为什么？我没做错任何事，我也没说谎。校长先生，为什么您不能接受我的考卷？书里教了什么，我就学了什么。为什么您不能接受？难道我写的字和学校教的不一样吗？我没有钱上学，我是在草地上学的这些课本。这有错吗？现在您告诉我因为这些我没通过。”

“闭嘴！”校长气得脸都绿了。

“我会离开……”梅里奥斯说，“无论谁问我，我都会说，我曾攒钱想去上初中，但是他们赶走了我，因为我是在草地上读的书、学的字，所以他们没让我通过。”

“来，我的朋友，你很无畏！也很无礼！我问你老师的姓名是为了向教育部通报。我只想要一个答案。其他都毫无意义！我等着……你却没有回答？”

“很显然……”斯坎弗拉斯试图插嘴，“显然他已经忘了老师的名字。我的孩子，难道不是吗？”

“不是的……”梅里奥斯说，“我记得！”

“那你为什么不说？”校长伸手去拧男孩的耳朵。

“我不是犹大①！”梅里奥斯突然大喊，接着拔腿就跑。

校长像狼一样追赶他。

“你……回来！回来！你……你！”

梅里奥斯飞跑下楼。

“门卫！你……快抓住他！”

梅里奥斯迅速下楼。他的前面是大门，但是有什么阻拦了他，映入眼帘的是一件深蓝色长袍。

“过来，小麻烦。你表现得好吗？”

“抓住他！”校长的声音从上面传来。

“放开我……”男孩含泪祈求道，“多尔大叔，我知道你是好人……放开我。”

“我的孩子，我很高兴听到你这么说。但是他们会开除我的……我要是被开除了，你大婶该怎么办？这这！别踢，不然我拿绳子把你捆起来！”

“大叔……放了我，不然我就咬你。”

“瞧瞧这行为。”

“我最后一次警告你：放开我！”

“别闹！我警告过你了！”

“我也警告过你了！”

---

①《圣经》中记载犹大背叛了耶稣，因此老师和孩子们就用“犹大”这个词指代背叛者、告状的人。

男孩拿出钢笔打开，用力将墨水甩向老人的眼睛。老人放开他护着眼睛，他趁机逃走了。他在跑入小巷前，只来得及看到校长在大理石台阶上疯狂地挥动着手。

第四章

梅里奥斯消失在了小巷中。校长追逐他的声音仍在远处回荡着，一直传到更远的相邻街区。再往上去，那里住的人都不戴眼镜，穿的衣服也都不带衣领——不像那些如狼一般追着他跑的人。山上只有疲惫不堪的人、额头上爬满皱纹的穷人，和怀抱脏兮兮的婴儿、艰难过活的妇女。

在山上，他可以坐在石头上，支着头回想这整件搞砸了的事。不对，是一切都被毁了。他的读书和梦想，所有、一切……那所学校的大门关闭了，就像是封锁了这座山头。现在，小拐，情况变得更糟了。现在所有道路都走到头了，在你面前，只有这条河仍在流淌。

靠在这棵桑树上……稍稍放下心，静下心。看，那个孩子正从水中望着你。对他笑吧，你就会看到他也对你笑。往上游看去，有个女人正带着不满情绪捶洗着一块羊毛毯。这些年来，生活就是这样打败她的。不，你不要哭，不值得……连那条棕黄色的狗也正看着你……

是的，有条狗在看着男孩。刚才它若有所思地经过，又停下来沉思了一会儿，然后转身回来看着他。梅里奥斯想：现在校长正在生气，他大概需要几年才能冷静下来；等校长不生气了，自己也长大了，他们就不能把他抓走了。他承受不住，开始放声大哭。河水带走了他的眼泪，带着它们奔向大海。

今天的河水变得浑浊，就像他阴郁的心情一样……

梅里奥斯与河流有着悠久的友谊。他爱河水,他与它相知相识。这也是为什么河流今天变得苦涩，翻腾起来有如眼泪滚落，因为梅里奥斯今天遭遇的一切都让人落泪……房屋、树木、陷入泥泞挣扎的母鸡，还有像小船一样划水的鸭子……

一位大叔从上游走下来，男孩又想掉泪。大叔带着一只铜锅和一些碾磨器具。他的皮肤可真黑！他戴着一顶打着奇怪花纹补丁的帽子，肩上背着一个布袋。他一边敲击铜锅，一边唱歌[①]。

他停在那个正在清洗羊毛毯的女人身边，他们开始了交谈。

“拿着，夫人，”他说，“我的铜锅颜色多正……为了混口！拿着吧。就给两个拿破仑怎么样？哈哈玩笑，那就是伪造的硬币了。我还有一堆呦呦吃的小孩……他们很小。我告诉你，他们就像五月春风，让我暖。嘿！……拿个磨壶吧，你可以一大早打上沫，咖啡闻着老好了。嘿，夫人！……你不心跳吗？错过小姑娘都遗憾。哎

① 这位吉卜赛大叔比瑟罗是文盲，而且不是希腊人，因此他的语言中有大量错误和一些无意义的发音，以及一些向别人学的简单的土耳其语汇。

呀，我说，我给你的都是礼物，拿个锅吧，可以煮汤煮粥……”①

女人有些局促不安，不知道该说什么。

“我家那口子不在。”她说。

“哎呀，这不正好！当家人中午回来的时候，就可以喝汤，然后他就会说：‘心肝甜到了，你今天做了什么汤，亲爱的？’拿着，夫人，我是真的真诚推荐……”

“等到中午再说吧，我家那口子就要回来了。”

“对，你看！……你现在买呢，就能马上做饭，等他中午回来直接付钱。来呀，嘿，买一个吧，买一个。我跟你说……要不这样，我先把这个留下然后先走了，等晚上再过来……是不是很好心……”

随后他要大步离开……

“站住！”女人大声叫住他，“你等我给你拿钱。你真是个大麻烦。”

吉卜赛人笑了起来，露出一口黄牙。

“好心人……好心人！夫人，你得到的是金器，不是铜的。”

女人擦了擦手，进屋拿了钱，两张二十元。

吉卜赛人接过钱，闭上眼，透过胡子摸钱。

“夫人，你让我变得富有，我有钱了啊嘿！”

---

① 此处意思应该为：“拿着，夫人，”他说，“我的铜锅颜色多纯正……为了养家糊口！拿着吧。就给两个法郎怎么样？哈哈开个玩笑，要给法郎那就是假币了。我还有一堆嗷嗷待哺的小孩……他们很小。我告诉你，他们就像五月春风一样让人温暖。嘿！……拿个磨咖啡豆壶吧，你可以一大早打上咖啡泡沫，咖啡冲出来的时候味道闻着老好了。嘿，夫人！……你不动心吗？这种要是错过，连小姑娘都会遗憾的。哎呀，我说，我给你的都是品质像礼物一样的东西啊，拿个铜锅吧，可以煮汤煮粥……”

他拉开领口，把钱放了进去。随后他往下走，接近男孩。那里有一面乱石堆成的矮墙，他坐下来，摘下帽子放在地上，轻轻擦去汗水。他把手伸向胸前，掏出一块又黑又干的面包。真的很黑……谁知道……也许是被他的皮肤给染黑的。他拿起面包，浸泡在河水中，再将它放在石头上，就成了一道面包做成的菜。接着，他将手伸向另一侧胸，拿出一团纸。看起来，这张纸曾和很多别的纸一起包裹过什么带油的东西。他小心地将其打开，最后从中拿出一块从杂货铺买的哈尔瓦[①]甜点。

他用左手碾碎面包，张嘴扔进去一小块，接着又往嘴里扔了一小块哈尔瓦甜点……他闭着眼开始咀嚼。咀嚼……咀嚼……多么甜蜜的食物。他的胡子随之抖动着，就像兔子那样。

但是他的享受并没有持续很久。突然，他感觉到有个孩子目光如炬般盯着他……他急忙吞咽，透过胡子传递出一个笑容。他的眼睛周围长满了笑纹，以至于把眼睛遮得几乎看不到了。

“你要面包吗？”他问。

没等回答，他就撕下一大片面包递了过去。孩子有些害羞，拨弄着手指。

“拿着吧，”吉卜赛人说，“你吃，吃吧。”

孩子没有动。

“吃啊，吃啊……”吉卜赛人坚持道，“有很多呢。”

吉卜赛人的眼中有着不容拒绝的坚定。男孩不好意思拒绝了，伸出手拿过面包。

---

① 哈尔瓦：一般由粗粒小麦粉、黄油以及糖或蜂蜜制成，是一种凝胶状、偶为半透明的甜点，在希腊、伊朗、土耳其等国家和南亚地区备受推崇。

“你要哈尔瓦甜点吗？”吉卜赛人又问，“来点儿吧。吃啊，这也多着呢……”

他们躺在桑树下吃着面包和甜点。那条狗——就是那条棕黄色的狗——羡慕了，靠近他们乞讨，他们两个就喂些碎屑给狗。

这二人一狗非常开心。过了一会儿，鸭子们也羡慕了，摇摇晃晃地过来，想分一杯羹。它们很有胃口，伸长脖子去啄面包屑……他们想让鸭子们离远点儿，就把面包屑撒入河流。鸭子们挥动着翅膀，一个猛子扎入河中去追逐面包屑。

像是做出了什么决定，吉卜赛人双手合成一捧，浸入水中洗了洗手，然后再掬起一捧水……

“过来。”他对男孩说，“洗洗，很多水。”

梅里奥斯既没有去讨好他，也没有去查看他的手是否干净。他知道，这是一双值得尊敬的手，是一双贫穷的手，是一双劳作的手。看得出来，他很喜欢水，他的心滚烫，像在期盼着什么。

“啊，”吉卜赛人靠在桑树边，“我们现在搓点烟吧，来弄点小烟。你会抽烟吗？”

“不会。”

“你做得很好。不要抽！……牙齿会变黄的。”

他从布袋里拿出一些烟丝，稍微清理了一下衣服上的碎屑和毛发，接着吹去石头上的尘土，让石头空出来，然后，他伸出两根手指从马甲口袋中抽出烟草纸，分开后拿了一张，用手指揉搓烟丝，卷进烟草纸中。梅里奥斯和狗专注地盯着他做这一切。

没一会儿，烟就卷好了。吉卜赛人用手指将烟的下方封住，从腰带里拿出打火机、火绒和打火石，点着了烟，又把这些放回腰带里，换了一种更舒服的姿势靠在桑树上。

吉卜赛人边抽边问：“你上学了？”

梅里奥斯没有回答，双眼溢满泪水。吉卜赛人困惑了，看着这个一脸悲伤难过的男孩……周围烟雾缭绕，他看起来就像是某个古老教堂里的圣徒。

“呃，为什么呢？”他问男孩，“是我困扰了你，你才哭的吗？就是，你现在哭了，是因为我困扰你什么了吗？好吧。如果一个人不想说，就别说。如果一个人不想做，就别做。你哭什么？我的话好像不起作用。唔，还哭着？别哭了。我刚才看到一本本子才问的，这没什么。纸上也许都是虱子呢。呃，怎么了？我说别哭了。又在哭什么？……你不是一个好兄弟。”

男孩哭得更伤心了……

“我去不了学校了，大叔，我去不了学校了，去不了了……”

吉卜赛人将烟头扔向河里。烟在水里散开，烟雾飘向男孩。

“亲爱的，我的孩子，”他亲切地说，“亲爱的，谁让你这样的？我在这儿呢。你看，我就在这儿，谁敢过来试试……上帝！谁敢找茬我让他试试！对，是这样！看……你起来，将他狠狠踩在脚下。你知道我是谁吗？我是比瑟罗啊，哈哈哈……”

这些话没能安慰梅里奥斯，他捂着双眼，痛苦地哭着。

吉卜赛人长长地叹了口气，蹲在男孩身边。那条狗也好像在担心，靠近了男孩。

“啊哈，我的孩子，你可真给我出了个大难题……你怎么了？亲爱的，告诉我，告诉我吧……”

“学校把我赶出来了。今天他们把我赶走了，他们不要我了……

他们把我关在门外。可是我的成绩很好，大叔，我很爱读书。”

“他们竟然赶走了你？小可怜……告诉你爸爸，然后让他给这些人吃点苦头。什么，你没爸爸？那我来，我比瑟罗让他们付出代价。来，你看，就这样，就这样！你，老师，你做吗？老师，你拿着，拿着，拿着！现在，站起来，然后回自己家。假如你没家，那来我这儿，来你大叔比瑟罗这儿。我带你去。唔，你不用这么做。亲爱的，你想要什么？读书？他们是瞎了眼。我这都是假话吧？”[①]

“可是我想读书。”

“那就去读呗。要是老师不让你读，我就拿他[②]！就这样！好啦，别哭啦……”

他弯腰从河里取了些水洗了下眼睛，接着踏到矮墙上，用棍子向男孩指了指树林中他的小房子。

“看到没！你看到那个小房子了吗？那就是我家。瞧，看到那个在门口玩的小娃娃了吗？看……就是那个，现在正在玩的那个。有点儿瘦对吧……管他呢，他玩得开心就好……”

一个没穿裤子的吉卜赛小孩正在小房子前玩泥巴。梅里奥斯看了一下比瑟罗的眼睛，他看向那个孩子的时候眼神是多么甜蜜！

“看，他玩得开心，”吉卜赛人满脸幸福地说，“一个不幸的女人，一直洗，看到了吗？这个是最小的！还有其他人呢。看，看！假如你不开心了，就过来。好吧？别忘了，过来。我四周去转转，孩子

---

① 这几句话的意思是：“来，你看，我会这么做：‘嘿！老师，是你赶他出学校吗？我揍你，揍你，揍你！’好啦，起来回家吧……你要是没地方去，就来我这儿，到你比瑟罗大叔这儿来，我收留你。嘿，别这样了，读书有什么用呢？不过是让你眼花缭乱而已。我说得没错吧？”

② 拿他：揍他。

们吃。就这，顺利。”①

吉卜赛人打算离开去下面的居民区。临走前，他转向男孩，拿着棍子挥挥手，让他别忘了那所小房子。接着他就消失在远处。过了一会儿，男孩听到从远处的居民区传来歌声和铃声。

梅里奥斯站起来盯着那间小房子。它很小，掩藏在树木之中。那个肚皮黝黑的小娃娃，一直在那里玩。他玩会儿泥土，跑一会儿；再玩会儿泥土，再跑一会儿。

他坐了很长时间，一直看着那个小娃娃。随后，他顺着河流慢慢走了下去……

① 这段话的意思是：“瞧，他玩得多开心……”吉卜赛人满脸幸福地说，“我那可怜的女人整天忙着洗这洗那的，你看到了吗？这个是最小的，我还有几个娃儿，那个……那个……那个都是……你要是不开心了就到我这边来，好吧？别忘了，一定要来，知道吗？好啦，我去转一圈，给孩子们弄点儿吃的。再见了，祝一切顺利。”

第五章

另一边，阿内斯蒂斯大叔家一直在等着男孩回来，已经等了一整天了。阿莱蒂大婶一直看着火不让火灭掉，她还时不时走到窗边望望窗外，每次都会说："不知道那个小家伙怎么样了？"直到中午，男孩也没出现，她就把食物放在小房间里，用毛巾盖住，继续等。很快，晚上到了，男孩还是没有出现。天渐渐黑了，他们点起了灯，但男孩还是没有回来。

阿内斯蒂斯大叔今天回家后，首先问起的就是梅里奥斯。

"阿莱蒂，那孩子怎么样了？"

"他怎么样了……"她有点麻木地回答，"我都没看到他，我怎么知道？"

"什么？"

"他自从早上离开后，就再也没出现过。"

"希望别发生糟糕的事！你没出去问问别人？"

"我能去哪儿问？有个孩子经过我们家门口时告诉我学校已经关门了。我一直告诉自己他会出现的。"

阿内斯蒂斯站着思考了一会儿。

“我的老太婆,别抱怨了。我了解你……你做的没你说的这么多。”

“圣母玛丽亚！为什么要这样伤我的心？他像只小鸟一样离开了。现在他怎样了，我怎么知道……”

阿内斯蒂斯大叔将马牵入屋子，默默地呆站在马厩中。他有些漫不经心,给马喂食时把饲料撒到了马头上。今天他既没有擦洗马，也没有对马说些赞美的话。以前那些晚上，他对待马就像对自己的孩子一样，还会和它玩耍。他吹着风，有些站烦了，就上了楼。他点了两次才点着烟，他一直摇头并发出嘶嘶的声音。他觉得屋里有些冷，便叫阿莱蒂把火生上。他也不像以前似的问：“今晚我们吃什么？”仿佛他刚刚吃过一顿大餐。

他记得有一次，那时他还小，有一天，他家里闯进一只小鸟，就停在壁炉的搁板上。那时和现在是同样的季节，都是这样，在一天天变冷。小鸟停在搁板上打量着他们。它主动靠近，像是想和他们交朋友。中午，它飞下搁板，啄着面包屑。它很安静。夜幕降临后，它已经和所有人都认识了。然而阿内斯蒂斯被它伤得很深。白天他和小鸟一起玩耍，一起游戏，直到晚上他们还形影不离。但当第二天早上阿内斯蒂斯醒来，迫不及待地跑到搁板处想放糖粒给小鸟，想和小鸟说“早上好”时，小鸟已经离开，不见了。

那天，可能是小鸟看到窗外阳光明媚，飞出去为之欣喜，于是再也没有回来。

当年的阿内斯蒂斯是多么绝望啊……整整两天他不说不笑，就像他的舌头被绑住，胃口被封住一样。整整一个星期，他都闷闷不乐。

今晚他感受到了同样的悲伤，内心出现了同样的裂缝。他想起了多年前那只小鸟……也是这样进入屋子，睡了一晚，第二天便飞走了。

阿莱蒂试图安慰他，和他说她也不是很确定孩子是否离开了。也许他忘了这座房子在哪儿，正在四处寻找，也许到半夜的时候他就能找回来，不过也许他一直找不到。

阿内斯蒂斯不时地问："阿莱蒂，他会在哪儿休息？这个不幸的孩子此刻会躺在哪里？……你说他身边会不会有很多个像我一样的人去拉他一把？他会不会正在某户人家门前挨冻，等到第二天早上就被人发现冻僵了？"

"他有可能在哪个马厩窝一晚，也有可能在哪个稻草堆凑合一晚，第二天早上他一找到路，就会回来了，你上哪儿去知道……"

"无论你说什么，都不能安慰我。他是个小心翼翼的孩子，他可能是担心会给我们带来负担，我们需要鼓励他。"

他俩坐在壁炉旁，只围绕着这一个话题聊天，一直聊到深夜。有那么几次，他们刻意将话题转移，但很快，话题又回到了那个孩子身上。

突然间，阿内斯蒂斯冒出了一个想法。

他问妻子："阿莱蒂，你今天离开过家吗？"

"没有，我今天一步也没出去，直到塞普多过来了，我帮她找了下咖啡研磨器。"

"告诉我，当时门是开着的吗？"

"是的……大概开了一条小缝。"

"那就对了！他会进来。那是中午对吗？"

“差不多那会儿。”

“那样的话，他会进来，拿走他的书包然后离开。帮我把灯点亮。”

“你去哪儿？”

“我让你点灯！我去看看他的衣服还在不在。”

他站起来，提着灯走出去。但是他一打开门，灯就熄灭了。窗户似乎是开着的。他看着外面那些星星陷入沉思。突然他感到惊喜，因为他发现黑暗中似乎有人在呼吸。老人的心紧紧揪了起来。

他喊道：“梅里奥斯，是你吗？孩子！”

一团黑影动了一下，发出摩擦声。

他再次喊道：“梅里奥斯！为什么不回答我？我的孩子，是你吗？为什么不说话？我在这儿，大叔在这儿……”

心情低落的孩子仍然没有回应，反而开始哭泣。

“阿莱蒂！快过来！在这里！”

阿莱蒂提着灯进来了，他们发现男孩的面庞流满了眼泪。

老人轻声轻气地问：“怎么了？发生什么事了，我的眼珠子？起来，起来吧，我们进去，你告诉我一切。阿莱蒂，把桌子铺一下，孩子饿了。”

梅里奥斯意志消沉，他说：“不用了……我不用。”

“孩子，起来！放松，你有什么事，都告诉我。你这样太让我担心了。阿莱蒂，把饭热一下，我也吃点儿，我饿了。来，宝贝，我们进去吧。”

他搂着男孩的肩进去了。梅里奥斯用手拭了一下眼睛，想要擦掉眼泪。

“坐在这里，这里。靠着靠枕。你看，我们有办法了。过来……

我们好好吃一顿，然后你再告诉我。阿莱蒂，饭好了吗？我闻到香味了。”

“我做了点洋葱烤牛肉。”

“啊哈，真是太好了！再上点酒，让我们庆祝一下。”

“不，大叔！我不吃了。”

“又来了。亲爱的，你就吃点儿，吃一点儿。你看看我是怎么做的，我会让你挨饿吗？阿莱蒂，你别听我们说话，继续铺桌子吧。假如你不吃饭，明天怎么有力气去学校？”

他又提到了！梅里奥斯的眼睛再次充满泪水。

“又来了！嗯，你到底怎么了，不能告诉我吗？”

“阿内斯蒂斯大叔,没有上学这件事了。他们把我赶走了,就……”

“他们赶走了你？哪个杀千刀的这样做了？”

“校长……”

“你听好了！他们竟然把你赶走了，我诅咒他们去不了教堂！是因为钱吗？别担心……我在这儿呢，我会解决所有的问题。你可以去学校，可以去读书。别担心。”

“不是的，不是……”梅里奥斯不断地插嘴，“没人能帮我重回学校了。”

“唔，那么告诉我，到底发生了什么？”

梅里奥斯擦了擦眼泪，说出了一切。他说到了那个打着领结的老师，还有校长，还说了他在老师面前受到的巨大侮辱……以及最后，那个穿长袍的看门老人和他向他的眼睛洒墨水这件事。

说完，他感到轻松了些。

大叔摸了摸胡子，在脑海中把这一切又梳理了一遍。他放下那些是非曲折。梅里奥斯和其他人有什么地方做错了吗？简而言之，一切都应归咎于校长。他羞辱了这个孩子，于是他反击了。可怜的孩子，他能怎么办？为了不被抓住，他只能把墨水倒在看门老人的脸上。

“这是不对的。那个老人没对你做错什么，我们来谈谈这个墨水事件……你对他做的并不是小事，把整支笔的墨水都洒在他的脸上！这就是你唯一做错的，也是你需要去弥补的。现在，所有的困难都在这里，怎么去安慰那个老人？你说他住在地下室？穿着长袍？好，我来负责和他和解。校长那边我搞不定，已经这样了。穷人更容易彼此理解。你对另一个老师做了什么？……但是我认为，那位先生没有理由生气，在他的面前一个孩子被这样对待，就这样发生了！明天一大早，阿莱蒂，帮我准备正式一些的衣服。我会去搞定一切。好了，现在一切都好了。别哭了。阿莱蒂，把饭拿出来，我们要吃饭了。”

阿内斯蒂斯说到做到，一大早他就过去了，敲响了地下室的门。

他敲了两下就停了，因为听到从里面传来打鼾声。运气不太好。他准备在操场散散步，直到里面的人醒来。突然，门打开了，出现了一张涂满墨水的脸。

“你有什么事，老弟？”里面的人问道，“你是来找我的？”

“是的，老哥，我就是来找你的。麻烦你了，如果你愿意，我们出去谈谈。”

“稍等……”

他拉开门闩，往脸上泼了两捧水简单打理了一下，将烟头扔进垃圾桶，随后出来了。阿内斯蒂斯往操场边上走去，河水从那儿流过。最后，他靠在一棵扎根在水里的杨树上。这些树就像鸭子一样，哪里有水和阴凉地，哪里就有它们。

“那么，你找我有什么事？我们认识吗？”看门老人问。他的双眼透过墨水观察阿内斯蒂斯，他在回忆他们是否认识。

“你不认识我……”阿内斯蒂斯说，“不用回想了，我们并不认识。我过来是有一个不情之请，为了一个……”

老人说：“行，我明白的，你是昨天那个小坏蛋的爸爸。你看到了吗？就像我没读过书，但我的眼睛却能写字了。你是怎么教他的，怎么让他学成这样？你真棒啊！”

“哈……哈……”阿内斯蒂斯露出善意的微笑，“不是，他不是我的孩子。好吧好吧，更准确点，我和他不熟。我不是来为他找借口的，他的确做错了。”

“你这是又给了我一枪！所以呢，他做错了，我就必须原谅他？他自己怎么不来？怎么不来和你做一样的事情！他是你邻居吗？”

“不是的，他只是一个不幸的孩子。我只是心疼他……老哥，我心疼他，我怎么告诉你……这种感觉就像是我家婆娘生下了他。我们没有孩子，没有自己的孩子。他是前天来到我家的，就像落在地板上的小鸟。你忍心赶走他吗？不，告诉我，你会怎么做，老哥？”

“你不要再提醒我了，他往我脸上洒了一钢笔墨水，他就是个坏坯！”

“不是的。你不知道在上面他们对他做了什么，那些脖子上套上缰绳[①]的人狠狠地羞辱了他，他们狠狠地戳了他的心，接着又追赶他。

① 指戴领结。——作者注。

然后，你挡住了他逃跑的路……这种情况下，他能怎么做？束手就擒吗？每个人都会做出和他一样的选择……不仅仅他会埋怨。”

“那老弟，你想让我现在做什么？让我反过来去安慰他？我婆娘昨天一直帮我擦脸，但是那些墨水仿佛粘在了我的脸上，我就像瞎了一样。”

“听我说，老哥。我们两个都是穷人，都在为生计奔波，这件事与我们息息相关。所以我们现在放过这只小鸟，还有我们身上遭遇的不幸吧。难道不让他再多学点儿，不让他看到不是只有这么一点前程？当然，我对你的遭遇感到抱歉……”

“别跟我说这些，老弟。我的心一直很软，这事我会交给我的灵魂来决定。我已经原谅他了……但是有什么用呢？上面那些长官们可不会原谅他……现在，也不能说所有长官都那样。对，其中一个，叫斯坎弗拉斯的老师来找过我，他在外面友好地问我，那个孩子有没有出现过……问我有没有在哪里看到过他。假如我知道他在哪儿……”

“老哥，你说什么？”

“就像我说的，他看起来一脸遗憾……那种遗憾的表情就像失去了家人一样。然后他问我的眼睛怎么样了，有没有什么不舒服。我就跟他说：‘就是变黑了，其他没什么。老师，怎么和你说呢，我一直在祈祷……你知道早上的时候他是一个多么规矩的男孩，行为端正，规规矩矩，不是嘻嘻哈哈那种人。现在他怎么了？我怎么想都想不通。’他对我说：‘就这样，假如可以，你找找他吧。’”

阿内斯蒂斯听到这番话后非常高兴。

“你有这么好的消息，怎么不早说却藏着？”

“我自有计划。我本来想去找你的……想去了解他是怎么回家的。他淘气吗？他不幸吗？好了，我已经把该补充的都说了。我是站在你这边的。还需要我帮什么忙吗？”

“老哥，愿上帝保佑你和你那口子晚年安乐。你不知道，你的话让我活了过来，我衷心感谢你。你如果愿意，请告诉我那个感到遗憾的老师的住址，我要去求求他。”

“没有必要。啊！（他从口袋里掏出手表）老弟，十万火急！到了开门时间了！假如我没及时开门，那位‘大人物’会像野牛一样咆哮。我的天啊……我的上帝！”

阿内斯蒂斯说：“那你赶紧过去。我们已经是朋友了，哪天你有空来我们家，我们招待你。”

“好，找个星期天。”

“我和孩子会通知你。”

两位老人分别了。他们紧紧握了下手，其中一个就忙着工作去了。

第六章

老师的家在底层，窗户狭小，墙壁破旧。从来没有外人进入他的家门。整个家里到处都是狭窄的过道，让人感觉精神压抑。不久之前，阿内斯蒂斯从里面出来，他全身是汗，大步踏上回家的路。不到一个小时，他们就结束了谈话。阿内斯蒂斯发现这个看起来干巴巴、沉默寡言的男人眼神安定，他静静地听着他说话，从不打断。最后，这位老师站起来，用低沉的声音对来访者说他已经做好准备了。

当然，他用了“请”这个词。“请让那个孩子在中午后过来”，或者更好的是，等下午学校放学后再让他过去。这事再说吧。他一直把阿内斯蒂斯送到家门口，并对他说“对不起”。为什么说“对不起”？老人不明白。他拿起帽子出门了。走在路上，他仍有些局促，帽子拿在手里忘了戴。他回到家，重重地踩在楼梯上，大声呼唤着阿莱蒂给他做些出门准备。

“一切进展顺利。”他对阿莱蒂说。接着他去了男孩的房间，坐在凳子上，轻声细语地向他讲述整个经过，就像喂小鸟吃芝麻一样。

随后，他穿上鞋离开了。唯一不能忘记的就是“中午后”，让男孩按老师吩咐的去找他。家门口挂着一个铃铛，当你转动它时，它就发出像自行车铃一样的声音，像是在提醒你，不要忘记“午后”约定。

像往常一样，老师独处时，回忆了一天中发生的一切，好让自己不忘记什么重要的事。他喝着姐姐给他准备的茶，吃着饼干，然后系上领结走了。

他姐姐就像家里的天使稻草人，高个子，非常瘦，皮肤干燥、紧绷，自控力强。她的活动范围就是这个家，终日不见阳光。太阳能对她做什么呢？给她展示阳光下的真实吗？结婚也不会成为她出门的理由——即便这世上的所有姑娘都消失了。她就这样过了很多年。她现在的快乐来自照顾她唯一的弟弟，为他洗衣做饭……晚上，当她弟弟读书时，她就织衣服，安静地织衣服。她内心深处住着她的弟弟。她养育了他，送他读书，像父亲、像兄弟、像亲戚一样支持他。

她像修女一样，在家侍奉基督的荣光，也因此会在厨房烧香祈祷。她把世界上所有的爱都奉献给了神，所有的爱。在岁月还没压弯她的背脊前，独自一人时，她偶尔也会觉得内心深处有什么在悄悄流逝，这让她感到有点受打击……但是很快，她再次投身于洗衣做饭等家务之中。

多年来，每当弟弟离家去学校，她都站在窗旁，靠在墙边，看他远去。她长叹一口气，随后紧紧地抿着嘴，进入室内回归生活：打扫、除尘、清洗，拿出盘子洗豆子……一顿煮好的、色香味俱全的饭，可以很好地慰藉疲惫的人。

今天她也将这样度过。她浑身放松，就像犁总在同一个沟渠里劳作一样自在。中午，她站在厨房里，正打算再切些洋葱准备午饭时，不寻常的事发生了，有人在轻轻敲门。她的心像被什么东西抓住了。谁会在这个时候敲门呢？这是从未发生过的事。难道是弟弟中途从学校跑回来了？她擦了下被洋葱熏出眼泪的眼睛，跑着去开门。一开始，她在门后站着等了一小会儿，随后敲门声再次响起。不，不会是她弟弟，她能辨认出他的敲门声。现在该怎么办？要开门吗？但是门后是谁呢？她从来没有经历过这种突发事件。谨慎起见，她朝钥匙孔看去，但看不清楚外面。她靠近窗户，将百叶窗拉开一点，发出一阵声响，使外面的人像是从睡梦中惊醒。她发现是一个小孩站在门外。她关上窗，打开门。

她开门见山地问："有什么事吗？"

"老师……请问老师在不在？"男孩站在门外，抠着衣服上的纽扣问，"老师住这里吗？"

"对，是这里。你找他有什么事？"

"他……他通知我过来的。"男孩结结巴巴地说，"他叫我过来的。"男孩好不容易说完整句话。

"他叫你过来的？好吧……但是……"她想了一会儿，最后说，"好吧，他会晚点儿到，你进来等他吧。"

梅里奥斯脱下鞋，跟着她走进去。她把他带到椅子前，招呼他坐下，又赶去厨房了。过了一会儿，她给他拿了些甜品出来。她疑惑地打量着梅里奥斯。在这封闭的空间内，气氛令人有些难受。有一瞬间，梅里奥斯甚至想拔腿就走。但是他会这样做吗？不会，世界上最不会发生的就是这种情况了。尽管有些尴尬，他仍继续等待，他们又不会吃了他。但是为什么这位女士要这样看着他？我的上帝，这屋里也太黑了，所有东西都堆在一起，窗帘、墙壁、家具几乎都是深色的，这让他觉得仿佛置身于坟墓中。

终于，敲门声再次响起了。随后，拖沓的脚步声在走廊响起。没过一会儿，那个熟悉的穿着橄榄色西装的人进来了。他目光温柔，有些羞涩地走过来，站在男孩身边。他迟疑地笑了笑，坐在椅子上，摘下眼镜放在手里把玩。

过了一会儿，他说：“我的意思是……也就是说，嗯，最后……你不需要离开。校长先生是有些伤人。但是现在，就是说……一切都会好的。我……对你后来的逃跑感到吃惊。你为什么要跑呢？”

男孩说：“关系我的老师！他们想要开除我的老师，因为他给了我学习资料。”

“唔……”

他用眼镜布擦拭着眼镜。这个孩子的敏感让他有些不解，但他感动于那位老师的行为，那让男孩受益。他还不习惯产生这么强烈的感激之情。

多年来，他面对办公桌，默默地习惯了只倾听暗中嘲笑他的笑话。这让他的灵魂慢慢累积了痛苦。不，他曾用尽全力，想用最大的爱心和耐心去教导学生，但是他没能征服孩子们的灵魂，没能赢得孩子们的心。孩子们的恶劣行为打击了他，在他们面前，他甚至失去了情感。他也曾将自己与其他同事对比，看到了彼此的差距。他的同事们对待学生严厉、粗暴甚至野蛮，但这些行为却为他们赢得了更多学生。孩子们也许也不喜欢他们，但是至少没有嘲笑他们。孩子们敬畏和尊重地听取他那些同事的话。他的同事们甚至回归传统，用起了木棍和教鞭。他从来不用这些，不用教鞭，也不向学生扔笔以示惩罚，就怕孩子们受到惊吓并憎恨他。但是，他得到了什么？学生们在他的课堂上吵吵闹闹，他只能用咳嗽吸引他们的注意……他们到黑板上写字时还假装忘记拿粉笔！或者故意让铅笔盒掉在地上，弯腰去捡时伸出舌头，做个鬼脸。

仅仅这些吗？

有一次，在课堂上，所有学生都站起来，齐声喊："打铃了，老师，下课了！下课了！"他呢，没有掏出手表核对时间，也没有训斥他们，反而对他们说了声"对不起"，看着他们去操场玩，吵扰了整所学校，引来校长把身体探出窗外训斥他们。因为他的失误，校长还转身责骂了他。这给他带来了多少不幸和抱怨？

然而，让人感到奇怪的是，他并没有因此训斥并惩罚学生们，他竟然向他们寻求原谅。"对不起，是我错了。"于是他又被淹没在一片故意的咳嗽声中。

但是，悲剧并没有停止。有段时间，他察觉到学生给他起了绰号，但他是无辜的，他假装听不到看不到。他第一次听到这个新名字时，感到一阵深深的悲伤笼罩了全身。有个孩子看到他从门口进来，大声嚷道："叨叨来了！""孩子们！……"中午回到家，他仍被悲伤笼罩着，他没有吃饭。他们从哪里找到的这个绰号？这是什么意思？他们在嘲笑他的什么缺点？他没有丝毫头绪。直到有一天，他们自己当面说了出来。那是在自然课上。这并不是他的课，但是自然老师感冒生病了，所以他去代课。那一节是昆虫学习课。

"请你们说出一种昆虫的名称。"他要求道。

"蝴蝶！"班里的一个差生喊了出来。

"太棒了。你能再说一种吗？"

差生回答道："老师，我不行。"

"为什么，我的孩子？来告诉我，来，说一下……说一下……"

"我不行，叨叨先生……"

他眼前一黑。

"为什么这么称呼我？"他不解地问。

"因为……某种程度上因为你的唠叨，叨叨先生。"

他不由得抓住了脖子上的领结。

他咳嗽一声掩饰尴尬；他感到有些困惑；他敲了一下铅笔，继续上课。

第二天早上，他一遍又一遍地系着领结，最后，他把领结扔了，系上了领带。但是当他走进教室，"老师，老师！"学生们对他喊道，"解开！解开！系上去！"

这个善良的人问："你们在说什么？"

"您的领结，老师。"

他的手指在领带上打转，随后紧紧抓住名册继续上课。

有一次，他试图生气，但很快他就后悔了。他对所有学生罚跑……他们跑了很久……直到惊动了整所学校，校长又不得不跑出来看是怎么回事。

总之，第二天他系回了领结，重新装聋作哑。

这一切为什么会发生？为什么要这样对待他？从什么时候开始的？他不明白。一切就这样不可避免地发生了。

从来没有一个学生站在他这一边，一次都没有。他没有得到过一个尊重的眼神，也没有得到过一丝同情。他不得不相信，一些美德已经永久地在年轻一代身上消失了。

可是现在，看看，这个孩子站在他的面前维护着他的老师……而且如此充满感情！他的老师是谁？如何成功教出这样一个英勇的孩子？他是怎么做的？他用什么办法成功的？

他把男孩留了下来，也许他可以揭开这些秘密。他停下擦拭眼镜的动作，兴致盎然地问男孩："那么，你爱戴你的老师吗？"

"当然。"

"我的孩子，为什么？……为什么呢？"

男孩有些不安地回答："我不知道……因为……他教我读书了。"

"唔，因为这个吗？也许你爱戴他是因为他也爱护你？"

"是的！"男孩充满感情地回答。

仅仅是这样吗……但是为什么他也这样做了，却没有一个这样的学生？也许他没有爱护孩子们？但是他为他们付出了全部爱心。为什么孩子们还要这样恶意对待他？"美德在他身上流淌，美德没有死去。"

"卡德拉斯，没其他事了。你明天就来班里上课吧。"

"老师……"孩子的眼中充满了泪水，"谢……谢谢！"

"没事，没事……"他有些不好意思。

梅里奥斯突然害怕地问："那……校长？"

"当然，这也是校长先生拜托我的……"

校长是个好人吗？但是校长之前那样对待他。他不理解，他永远不会理解那些大人物。他站了起来。这时候需要亲吻老师的手吗？他可以这么做吗？也许老师会因此讨厌他？也许会觉得他在讨好？最后，他什么也没做，只说了句"谢谢老师"并打算离开。这时，他看到老师伸出了手。他现在要怎么做？要去握手吗？但是他从来没有握过手……大人们总是做些“多余的事”。之后要不要开始抽烟？他到底该怎么做？假如他做了这些“多余的事”，老师会不会说他长大了？看着老师伸出的手，他下定了决心，没有去握手，而是快速亲了一下。他也不明白自己为什么要这样做。

接着他羞涩地抬起头。他看到了什么？

老师的脸比他更红。

“那么……明天……”老师说着，不知该如何放置自己的手指。

老师的姐姐把他送到门口。他一迈出门槛就欢快地往前狂奔，快得连鸟儿都追不上他。姐姐回屋时，看到老师正在抚摸自己的手。真令人不可置信！刚刚发生了什么？这么多年来从来没有过，在她的记忆中从来没有过。

“我们吃饭吧，”他喜悦地说，“我饿了。”

他晃动了一下手指。

姐姐赶紧端出饭菜。

吃饭时，她愣住了。她弟弟在屋里……吹口哨！

汤匙从她手中掉下来，她举起放在围裙上的手揉了揉眼睛。

他们边吃边聊，这是此前从来没有发生过的。以前他们都是沉闷而缓慢地各吃各的，几乎没有交流。

过了一会儿，他要走了，下午上课的时间快到了。他跟在姐姐身后走在过道里，无意中看向镜子，看到里面有个黑皮肤男人正眯眼微笑。他感到领结有点歪，于是重新系了一遍。接着，他凑近镜子，带着笑意，带着自豪，伸出双手触碰了一下里面的人。系着领结的他就像小公鸡一样耀眼，他第一次这样光彩照人。

第七章

最初那些天过得有些混乱，各种各样的事情需要挨个进行。第一件要解决的事，就是孩子们尚未适应课堂的束缚。梅里奥斯需要一两周时间来适应这里的氛围，收获这里的友谊。日子缓慢经过，就像刚冒出牙床的牙齿，似乎在寻找着什么，看看会去往何方。

一年级教室朝西。早上光线昏暗，下午则阳光毒辣，简直能晒死人。学校要求孩子们把头发剪短，但总有两三个捣蛋鬼跟一些大孩子有样学样，假装眼睛疼来逃避剪发。他们都是留级生，总是坐在后排，被宗教课老师称为“留级帮”。有个坐在后排的孩子正悄悄地和梅里奥斯说着话，他看上去像一个小流氓，卷翘的头发又让他看起来像一只貂，他被其他人称为“留级帮之王”。

“我的眼睛没病。”梅里奥斯说。

“你看我像有病的样子吗？”

“那你为什么不剪头发？”

“为了让我看起来不像刺猬头啊。”

“好吧。但是我的眼睛真的没病……”梅里奥斯又说了一遍，接着把头埋进书本。

“我跟你说，我才不是那些乳臭未干的小学生！”那只“貂”再次强调，“你明白吗？”

“我明白，但是我还是会去剪头发的。”

“什么？千万别去剪！不然你就是猪。我要怎么跟你说？不要剪！”

这个孩子生性叛逆。他的一生就像一个错误。他本来应该叫达克里奇科斯或克里斯提蒂斯，但最后被人叫作塞奥多罗斯[①]，因一个修士给他洗礼而得名。对于学习他就像对丘疹一样避之唯恐不及。他有两个小伙伴，也是视上学如同坐牢，分别叫作库库洛斯和哈莫利亚斯。

慢慢地，班级里的“星星们”开始显露出彼此的不同。有一个蜡黄皮肤的小孩性格安静，宗教课总是考第一，但其他课却是最后一名，他叫哈吉阿斯戴里欧。他的母亲是个虔诚的信徒，但是很小气。任何人都能得出这一结论。他的书总是散发着一股煤油灯的气味；在学校还没有提出要求前，他妈妈就给他剪短了头发；他穿的袜子是家里人织的，衣服是由废弃旧衣改制的。地理课上，伊万希雅·穆斯古拉就像一个“刺头”。她有着一双棕色的眼睛，眼神严厉，坐在最后几排，几乎从不与人开口说话，总是表现得目中无人、高傲自大。伊万希雅上课时总是说含“不”字的句子。

“波利伊罗斯不是哈尔基迪基省的省会。这个地方不生产石油。奥尔米利亚不是……”

① 塞奥多罗斯：在希腊语中意思是“上帝的礼物”。

“干得好，穆斯古拉。太棒了。”

“干得好！穆斯古拉！”那些小麻烦精们在穆斯古拉经过他们的座位时起哄……“干得不好！穆斯古拉！”

数学课的佼佼者则是阿尔吉里奥斯·伊万吉鲁。他是一个胖胖的黑皮肤男孩，眉毛浓密。他是杂货店店主的儿子，经常坐在店里的长凳上。他又矮又胖，下巴上有一处疤痕。他的手指能解决所有的数学问题。

古希腊语课上，阿尔德米奥斯·拉伊诺斯和尼奥妮娅·里安库拉互为竞争对手。拉丁语课上，外乡人克里斯托弗洛斯·阿波斯贝里迪斯有时显得冷漠。法语课上，阿莉琪·丝芭贝丽的发音让老师抓狂。贝丽可·普里诺拉是班上年龄最大的孩子，有着小麦色肌肤和咖啡色眼睛，像是时刻准备好成为一个女人。梅里奥斯的标签则是乏味，他的闪光点还隐藏在害羞的外表下。但是他向其他人展露优点的那一天不会太晚到来。

还有些孩子以一言难尽的“个性”闻名，如尼奥赫斯·坎塔里赫斯、斯塔西斯·卡拉米佐斯和塞迪斯·耶雷米。现在让我们回头来看第一个提到的孩子达克里奇科斯，也就是那个粗鲁的孩子。在他看来，他的“留级帮”成员就只是一串姓名和编号，除此之外什么都不是。排在这串姓名和编号的末端的，是一个不入流的孩子，名叫弗洛斯，是班上的“犹大”。

法语老师有着大脑门，经常戴着帽子。他是一个有点奇怪的老师。他有些脱发，身体看上去有些虚弱，好像随时会倒下。他叫安贝尔·阿纳科里迪斯，他就像一把刻着人类姓名的螺丝刀，又像一个被生活摧残的小矮人，对所遭遇的一切痛苦只会安静地微笑着接受。他卑微而软弱——总的来说，他就是这么一个人。

课间，孩子们从楼梯上蜂拥而下，就像山上的滚石。他们像从门内泼出的滚油，瞬间铺满了整个操场。操场前方宽阔，四周河流环绕，形成了天然的围墙。杨树成荫，像树篱一样从河水延伸到操场边缘。薄荷和水草散发着香气，满眼绿色。孩子们下水时，一些彩色小蛙在他们身边跳跃旋游。

孩子们像水手一样大喊大叫。多尔大叔站在门前，在胸口画着十字。

“我的上帝，我的耶稣，展现神力吧！这群麻烦精……我看到满世界的孩子，但他们是魔鬼，是撒旦。展现你的力量吧，圣母玛利亚。”

突然，一个球砸中了多尔大叔，他倒下了。他的妻子在操场上洒着圣水，想赶走那些“小恶魔”。随后，这些捣蛋鬼们找到了机会，他们用工具剪断了保护窗户的窗条。在没有听到玻璃碎落的声音前，他们是不会安静下来的。一群神经病。

女孩们有着自己的地盘,她们在满是薄荷和水草的河滩上玩耍。高年级学生靠着杨树沉思。老师们从阳台探出身来，漫不经心地抽着烟，假装没听到下面的喧嚣。斯坎弗拉斯先生远远地站在他们身后。他觉得自己与同事们格格不入，不好意思站在他们旁边。他担心自己靠近他们的话，孩子们会发现他并以他难以忍受的方式捉弄他。他忘不了去年春天遭遇过的一切。

楼下聚集了十来个曾经捉弄过他的学生，正在玩“飞走了”接龙游戏。幸运的是，这会儿阳台上只剩下他一个人。但楼下的学生们破坏了这安静的世界。

“飞走了……飞走了……鹳鸟！”

“飞走了……飞走了……扫帚！”

“飞走了……飞走了……蝴蝶！”最后一个人大喊，其他人都咯咯笑。

斯坎弗拉斯先生闷闷不乐地回家了，午饭都没吃。

今年的秋天格外长，就像疾病缠身的人似的，不停地咳嗽，树叶慢慢枯萎飘下。土地上没有植物发芽，万物走向死亡。但是生命潜藏在地下，就像狐狸半闭着眼潜伏在灌木丛后面一样。阿内斯蒂斯大叔家中也在做过冬准备。他们在厚厚的垫子边放上枕头，全都用布罩着，也换上了厚厚的窗帘。有一天，阿莱蒂爬上梯子挂上窗帘，给家中增添了一些朦胧的色彩。垫子变小了，因为阿莱蒂裁下一些加上羊毛垫做成了地毯。这些家务像是融入了她的血液，她非常擅长,她是个好女人。但是在她的灵魂中有些东西让她显得冷漠，她不太和别人说话。男孩努力想要从她的眼中找到“冷漠的原因”，但是女人有些被他的行为惊吓到了。

晚上，梅里奥斯在灯下读书，阿内斯蒂斯大叔的内心欢快得像只燕子。整个家弥漫着一种陌生但甜蜜的感觉，有孩子和书本的味道……老人想躲在角落里偷偷哭一场，这一切像祈祷，像感恩。

有时候阿莱蒂不在，老人就跑到梅里奥斯身边坐着，用请求的语气说：“你能不能把你会的那些字教给我几个？”

孩子就摸着他粗壮的脖子，开心地说：

“全部教你，阿内斯蒂斯大叔，我全都教给你！”

“少来了！我能学会那么多？这总共得有多少个啊？”

“24 个[①]。”

“唉——”老人叹了口气，“文化人造了很多词，他们才不管我们穷人，他们只要自己方便就行，一切为了他们自己方便。”

“阿内斯蒂斯大叔，字母就这么多，他们也没错。不能再少了，再少，我们就不能写出所有的词语了。”

“我能拿所有的词怎么办？我只想写两个词，阿内斯蒂斯·卡里奥里蒂斯，没别的了。等等，写出这两个词需要学会多少个字母？”

“还是 24 个。”

“你看，你看这多混乱！你现在不用给我展示所有的。就这样……当我看它们的时候，什么也没发生。你带我学习一下字母 A 吧，给我看下，我好认识它，我下次就不会错过它。这本书里有这个字母吗？”

“到处都是。”

“你看……”阿内斯蒂斯大叔有些担心，“到处都是，这么多你也没弄混。给我指一个看下吧。”

“你要看小写的还是大写的？”

“啊哈……所以是这样？真糟糕啊！所有的字母都是这样？有两种写法？”

“是的，所有的。”

“我的小乖乖，那也就是说，不是 24 个字母啊，应该是 48 个。我现在更绝望了。我看有这么多字母就是不想让我学会。就这样吧……我至少得会一个，教我字母 A 吧。”

① 希腊文有24个字母。

“那你要学大小写中的哪一种？”

“唔……假如只能选一个，当然是大写。来，教我大写吧。”

梅里奥斯选了一个大写的 A，指给老人看。

“拿过来我看看。”老人拿过书放在面前，“是这个吗？”

他看了又看……感觉没什么用。最后，他甚至把字母和自己工作时用的工具做对比。他把眼睛揉了又揉，最终得出结论：

“你看到 ἐρμη[①] 了吗？它就像教堂里敲钟人的梯子，可以让人爬上去点亮油灯。我的心肝，阿内斯蒂斯·卡里奥里蒂斯怎么写？我当然想学很多。我想学会给你写信，那样即便你长大后搬到别的地方住了，我还能和你联系……需要时我就可以找到你……不过算了，时间不允许，我来不及学那么多了。你还是教教我名字怎么写吧，我会需要的……”

“好的，大叔，我来教你。一周后你就会了。”

“我想把它写在十字架上。当我彻底闭上双眼，尘土将我掩埋，我会带着它离开这个世界。”

“别这样，大叔……”

“好了好了……”老人又笑了，但还是悄悄抹了下眼睛，“我死去的时候你是否还在我的身边？你会回答吗？你还会在我的身边吗？……”

欢乐并没有持续下去。过了一会儿，阿莱蒂回来了，她让他们抬起案板并铺好矮脚圆桌。锅里的食物咕噜咕噜煮着，没一会儿就被盛在盘子里端上来。他们安静地吃着饭，时而停下拿着勺子的手，

① ἐρμη：意思是“孤独”。后面那句话是老人从这个字的样子展开的想象。

侧耳倾听窗外吓人的风声。风仿佛要摧毁这贫穷的小屋。

矮脚圆桌被收了起来。家庭主妇阿莱蒂开始织东西了。梅里奥斯再次打开书本……老人拿出烟袋，卷了一支烟，靠在壁炉旁满意而欣慰地看着男孩。

“嘘——”他对阿莱蒂只说了这一句话，“他在读书……”

他闭上眼睛，细细品味着此时此刻美满的家庭生活。

第八章

铃声每天响起。多尔老人看似羸弱的手上总是挂着一只铃铛，那是一个很小的手动铃铛，里面的铜舌就像狗喘气时的舌头一般。也因此，老人把铃声称为“狗吠”而非“鸣响”。这种做法像是讨厌这只铃铛，厌烦了这一切。但是他又叫它“叮叮当”，不允许任何人动它，就连他的妻子也不行。“你不懂的，放下。”他说，就像这是一门伟大的学问。在他们住的地下室，有个煮饭用的铜炉。他们吃什么呢？只有煮豆子，因为他们不记得其他菜怎么做了。豆子的香味散发到整所学校，每次都能引来宗教课老师的注意。宗教课老师留着长长的白须，校长私下称之为“勇敢之须”，因为那胡须看起来像一把剑。但宗教课老师并不喜欢这个称号。

有一天，他手抚胡须下楼来见多尔大叔。老妇人被吓到了，她还以为神父老师过来是要“带走她”。

“我们都很好……”她说。

“我们很好，但你们就要不好了……”神父预言般地说。

“我的上帝啊！为什么，神父？”

神父的双眼严肃地盯着她，附在她的耳边说了一个词，滚烫如子弹："纤维。"

"我的天，这是什么？"

"致死物质。"

"上帝啊，宽恕我们吧！"

"淀粉……"

"这又是什么？圣母玛利亚……"

"另一种致死物质。"

"上帝，救救我们吧！"

多尔大叔在角落一边洗刷他的长袍，一边搅动豆子。过了一会儿，他走近神父，将耳朵附在他的胡须上："神父老师，你说的致死物质是在哪里？"

"在你们的豆子里。"

老人把头摇得像拨浪鼓。

"胡说八道……"他对神父说。

神父抬了抬眉毛，它们就像两条扭曲的蛇。

"你说什么？"

"我说，这是胡说八道……神父，我的肚子里，早就装过数以万计的豆子了。我一点儿事也没有，头也不疼。"

"是，但是……很多时候，装东西的陶罐也……"

"陶罐是陶罐，豆子是豆子。神父，你为什么要吓唬我婆娘呢？我们有什么就吃什么。你要是给我们肉，我们就吃肉。"

"话是这样……但食物太单一了……"

"那我能对'单一的食物'做什么呢？我想用豆子让我的胃高

兴，而你想扔烤肉片进去让胃高兴。”

神父手抚胡须，生气地去上课了。他竟然和他们讨论“只吃豆子的毁灭性后果”，而不是什么“通往伊默斯[①]之路”。

他是一位喜欢吵架的神父，经常怒气冲冲的。他的双眼小而灵动，但看起来像是带着恶意。当他生气时，他的话就带着攻击性，你分不清他是在祈祷还是在诅咒。他不喜欢自己的课，很多时候，他会沉浸在一些传统中，例如，他会唱上一整天的拜占庭音乐。其他人很自然地学会了，但是他们从不唱哪怕一个词，因为他们赞美这是“上天的恩赐”。

他会像摸小动物的毛一般抚摸自己的胡须，就像玩游戏和把玩念珠一样。假如他在战争中失去了双手，那他将一辈子都在悲痛中度过，因为再也不能抚摸胡子了。

他说：“我不能……认识世界后，将适应于此。自然而生……”

“好了,圣人……”被人称为“魔鬼的侄女”的体育老师对他说，“好了，圣人同事。那你在长出胡子前，你摸什么？”

“我有一只猫，一只猫……”他像吹口风琴一样左右抚摸自己的胡须。

就是这种对胡子的喜好让他选择了做神父，他的手指对胡子有种病态的渴望。

“有的人喜欢狗，有的人喜欢女人。”

“而你喜欢胡子。”穿着裙子的“魔鬼”说。

某种程度上，他是个小气鬼，就像放高利贷者。他从来都不完

① 伊默斯：耶路撒冷附近的一个村庄，耶稣复活后不久曾步行到此。

美，也有人说他亵渎神灵。

“上帝在上，人无完人。”他郑重地说，语气像是在把你逐出教会。

立起来的“神圣”胡须证明了这一点。它就像一把细长的多色扫帚，中间全白，中间往上的部位则被烟熏得发黄，就像倒上了碘酒。孩子们的眼睛总是紧紧盯着这多色胡须。

神父身上散发着一种奇特的气味，闻起来不像是其他神父身上的熏香味道，而像是无花果香气。这就更加奇怪了，因为从没有人见他吃过无花果。

总体而言，这个身穿神父黑袍的老师对有些事物充满热情，对有些事物则兴味索然。他很讨厌豆子、圣经和孩子。可是太倒霉了，在这个地方，他三样都碰上了。他有一个年纪很大的母亲，老得不能再老了。“我就待在这儿！”她曾经固执地说，“我要等着耶稣降临！”

她在窗前度过一生，她在那里深深地呼吸，仿佛融化在空气中。

“圣人同事，你为什么不带她出去？”那位“诱惑”老师问他。

“她年纪很大了……”他回答道。

“多大？”

“没人知道，我只是她的‘小麻雀’。”

笑声迸发出来。

直到校长也笑出声并用他海蓝色的眼睛热切地注视着他们。他并不知道他们为什么笑。

神父生气地站起来，就像狂暴的海浪。

“我走了。”他说，“这是无礼的胜利！”

他狠狠地瞪了一眼体育老师，眼神是如此凶狠，眼球简直都要弹到她的身上。

数学老师大笑，摇动的双手几乎碰到自己的脖子，仿佛抓住了某种看不见的苍蝇。

斯坎弗拉斯先生思考着，思考着……他面对一切都有点害羞。他总是担心，担心冒犯了别人，担心自己举止不当。

他说："小姐……"

"诱惑小姐"回答："在，我的同事。您为什么不笑，为什么？"

"总体而言……"

"总体而言，是，但是在一定程度上，您有时也要笑一笑嘛。"

斯坎弗拉斯脸红了。他紧张地吞了一下口水，喉结和领结就像小女孩一般上下跳动。

他说："对不起……"

数学老师透过厚厚的眼帘出神地望着体育老师，他觉得她就像诱人的石榴或葡萄。他把这种心思藏起来了，藏得很深。不过他想说的已经通过他的眼神和笨拙的附和表达出来了。

有人和她说话时，他总是大声附和，站在她那一边。而每当这时，体育老师就会将顽皮的目光转向他，像小顽童一样说："谢谢，小叔叔。"于是他感到得到了补偿而心满意足。

她是克洛伊度，阿格拉依·克洛伊度小姐。

"多么温柔的名字……"数学老师张开湿润的嘴唇说。

她挑了一下眉毛，用顽皮的蓝色双眼问道：您喜欢？

他的眼睛从厚厚的镜片后射出两道如狼似虎的光芒：非常喜欢。

课间，他们总是讨论那场永远处在讨论阶段的旅行。

“当然，我们会出去旅行的……除了……”校长说。

“诱惑小姐”打断了他的话，考虑得越多，就越犹豫。

“您呢，斯坎弗拉斯先生？”她问，“您得给出您的第一个意见。”

“但是为什么呢，我的同事？”斯坎弗拉斯羞涩地问。

“因为……同事先生，因为……您的小蝴蝶，”她指着斯坎弗拉斯的领结，“这个小可怜，它也想出去，它需要绽放……”

“非常好！”数学老师大声喊道。

“不合适吧……”神父老师抗议道。

斯坎弗拉斯看着大家，渐渐陷入绝望。其他人都尴尬地坐在椅子上，只有数学老师热情洋溢，沉浸在体育老师制造的氛围里。

神父的胡子颤动，就像有人在阳台上抖动毯子。

“唉，教育部啊教育部……”他说。

“还有立法者！！！”有人向他吹口哨。

“还有他们！”神父抓住机会发表意见，“学生这种年纪的人就是毒药。这种敏感的年纪……”

“得了吧，你又不喜欢这种年纪的人。”数学老师说。

“我恨这种年纪的人！”他口沫飞溅。

“看到了吧？立法者有什么错呢？他们就是没事做，所以才立法，以免显得他们‘无能’。”

“是这样！”

校长插言道：“先生们，先生们……”将“战火”熄灭了。过了一会儿，铃声响了。每个人都掐灭烟头，将尺子插入文件夹，将文件夹夹在腋下，纷纷去上课了。

孩子们涌入教学楼，就像海浪淹没了海滨屋的台阶。

“咩……”捣蛋鬼们进入教室时学着羊大叫。

多尔大叔用一只手结束了摇铃，还拿胡子去吓孩子们。不过这样的吓唬是徒劳的，这种时候，“野蛮动物”什么都不怕。不过大叔站在孩子群前喊“站住”,总比他站在孩子堆里喊“停止”更容易。

老人对着孩子们大喊，胡子一动一动：“恶魔之子！”这个词是他从神父那里偷学来的。他继续喊道：“怪胎们！”“没用的废物们！”“小恶魔们！”这是他用自己的话骂他们。然后他又说：“我的小山羊们，我可爱的小麻烦们，嘘！……”

“嘘……”整个学校都听见了，就像所有的水龙头都打开了，却只有空气在流淌。

老人用手遮住嘴，这样别人就听不到他的笑声了。

过了一会儿，所有人都进入教室，校园突然安静下来，显得空空荡荡。

第九章

坐在梅里奥斯右边的是一个身材纤细的深皮肤男孩，闻起来有种甜甜的糖果味道。他叫斯塔米利斯，米马奇斯·斯塔米利斯。他总是穿着干净整洁的衣服，笑起来有浅浅的酒窝。

慢慢地，没有任何理由，他们成了朋友。他不是一个骄傲自满的孩子，他看上去还不明白什么叫富人，什么叫穷人。他认为学校里所有人都是一样的，都是学生，没有不同。星期天，他们会去葡萄园，或者去抓乌龟。他们一整天都在遍地长满野生黑莓的田野上学猫喵喵叫，或者像小山羊一样用头顶对方。梅里奥斯叮嘱他的朋友要小心，不要被乌龟尿滋到，因为听说让乌龟尿滋到手的话，喉咙会溃烂，无药可医。既然说过了这件事，斯塔米利斯变得更小心了。他有时会感到困惑：为什么梅里奥斯知道这么多事？他还有一个问题：为什么要让去世的人躺着埋葬？梅里奥斯向他解释说，是为了不让他们在晚上走路并进入活人家中，晚上死人会复活，这样你就看不到他们了。

梅里奥斯接着解释道："但是，我是不相信这些的……虽然老人们都这么说，还有农妇们。”

“那你相信什么，亲爱的卡德拉斯？”

“我相信……难道死人也能站直吗？死人既没有灵魂，又没有呼吸，那他们怎么能走路？难道不是这样吗？”

“我怎么知道，我仅仅知道死人都是坏人。这是我奶奶告诉我的……她不让我们讨论。”

梅里奥斯沉思了片刻。

他问：“你有爷爷吗？”

“没有，他去世了。”

“那你见过他吗？”

“我怎会没见过他！”

“唔，他活着时是坏人吗？”

“不是。”

“那这一切是怎么转变的？……我不相信你奶奶说的，当然她想说什么都可以。我相信……没有可以复活的死人！”梅里奥斯突然说，紧接着他被自己的勇气吓到了。

斯塔米利斯目不转睛地问：“没有吗？那么在坟墓里的是什么？”

“骨骸，我亲眼见过。”

两人面面相觑，像是有些吓到了。为了证明自己并不在意，梅里奥斯吹起了口哨。斯塔米利斯为他的朋友感到自豪，现在他明白了为什么所有孩子都要被送来上学。

“我要去告诉我妹妹……”他对梅里奥斯说。他想让他妹妹也知道。

“你有妹妹？”

“是的。”

“她好吗？”

“什么叫作她好吗？你看，我妹妹……是个女孩……你想知道她是什么样的？如果你愿意，我们三个可以做伙伴。我和她有个计划，回头我问问她能不能告诉你。”

“她上学吗？”

“怎么能不上学！但是她还在上小学五年级。你知道她的声音有多好听吗？连妈妈都叫她夜莺。”

“既然她有这么动听的声音！她会愿意和我交朋友吗？”

“为什么不愿意？你怎么了？”

“我知道我是个怎样的人……只是你不介意而已。”

“什么叫我不介意？我没看到你身上有不好的地方。你怎么了？”

“我是乡下人！……你还想要我怎么说？”

“乡下人？……我妹妹还说她以后要和一个村民结婚然后一起骑马呢，她爱死那些马了。我一点儿也不喜欢它们。我想开船！我想指挥一艘船，让水手们在船上宣誓。你知道他们会说什么誓言吗？我要他们说，我们从比雷埃夫斯来到此处。他们会宣誓，会吐口水。你知道的，他们不会害怕任何事。”

梅里奥斯静静地听他说着，但是他不太能理解这些话。

他说：“我没有马……我也没有自己的村子。我是农民，因为我穿着农民的衣服。不过，就让你妹妹那么想吧。还有一点……我从来没和女孩们交过朋友。”

“为什么？她们瞎眼了吗！”

“她们想做什么就做什么，我无所谓。”

“我妹妹说，既然她会有个男人，为什么不从现在就开始有呢？她有计划的。”

“她和男人结婚后会做什么？”

斯塔米利斯说：“她会做什么？好吧，你还不知道她的计划。她结婚后，她的男人只能属于她一个人，他们会有自己的家，她会烧饭，然后他们一起吃。假如她的男人着凉了，她会和他睡在一起使他暖和起来。多么伟大的计划！好吧，你不知道这些吗？”

“我知道其他一些事。”

“什么？”

“假如你要结婚，只能是因为爱而结婚的……假如你没有爱，那么就别祸害那个好姑娘了。娶你妹妹的是不是也得是她爱的人？”

“那就让她嫁她爱的人吧。妈妈告诉她要等待，她一直在等。你会结婚吗？”

“不会。我等着长胡子呢，假如不长到这么……这么长，我就不结婚。”

“我妹妹也没胡子，她也不想要胡子。”

“哈哈，她是女孩子，她不会想要胡子的，她也不会长出胡子的。”

“她长大后也不会吗？”

“不会。”

“那你是笨蛋，我奶奶就有胡子。笨蛋！你也不是什么都知道嘛。”

“亲爱的，你想想女人们会长胡子吗？”

“那为什么我奶奶长？”

“为什么？因为她……她不是女人。”

“她不是？可是她穿裙子！有一天我看到她在刮胡子。”

“好羞人……你不感到害羞吗？”

“她打了我……”

“做得好。”

“但她就是有胡子，我向你发誓。她可能没牙齿了，但她有很多胡子。如果你想知道，我去数数再告诉你她有多少胡子。我还可以告诉你她还有一根毛，她下巴上有颗痣，上面长着一根弯曲的毛。”

“我没听说过女人脸上长毛的。”

“那她怎么会有？”

梅里奥斯说：“我不知道。我怎么知道？可能是她涂了一些药膏长出来的。你妹妹叫什么名字？”

“阿格兰贝丽……你喜欢这个名字吗？”

“不喜欢。”

“我也不喜欢。但是我妈妈特别喜欢，她说不会有更好的名字了。阿格兰贝丽……噗……你还不能说不好。我每天都要取笑我妹妹。”

“既然她是个好女孩，你为什么取笑她？”

“她是，她是个好女孩，很好的女孩……那，你希望我们仨做伙伴吗？”

“不希望。”

“为什么？亲爱的卡德拉斯，你知道她是个多好的女孩吗？她会为我们跳舞，她还懂法语。你不想和她交朋友吗？”

“不想。”

斯塔米利斯再次问道：“不想？为什么，亲爱的卡德拉斯？”

“我曾发誓不和女孩交朋友……”

看，梅里奥斯拥有了这个孩子的友谊。他是班上最安静的孩子。虽然他的总体成绩不是最好的，但是他有良好的习惯。写字课上没人比得过他；假如你问起他的美术，老师会说他的画是可以直接寄到雅典获奖的那种。他的书包里总是装着好吃的小零食，但是梅里奥斯从不要这些吃的。他从不接受任何人的东西。

“你就拿着吧！然后你给我就得了。”坐在他们后面的哈莫利亚斯听到了他们的对话，对梅里奥斯说。

你不会想和他交朋友的，他嘲笑一切，而且他从来没有在任何事上成功过。神父总是对他说：“哈莫利亚斯，你学不会韵律了。你的脑袋就是个巨大的头皮屑储藏室，其他什么也没有。”

哈莫利亚斯总是捣蛋！他的口袋里装满了瓜子，他嗑瓜子时，整出来的动静就像点燃了整个世界。他要求斯塔米利斯给他画个鼻子，而他们根本不是朋友。他往桌子底下吐东西，或者抠鼻子，把鼻涕抹在同桌的笔记本上。他嗑瓜子后把瓜子壳扔进梅里奥斯的口袋。他每天都让梅里奥斯和斯塔米利斯加入他们的“帮派”。

他对他们说：“我们有最好的首领。”

“是谁？”

“达克里奇科斯。”

斯塔米利斯说：“我不想加入……你们都做些什么？”

“我们在山上挖洞，在里面生火烤栗子。”

“你撒谎！那你说，到现在为止，你们烤过多少次栗子？”

“一次也没有。我们去哪里找栗子？”

“那么，你说的烤是烤什么？”

“其他小东西！假如我们有栗子，我们肯定烤。”

“不，我们不参加。我们有自己的帮派。”斯塔米利斯说。

“谁是首领？”

“卡德拉斯。”

哈莫利亚斯发出大笑。

“哈哈！……他也可以做首领？他从来没打过架，甚至没有叫过‘叨叨’。有这样的首领吗？你们帮派还有什么人？”

“没有别人，只有我、卡德拉斯和我妹妹。”

“你们不感到羞愧吗？帮派里竟然还有女孩？呸！幸好我没把你们接收到我们的帮派。你妹妹漂亮吗，亲爱的斯塔米利斯？”

“关你什么事？”

“有关系……假如她漂亮，我们会把她偷走。”

梅里奥斯和斯塔米利斯一致决定不再和他说话，他们转身去了另一侧。哈莫利亚斯突然爆发了，他狠狠地擤出鼻涕甩出去，还狠狠地踢课桌。随后，达克里奇科斯也加入了。他在鼻子里藏了一个小口哨，当他呼吸时，就会响起哨声。神父努力想把这个哨子找出来，他让他们站起来举起双手，仔细地检查了他们的嘴巴……什么也没有。哨声还在继续……神父快气死了，他仔细检查各处，想找出哨子，但毫无结果。

最后，他决定进行“公审”。他让所有人排好队，一个接一个地询问：“你知道是谁在吹口哨吗？”

“不知道。”

“是不是你？”

“不是。”

没人知道。没一会儿就轮到了梅里奥斯。

神父皱起眉头，盯着梅里奥斯的眼睛，绷着脸问道：“你知道是谁吹的口哨？”

“是的，先生！”梅里奥斯肯定地说。

“赞美主的牺牲，上帝保佑……”他高兴地说，“说吧，我的年轻人！我知晓其将无处隐遁，在我面前的这些勤劳又无瑕的学生啊。来！我的孩子，是谁？”

“我不能说。”

神父的眼睛像陀螺一样滴溜溜转向他。

“不可置信！”他大喊,“这是答案？不！你不知道你在说什么，对不对？”

“我知道，先生，我知道是谁做的，我不能撒谎。但是我不能指证他。”

“可笑！这是你作为学生该说的话吗？这是年轻人该说的话吗？这是希腊人该说的话吗？我要把你的这次拒绝事件报告给组织！你听到了吗？”

“是的。”

“你不后悔吗？”

“不后悔。”

“出去！出去，坏坯！出去，你这个不合格的犹大！无用之人！”

神父的声音追着他直到楼梯，他都走到操场了，还能听到声音。课间，“留级帮”的所有成员围住他，一群人围住他说话，但是你不明白他们想说什么。有人辱骂他，有人对他说“你真棒啊”。这一次梅里奥斯不用责备自己，他所做的无愧于心。他没有第二种选择，随他们说去吧。

第二天早上，他很早就来到地下室。多尔大叔摇着梅里奥斯的肩膀。

“你做了什么？小勤奋。你给不幸的斯坎弗拉斯先生带来了多少麻烦。你听听他是怎么和其他老师说的！‘我们应该赞美诚实，而不是谴责它。’他也算当了一次老师。过来，小黄鹂，你做得对。你把这一切都告诉你的大叔了吗？”

“我说了。”

“他责骂你了吗？”

“他告诉我，我做得很对。”

“那就对了,是不是？也就是说,你们想的是一样的。就是这样。这就是他告诉你的。”

“是的。”

“他做得很好，每个值得尊敬的大叔都会这么做的。你想让我请你喝杯鼠尾草茶吗？可以让你的灵魂休息一会儿。”

“我想。”

“行。还有，我想要你告诉我，现在敲门的是谁？你的朋友？”

斯塔米利斯出现在地下室门口。梅里奥斯走出去，他们一起去了杨树林。他们靠坐在杨树根上，分享一个从梅里奥斯的书包里拿出来的面包圈。阿内斯蒂斯大叔给他准备的所有吃的，他都会和斯塔米利斯分享。

斯塔米利斯说：“你知道吗？昨天我在家里说了你的事，家里人都很高兴，他们说：‘太棒了！我们喜欢他。’”

他停顿了一会儿，迟疑了一下，然后下定决心说：“我妹妹有话想和你说。”

“她怎么知道我的？”

“我每天都对她提到你，她怎么会不知道你？”

“那，她和你说什么了？”

“她让我告诉你……她想和你结婚！这不是我的话，是她说的，她让我对你这么说。”

“但是，她都没见过我，怎么会这样说？”

“我也是这么和她说的。但是她说，她不介意。她说，这就够了，你需要她的话，她随时准备好了。她仅仅想知道有没有可能。而且我告诉她，我不会把这个告诉你的。”

“你做得好。”

“是啊。但是她很担忧。”

“我们能做什么？她每天都想嫁人，我们是不是得给她找个男人？”

“不是这样的。这是她第一次有明确的选择，就是你。”

梅里奥斯摇了摇头，像是陷入了大麻烦。

这时，多尔叫他们去喝鼠尾草茶，他们离开杨树林去了地下室。路上，梅里奥斯一直思考着好友妹妹的这番举动。她说这番话是什么意思？是想要捉弄他吗？不是。他猜不透她的心思。

“她个子高吗？”他思考着，问斯塔米利斯。

“不高，她就这么点儿。”

“那她还想结婚！”

“她想结婚，我们能拿她怎么办？……一开始，她想要某个童话里的喋喋不休的人，她求奶奶帮她去找那样的人和她结婚。现在她想要你。”

“明天她就会想要别人，像放下那个话特别多的人一样放下我。她会放弃我们……我了解她们……”

“我就想说一点，她不是其他女孩。我很了解她。她说的一切都是发自内心的。既然她说她想要你，那她就是认真的。现在我该回去了，到我和她说你的事情的时间了。她想嫁给你，她说，她真的很想……”

“你说她叫阿格兰贝丽，对吗？”

“是的。”

“是这个名字？请你告诉我你的想法。”

“我同意。她说为了顺利和你结婚，你不用在意她的名字。那……我怎么跟她说呢？”

梅里奥斯思考了一会儿，说：

“你告诉她我会考虑的。但是她要明白，我不是那种很会说话的人。假如她想听，就告诉她，我不需要婚姻，因为我在意的是爱。你告诉她这些吧。我们走吧，多尔爷爷正等着我们去喝鼠尾草茶。”

第十章

学校就像一口大锅，点着火后终日沸腾。教室嗡嗡作响，就像一只装满了昆虫的盒子。操场上不时能听到像回音一样的声音，那是体育老师的指令声。“等腰……”哈莫利亚斯就像抽水烟一样吸吸鼻子。站在讲台上的是卡尔拉夫蒂斯先生，他用发红的眼睛寻找“不合群的学生”。

他问：“你们每个人都懂这门课吗？”

“是的！”所有人都大声回答，其中叫得最响亮的是留级帮的“国王”。

哈莫利亚斯大吃一惊，回到后面自己的位子上。

“你真的知道吗？”他问达克里奇科斯。

“我有别的选择吗？我怎么知道！”达克里奇科斯用浑浊的眼睛看着他说。

“那，为什么你要回答你懂？”

“就这样，不理解啊……我不想让卡伦巴洛斯像火山一样爆发。”（这就是他们从数学课上学到的。）

“他之后会叫你回答问题的。”

“就这样，随便吧！他听完我的回答，要么把我赶出去，要么把我留下。”

“我也想这样潇洒，但是我可不希望被赶出去。”

老师伸出毛茸茸的手指，指着哈吉阿斯戴里欧。这个绰号是“奶酪”的学生站起来走向黑板，苍蝇也跟着他一道飞向黑板。多么奇怪又恶心啊！寒冷已然到来，这些苍蝇却还活着。

“奶酪”写了一个分数：四分之三。卡伦巴洛斯唾沫横飞地问他，试图叫醒他。所有人都知道，他是数学课上的“哑巴”。

“哈吉阿斯戴里欧，哪个是比较大的数，分子还是分母？”

“是，是，是……分……”“奶酪”说着。

他讨厌数字，它们就像妖怪。

“前面的哈莫利亚斯，你来回答。”老师问。

“老师，是分子！”

“为什么它更大？”

达克里奇科斯像举起矛一样举起了手。

“说吧，可怜的达克里奇科斯。”

“因为在上面！分之[1]骑在分母上面。分母更小，因为分之更大，它在分母上面。”

“哟，太棒了！可怜的达克里奇科斯。真是优秀中的优秀！勤奋至极，但是0分！”

大家都在笑话他，达克里奇科斯像兔子一样咬咬牙。

① 达克里奇科斯其实不懂，连“分子”这个词都拼读错了。

梅里奥斯无法解释，为什么这个让其他人害怕并被称为“伟大首领”的同学会在众人面前如此丢脸。

达克里奇科斯经过库库洛斯回到自己的座位时，恶狠狠地对库库洛斯说：

“你也笑了？好，你等着，你等着瞧！我会给你点厉害瞧瞧！”

梅里奥斯听他这样说，有点相信他。现在，大家的笑声更大了，老师也笑了……教室里笑声停不下来。达克里奇科斯伸手越过课桌拍了拍梅里奥斯。

“你为什么不笑？”他问。

梅里奥斯惊讶地看了他一眼，说：“因为我不想笑。这有什么好笑的？”

“瞧你一脸骄傲的样子，你觉得这里只有你聪明，是吧？”

“我不是……我就是不想笑。”

“你知道我是怎么对待你这种高傲的人吗？也不去打听打听！”

“我就是不想嘲笑你……”梅里奥斯对他说。

“啥意思？什么叫你不想？我不该被嘲笑？”

“对。”

“哈！你就是他们口中那个自命不凡的人？白痴！你跟我出来，看我不好好教教你怎么做人！”

“我不会无缘无故打架的。”

“无缘无故？瞧这个傻子在说什么呢！……我掐你了，嘿，我还骂你了！”

“没关系，这不是你的错，都是他们造成的。”

“啊哈！我的神啊！给我一把小刀让我刺他一下！你到底想让

我用什么语言说？我不想让你们同情我，我怎么跟你说？”

“我没有同情你，谁告诉你我同情你？”

“那好，你告诉我你为什么不笑！”

梅里奥斯提高声音说：“因为我生气！我对他们感到生气！还有卡伦巴洛斯！对，还有他！”

老师听到这话跳了起来。

“发生什么了，卡德拉斯？他欺负你了吗？”

梅里奥斯担心自己受牵连，不得不说谎：“先生，没有……我们在讨论这堂课。”

达克里奇科斯掐他掐得更狠了：“为什么你要说谎？你不是说你从不撒谎吗？”

梅里奥斯说：“我不能告发你。”

“啊……意思就是你在同情我咯？你问过我要不要接受你的同情了吗，嗯？”

“谁告诉你我同情你？你又不是什么不幸的人需要我同情……”

“这才是我想要的样子！那为什么你支持我？”

“因为……因为……”

“快，告诉我！为什么？告诉我！”

“因为他们没有公正对待你！因为……”

达克里奇科斯词穷了。

“行了，闭嘴吧！我懒得再跟你争论了。你等着瞧，看我下课了怎么教训你。现在闭嘴看前面吧，省得挨批评。也不是你的问题，该拿你怎么办呢？都是‘叨叨’的错，是他让你膨胀了。”

这堂课在卡伦巴洛斯阴阳怪气的嘲讽声中继续着。在嘲讽了卡拉米佐斯和里安库拉这两个“及格线以下”的差生之后，他搬出了他的“爱徒”伊万吉鲁作为榜样。接着，他敲了敲讲台说：

“听着，你们这帮蠢驴！……学校不是只让你们学习语法变位的地方。假如你们这么认为，那我就会让你们好看。你们同意吗？必须同意。假如你们坚持自己的意见，你们就留级吧，跟伟大的达克里奇科斯先生做朋友！先生们，数学不是空话大话，也不是无用之物。同意吗？它是一门现实、实用和科学的课程。好了，都滚吧，下课铃响了。”

课间，孩子们一到操场，达克里奇科斯就跑起来，后面跟着他的小跟班哈莫利亚斯和库库洛斯。

“快跟着我！”他洗脑般地对他们喊，“快跟着我，老子要弄他！”

这些随从转身看着梅里奥斯。库库洛斯跑过去打他，达克里奇科斯却去抓库库洛斯。

他说：“你要去哪儿？你当我没有手吗？”

“那你为什么不立刻揍他？”

“我还得向你解释吗？”

随后，他有些愧疚……

他说：“放着我来，等我把他抓住扔河里去。”

梅里奥斯朝杨树林跑去。斯塔米利斯马上跟着他跑，但是被库库洛斯拦了下来。

库库洛斯对斯塔米利斯喊道：“不要过去，不要靠近他。”

“为什么？他是我的首领……”斯塔米利斯坚定地回答并坚持要过去。

梅里奥斯和斯塔米利斯吃着鹰嘴豆，舀起满满一勺，把嘴巴塞得满满的。

斯塔米利斯说："我妹妹让我带的。你喜欢吗？"

"很好吃。"

"她让我告诉你不存在什么'话很多的人'或者别的,让你冷静。"

"要再说一遍吗？我以前说过了，在我长胡子前，我不考虑结婚的事。"

"她不介意，她对我说：'最好他没胡子，不然他就是只雄猫了。'"

"她没有书读吗？她说的一切都是围绕结婚。"

"她喜欢结婚。因此她已经结过很多次婚了。"

梅里奥斯瞪大眼睛。

"她结过婚？而且不止一次？"

"很多次。"

"很好……那她从几岁开始结婚的？"

"很小很小的时候。她第一次结婚是和玛丽娜同一天。"

"玛丽娜是谁？"

"她的洋娃娃。"

"那……谁娶的她？"

"谁？你问的是玛丽娜吗？"

"不，我问你妹妹！"

"我娶的！"

梅里奥斯生气了。

"你们简直了！……你们是兄妹啊，怎么能结婚？"

"其他人也是这么和我们说的，不可以……我们只是名义上结婚，什么也没发生。”

“那你们就是假结婚。你想发生什么？”

“是啊。但是现在不是假结婚，她想真的结婚。”

“和谁？”

“和你。”

“告诉她,这不可能。对,告诉她！听到了吗？你就这么告诉她，我们就可以结束这个话题了。”

“好吧，但是她会哭……”

“那我们拿她怎么办？难道我们要放弃上学去和她结婚吗？”

“她可以放弃……”

“她要放弃就放弃。但是这种小孩子的做法我们能做吗？好了，我们走吧，上课铃响了。”

下一节课是音乐课。音乐课是学五线谱，老师手打节拍画出波浪。但是今天，拉乌尔女士没有做老师，却当起了引座员。她进入教室后，第一件事就是走到第一排，让那排的学生留个位子。接着，她走上讲台，看着后排课桌开始喊名字。

她叫道：“斯塔米利斯，拿着你的书包过来。”

男孩不明白原因，带着书包起身。老师让他坐在第一排空出来的位子上。

她对斯塔米利斯说：“从今天起，这就是你的位子。”

“老师，为什么？”斯塔米利斯伤心地问，“那才是我的位子。”

“安静。你不知道哪个位子才是你的。接下来，你将和这些孩子们坐在一起，他们将是你的朋友。”

“不，我有朋友，他叫卡德拉斯。”

“我说了，安静！卡德拉斯交的是像他那样的朋友。你只要服从就行了！另外，这是你父母要求我做的。”

斯塔米利斯愣住了，看着老师，像是迷失了方向。接着，他把双手放在桌上，将脸埋进手中，开始沉默又无助地哭泣。

他哭得就像被抢走玩偶的小孩。现在对于他来说，学院就像一个空旷的家。

开始，梅里奥斯静静地待在自己的位子上，一直保持沉默。然后，他慢慢地理解了……有些人，他也不知道是哪些人，没有缘由地，在人们中间挖出鸿沟，堆出不可逾越的高山。是谁？为什么要这么做？他只明白一点儿。人们在一生中各有自己的位置，每个人的位置都不尽相同。那现在是谁在分配这些位置？……也许是上帝？或者是做过坏事的成年人做了这件事：他们按照自己的高度造出了神，却没有把神留给孩子们。

他大叫，为不公而大叫。他握紧了自己的手。从那时起，他第一次发现支撑自己的力量就在自己手中，这也是他仅有的——他自己，一个小小的、贫穷的自己。没有其他人。

第十一章

这些年来，有成百上千的小孩来过多尔大叔的地下室，成百上千的小孩来了又走。地下室有一条很粗的横梁，多尔大叔总是嚷着要把捣蛋的小孩吊在横梁上，嚷嚷了快三十年，一个也没吊过。每年秋天，当农作物在土地上结果时，老人就会把孩子们带到天花板下方。“你们过来，小麻雀们……你们看到天花板那边厚厚的角了吗？你们看到了吗？”

“我们看到了，爷爷！”孩子们有些害怕地说。

“你们没仔细看呢，你们再看一下。”

“我们看过了。”

“呃……那是什么？”

“横梁。”

“对，现在要给你们上一课。你们能告诉我横梁是用来干什么的吗？”

“能。横梁是支撑天花板的。”

“嗯？是别人告诉你们的吗？错了，不是的。这些横梁是路西法的后代和撒旦的种子，那些上课不认真的孩子就会被吊在这些横梁上。”

在地下室的另一边，另一个“老师”——他的妻子祖布莉娅说：

“耶稣基督，上帝的独子……爷爷告诉了你们全部事实。到目前为止，有数不清的小孩被吊过。”

“看到了吧？”老头装模作样地说，“这就是我要告诉你们的。好了，你们出去玩吧。再等一下，还有点事要交代……有些孩子没心没肝的，鞋底上沾满了泥浆进来；还有一些孩子打碎了玻璃，让风倒灌进来，冻僵了你们的奶奶。我不想看到这样的孩子！别走，我还有话要说……外面是操场，没有石头沙砾。我告诉你们，我不想明天看到有石头出现在这儿，不要逼我吊人。路就在这儿，课程结束了。”

孩子们像小蜜蜂一样嗡嗡涌出去。

“你告诉他们其他孩子的做法，是为了让他们也这样做吗？”

多尔大叔惊恐地说：“老婆娘！这么复杂的事情可不是我希望看到的。”

他的妻子接着说：“我看你是看他们的小把戏看上瘾了，就跟你吸烟上瘾一样。”

“所以呢？这碍着你什么了？……我的就是你的，不是吗？哈！”

“我是想说，有所求就会有所牺牲啊……”

“不然怎么办呢？难道你愿意我们像老乌龟一样窝在这里一动不动？你愿意经历暑假里找不到人说话的那种痛苦？走吧，走吧，也给你上了一课了。”

梅里奥斯和另外两个孩子坐在课桌前，但他就像独自一人坐着。

从与最好的朋友分开那天起，他就不再说话，不再玩耍。第一天的课间，他刚想靠近斯塔米利斯，就被老师赶走了。一切都糟糕透顶！

与最开始有天壤之别。以前每次音乐老师唱到一半，梅里奥斯就会接上，唱得非常动听，老师还夸他是“夜莺”。但现在老师赶他就像赶小狗一样。这还不是最令人痛心的情况。最糟糕、最令人痛心的是他的朋友竟然也和老师一样。第一天放学后，他还在老地方等梅里奥斯，两个人还一起去河边发了一通牢骚。但是之后，他也开始疏离梅里奥斯了，开始找各种借口避免和他在一起，他的行为发生了翻天覆地的变化。现在，他只跟坐在他周围的有钱孩子一起玩耍。他彻底变了。瞧，他正在和同桌的有钱孩子一起玩——那些胖胖的、穿着体面的孩子——每个人都可以看出他们是合适的伙伴。哈莫利亚斯让梅里奥斯下次和他一起去葡萄园，一起去砍树枝。“砍下来的树枝用水煮，就会变得很沉。”哈莫利亚斯说。

“要那些树枝做什么？”

“用来打那些吉卜赛小乞丐。”

“他们碍着你什么了？他们连饭都没得吃……”

“他们就是碍着我了！你没看到他们的肚皮都脏兮兮的吗？”

“就因为这个就要打他们？”

“没错。”

这样的人怎么可能成为他的朋友？他没有任何理由讨厌那些吉卜赛小孩，甚至一听到人家叫他们“小乞丐”就生气。这些小孩的母亲通常也是脏兮兮的，指甲因为抽烟而发黄。一个大叔告诉他，抽烟是因为他们有很多烦心事。此外，他最好的朋友比瑟罗也是一个吉卜赛人。他为什么要取笑他们？

他回答："我不去……"

于是哈莫利亚斯又想出一个主意，一起去找些芦苇来玩"放水"游戏。

"这是什么？"

"亲爱的，你不知道这个游戏吗？就是把芦苇浸在水中，拿出来后，它们就像尿尿一样放水。你要是想玩，我们还可以用纸做些'子弹'射击。"

"射击谁？"

"吉卜赛女人啊。还能有谁？"

"为什么？她们对我们做什么了？"

"你见过不介意吉卜赛人的人吗？我怎么知道她们做了什么？因为……因为她们卖筛笼，卖过滤器具。对，因为这个。"

梅里奥斯说："我不会去整吉卜赛人的。有个大叔跟我说，他们也是贫苦之人。你去找别人吧，去找别人吧。"

"我当然要找别人。你看起来就像死人一样无趣，我要你干吗？"

达克里奇科斯像首领一样从课桌那边探出头，对哈莫利亚斯说："别理他，他的'帮派'不是连女孩子都可以加入吗？！我们要他做什么？"

哈莫利亚斯停住了。

过了一会儿，他用胳膊碰了碰他，附在他的耳边悄悄说：

"我们去找女孩子们吧。"

"找到后干什么呢？"

"把她们偷过来！"

"然后把她们送到哪里？"

“山上！”

“不，我不参加。之后她们的妈妈会找过来，把我们送到警察局去。”

“但是我想做！你没看过电影上是怎么演的吗？”

“好吧……但是把女孩们偷过来后，我们能让她们干什么？”

“你问我们让她们干什么？看，她们过来后可以帮我们烤栗子，然后被晒黑。”

“我不做这种事，只有混球才做这种事。”

“你会举报我吗？”

“不会。”

哈莫利亚斯听后变得严肃起来。

他思考着说：“卡德拉斯……你从来没有告过密……为什么你不举报？”

“我不是那样的人。”

“我看出来了……但为什么你不是？”

“难道你是吗？”

“我怎么不是！我疯了一样去告密！……之后那些人都生我的气，我就开始打他们。”

“你说谎，我从来没见过你告密。”

“你没看到是因为不凑巧。你要是凑巧碰到了，就会知道我是一个怎样的告密者。”

“不，你不是。”

“傻子！谁说我不是呢？我就是！你有种就干点儿什么坏事，看我会不会去举报！”

“我不会做的，你也不会举报的。”

“卡德拉斯，白痴！你说点儿什么让我去举报你。小心我突然发作，你看到没？”

“你说谎，你不是告密者。”

美术课老师叫他们保持安静。

哈莫利亚斯安静了一会儿，接着把声音放低，又开始说话了。

“话说……你的‘帮派成员’被带走了,你是不是觉得糟透了？”

“不是的。他做得对，他应该和其他人在一起。而且我也不在意了。”

“我们就像山羊一样臭……而他们是有钱人的孩子。他们用薰衣草熏衣服。”

“谁跟你说我们是臭的？”

“唔，现在不是吗？你必须接受这一点。我们就像死猫一样发臭。要不你问问达克里奇科斯……我不信他会说我们散发着香味。”哈莫利亚斯转头去问达克里奇科斯，“达克里奇科斯，你香吗？”

“你以为我香！我臭得就像一只狗！是他说我香的吗？”

“是的。”

“他就是白痴！我不是告诉你不要和他交朋友吗？”

梅里奥斯不再和他们说话了，直到下课铃响。在课间他也不靠近任何人。直到所有人都回到教室，穆斯古拉朝他走去。

她说：“嗨，卡德拉斯，之前‘留级帮’和你说了什么？”

“没什么……”梅里奥斯脸红了，怎么能不在意？

“你不告诉我，我也知道他们说了什么。你和他们的谈话无疾而终吧。他们都是淘气鬼……只会讲女孩。”

梅里奥斯不知道怎么回应。这是他第一次和女孩说话。

她接着说："我们女孩都说你是整个班级最好的男孩。我们不希望你和他们交朋友。"

"我们刚才没有谈你们。"梅里奥斯说。

"是还没来得及？"

"是的。他们刚刚说想去偷一些女孩。"

"谁说的？他们？"

"是的。但是我对他们说这样做不好。"

"我相信你。你是个好孩子。"

"但是过了一会儿我就明白了，他们这样说是撒谎。"

"真的吗？"

"他们其实没心情去偷女孩。他们更想吃栗子……但是他们没得吃。"

"等等，也就是说，你现在是想告诉我们，他们也是好孩子？"

"是的。"

"卡德拉斯，太遗憾了，我们要对你有不同看法了。"

"那是你们的事……"

梅里奥斯离开了，走向自己的课桌。他没有深究穆斯古拉的意思。她上课就像机器人一样。她的声音有些颤抖，就像在琴弦上拉扯。她已经习惯于记忆，以至于都不会说自己的话了，她所有的话都来自于课本。现在她过来展示她的聪明，显然是想和他交朋友。但是梅里奥斯并不想再次被友谊打击。也许后天，他们就会像对待斯塔米利斯一样对待她。拉乌尔女士会过来跟她说："穆斯古拉，你的座位不在他旁边！"

他们都坐下后，哈莫利亚斯皱着张脸过来了。

“卡德拉斯，她和你说什么了？”他偷偷地问。

“关你什么事！”

“我关心……她老是打听我们说女孩的事。她想被偷走。”

“你们没想过诱拐她吗？”

“她年纪大了,我们不想偷。要是她再稍微小点儿,那还有可能。”

“我只是不想交朋友。”

“我知道，你是害羞。当你了解女生后，就像拉肚子一样，你的害怕消失了。”

“你怎么这么说？你错了，我会向你证明的。”

“好啊，我也想看到你的证明。”

“那你等着瞧！”

“假如你够勇敢，你会把斯塔米利斯扔进河里吗？因为他践踏了你们的友谊。”

“我不会。”

“你不会？还有别的招数？那你希望我告诉你，为什么你会有朋友吗？”

“为什么？”

“因为他喂你吃东西啊！”

梅里奥斯站起来转身往后。哈莫利亚斯的脸扭曲了，他被梅里奥斯打了一拳，流出血来。

“留级帮”的孩子们急忙跑过去想帮他止血，但这时老师进来了。斯坎弗拉斯站在讲台上，巡视了一圈，发现哈莫利亚斯正在流鼻血。

他问："哈莫利亚斯，谁把你弄成这样的？"

弗洛斯大喊："是卡德拉斯，老师。"

老师说："你的举报并不可信……"

哈莫利亚斯踢了弗洛斯一脚。

"是我做的，老师。"梅里奥斯有些低落地说。

老师的脸变白了，说："好吧，下课后你留下来。"

整堂课上，达克里奇科斯和哈莫利亚斯都在疯狂地踢桌子，斯坎弗拉斯困惑地看着梅里奥斯。铃声终于响了，他们俩单独留在教室里。

"你的同学说的都是真的吗，卡德拉斯？不可置信。为什么，我的孩子？我希望你已经后悔了。"

"不是的，老师。"

"不是？那为什么会发生这些？"

"不是的，是他侮辱了我。他说我和斯塔米利斯以前有友谊，是因为他喂我吃甜点。"

斯坎弗拉斯沉思着，咬了一下嘴唇。他拉起条纹衫的一角，试图擦去讲台上的墨水痕迹。

"不……我不能因为这个责备你，我的孩子。你有你的骄傲，祝贺你，尽管你是学生。我的孩子，你不得不同意，学校有自己的章法，它不问缘由，只监管学生们的行为。正如你惩罚哈莫利亚斯一样，我也有义务惩罚你，来护卫我的骄傲。我的孩子，我不得不惩罚你。因为，假如我不这么做，就会有别人来摧毁我的自尊和骄傲。当然，我不是指达克里奇科斯和哈莫利亚斯——我也希望是他们这样的人。他们会指责我偏袒。我的孩子，你明白了吗？……你怎么说，卡德拉斯？”

“老师，我接受惩罚。”

斯坎弗拉斯想了一会儿，带着深深的难过说：

“好的，我的孩子……去吧。我会……好好想想对你的惩罚。”

为了不看到老师眼中的难过，梅里奥斯飞快地跑开了。

第十二章

与此同时，冬天即将离去，它冰冷的双腿在山间游弋。紧接着，春天来了，桃树上的花朵开始绽放，就像小小的火苗。多尔大叔脱下了他的短款裘衣，只穿着长袍在操场旁踱步。

梅里奥斯没有朋友，也没和“留级帮”产生友谊，那些孩子的心思都在果园和花园上。他们想找一架梯子，春天到了，他们想在树上建个小屋，住在里面。在一个无风的夜晚，他们点燃了一根蜡烛，举着它跑遍整座城市，告诉大家，一颗星星从天而坠，掉在了树上。达克里奇科斯还想举着一面旗跑动，好像他们要发动战争一样。为什么他们要发动一次大战？有一群来自附近村庄的小村民，用短棒开路强行入城，达克里奇科斯他们想把这群人打败并赶回去。如果他们是青年小伙子，就会光明正大地喊这群人过来，用石头公平较量，而不是用短棒。这一点整个“帮派”都同意。弗洛斯这段时间一直追随着首领，希望能加入“帮派”。他走近达克里奇科斯，向他们建议找个星期天去老人们都去的教堂，偷他们的拐杖作为武器。

达克里奇科斯对他说："站住！我不想偷。难道我在等你告诉我这个吗？"

"我们的帮派才不会去偷。"哈莫利亚斯说。

"呃，那，这是什么帮派？"

"这是一个'烤栗子'帮派。"

"骗子！竟然说不想偷……那女孩呢，你们想偷女孩吗？不偷？"弗洛斯说。

"女孩……女孩……笨蛋,我们只是想和她们一起演'电影'！"

达克里奇科斯严肃地说："我们的帮派不是为了偷而成立的。"

"你们嘲笑多尔大叔的'裙子',不是吗？这算正直吗？还有'叨叨'，这个绰号是你们起的，不是吗？来，你来告诉我这些都算正直啊！"

"这些是另一码事……不是偷窃，也不算不正直。你问问那边那个。我不和他说话，但是你可以问问他听他说。"

梅里奥斯靠在墙上，一直在听他们讲话，但他没有开口。

"你怎么不说话？"别的孩子问梅里奥斯，"在其他事上你总是发言，现在需要你说了，你怎么不说？"

梅里奥斯便严肃地说："这些不算不正直……"

"你听到没？"哈莫利亚斯对弗洛斯说，"现在去找你妈吃奶吧。"

"难道要我说出来，你们把狗关在'裙子大叔'的屋里了？"

达克里奇科斯冲过去抓住他的衣领，对他说：

"你再说一遍！你不说你就不是男人！来，再说啊！再说一遍啊！"首领一边说，一边把他推到老人住的半地下室。

这种情形就像鹅卵石堆突然坍塌了，而所有人都还在里面。

老人带着疑惑从小房间里出来："发生什么了？怎么了？你们在玩警察游戏？"

达克里奇科斯提着弗洛斯的脖子，大声喊："你说啊！"

孩子们陷入恼怒中。

"我会怕你？"

"所以我现在让你说！"

"我已经说过了。"

"说！"

"大叔……"弗洛斯先问候了一声。

"孩子，怎么了？"老人疑惑地问。

"他就是把狗关在里面的人……对，我说的就是这个。"

每个人都看到老人的胡子像蝴蝶一样抖动起来。他径直跑向门，将门从里面锁上，然后抓住弗洛斯的脖子，大声说："什么？你是，你是告密者？你是叛徒？"

然后他说出了自认为最动听的话，尽管没人听懂，但是他喜欢。

"迪－玛……火－神！你，有不干净的皮肤？不道德的犹大！你落在了我的手上，加略人犹大！……绳子，婆娘！快把绳子系到横梁上！"

老妇人拿绳子出来递给他。老人抓住了叛徒的头发。

"犹大，你的时间到了，我要把你吊起来！你已经逃了两千年了！"

"我要告诉校长，你等着瞧！"弗洛斯大叫。

"来两根绳子！"多尔大叔喊道。

然而，没人明白是怎么回事，他挣脱了绳子逃掉了。大家都跟在后面追，但是叛徒逃跑了。

地下室内,骚动仍在继续。多尔大叔意识到该给孩子们上一课了。

他开始讲话："听着，背叛……背叛，就像恶心的鼻涕。你告诉我，这算恶作剧吗？不算。背叛……"

突然，他停了下来，揪住一个小男孩的耳朵。

"你过来……你知道什么是背叛吗？"

男孩结结巴巴地说："背叛，背叛就是，你是告密者，说狗是达克里奇科斯关起来的……还有……"

"行了,我再从头讲几句吧。背叛就是,我坐在穹顶下吃着'最后的晚餐'，你除了吃自己面前的豆子——做得好……没有伸头，也没有轻易相信我的话。这时，不道德的犹大们进来了，问谁是老师。你保持了沉默。这是背叛吗？不是。来,你们和我一起说:不是。"

"不是！"

"那，该死的背叛是什么？不要着急，我会告诉你们。我们会深入地学习这一切。背叛……"

这时，有个六年级女孩从小窗探头进来，打断了他的话。

"怎么了，我的女儿？"多尔大叔问。他都是这么称呼大点儿的女孩，所有女孩都是他的"女儿"。

女孩说："校长先生……"

"什么？"多尔大叔很快反应过来，"让我们去上面？行吧，我们这就过去。"

他回到小房间，穿上长袍，带上书包，出去了。

他有些不平静地对孩子们说："这堂课，我们下次再上。现在我们要上法院了。"

安静，镇定，要保持清醒的头脑和不偏不倚的心。多尔大叔进入校长办公室，里面全是人。校长站得笔直，显得极为冷酷，绿色的西装，红色的脸庞，就像西红柿一样。

他说:“过来,大叔……这个孩子,”他指了指弗洛斯,“指控你。所以让你过来解释一下你对这个孩子施加的惩罚。具体来说，他指控你对他做了很可怕的事情。”

“校长先生，我们来问一个问题……他指控我对他做了什么？”

“他说，你试图用极为严重的行为把他吊起来。”

“校长先生，什么行为？”

“一种犯罪行为，一种违反学校规定的行为。”

多尔大叔为了不发出声音，拿出红手帕掩嘴咳嗽。

咳嗽减轻后，他说：“校长先生……文字，文字……我的父母没教过我读书识字。你刚才说的，我也没怎么听懂。我……从来没在一所学校得到过真诚的对待。什么是好的？什么是坏的？我都是用我这个小脑袋去找答案的。就像我找到了基督，这是我认识的。‘看，’我说,‘这个人是耶稣基督。’我又找到犹大,也是我认识的。‘这个人，’我说，‘就是不道德的犹大，他背叛了耶稣，我要去扯他的胡子。’原谅我，上帝……”

神父不耐烦地说：“太远了，你说得太远了。”

“那我往近点儿说。我知道萨纳西斯·巴伊斯①。我说：‘他就是不洁之人，放弃了自己的同胞，为土耳其人工作。’”

“到此为止，到此为止……”卡尔拉夫蒂斯说。

---

① 萨纳西斯·巴伊斯（1765—1834）：当时统治希腊约阿尼纳地区的阿里·帕夏的手下高官。有人说他是希腊人的叛徒，也有人说他拯救了很多同胞。

“这是我不能理解的另一种对话。我会去任何你想让我去的地方。但是如果你想的是背叛是件好事的话，我再也不会回来了。就这样。”

“太棒了！”从老师中传出一两个声音。随后多尔大叔走了，把学校抛诸脑后。后来据多尔大叔说，当时那些老师们没有像“雾中的狼”一样打斗起来，而是进行了一番争吵，他在里面没什么可做的，就整理了一下衣服，离开了。

孩子们还没离开。他们还等着他，想知道发生了什么事，他们开始有些担心了。过了一会儿，门口出现了那位嘴边有一圈墨水渍的老人，他拨开孩子们，想要进屋。

“让让！”他边推边叫，“让一让，我要过去！”

没人有勇气问他。老人迈着大步走进小房间，拿起铃铛……又走向柱子拿下挂着的钥匙，喊祖布莉娅过来。

他说：“听着，婆娘……拿着这把钥匙。你拿好了吗？好。拿着这个铃铛。也拿好了吗？好。把这些给校长送去，你跟他说：‘多尔先生让我把这些交给你，你可以再找个看门人，因为他不干了。多尔先生命令我这么做的。’他们不尊重老年人，一点都不尊重！但是他们会对叛徒说‘真棒’并惩罚那些诚实的孩子——也不管是不是恶作剧。你听到了吗？他们完全不在意！如果他们不来道歉，你就说也可以向我转达……我不会再敲响手上的铃了。你走吧。”

接着，他转向孩子们，有些踉跄。他想说点儿什么，但是又把话咽下了，就像咽下了眼泪。然而很快，他战胜了自己。

他说：“孩子们，轮到你们了！明天开始，你们就不要淘气了。这里就要关了。孩子们，你们还会来吗？听到了吗？我们要关门了。

这里下课了，我们要考试了！”

你可以看到他在尽自己最大的努力要做一个恶人。

“孩子们，我说……”

“咳……”地下室响起了声音，就像把葡萄放入酒桶的声音。

“我们不要没有地下室的学校！不要没有你的学校！”有些孩子喊了起来，其他孩子也都赞同。

老人大发雷霆。

“是哪个在顶嘴？你们这些‘高年级’的为什么也聚在这里？你们不为自己的行为感到羞愧吗？哪个不听话？给我站出来，看我不把他捆起来送到他的家长面前！都出去！”

没一会儿，地下室就空了。多尔大叔把自己锁在屋里，放下了百叶窗。

很快，响起了凌乱的下课铃声。整个操场一片安静。就连女孩们在得知了流传的消息后，也沉默起来。一种不同的愤怒的铃声响起。安静仍在继续。谁教他们这么做的？没有人。但是，所有人都不约而同地这么做了，就连手都没动一下。操场前站满了惊讶的孩子。铃声像是厌倦了仅在室内出声，又在屋顶上响起，大家看到神父老师的袖口上挂了一个铃铛。但他的努力是徒劳的，不管他把铃铛摇得多响，也没一个人动。好了，现在他们开始动了，所有人都背朝学校保持沉默，用这种方式表达反抗。谁教他们这么做的？没有人，他们是自发的。神父气得胡子乱动，就像寒风下的稻草。

他大喊：“你们无耻至极！”

他把铃铛放下，开始拍手：“学生们！立刻回自己的教室！已经迟到了！”

没有任何回应。

他又大喊："这是学校吗？"

一片安静。

"这是猪圈！这是聋哑人的老巢！"

他踢了一脚铃铛，把它留在上面，自己进屋了。强大的、坚定的安静仍在继续，也没有人发问。孩子们注视着对面的屋顶——一个半毁坏的屋顶，所有的注意力都在这上面，仿佛这是生命的全部意义。

这种沉默以最猝不及防的方式打破了。又一阵铃声响起——不是之前那沉闷、令人厌恶的铃声，而是多尔大叔那熟悉、动听的铃声。他的胡子随着铃声的节奏抖动。操场上响起了一阵欢呼，"啊啊啊！"孩子们像潮水一般涌过去。

"慢慢来！"老人大喊，一边摸着自己的胡子微笑，"慢点儿……你们这些小捣蛋！……小恶魔！……小撒旦！……"

第十三章

这几天，学校一片混乱。人员进进出出，做着各种准备工作，到处都乱糟糟的。国庆节[①]临近了，就像卡尔拉夫蒂斯所说，这是“庆祝我们民族新生”的节日。但是神父有着不同的看法，他说：“这是圣母领报节，是圣母玛利亚被告知将受圣灵感孕生下耶稣的历史纪念日。”

“你听明白了吗，达克里奇科斯？”

“老师，我懂了……”（有第二种选择吗？我只能懂！）

“那哈莫利亚斯，你呢？”

“我也懂了，老师。”

“你明白了什么？”

“唔……‘《圣经》感孕……贝亚利’。”

“重复我刚才说的，说出全部。”

“全部？”

“当然，所有的。”

---

① 希腊共有两个国庆日：3月25日和10月28日。文中的国庆日指的是3月25日。

哈莫利亚斯沮丧至极："所有，是……《圣经》……感孕……她是……"

梅里奥斯在底下低声说："圣母玛丽亚。"

但是哈莫利亚斯没有听清。

"……玛丽亚小姐！老师，就是她！"达克里奇科斯欢快地大声回答道。

神父大笑，整个人就像在地震中晃动的山体。

"可以了，克里斯提蒂斯，你启发了我们。坐下吧，我们结束提问。蠢驴！都是蠢驴……现在我们从头复习，让你们加深印象。"

这个国庆节期间，校园内喧嚣不止。

准备工作从一周前就开始了。一些人在折金属线，用以做字母装饰或月桂花环；一些人在粉刷；还有一些人在清理操场，设计用鹅卵石拼出国旗、国庆日期和"万岁"。

卡尔拉夫蒂斯为"留级帮"的孩子们选了一份最无趣的工作。他派他们去储藏室，从灰尘堆里找出 1821 年大革命时的英雄。这些肖像画平时都扔在地下室，只在每年的国庆节前拿出来。学生们带着敬意把它们擦拭干净，挂在即将举行仪式的礼堂墙上。在储藏室，达克里奇科斯找到了展示领导力的机会。他仔细看过这些画像，回来告诉其他人：

"见鬼！他们都是兄弟吗？好得很，一群傻瓜蛋！"

"为什么？"

"什么为什么？你没看到吗？看这里写的：阿斯皮奥迪斯[1]。还

① 阿斯皮奥迪斯：19世纪希腊画家，画了很多当时的人物像。

有那边：阿斯皮奥迪斯。看，所有人都是兄弟。”

其他人挠挠耳朵。他发布命令后，爬上横梁，就像一个伟大的艺术家在工作。岁月和灰尘让这些严厉的英雄在画像上少了些锐利，褪去了些许色彩。突然，他停在了“伯罗奔尼撒老人”面前。他仔细擦拭了画像，看到下面写着：“塞奥多罗斯·科洛科特罗尼斯”[①]。

他对其他人说：“你们快来看，快来！这个人和我的名字一样。”[②]

其他孩子都围过来，停在这幅“好战老人”的画像前。

“等等，我觉得他和你长得还有点儿像……”库库洛斯说。

哈莫利亚斯有点模糊的想法。

“达克里奇科斯，你希望他当你的爷爷吗？”

“胡说八道！我爷爷还活着呢！”

“为啥？他不能是你妈妈的爷爷吗？”

达克里奇科斯内心多么想相信这个说法啊。他说：“有点儿道理。等等，我越看越觉得他和我很像。”

库库洛斯突然发现了可疑的地方：“但是这姓，哪儿跟哪儿啊，这一样吗？他叫科洛科特罗尼斯，你叫达克里奇科斯。”

但是哈莫利亚斯仍然没有放弃自己的发现：“可能是因为改了姓呢？有些人热衷于改名字，让自己显得年纪不那么大。看！你不是从克里斯提蒂斯变成了达克里奇科斯吗？那也有可能他从克里斯提蒂斯变成了科洛科特罗尼斯。”

达克里奇科斯说：“真是不厚道，连个名字都不留给他们家乡！”

---

① 塞奥多罗斯·科洛科特罗尼斯：19世纪希腊独立战争的杰出领导人，曾任伯罗奔尼撒半岛希腊军队总司令。

② 希腊人的取名传统是：孙子继承爷爷的名，孙女继承奶奶的名，代代相传。

哈莫利亚斯接着说：“看，假如你把胡子修剪一下，你们就长得一模一样。另外，你不也是领导者吗？”

“唔，我到底是谁？我又不是谁？”

哈莫利亚斯继续说道：“我觉得，反正你长大后就会跟他一样，那为什么不从现在开始呢？你现在已经是这个样子了。”

“是啊。但是你没看到吗？他有不同的姓。”

“那为什么你不把这画像上的名字改一下？擦掉它，写上你自己的名字。我支持你这么做。”

库库洛斯摸了摸鼻子，说：“等你长大后再写上……”

“我不能现在就写？”

“真的吗？你现在要写？”

“唔，我干吗不写！把钢笔递给我。墨水呢？”

此时此刻此地，历史的真相在“还原”。“留级帮”首领带着极大的热情，抹去总司令的名字，用大写字母写上了：塞奥多罗斯·达克里奇科斯。

哈莫利亚斯有些嫉妒了。他在一堆画框里寻找，最后挑出了一幅画像。

他说：“看，你们来看，她长得多像我奶奶。”

库库洛斯做了个鄙视的手势：“白痴！他是米亚奥利斯[①]。你没看到吗？海军上将米亚奥利斯。”

“海军上将？那更好啊。我爸爸去世前，别人都说他是船长呢。”

“我简直不敢相信你也想写上自己的名字！”

---

① 安德烈斯·米亚奥利斯：19世纪希腊政治家、海军上将，在希腊独立战争以及后来的建国中做出了巨大贡献。

“你说的是写名字吗？亲爱的达克里奇科斯，把笔递给我。”

第二天轮到他们被吊起来了。清晨，卡尔拉夫蒂斯走进教室，后面跟着多尔大叔和祖布莉娅，他们拿着那些画像。老人的神情如同正在默哀的孩子们。

卡伦巴洛斯说：“孩子们，看到这些，你们回忆起希腊历史没？”

他伸手拿过一幅画，遮住了下面的字。

“你们知道他是谁吗？”他转向孩子们问道。

所有的孩子都大声喊道：“科洛科特罗尼斯！”

“让我先看看……”卡尔拉夫蒂斯迟疑地说，“呃……我之前也和你们想的一样，但是看起来好像我们都错了。唔，是你们错了。再仔细想想！”

“先生，是科洛科特罗尼斯！”孩子们坚定地喊道。

“我说了你们都错了，他是塞奥多罗斯。”

“是科洛科特罗尼斯，我们说过了。”孩子们紧跟着说。

“别急着说。他是塞奥多罗斯·达克里奇科斯！”

教室内一片喧闹声，大家吵吵嚷嚷。

卡尔拉夫蒂斯说：“你们都是历史无知者！”

他放下了科洛科特罗尼斯的画像，拿起另一幅。

“这位，你们知道他是谁吗？”

“我们知道！米亚奥利斯。”

“太不幸了，又错了！这是哈莫利亚斯，哈莫利亚斯阁下！”

随后，他站在讲台上，放下刚刚的玩笑语气，非常严肃地说：

“我要报仇！”他红着眼吼叫，就像是他的底细被他们发现了，“我要消灭这些可恶的混蛋！哪怕天堂降临，你们也不会得到救赎！”

接着，他转向看门人。老人咕哝道：“别，别，老师……他们是文盲，他们不懂……他们会自然地遭到报应的……”

“老头！”他像挨打的野兽一样大叫，“够了！我看到你试图擦掉证据了。幸好，我已经保存下了他们‘犯罪’的证据。别这样看着我，你激起了我的愤怒！马上去给我拿五根木棍，就你放在地下室的那些。注意，是带疙瘩的那种！”

“完蛋了……”老头搓着手说，“完蛋了，那些木棍已经全被我婆娘烧掉了。她不知道它们是用来做什么的，就烧了煮豆子了。”

“我……不知道它们是用来做什么的。”老妇人愣愣地说。

“啊……这样啊？”卡伦巴洛斯大叫道，“自然赋予了我强硬的拳头！达克里奇科斯，出来！到这边来！哈莫利亚斯，还有你！我要揍翻你们，改变这个罪恶的世界！”

老人说：“我看不下去了……”

老妇人说：“我要晕倒了……”

“我要你们原地毁灭！我会伸张正义！”

一出好戏开始了。卡伦巴洛斯愤怒地冲向孩子们，老人匆忙跑过去想救孩子们，祖布莉娅想去救老人，结果两个人都挂了彩。卡伦巴洛斯是如此凶猛，现在就算面前有一支军队也无法拦住他。

“留级帮”五天后才重返学校。他们返校时，就像老人一样疲惫。国庆节前一天，英雄们骄傲地挂在墙上，胡须飞扬，除了布布丽娜[①]，她的头的方向正好与其他画像相反，看起来一点也不和谐。

---

① 布布丽娜：希腊独立战争时的女将军。

幸运的是，艺术家达克里奇科斯尽管有一只眼睛因挨打而青肿，不得不闭着，但另一只眼仍能分辨出……拼写错误①。

黎明破晓，伟大而有历史意义的这一天终于来临了。上午，师生都参加了国庆游行。下午，他们在学校庆祝。神父大声讲述着这一天的历史。全体老师都笔直地站在后面，和墙上的英雄们一起聆听讲话。

在讲话开始前，神父咳嗽了七次。接着，他用打铁般沉重的声音开始讲述。他用两小节诗句开头：

所有荣耀，所有恩典，神圣的一天迎来曙光。
你记忆中的民族，跪着欢呼。

“正是如此，记忆中的民族。历史悠久的民族，希腊人的民族，光荣的祖先，才是她记忆中的民族。圣母玛利亚的民族，基督教的民族。在这一天，她被告知受圣灵感孕……”

他慢慢忘记了历史部分，将讲话局限在基督教部分。这部分内容是如此之多，以至于当他快结束时，其他人不得不暗中提醒他多说点儿和民族有关的内容。

“到此结束。”神父轻轻说道。

但他又接着说：“唔，这是光荣又具有历史意义的一天……因为……（“民族！”他的同事们再次小声提醒道。）因为……（他在讲台上继续说着，侧身看了同事们一眼。）让我们从灵魂深处发出

① 希腊语中，男性名字最后都有s。达克里奇科斯误以为布布丽娜是男的，拼写少了个s。

呐喊：（“民族！”同事们再次提醒。）民族万岁！”他喊道。

“万岁！”所有人都松了一口气，一起喊道。

“祖国万岁！”他又喊道。

“万岁！”安贝尔先生毫不迟疑地赞同道，其他人也跟着一起喊。但是神父不能原谅他们。他清了清嗓子，用赞颂的语调说：

“圣母玛利亚受圣灵感孕纪念日万岁！”

“万……岁……”同事们尴尬地含糊着，然后转身掩饰笑容。

但是接下来还有更糟糕的。他们发现，在1821年独立战争的那些英雄中间，布布丽娜竟然长出了胡子！这太让人受不了了！

达克里奇科斯此刻正站在同学们背后，安静地关注着这场悲剧。他认为自己完全履行了审美职责。

老师们发现后都快窒息了。

安贝尔赶紧跑过去遮住这一处，试图挽救这幅画的神圣性。他急忙取下所有英雄画像，像放扑克牌一样把它们铺在桌上。

“节日结束了。”他对孩子们说。

孩子们大喊：“‘开始’先生，节日是持续到晚上的！”

“那接下来的半天你们庆祝时，将没有英雄在场。”

“没有英雄画像，就不能过节了吗？”

他说：“可以，可以……”他在口袋里四下寻找，终于在某个角落找到了橡皮擦。他俯身面对画像，“对不起了，女士。”他一边道歉，一边擦布布丽娜的胡子。

“终于……”他说，“没事了。你们过来，将这些画像再挂起来。但是小心……女人是女人，男人是男人，不是吗？有脑子的都明白这一点……达克里奇科斯，你过来一下。”

在那边的角落，达克里奇科斯正和“留级帮”的另外两人坐在一起低声说话。听到召唤，他充满期待地过去了。安贝尔痛苦、幽怨地看向他。

“我很难过……”他说，“我为你做的一切感到难过。我们很严肃，但你做的一切让我们痛苦不堪。斯坎弗拉斯先生也非常难过……非常难过。他没教学生打架，没有，他也没获益。这里的证据显示你犯了最大的错误。我的孩子，这是为什么？你为什么会做出这种事？我们必须尊重神圣的传统。为什么你要改变布布丽娜的性别？”

“先生，我没有改变她的性格。”达克里奇科斯一脸单纯地说，“我只是给她画了胡子。”

“这就是我说的，这叫性别。你为什么这么做？”

“我讨厌看到女人和男人混在一起。”

“达克里奇科斯！！”

“你惩罚我吧……我接受。”

“不，不……我，我是爱……你的，孩子。但你做出了如此……如此……为什么你要这么做？”

“先生，因为……因为我，我也爱……爱……哎呀，我就是个混蛋！”

“达克里奇科斯！！”

第十四章

没过多久，春天来临了。四月就像一个不可捉摸的疯丫头，一会儿叹息,一会儿微笑。四月在一朵朵绽放的花朵中来到众人面前。但很快，四月就结束了，拥抱着三月一同沉睡。新的月份出现在日历上，哦，五月……整所学校像被唤醒了，人们都出去郊游。但是早上，突然下起了暴雨，半座城市的人都卧病在床。梅里奥斯也感冒了，在家休息了十天。那些天他意识到，阿莱蒂大婶无论做了多少合他心意的事，也并不喜爱他。她这样做仅仅是为了不让她的丈夫难过。因为相处的时间越长,阿内斯蒂斯大叔对他的喜爱就越多。在梅里奥斯生病的那些晚上，他为梅里奥斯送来鹰嘴豆晚饭，坐在他的床边告诉他这个那个。还有一天，他送了一顶樱桃帽子给梅里奥斯。这些都给梅里奥斯带来了无尽的乐趣。如果阿莱蒂能释放更多善意，这个家将变得更加温暖，男孩的世界将变得更加平静。他可能会在他尚为年幼的人生中第一次说，这个世界是为所有人创造的，而不是只为了世上的一半人所设。不管他身处何地，神开始俯身倾听他们这些小个子的请求了。啊，此时要是能读到一本童话故事书该有多好！当他躺在床上无事可做时，会看着天花板，用想象力作图。那些凹凸不平的灰泥在他的想象中变成了帆船和火车，在夜幕降临前启动。火车在站台装好了水和煤，再次开走，只在身后留下蓝白色烟雾。这辆新刷上漆的火车进入森林，寻找一个失踪的孩子。但是森林中的野人已经和孩子交了朋友，不想让他离去。他们在铁轨上设置障碍，意图摧毁火车。之后，火车发怒了，它喷出了滚烫的热水，将他们烫伤……

阿内斯蒂斯大叔对他讲了一个又一个故事，他知道梅里奥斯仍在生病，必须在家里休息更长时间。阿莱蒂大婶听到后，跪在圣像前哭泣……愿上帝保佑她，别留下她承受这一切。

但是，梅里奥斯还不知晓大婶的心思。他继续在天花板的灰泥上描绘着自己的童话故事。有时候，他将故事设计得非常精巧，连他自己都为这些美好的故事折服。他希望故事不要消失，但是天花板上的灰泥是不可控制的，它们时时刻刻在改变故事的脉络。梅里奥斯想改变这种不稳定性，他支着脑袋在天花板上寻找灵感，他需要征服它，需要哄着它……他需要找到一种方式，让他能永远联想到童话故事。因为天花板虽然为他提供了灵感，但毕竟有限。天花板上又落下一些灰泥,形成了新的几何和皮影戏玩偶图案。“唔……梅里奥斯，接下来不会有更多的了，你必须自己去寻找。”天花板像在对他说话。它是对的。于是，梅里奥斯又开始紧张了，头也痛了起来。

有一天，生病的梅里奥斯发挥了聪明才智，发现了几千年来人们成为作家的秘密。他把笔和笔记本拿到床头，开始撰写由天花板和他的想象共同“创作”出的童话故事。在这个过程中，他没有得到任何人的帮助。慢慢地，他甚至不需要天花板的帮助，就可以独立创作故事了。这是他自己想出来的故事，和其他都无关。

一天晚上，阿内斯蒂斯大叔正好和他在一起，他不假思索地告诉了大叔这个秘密。

“你说什么？我的孩子！”大叔有些惊喜，“快点详详细细地告诉我！”

“看，这就是我写的。”

“你把这些都写在本子上了？……怎么不早点给我？”

“是的。大叔……也许你会感到吃惊？”

“对……对……也有道理，也许我会吃惊。但是这不是大人才写的吗，不是吗？我也想知道。”

“是的。这完全是我自己写的，我用自己的双手写出来的。”

“我的孩子，谁给你提供的这些故事？”

“我自己。”

老人非常高兴：“看！我之前就说过，这个孩子非常聪明。嗯……你会读给我听吗？读给我听吧。我突然有了一个主意。你下来，我等着你讲给我听，你先把这些故事都讲给我听。”

梅里奥斯把笔记本拉到身边，开始为大叔朗读最后一个故事：“从前有只蚂蚁，它得了感冒，咳嗽了。它是只瘸蚂蚁。有一天，它来到一所房子前，说：‘开开门。我感冒了，快死了。’屋里有个女人，她一头编发，头发长到盖住了自己的眼睛。她说：‘进来吧，使劲推门进来。’蚂蚁——这个孩子说：‘我从不在陌生人家里玩耍，我可以工作来养活自己和学写字。’写字？这个脏小孩懂读书上学吗？只有那些有钱的家庭才可以读书、吃肉、穿好看的衣服。小蚂蚁离开了，它没去读书，又继续放牛……又到了开学时间，它敲了一扇又一扇门。终于有一天，它敲开了一扇门，里面有个大叔。大叔人非常好，他叫阿内斯蒂斯，他说：‘可怜的孩子，你是想上学吗？’孩子说：‘我想有个家，我想有衣服穿，我想……’阿内斯蒂斯大叔说：‘那就住下来。你既然敲开了我家的门，就会有一个家，还会有其他你想要的。’孩子想亲吻大叔的手，但是他感到害羞……”

梅里奥斯停住了，因为阿内斯蒂斯大叔已热泪盈眶。

他说：“这是我以前说过的，以前说过的。你太聪明了！这故事是有灵魂的……灵魂……”

他用红手帕擦了擦眼泪。

“我之前说突然有了一个主意，现在，我想告诉你。在前面不远的地方，有一处难民之家，斯塔莫斯先生就住在那里。你听说过他吗？也对，你怎么能知道他？……别人都说，他之前经历过很多很多的事。他把这些都写了下来，寄去了雅典，成了一个伟大的人。”

“很伟大吗？”

“你想象一下！他还当过市长！我可以向你发誓这是真的。你把这些故事写在干净的纸上，拿给他看看。”

“不，我不想去，我觉得不好意思。”梅里奥斯说。

“啊，这样……那……那行吧。你把它们写下来后，我去找他。谁知道呢……也许你也可以当市长。”

这位明日“市长”第二天就将故事誊写在干净的纸上，像刺绣一样认真完成了这项工作。阿内斯蒂斯大叔拿着这些纸，颤抖着敲响了斯塔莫斯家的门。斯塔莫斯开了门，阿内斯蒂斯大叔像小偷一样蹑手蹑脚地进去了。一个小时之后,他慌乱地从斯塔莫斯家出来。他是如此匆忙，以至于不小心撞到了送他出门的小姑娘。他快速跑回自己家，进入梅里奥斯的小房间。

“快起来！”大叔气喘吁吁地说，“起来！穿上衣服！我之前说……老婆子……我忘了，她不在。我之前就说过，你怎么还在房里？”

“那我要怎么做？”孩子迷惑地问。

“你这孩子，竟然问我要怎么做，你竟然还没穿好衣服。你赶紧去正等着你的那位先生的家里。”

“去哪位的家里？”

“等着你的那位！我之前说过的。啊，我怎么不认字！给，快打开这封信，看看‘正等你先生’说了什么。天就要黑了，你什么时候过去？”

梅里奥斯迅速起身，他被这个消息砸得有些头晕，就像浇了太多水的草药一样。他洗了个澡，换上干净的衣服——仅仅是干净，因为他没有新衣服。然后，他和大叔一起出门了。

阿内斯蒂斯大叔将他带到斯塔莫斯家门口的台阶上。

“你等会儿和斯塔莫斯先生这样说：‘我叫梅里奥斯，是你等的那个孩子。’我现在回家，耐心地等你回来。”

梅里奥斯按响了门铃。一个比他小、长着一头棕黑色头发的女孩打开门，看了他一会儿。

“我……我……”梅里奥斯嗫嚅道。他意识到他再不吐出一个词，就会晕倒。

“你找我爸爸吗？”小姑娘帮他问了出来。

梅里奥斯像根木头一样看着她。

“不久前有个老爷爷来过我家，你就是他口中的那个小孩吗？”

“是……”梅里奥斯总算成功说出了话。

梅里奥斯跟着她进去了。这个小女孩头发蓬松，长相甜美，乐于助人，就像是小圣母玛利亚。

“爸爸，那个孩子来了。”她欢快地和父亲说。

面前是一位高个儿男子，中分的黑发，淡淡的微笑。他站起来，伸出一只手想握手。

“就是你吗？”他说，“欢迎你，梅里奥斯。把你的手给我。”

接下来，梅里奥斯在他的办公室里坐着。梅里奥斯凭孩子的直觉发现，友善的斯塔莫斯先生有直击人心的能力。梅里奥斯无法学会这一点，甚至觉得自己长大后也学不会，其他人也无法学会。

小女孩在壁炉里烤着栗子，当她弯腰时，头发垂向地面。

斯塔莫斯先生对他说：“梅里奥斯，你写的那些故事太好了！没人告诉你怎样写，都是你自己写的，对吗？”

梅里奥斯点了点头，表示“是的”。

“那行，我也不多说了，你能把写的这些故事卖给我吗？”

梅里奥斯的脸一下子红了。

斯塔莫斯先生说：“看到那个小女孩了吗？她想用储蓄罐里的钱买你的作品。假如以后，梅里奥斯，当你长大后，很大很大后，假如你的这些作品值更多钱了，我会把多出来的那部分钱也给你。你同意吗？”

小女孩从壁炉边起身，双手满满的、像小鹿一般燃烧和跳跃着的栗子。

“爸爸，过来一下。”

“我的小鸟，发生什么事了？”

“帮我拿点儿栗子给那个孩子吧。”

“让我亲亲你。”父亲过去，把小女孩抱到自己的膝盖上。

他回到梅里奥斯身边，用低沉的声音对他说：

“梅里奥斯，你看到了吗？你写的作品将被这个好心的小女孩收藏。现在，你仔细听好我说的话。我的孩子，你喜欢书对吗？你想要什么书，自己从我书房里拿。然后，每天下课后，你要写作……每天都要写。以后当你成为一个男人——这是我想和你分享的快乐——以后当你长大，成为一个男人，写了书后，请寄给我一本你写的书，我会很高兴阅读的，行吗？好了，我的孩子，现在拿走你的钱吧。”

他拿出100德拉克马[①]递给梅里奥斯。梅里奥斯接过后紧紧握住他的手，很久很久没有说话。过了一会儿，他有些尴尬地离开了。

梅里奥斯从他家出来后，感觉像有个轮子带着他转动起来……转动……转动……改变了他眼前世界的颜色和形状。

他往前跑去，进入一片田野。你会长大……你会长大……我的上帝！他躺在草地上。这是一个美好又友善的夜晚，金线编织的童话和天空融在了一起。小拐……你是大孩子了！你还欠了20个童话故事，快坐下来写作，然后拿去告诉他：“作为债务人，我知晓我所欠的一切，现在我来偿还我的债务。”但是，小拐，这些童话从何而来，谁会给你？

---

① 德拉克马：希腊当地货币。加入欧元区前，希腊在很长时间内一直使用德拉克马。

小拐，今晚你必须找到它们。你这样躺着很好，你之前习惯于从天花板上寻找故事，那么现在，你可以从天空中寻找它们。天空是更大的天花板，而星星就是灰泥。你可以将故事和星星揉在一起，创作出小玩偶和皮影戏玩偶的故事……

从前有只小鸟，有一天，它想吃掉一只蚂蚁。蚂蚁说："我很难过，因为在我的巢穴中，还有嗷嗷待哺的孩子。"

小鸟说："你是个伟大的妈妈，我不会吃你的。"

蚂蚁说："谢谢，你太好了，我要告诉所有人你是一只好鸟。"

小鸟说："请你不要告诉百灵鸟，我会吃星星，每天早上我都去天空中吃星星。我邀请你一起来。"

蚂蚁说："好，但是请你告诉我，那些星星是不是玉米？这是我唯一想知道的。"

小鸟说："你看到的星星是这个世界上最完美的东西，它们也可以是玉米。但你不要到处去说，我怕百灵鸟知道后会飞上去吃掉所有的星星，天空就会变暗，世界将一片寂静。谢谢你，晚安……"

在轻盈的风中，他回到学校。之后，他再也没有见过那个人，那个奇怪的人，那个愿意花钱买他写出来的梦呓般胡言乱语的人。很多次当他想起那个人，他都替他感到不值，因为他看错人了。后来，他终于长大了，成了一个有胡子的男人，可是不但没有出过书，就连那种梦呓般的胡言乱语也没有再写过。那些认识他的对他满怀期待的人都对此感到"遗憾"，因为他竟然开始讨厌纸和笔了。一直到他十九岁那一天，那时……我们在时间线上跑得太远了。那时，男孩还是男孩，时间没有心情大步向前，日子还像乌龟一样慢慢爬行，他们也还有考试。每次考试（也就是校长说的“考验”）期间，多尔大叔都严肃得像教育部长。“现在不是玩小把戏的时候，”他说，“这可不是闹着玩，这是考试，是一件严肃的事。大家要好好复习。我要你们所有人都做好准备！不要让我抓到你们作弊。我们上那么多课是干什么的？所有人都好好考试！……”

几天后，学校放假时，多尔大叔拿着手杖，穿着崭新的长袍，来到了阿内斯蒂斯的家。

可怜的阿内斯蒂斯大叔有些意外。这些天，他一直等着对方的拜访。

“有什么消息？”他没等对方开口就发问了。

“好消息，好消息。夏天到了，阳光洒满大地，平原上散发着桃子和梨子的香味。”

“那孩子怎么样了？老哥！”阿内斯蒂斯大叔迫不及待地问。

“报纸上说要打仗了，但是也有人说不可能……不打仗更好。”

“我想听孩子的事，老哥！”

“我婆娘让我向你问好。”

“我想知道孩子，老哥！孩子！”

“孩子？哦，没人能打败他！他全都答对了！听好了，他所有科目都考了第一！”

第十五章

学校开学了。“开学”这个词意味着焦虑、绝望、兴趣和渴望。对一些人来说，打开的是天堂；但对另一些人来说，打开的是地狱。

多尔大叔给锁上好油，取下柱子上挂着的钥匙，去尘、上油，再去门边试锁，看开启是否正常。

“怀表……”他对妻子说。

他的妻子正在那儿炫耀怎么开和关。多尔大叔也在不停地开和关，但仍不满足。他们俩坐在那儿，就像孩子一般炫耀着。最后，大叔把它挂在手上，把妻子拉了起来。

他对她说：“走吧，让我们打响铃。”

这对老夫妻的快乐又回来了。夏天，他们没人可以吵架，感觉一切都出错了。学校无止尽的安静几乎要把他们逼疯了。但是现在，他们就像一对金翅雀夫妻一样快乐。荒废的操场将充满喧嚣声，地下室也将涌来一大群孩子。多尔大叔的地下室学堂又要开始运转了，这里也将迎来来自小学的新苗。新的让人头痛的事会出现，新的争吵和新的“训诫理由”也会出现。例如，另一些孩子将学到什么是“背叛”，什么是“宽容”。

梅里奥斯今年将离开那些“小个子们”，和大孩子们待在一起。和其他孩子一样，他也将从地下室学堂毕业，但是他没有理由这样做。

夏天，所有的孩子都懒散地瞎转，甚至忘记了学过的内容。他们把恶作剧带到广场边的大街小巷、周围的山包上以及名胜古迹处。在这些地方，他们往彼此丢石头，一起偷果园，像鼹鼠一样在山上挖洞。那些“贵族”孩子们则去海边或山区度假，把皮肤晒得黝黑再从那些地方回来。

梅里奥斯没有去任何地方，既没有去郊区度假，也没有去打石头仗，今年，他也没去放牧。从冬天开始，他就一直计划要在夏天做什么了，这也许会关系到他的一生。他想学一门手艺。他想做什么呢？看起来似乎是写作，但是他没有继续下去。疾病、不幸、努力、汗水，这一年，他遭遇了太多太多，都是之前从未遇到过的。一开始，他想做个鞋匠。这份工作可以一直坐着，冬天或者下雨都不会对这份工作造成影响。而且，这门手艺还有一个最重要的优点，能让他振作起来……要说他是怎么知道这些的？他是从一个朋友那里得知的。那位朋友是多尔大叔的好哥儿们，多尔大叔介绍他们认识的。

他是一个善良仁慈、言行一致的人，就像多尔大叔一样。但如果他开始说话，你这一天就都无法工作，只能听他讲话了。他叫安吉利斯，更准确地说是“天使老人”[①]。梅里奥斯决定去找他。

因此，学校一放假，他做的第一件事就是跑去见“天使老人”。到那儿时，他看到老人正叼着钉子给缝线上蜡。他坐在老人身边，

① 希腊语中，这位老人的名字（Aggelis）和“天使”（Aggelos）一词非常像。

讲述了所有事情的“起因经过”和“来龙去脉”，简单地说，就是倾囊相告。

“你说什么？你这个混小子！”老人像被针扎到一样大叫起来，“你不想读书了？再敢跟我提这事儿，我就把你按在地上打。行了，这个话题到此为止。跟我说说多尔吧，我已经好些日子没见到他了，他怎么样了？还有他那婆娘祖布莉娅怎么样了？是越来越虚弱了吗？唉，人一旦开始衰弱，就停不下来了，就像那边的石磨一样，慢慢垮掉了。你要吃鹰嘴豆吗？给！你干吗这样盯着我看？因为我没有牙齿吗？没有牙齿我也能吃，把豆子放进嘴里，用口水泡一泡，就可以吞下去了。明白了吧？这些豆子不是我买的，是一个小混混带过来的，他过来找我修凉鞋，就把豆子落在我的工作台上了。你可别把你想退学的事告诉我兄弟，不然他准会烤了你。走吧，别让我再看到你……要是你的鞋子坏了，倒可以来找我。晚安。”

他在鞋匠这儿什么也没做成。回去后，他把这一切都告诉了阿内斯蒂斯大叔。大叔听说后，整个人都不好了。“什么！”他有点生气地说，“我这么辛苦地工作，不是让你不读书的。这个话题到此为止！”

过后，梅里奥斯告诉安吉利斯老人这些细节。

老人对他说：“他做得对！”

“因此我……”孩子接着说，“因此我决定做一名木匠，制造椅子和衣橱的木匠。”

“什么？”阿内斯蒂斯咆哮道，“你想气死我吗？！别再跟我提这事，我绝不允许！”

他没有再和老人提起。但是在那之后，他就去一家裁缝店做了学徒。他的师傅是一位非常出色的手艺人。他在梅里奥斯的手指上绑了布，让它保持弯曲状态，然后让他戴上顶针，教他做流苏红帽。

阿内斯蒂斯大叔很生气，他痛苦得心都要碎了。但是梅里奥斯已下定决心，不会回头了。秋天到来了，学校再次开学，梅里奥斯的手艺也得到了很大提升。他学会了做衣服褶边、缝纽扣和熨烫衣服，熨烫后衣服完全没有任何褶皱。他甚至单独给一个村民缝制了一条裤衩，对方还向他表示了感谢。

然而，学校开学了，在裁缝向学徒说了“谢谢”后，梅里奥斯回归了课堂。

他把一本厚厚的崭新的笔记本塞到胸前，就去学校报道了。

除了生病的哈吉阿斯戴里欧和一些没有通过考试的乡下小孩，其他人都在周一返校了。“留级帮”就像朽木，他们之前一直留级，一直在初一，这次终于升级了，他们读初二了。这一年，没人主动和梅里奥斯打招呼，没人和他交朋友；“留级帮”认为他骄傲自大、自命不凡，也没和他套近乎；斯塔米利斯甚至装作不认识他。但梅里奥斯一点也不在乎。独处时，他有时会想：那个想和他结婚的小姑娘阿格兰贝丽怎么样了？她还善良吗？还友好吗？还是说已经变得和她那个不值得信任的哥哥一样了？有一段时间，他常常想起她，他试图研究她的话和她的行为是否一致，和她的眼睛是否一致，和她的手指是否一致。但是谁能知道……也许她不像她的哥哥。然后，他又改变了原来的想法，冒出一个念头：也许以后会一样……会和她的哥哥一模一样。

老师们还是待在一起。假期后，大多数人都胖了，而神父是另一种胖——特别胖。他走动时，就像一座黑色房子在移动。卡伦巴洛斯也是如此,他像一只肥胖的动物,所到之处的地面都发出吱嘎声。

从某种角度来说，斯坎弗拉斯的状态变好了。当然，他还是戴着领结。他变得更有勇气了。自从那天他在卡尔拉夫蒂斯面前挺直了腰板，他就感觉内心深处有一种隐秘的力量开始运转。后来他又做了几次尝试，感觉勇气慢慢带着他走上正轨。改变一个人不是一件容易的事，但是，的确，那个小男孩对他的尊重和爱戴加强了他内在的这种力量，增强了他的自信。

校长额头上的皱纹又加深了，比卡伦巴洛斯的还要深。西装包裹下的他越来越显得冷酷。

阿内斯蒂斯大叔每天都尽自己最大的努力让梅里奥斯开心，但是阿莱蒂的心却像冰雪一样寒冷。她像对敌人一样看待他，把他当作偷灯油的小偷。曾经，她在家里快乐地打扫卫生、祈祷；但是最后……却有人进入了这个秘密之地，带着陌生的眼神像狗一样到处闻来闻去。

当男孩不在家，阿莱蒂和丈夫单独在一起时，她有时会唉声叹气。这代表她心情糟糕，尤其是今天，看上去格外糟糕。

“又怎么了？”阿内斯蒂斯问她,“谁欺负你了？跟我说说……”

“谁欺负我了？”她闷闷不乐地说，“说了又说，还有什么好说的？……说了你也听不进去,不说了。……我失去了机会,错过了。”

“阿莱蒂，你这说的是什么话啊？……你怎么会这样呢？你不记得基督说过什么了吗？‘要爱孩子。’”

“爱孩子？但是他可没说当他们生病了要怎么办。”

“生病了更要爱护。”

“基督也没说，这孩子是从哪儿来的。”

“这个我知道，是他妈妈生出来的。孩子都是妈妈生的，这一点我非常确定。”

“那她叫什么？”

“呃……总归有名字的。你就非要知道名字？我们现在要为一个名字吵起来吗？你看，我妈妈叫伽鲁法莉娅，你妈妈叫克鲁斯塔莉娅。我们就非要这样夹枪带棒地吵起来？这只是一个借口，没有其他原因……会有名字的。行了，我打算叫她勒蒙妮娅。我们都冷静一下。或者你想叫她万吉丽莎？你知道的，我会迁就你的。”

阿莱蒂激动起来：“看！就是这样，就是这样的方式，在摧毁我们的家。你知道吗？我们的面粉只有一点点了。”

“就因为这个，你发了这么大的脾气？哇！……其实粮食足够了，绰绰有余。”

“肚子能吃饱吗？”

“……我没告诉你吗？扎菲利斯老哥看了年历后说，今年我们会得到神的赐福，会有大量的种子、充沛的雨水……听到没？这就是我在等待的。我之前说过，这个孩子会给我们带来幸运。”

“那今年我们吃什么？”

“狗爪豆、米糠、野豌豆……所有可以找到的都能吃。”

“那咱们养的动物怎么办？”

“可以把它们端上我们的餐桌。”

“和你说话简直是浪费时间。今年我必须做麦食[1]……这是为

[1] 东正教为纪念死者而供奉的一种菜肴，以煮熟的小麦为主，有时还含有坚果、石榴等。

你的父母，还有我的父母准备的……圣饼也要准备起来……”

“呃……我们能吃死人的这些东西吗？”

“什么？！”阿莱蒂一跃而起，瞪大眼睛怒视道，“你再说一遍！你自己听听痛不痛心！像什么话！你竟然想让我为了一个野孩子而停掉这些祭祀礼仪？你给我去圣像前跪下，磕八个响头，别让我再听到这种话！我竟然需要填饱一个外人的肚子，而让神灵和祖先挨饿！”

“哪些神灵，亲爱的阿莱蒂？你说的是那些大肚子神灵吗？那些大腹便便的神父？”

“够了！”阿莱蒂大喊，“我该怎么做？我要带上贡油去找安格洛斯神父，请他来调解。出去！让我清净一下！去咖啡馆。别让我看到你，看到你我就心烦！我是罪人！”

阿内斯蒂斯拿上帽子和串珠，怒气冲冲地出去了。他去往附近的集市发泄怒火。

阿莱蒂一直坐在桌子旁沉默着。当阿内斯蒂斯回到家时，之前的一切仿佛从未发生。他看到男孩把脸藏在书后。

他走到楼梯上就开始喊：“阿莱蒂！你煮东西了吗？我快饿死了。”

阿莱蒂瞥了他一眼，目光如炬。

“她心情好了吗？”他问男孩，随后闭上眼，用头轻轻碰男孩和他玩，“你要一起吃饭吗？我看到什么了？你就拿了两个盘子过来？你自己的呢？”

阿莱蒂仍在和自己的怒火做斗争，她抬起被怒火燃红的眼睛——谁知道除了愤怒还有什么——说出的话再次刺痛了他的心。

“你们吃吧，喝吧，玩吧……”阿莱蒂说，“我靠挨骂和喝醋酒就饱了……哦，不对，神父告诉我，那叫‘劣质酒’。”

“你还没完没了了？”

“我停战了，我只是想让你们两个知道。这是命令！”

“你要吵，那我奉陪！”

“那你们两个自己住吧。我去我姐姐家。”

“阿莱蒂，”阿内斯蒂斯轻声慢语道，试图让她冷静下来，“亲爱的阿莱蒂，我的心肝眼珠子，你今天怎么了？快一起来吃饭吧。”

“你们两个吃吧。假如我们三个人一起吃，那我们明天吃什么？”

梅里奥斯慢慢变得僵硬。他拿着勺子，却无法把它送入嘴里。这一刻，他觉得浑身都疼。他早已知道问题出在哪里，只是一直不愿相信而已。老人反应过来时，梅里奥斯已经离家出走了。他鞋都没来得及穿，只穿着袜子就追了出去。他找遍了大街小巷，他大声呼喊……可是哪里都找不到他，一点儿痕迹都没有。

他突然发现他这一生毫无意义，他的整颗心碎了。他的脸上流满了无用的泪水，他气喘吁吁地跑着。这就是觉醒吧，多尔大叔想起了自己的父亲。有一天，他对一个跟自己一样没有孩子的邻居说：“你来到这世上到底是做什么？让你来到这世上是让你生出一堆孩子，而不是让你拉一堆屎的。这个世界不需要你，消失吧！”

第十六章

那是一片马厩一样的棚屋区。在吉卜赛人棚屋区边缘的空地上，总会生着一堆火。“吉卜赛人聚居地”，在他们的语言中，这个词的意思是“国家上层”。那里散发着牛粪、抹布的臭味，没人愿意靠近；那里的人们露着肚子，光着脚，披头散发，醉醺醺地走来走去。但这一切都令人怀念，还有那里的球、衣服和面包。只是那里的孩子实在是有点儿多，他们一群群蜂拥而出——就像蜂群似的。每年也有很多孩子去世，但是他们在活着时已经有足够多的经历了。

在一座小山坡上，长着一棵非常大，大得像梧桐树的桑树。桑树下有一间简陋的小房子，炊烟正袅袅升起。穷人、对生活不满的人，都在等着白色的下雪天到来。一家之主比瑟罗坐在火堆前烘烤着手，和孩子们一起玩耍。他踢踢孩子们的光屁股，摸摸他们的肚子，还贡献出他的胡子让孩子们拉扯着玩。他的妻子正在过筛粗面粉，打算做面糊糊。

他的妻子是个善良的人，有着黝黑的皮肤和杏仁般的大眼。山上的生活只有一件事困扰她：那群小吉卜赛人——尤其是自家孩子会捉弄她。她不敢出远门，因为孩子们会一直跟着她。

吉卜赛女人，高壮的女人，
带上你的蚕豆一起来！
扑哧扑哧，咯吱咯吱！

她回到自己简陋的屋子时，精神有些恍惚，以至于没看到孩子们，进屋时还踩到了他们。

“老婆，”比瑟罗说，“放松点……你的灵魂又陷入困境了。发生什么事了？”

“我被那群小崽子伤到①了！他们……”

“太可怜了。他们对你做什么了？”

“他们带我去混乱……扑哧咯吱！”②

“亲爱的，他们是孩子。孩子一样玩。别管，这儿，他们玩这玩儿，孩子不让玩？亲爱的，你有好心，不难过！”③

“我难过。我内脏都要爆了，承不了。”④

“承住⑤。他们会很快长大……”

“是的，但是新的孩子会出生。”

---

① 指欺负。

② 意思是：“他们捉弄我……可恶的吉卜赛小孩！”

③ 意思是：“亲爱的，他们只是孩子，他们只是在玩闹。别管他们。你看，这里只有这些玩意儿可以玩，难道不让孩子玩吗？你有一颗宽容的心，亲爱的，你不要难过！”

④ 意思是：“我心里难过得要死，实在忍受不了了。”

⑤ 指忍耐。

“呃，那怎么办？会有其他孩子出生。你想让他们的妈妈不要生吗？好……那你去求她们别生。你可以得到什么吗？你想要她们的孩子死去吗？那你去让他们死。”

“不是的，我没这么想……”

“那不就行了？你坐下，别想那么多。放松！你去煮点粗麦粉，我们自己吃。其他事就不要管了，发生就发生了。你不要折磨自己的肚子了，会坏掉[①]的。”

“他们拿着芦苇追我，对着我耳朵大喊‘砰砰’，过来射击我。”

“那还好……如果他们不这样做，他们会砸窗盘[②]的，那更糟糕。”

“我们哪里有窗盘？我们没有。”

“其他地方有……随他们玩吧，这样才能长大。如果不让他们玩耍，他们就会像可怜的小蚂蚁一样。你想他们这样吗？”

“我不想。”

“就是这样。现在坐下，别多想，我们一起吃点东西。我知道，孩子们很噪[③]。我们能怎么办？一切会慢慢变好的……”

可怜的比瑟罗先生脾气很好，就像小牛；他的灵魂安静、柔软，如同锦葵。今晚孩子们也在玩耍，像往常一样，玩膝盖小马游戏。孩子们挂在他的身上，骑着他的膝盖，抓着他的胡子当缰绳。

“吁！”孩子们大声喊，“驾！咯咯咯……嘚嘚嘚……”

最小的女孩梳着一头小辫子，像是头上长了很多条毛毛虫。她把头埋进爸爸胸前，大喊着：“驾！”

---

① 指饿坏。
② 指窗户。
③ 指闹人。

“你在像小孩一样玩吗？”[1]他老婆问他。

“不然能做什么？我想让他们长大。”

“他们这样能长大？你别傻了。”

“这样可以长大。一半玩，一半吃。确实如此，玩能让胃口变好。现在他们胃口大开。啊，啊，啊，我的胡子。老婆，我的胡子好像被一只手拉住了！”

“老天……找到了……”

他们的小男孩发自内心地大笑，手里像抓胜利奖杯一样抓着爸爸的胡子。与此同时，一个小小的怯怯的身影出现在门口。

梅里奥斯站在路中间，好像失去了所有的光芒。他听不到自己的脚步声，这就是他的尽头。他没有误会，今天，他们把他赶走了。阿莱蒂曾经用眼睛传达出来的话语，今天用嘴说了出来。这太沉重了。“快走。你吃了我们的面包，面包就不够了。你把自己该肩负的责任推给了别人。你还不明白吗？你给我们家带来了不和谐。”是的，他明白。曾经，他从她所有的举动中读懂过，从她的沉默中，从她跪在圣像前的祈祷中，从她皱起鼻子的表情中，从她念叨着“感谢主”的样子中，读懂过这些。而现在，他清楚地听到了。他有感情，他不是什么小动物，也不是什么器皿。假如让他再进一次那个家……他还不如跳进河里。

他又开始怕人了。他一想起那些人，就浑身发抖。这让他想起了一头牛。当时，外面正下着雪，北风呼啸，风像锋利的刀片一样

① 意思是：“你又在玩这种小孩子游戏。”

割着世间万物，睡梦迟迟没有到来。小阁楼终日不见阳光，就像黑夜永不结束。

即便夜晚真的过去了，梅里奥斯也不会发现。小阁楼没有窗户，也不需要窗户。动物们都可以看到黑夜，而他……却不能看到白天。老板很乐意看到他冷得睡不着。他说：“如果他睡着了，我就不得不早起叫醒他。”老板有一个妹妹，一位非常美丽的女士。她带着自己的家当离开了村子，但不久后又一个人回来了。他不知道在她身上发生了什么，只听别人说她是个“婚姻失败者”。女士很同情这个孩子，好多次她把无花果或杏仁放进孩子的外套中，就像在冬天喂小鸟一样。冬天，雪下得很大，无法放牛时，她就忧伤地看着牛圈。

“真不幸啊。”她对哥哥说。

“怎么了，又发生什么了？”哥哥问，“又开始你那些同情了？”

“他单独一人……不会害怕吗？”

“为什么说单独一人？他那儿有小牛，有母牛，还有牛粪。”

“是的，但是他在挨寒受冻……”

“我倒是希望我们能有他现在正享受的温暖。在他身边，牛粪一直散发着余热；还有头牛，牛的呼吸让他就像在蒸土耳其浴一样。你别管他了，先看看你自己的糟心事吧……”

妹妹马上离开了，回到房间开始痛哭。好的，让我们回到最开始说的，这里有头失去小牛的母牛。有一天，外面倾盆大雨，他淋湿了。他跑到牛圈，冷得全身发抖。那头母牛靠近了他，温暖了他，还用自己的舌头梳理他的头发。

现在，他又想起了那头母牛，现在，他又一次需要它，因为寒冷又一次笼罩了他，他需要它的温暖和爱。当它在他的耳边呼吸时，那温暖的呼吸就像母亲一般……

他在河边走来走去。他的耳边还回响着阿内斯蒂斯大叔急切而绝望的呼喊声，还有大叔为了追他而从楼梯上摔下来的声音，这些声音就像被胶水粘在他的耳朵里。

他有一颗善良的心，他是多么随和，多么有礼貌啊！他和所有人都相处得很好，除了阿莱蒂女士。不过，她连和自己都处不好。他沿着河继续走。

现在是下午课时间。宗教课已经结束了，开始上音乐课。音乐老师的声线和眨眼频率保持着同一个节奏。“孩子们，我们现在从头开始：返始咏叹调。”

放学了。“卡德拉斯，缺席。”他去哪里了？再过二十年，这条河也不会停止流动。但是它会流向何方？而他呢，去哪里了？天黑了。今晚比以往任何一个夜晚都更黑暗。他困了，他想休息。牛圈和牛都在远方，那么远，远到让他以为那段回忆只是书中的故事。

鸭子们离开了水，它们把脚洗得干干净净，坐在石阶上等着晾干，随后进入自己的小窝。他想起了那一次这些小伙伴们坐在一起的情景。还有狗，还有吉卜赛人……啊！就是他！他的朋友比瑟罗。他必须去找比瑟罗，他也只剩下他了。他忘了比瑟罗的家在哪里，但是河流会指引他。

他还记得，有一次他不小心闯入了吉卜赛人聚居地。对，就是这里。比瑟罗曾经清楚地告诉过他家在哪儿，他伸出黑黑的手，向梅里奥斯指了指自己的家。那次尽管梅里奥斯已经在吉卜赛人棚屋区转晕了，但他还记得比瑟罗指出的方位。梅里奥斯清晰地回忆起了这一切，以及他俩是怎么成为好朋友的。那次相遇后没过多久，他们就成了世上最好的朋友。比瑟罗的小孩也有着黑黑的肚皮……

其他人不想看到这样的孩子，他们会朝黑孩子吐口水。“啊呸！”他们一边说，一边翻白眼。他们叫这些孩子“小乞丐”，谁知道为什么……假如你问他们“为什么”，他们就会生气。他们会问你，“问为什么”是什么意思？小乞丐就是小乞丐。结束。小狗为什么叫小狗？有“为什么”吗？没有。所以……闭嘴。那些小孩被叫作小乞丐，因为他们就是小乞丐，就叫作小乞丐……结束。梅里奥斯的吉卜赛朋友知道这一切，但他只是摸摸自己的袒胸，然后笑一笑。一个吉卜赛人有那么多烦恼的事，假如每件事都烦恼，那他会烦死。他们吉卜赛人还被人叫作“邋里邋遢”，因为他们身上穿的衬衫经常是乌黑、肮脏的。

梅里奥斯到达了石头矮墙处。就是那儿，当时吉卜赛人爬上去给他指自己家的位置。是的，他看到了。远远就看到烟在空中盘旋，可以想象屋内是多么温暖——也许是在烧饭。他轻轻走近那所房子。他颤抖着站在门前，他的影子也在一起颤抖。

屋内，“小马游戏”不玩了，小孩停止了笑，朝外指了指。比瑟罗转向门口。

“放松……”他说，“发生什么了？”

比瑟罗伸出他那像平底锅一样大的手掌，问：

“是你吗，扎佩基利斯？你说什么？你来看我们？快进来。烟太大都看不清了……但还没吃饭呢。”

突然，他怔住了，随后像树枝一样晃了晃。

“天啊！瞧瞧我看到谁在这儿了？”他友好、惊喜地叫道，“小祖宗，快进来。啊，我的孩子！老婆，这边。过来，我的孩子。亲爱的！……放下那筛子。我们要只有一半吃的了。快看看谁来了。梅里，坐……坐。这是我的孩子们……都光着身子呢，不过没关系。这是我最小的孩子。她又在抓我胡子！噢！……亲爱的……瞧瞧。过来吧，我的兄弟……快坐……我的东西就是你的，随意……给我们你的爱就行，足够了。多富足，哈哈！快坐。你吃了吗？跟我们一块吃吧。饿不饿？哈哈哈……我说过，书填不饱肚子。你眼睛都被眼屎糊住了。你脑子也被糊住了吧，你看，脑子也没了！面糊糊吃吗？……看，这都好吃！快来一勺，好吃得你能把手指吞掉！……哈哈哈！……杜杜，介绍给你，我的小兄弟。为……为我们的友谊！我说得没错吧？我们在河边结下的友谊，不是吗？好了，快和孩子们说句'晚上好'。这是我最小的娃。别低头把自己藏起来，你又还没胡子。啊呀，怎么又抓我胡子……啊！"

他的妻子抓了一条围裙盖住自己的黑腿，伸手摸了摸梅里奥斯的头，然后将他的头抬起来。

"你玩过芦苇砰砰游戏吗？"她对他说。

梅里奥斯明白她的意思。这个游戏在山下的城镇里很流行，他们把芦苇当作吹矢枪，往里填充咀嚼过的小纸团，吹气来射击目标。

"没有。"梅里奥斯回答。

她一动不动地盯着他看。

"那你取笑……"她又问，"你取笑过他们'小乞丐'吗？"

"没有。"梅里奥斯又回答。

比瑟罗生气了。他起身时不小心撞到壁炉边，尘土飞扬。

他说："哈，亲爱的……你做什么呢？怎么这么对待我的小兄弟？他人很好……很善良，他喜欢鸭子、蛇，一切小动物他都喜欢……你在担心什么？”

他老婆指了指壁炉让男孩看，对他说：“看到没？这冒出的黑色浓烟让我心塞。我这儿有根芦苇，我现在给你，你可以拿着来‘砰砰’我。但是，不能在外面，知道没？屋里可以玩，在外面不行。嗯？外面的魔鬼会发疯，会大喊‘吉卜赛女人’。你会这么喊吗？”

“不会。”

“你取笑别人吗？”她叫道，“这里可以，外面不行。外面他们都是一伙的，会吓到你的。”

比瑟罗说：“他们就是玩玩，也没错。他们家里还有自己的烦心事呢。他们的爸爸妈妈顾不上他们，只能和‘小乞丐们’玩了。好了好了，老婆。给我们做点面糊糊，我们和朋友一起吃。梅里，来，坐这儿。啊，烟熏到你了吗？那坐那儿。”

小吉卜赛人露出他们的小肚子，靠近梅里奥斯，让他摸摸。他们和他笑成一团，就像彼此是亲兄弟。

过了一会儿，比瑟罗看向梅里奥斯，发现他已泪流满面。

“嘿……嘿，”他的声音有点哽咽，“你看这浓烟都熏到他的眼睛了。”

然后，他悄悄转过身，用黑色的手擦了擦眼睛。

“这要命的浓烟。”他再次说道。

他的妻子还没有明白……

第十七章

多尔大叔门前白烟袅袅，飘出一阵豆香。他们会先喝口汤暖暖身，再往里加点水，煮一会儿当饭吃。黎明刚刚伴着大风来临，杨树林旁的河水倒涌出来，漫灌得地上到处都是，看着有些吓人。树木长叹一声，掉光了身上的叶子。

老人像是出神地看着那些落叶，没有听到身后不断靠近的脚步声。突然，他转过身，抓了抓头发。

“啊……”他说，“啊，是你吗，兄弟？那小娃子怎么样了？是不是生病了？又发烧了吗？没办法，耐心点吧，我看这边也有人生病发烧了，冬天嘛，对吧？诶，你怎么不进来？我感觉你遇到麻烦了。”

“是啊。”

“一切都会过去的。发生什么事了？要不要给你舀点热汤？他们都说这种汤对身体有好处。但对我们来说，对钱包有好处才是真的。”

“要我给你们带点，”阿内斯蒂斯说，“给你们带捆山茶吗？”

“山茶……又能镇静，又有特殊香气！可我要怎么感谢你？”

“你客气什么呀，兄弟？这不没花钱吗？我自己采的。”

“啊，不花钱……唔，假如没花钱的话……那好的。”

“我在外面采的，就从山茶树上。”

“这样的话就好。因为买的话……首先不值得。其次，就像是你自己的东西还花钱去买。你到底发生什么事了？”

“孩子……”

“啊，什么？”

“失踪了！”

“怎么会这样！他怎么了？有去麻烦别人吗？[1] 我告诉你，我的双眼看过很多事情，成群的孩子，成堆的豆子，但是这样的孩子我还是第一次碰到。你抱怨过他吗？”

“我……”

“你婆娘，对不对？我知道。男人创造世界，但女人破坏世界。”

“你昨天看到他来了吗？……晚课的时候。”

“不，他没来。昨天没来，前天也没来。如果他来了，我会看到他的。是的，我的目光一直紧紧盯着那些小蠢货、小麻烦们……但是我也会看看那孩子。当然，他从不惹祸——感谢上帝守护。但是……我有自己的主意[2]，因为……因为他看起来身体不太好。嗯，进来。先等等，我去拿个凳子给你，我们坐下来，就在这光线好的地方。我婆娘又有点儿生病了，老是咳嗽。这里位置不好，整天尘土飞扬的。老弟啊，到处都是尘土，眼睛看到的地方都是尘土。我

① 意思是：是不是有人欺负他了？

② 意思是：我会关照他一下。

的上帝啊，怎么会有这么多尘土呢？”

“姆……冬天来临了，兄弟。土地也被水浸湿了。你还没问问我，我在外面怎么和这泥泞的土搏斗的。”

“唉，兄弟，你不知道，你不知道这些恶魔。你很单纯，心是怎么想的，话就怎么说。但是，那些魔鬼不是，没找到泥土的话，他们会收集土和水，造出泥泞的土来！”

阿内斯蒂斯大叔赶紧说：“嘘，嘘，嘘……”

“看看那里，都把你包围了。你看到了吗？多肥沃的土地，翻滚的泥浆就像泡沫一样。这泥土就算你筛一下，也不会找到鹅卵石之类的。他们是在哪儿找到的石头？鹅卵石，我的兄弟，你说他们是从山上拿下来的！我困惑了。兄弟，我——愿神原谅我——我得出一个结论。”

“什么结论，兄弟？”

“就是：或者没有上帝，或者有；如果有，他也只是大人们的上帝，小孩子归魔鬼管。”

“兄弟，你为什么不换工作呢？这就是我想说的。”

多尔老人坐在凳子上晃了晃身体。

“老弟啊，我也想啊，上帝作证，我多想啊。可是，我不能，不能，兄弟，我不能。我会慢慢枯萎，就像被关进笼子死去的夜莺。这不再是我的追求了。”

那天晚上，门外响起一阵轻微的动静，然后是一声怯怯的“你好”。孩子站在门外，屋内陷入了沉默，豆子咕噜咕噜沸腾的声音缓解了大家的情绪……他不明白。

“你在梦中上学吗？”多尔大叔咆哮道，“快进来！进来暖暖身子……让我们来看看你在搞什么幺蛾子……小先生，我们这是……凌晨。”

孩子慢慢靠近他们，两个老人都静默着。孩子的衣服皱巴巴的，在黑暗的映衬下他脸色苍白。站在他们面前的，就是他们心痛的原因：梅里奥斯。

幸运的是，多尔老人出去了。他一走，把人吵得心烦的声音也出去了。他一直在吸鼻子，吸鼻子，没有停歇的时候。

当他再次回到家中，他看到孩子偎依在阿内斯蒂斯胸前，二人不发一言。他曾经听过一句话，但是在此之前他从没看到过——“伤心到石化”。

“好了……那个……”此时，多尔倒像是自家的访客，“这是……你看到了吗？对，就是这，就这样。”

什么是“这”？什么是“就这样”？多尔虽然把话说出了口，但他自己也不明白说了什么。

“你回你大婶……她叫什么来着，阿内斯蒂斯兄弟，他大婶？”

“阿莱蒂。”

“你回你姨妈阿莱蒂的家。这伸手不见五指的晚上，在静寂的小巷可怎么过？怪物会把你吃掉的，你知道吗？你问问我们这些老人，我们都知道。你，你看看我，听我说完我的话。耶稣基督一直在倾听着我们。你们别说话……对，就这样。安静，听听外面是什么动静。已经有一会儿了，一定发生了什么事。”

他弯下腰，穿上靴子——一双旧鞋，但是没有破——走了出去，看看外面发生了什么。他的腰上挂着大门钥匙。

“你看，”阿内斯蒂斯大叔就像以前和孩子在家那样自然，从口袋里掏出没开封的一摞信，说，“这是信！我到一个地方，就会留下一封信。唔……你要看看吗？……你可没认真教我。”

多尔大叔突然回来了，梅里奥斯匆忙接过信，藏在自己胸前。多尔大叔看上去有些失态，他气得胡子都在发抖。

“我没告诉你们发生了什么吧？嗯！发生了一些事……”

“伙计，发生什么事了？”

“他们把一只狗关在了里面。”

“什么！”

“让你感到震惊吧？那我告诉你，还是一只小狗，不，是一只四肢有点问题的狗，它都没来追我……我还是幸运的，去年他们对我做了同样的事！”

“做这件事的人在哪里？”

“跑了，跑向了车站，就像急着赶火车似的。”

阿内斯蒂斯望向他。

“我的脑子不够转了，”他说，“这样做他们有什么好处？”

“他们就欠打。他们能有什么好处？这就是他们追求的精神。撒旦已经在他们的脑中装了方向盘，控制了他们。你没当过小孩吗？你当过，我也当过。但我们做过这种邪恶的事吗？没有。”

“兄弟，我说了，听不听随你，换份工作吧，两片面包、一碗豆子总能得到的。”

“不！你听到我的心声了吗？不要再说这种话。你让我暂时去另一个城市，就像给我刷层糖浆再把我放在大太阳底下，我还可以忍受。但是让我离开学校……不要再提。我不会离开的。”

“好吧，好吧……我懂了。你已经和我说过很多次了。呃……

现在也该回家了，我会把这孩子带走。他会好好上课的……然后可以在家里玩弹弓。是不是，梅里奥斯？”

“不……”孩子小声说。

“什么？”

阿内斯蒂斯正弯腰去拿帽子。

“我就知道。”多尔说。

“我的心肝……”阿内斯蒂斯的眼睛变得湿润，眼神充满恳求。

“我懂你，”多尔大叔继续说，“但是你不会成功的。算了吧，现在这……河水不会倒流，在家发生过的也不会当作没发生。啊……为什么要让我知道得如此清楚！妈呀……妈呀——这也发生在他的身上，为什么要让我受到这种刺激？兄弟，算了吧。让我来处理。（他转向那个孩子）过来……做得好……你看看和汤放在一起的还有什么……还有无花果！这可是非常甜的无花果！但是只要校长没发现，我就不给他，只给我喜欢的人吃。所有人都问我谁是好孩子，谁是坏孩子。嗯，你会透露吗？告诉我吧。呣……如果其他人都像你一样，我就不用盯着了。我是神吗？不是。所以告诉我。你看我有过把你当小恶魔放在我的平底锅上煎吗？没有。你看我有哪一次揪着你的耳朵把你带到校长那儿呢？没有。所以告诉我……什么，我带你去过？说！”

“没有……其他事情你也没有做过。”

“什么？？呣……如果我做了，就说出来！再说，当着你的面，我会那么做吗？我只会偷偷地做。我就是个坏人！”

“你不是。”孩子坚定地说。

“我告诉你！难道你比我自己还了解我？别扯了！你这么说

是因为你不了解。你知道我做过多少混蛋事吗？闭嘴！你没看到过那些糟糕行为吗？我做过。现在你把无花果拿走吧，我知道你会拿走……”

但是，孩子没有拿。

“你不拿就是不喜欢我了。”

梅里奥斯拿走了。

“啊，天呐，天呐，为什么要这样刺激我？你不爱你的阿内斯蒂斯大叔了？我要一个明确的答复，你说！你爱他吗？”

“爱。”

“那就对了，我也知道。伙计，行了。这孩子爱我们两个呢，一切都好了。但是你婆娘做过的那些事，呃，我知道，我知道……你婆娘……叫阿莱蒂对吗？我知道。她做的那些事都能闻到臭味。唉……我知道，兄弟，我知道。听着，阿内斯蒂斯……现在呢，他不会再回去了，你说什么也没用。假如你有什么姐妹或侄子侄女就好了……总之，也不是你的问题。你先回去吧，然后我们再看看怎么弄。嗯？”

“我会去解决的，明天就可以确认了。但是今晚他住哪儿？”

“别担心，留在我这儿。”

“我会去比瑟罗家……”孩子轻轻说道。

“他是谁？”多尔大叔突然怒气冲冲地问。

“是我的朋友……”

“你更喜欢你的朋友还是你的大叔？”

“但是我不能没通知他就离开，他是我的朋友。”

“好，那你去告诉他……告诉他，然后住一晚。但是从明天起你得回去，不管是阿内斯蒂斯大叔家还是他给你安排的哪个地方，好不好？”

“好。”孩子答应了。

梅里奥斯独自一人沿着河走，他打开了阿内斯蒂斯大叔的第一封信。字很丑，没有句子，只有一些线条……线条写的字母……下面是“阿内斯蒂斯·卡里奥里蒂斯”，这些字母写得太大太乱了！

接着，他打开了下一封信……一模一样。接着，他又打开了其他信。全都一样，一模一样，只有写得又大又乱的字母。但是让人感动！

第十八章

城里的这个冬天实在太糟糕了，像个无情的撕咬者，所过之处一片萧瑟。河流奔腾,好似无心停下脚步看周围的一切。河流湍急，水汽袅绕，好像急着在一小时内到达大海，汇流进去。没有时间了。这就是这个城市运转的速度！……滚滚浓烟从城市的壁炉中冒出，城里的狗都夹着尾巴。无尽的哀伤。寒鸦在垃圾堆里翻找，就像吉卜赛女人一样。它们还偷走一些衣服布料，拖回自己的巢中。讨厌的鸟，头上像顶了块灰色三角巾，鼻子像一个难看的大铜锅，一张口叫就像在嘲讽人……整日整夜，它们就在你家屋顶上哇哇大叫。它们和人类并没有太多不同——顶多，家庭主妇会因为它们偷家里的肥皂而想打死它们。它们和麻雀也没有太多争执，如果放养在同一个打谷场，它们彼此就像妯娌一样。它们能分享什么？神秘……但是，寒鸦看上去没有任何传承，因为在父辈的庇护下，年轻一代过得舒适而美好。年轻一代——寒鸦中的新郎和新娘可不同意这个观点，它们可不想为了传承连懒觉都没法睡。于是，它们就打扰父辈，哀叫声凄厉……好，现在先把寒冷放在一边，把父辈放在一边。

上帝可不会到屋檐下去调解它们之间的矛盾，所以它们只能尝试自己解决分歧。每个年龄段的寒鸦都有自己的地盘。在同一个屋顶下，你可以从老到小找出五代鸟……但是在印象中它们全都一样。只有当它们醒着时，你才能看清并说出："看，这是小鸟，这是老鸟。"但是当它们睡着时，所有的鸟看起来都像老鸟。

梅里奥斯在新家里坐着，他已经和这些鸟建立了关系，不是友谊，仅仅是认识的关系。他假装忘了收走放在窗沿上的羊毛破布、有点发霉的面包、一片烟草、玻璃杯碎片……就像施以恩惠一样。有一次，他忘了收老妇人的帽子，寒鸦竟然把帽子偷走了；还有一次，它们偷走了煮咖啡的小壶。

这只寒鸦曾偷过一条沾上墨水渍的衣领——梅里奥斯甚至不怀疑，给它一个机会，它就能偷走墨水瓶。这只寒鸦是他的小邻居，是他最熟知的一只，他甚至给它起了个名字，叫它法齐奥洛。这个小偷让他很困惑，他还问过这间屋子里的老妇人。她很生气，它们捣乱了这么多年，把这里破坏得无法恢复原状。

"斯琴格嬷嬷，"有一天，他问道，"这只寒鸦小偷又来了，抓走了我的一粒纽扣。"

"我能做什么？"老妇人有些愠怒，"我能去问它要回来吗？你眼睛长哪儿了？"

"我不明白，它要这么多东西做什么？"

"唔……也许它要有女儿了。"

"那又怎么样？"

"怎么样？它在准备嫁妆呢，它是妈妈。收集……再收集……它给女儿准备好，然后就会有新郎过来，它们会把妈妈赶出家。"

“你的女儿对你不好吗？”梅里奥斯脑中突然冒出一个念头，于是问道。

“她如果需要我，她就对我很好……但是现在是我需要她，她就对我很差。没关系，我还没被抛弃，我很平静。以后她的女儿也会同样对待她。”

“是的，但是你说过新郎对你不好。是他错了。”

“我这么说过？是我错了，是我女儿影响他的。但是我不生气，我很平静。她的女儿也会这样对待她的。”

有一两只寒鸦想进到他的小房间来，他允许了。

但是你放它们进来做什么……它们是忘恩负义的鸟。它们进来后到处扑腾，根本没有注意到他，像是在说：“我们不要在意他，就当他死了。”它们没一个是“无辜”“友好”的，没一个……

它们闻起来就像没洗澡的老妇人。它们的胃里全是腐肉——没有别的。它们中只有最瘦弱的闻起来才没那么臭，因为它没吃太多腐肉。

其中有些就像废物，只知道吃和到处游荡，就是一群好吃懒做的鸟。它们就像是丧偶了一样，从不衔树枝之类的筑巢，找到什么就吃什么，然后停在干枯的树枝上偷懒或休息。这让梅里奥斯很吃惊：它们一点活都不干吗？它们就这样度过一生吗？只是歇着和睡觉？

他又去找老妇人了，她应该知道答案。

“嬷嬷，你还没告诉我，它们不生蛋吗？”

“你怎么这么说？那我们又算什么？难道所有的鸟都要生蛋吗？看，老鸟就不会。”

“那老去的鸟做什么？”

“吃，还有哭……就像我一样。它们找到什么吃什么，但是大多数会找不到吃的而饿死。”

“它们的女儿为什么不养它们？”

“就像我的女儿乌兰娜一样。这有什么意义！它们的女儿也会同样对待它们。它们能去哪儿？在这世上，一切都有代价。”

“我想再问一个问题……”

“那你怎么还不问？我知道所有的事。”

“它们没有语言……那彼此怎么交流？只说‘嘎嘎’……怎么能知道是什么意思？”

“只说‘嘎嘎’？问得好。它们用‘嘎嘎’交流就够了。一声‘嘎’意思是‘我要吃饭’，两声‘嘎’意思是‘我要男的’，三声‘嘎’意思是‘快从我的巢里滚出去’。我曾听到它们叫了一声，然后看到一只死老鼠！”

“好吧……但是……它们没有其他话要说吗？”

“其他的话全是多余的，这些就够了。我的女儿整天喋喋不休，她自己也累。有什么好处？假如她直接说：‘妈妈，快滚！我不想要你！’我会理解然后离开的。但是她不说。”

她的女儿是一个头发蓬乱、只会尖叫的女人，整天在屋里转来转去和骂人。骂人不能让她填饱肚子，却能让她心情愉悦。她还没骂过梅里奥斯，因为还没找到理由。阿内斯蒂斯大叔付了她一大笔钱，作为梅里奥斯的房租和饭钱。她是一个粗壮的女人，强壮得像暴风雨，脸红红的，就像苹果。她身上像挂葡萄一样背了两个婴儿。她的丈夫有些驼背，沉默寡言，皮肤蜡黄。梅里奥斯从来没听到过他说话，也许从来都没人听到过他说话。乌兰娜把他当养子一样对待，每天用可怕的声音使唤他。他驼着背过去，在狗发出嚎叫之前拖着脚步过去。

这个男人和梅里奥斯从来没有说过话。他怕梅里奥斯和他打招呼，可不能引起他老婆的注意。他也从来没和岳母说过话。只有在乌兰娜偶尔下楼时，两个可怜的人会在恐惧中靠近彼此，耳朵留意着从楼梯传来的动静，压着嗓子说几个词。老妇人说“喂，喂，喂”，男人则摇摇头或摆摆手，然后说“唉，唉，唉……”

乌兰娜从来没骂过自己的孩子，只会爱抚他们，给他们唱歌。她的声音洪亮，就像晚上大教堂传来的钟声。

这座房子里的生活让人绝望。每天早上当乌兰娜起床，你会感到一股热乎乎而潮湿的风跟着吹了进来，让人有些透不过气。这就是早上的情景。她与陌生人吵架；她去鸡舍和牛棚转一圈，喂喂鸡，再捡五六个鸡蛋，鸡蛋还冒着热气，粘着稻草；她抚摸和清洁母牛及小牛，给它们铺上一层饲料。她唱着歌，时不时恶狠狠地看一眼走廊，防止老妇人走出去。她给梅里奥斯留一个鸡蛋——这是和阿内斯蒂斯大叔的交易。但是她会选出最小的给男孩。然而，问题是，这个冬天，梅里奥斯吃到鸡蛋了吗？他偷偷地把鸡蛋留给了老妇人。因为这么长时间以来，他只看到她喝稀饭。

老妇人说，这个城市的天空被捅了一个洞，所以整个冬天都在下雨。有时在中午，雨会“停一会儿”，但是上午总在下雨，下雨。梅里奥斯没有油布雨衣——这个家没为他准备雨衣。老妇人帮他赶了回时髦，用一块布给他做了件雨衣，告诉他这件雨衣和他非常相称。但是没有用，他整个下半身还是泡在了水里，鞋里灌满了小碎石。梅里奥斯打算周六去找安吉利斯大叔修鞋。安吉利斯大叔头脑聪明，但很多疑，他会冲孩子们大声嚷嚷。他是跛脚，害怕被孩子捉弄，所以不让孩子靠近他。他总是对你说一些父亲才说的话，但是听起来像在骂你，让你听得快要窒息。他拿起梅里奥斯的鞋后，第一件事竟然是吹口哨。

“咻咻……”他说，“好多水流汇成了一条河，从我的眼前流过。小倒霉，你怎么把自己搞成面黄肌瘦的？你是黄鹂鸟吗？是那某某人让你饿肚子了？快来我这里吧，你在外面搞得像是从垃圾堆里出来的似的。”

他拿起一根补鞋线，沾了点口水，上了点鞋线蜡，用锥子固定住，然后抓起一把木钉含在嘴里。

“你要吗？”他问男孩，“我请客，这很有营养。现在把你的鞋递给我，让我看看你弄坏了鞋的哪个地方。哦，天呐，这么多地方坏了，你怎么弄的？咻！你把鞋全弄坏得了。帮你修之前我可没想到会坏成这样。”

“修不好了吗？”

“可以，可以修好。但是需要修一整夜。你把鞋留下吧，快过来。”

“算了。”男孩说。

“算了？你怎么这么倔强？这是为什么？”

“没有为什么，我不过去。”

“瞧你说的。你说啊，为什么？”

“就这样。”

鞋匠生气了。他抓过一把钉子，含在嘴里，又吐出去。他拿起锤子狠狠砸向乱糟糟的工作台，整个房间都震动了。他掏出烟草想卷根烟，转眼又撕碎了。最后，他喘了几口粗气，对男孩说：

“坐，就这样。在你身上发生的一切都会过去的。我知道，这些那些，都让你的性格变坏了。我知道我该怎么做，但我就是不做。我见过另一个像你一样神经质的人，我知道你们需要什么。但我没理由去做，那是你们的父母该承担的。我不生气，一点儿都不。我知道不是你们的错，是这个社会的错。如果社会没有错，现在你就可以再买一双鞋，而不用听我叫你快过来，也不用摆出一张臭脸。全都是这个社会出错了，这是我说的。你知道社会是什么吗？”

“我知道……就像圣餐仪式！是共享，是交流，是配合。”

“你的脑子就值一便士！你给我好好想想，别耍小聪明，耍小聪明对你没好处。”

“唔，那你说什么是社会。”

“社会就是……我看你就是来捣乱的。你们这种小恶魔，学几个字就自以为是。你以为我不知道吗？你从进来到现在一直在叽叽喳喳地扰乱我。社会……哼！还轮得到你来告诉我什么是社会？你先把脚跟站稳了再说吧。社会就是弱肉强食，有的人十指粘满泥土，辛苦劳作，有的人却颐指气使，让别人做牛做马！有的人口袋里装满金币，有的人却一无所有，连用来暖胃的劣质烟草都没有。太过分了……你以为你的口袋里装满钱就了不起吗？我的口袋里还装满了石头呢！……你的鞋子没啥好修的，不用修了……还想告诉我什么是社会！回你的家去吧，我要关门了。拿上你的鞋，呐！就这样破着吧。你在老师的教鞭下学了那么久，付出了那么多，但是得到的却很少。呵……假如我识字，不用很多，两三个就好！我就拿起粉笔挨家挨户在那些人的门上写：‘小偷！’‘小偷！’‘小偷！’行了！快出去，我要关门了！就凭你，还想告诉我什么是社会！……”

第十九章

地下室里装满了冻僵的孩子。外面倾盆大雨,雨水仿佛在跳舞。孩子们的膝盖上全是冻住的泥土。令人绝望的日子。多尔大叔训斥他们，都快把他们训哭了。一大群孩子挨肩擦背，几乎动弹不得。大部分人踩在自己的长袍上，还有些人挤在火边。远处传来了惊呼声。大部分孩子为了“长高”而跑到操场上，扮作小马，在泥坑里疯跑，鞋子裹满了十厘米高的泥土。等土干了，就变成了他们鞋子的一部分。

多尔了解这一切，他现在就想哭。他知道接下来会发生什么。孩子们离开前，所有鞋子上的泥土都会掉落在他们的课桌下，他不得不花上三天三夜清洗地面。

这些天，地下室总是散发着一股豆子和雨后泥土的混合气味——这种奇怪的气味从衣服上散发出来，衣服上像是洒了水，一直潮乎乎的。多尔大叔挖了挖耳朵，站上木箱大喊:“嘘！——”

但是，没人理他。多尔大叔提高了音量。

“我说，嘘——停下！听我说。谁的呢大衣湿了？可以来火边烤烤！”

穿呢大衣的孩子们纷纷靠近火源。多尔大叔隐在黑暗处，寻找那些没有外套和大衣穿的孩子。

“出去！”他大喊，“穿呢大衣的都给我变成蕨草，别做人了。去！不是吗？你们这些贪得无厌的人！贪得无厌的人！穿呢大衣的难道还点不起火？穿呢大衣的都给我出去！我说了。现在那些没大衣的过来暖暖身子。我知道的……姆……穿呢大衣的都是家里有好壁炉的，难道我说错了？不，我没错。去！你们怎么还在这儿？这里我说了算！要么你们散开，要么我把火灭了，你们走人。这里我最大。去！干等着干吗？你们这些废物！你们这些被魔鬼控制的人！”

多尔大叔的内心充满了正义感。他的行事也许显得有些笨，有些粗糙。他总是说：“我没有受过教育。”但他总是做正义的事。他继续说，“当其他人在学认字时，我在学做人。然后，我学认字时，因为太笨了而没学会，所以我所有的成功都是靠我的诚恳。但是……听说我——我不知道上面的老师和你们说了什么，但是我在这里只说正义的话。你们听到没？我要的是坦率！结束吧，就这样。”

“那坦率是什么？”喜欢胡说八道的孩子们问道。

“是什么？你们不知道吗？你们这样怎么能让我相信。听着，坦率是……我小时候下雪时——那雪就像现在一样——我想抓些珍珠鸟。我用木棍支起一个筛子，筛子下面放了蠕虫和麦麸。我拿一根粗绳绑住棍子，我抓着绳子躲在一棵橄榄树后面，等珍珠鸟过来吃东西时，我一拉绳子就能把它抓住。但是当我妈妈问我时，我回答：‘圣母在上，今天的课太难了。’你们觉得这种行为是坦率吗？不是！这不是坦率的行为。”

“那什么是坦率？”孩子们又问，“我们一点也不知道。”

“当别人和你说正确的事时，会一点点慢慢让你了解……但是你现在说‘我一点也不知道’，这本身就不是坦率的行为。”

“那什么是坦率？”孩子们再次大声喊道。

“休息时间结束了，我送你们上去，好让我摆脱你们这些麻烦。你们清楚地知道你们做的那些混账事。你小子，你过来……我说的就是你，小废物。你叫梅里奥斯，对吗？”

“是的。”

“你前几天是不是在路上捡到三块钱，但你没像别的孩子一样买糖吃，而是买了写字板和练习本。对吗？”

“不是……”梅里奥斯说，“我没有买练习本，我买的也是糖。”

“看！这就是坦率。好了，现在你们赶紧走吧，让我清闲下。我的铃铛！我的铃铛在哪儿？天，我要抓住你们，就像耶稣逮住恶魔！……恶魔们！你们这些撒旦的小恶魔！……”

当地下室的多尔大叔进行“辅导班”培训时，在楼上的校长室内，老师们正挨着暖气，热火朝天地聊八卦。只有两位没参加：校长去邮局了，斯坎弗拉斯因得了感冒而缺席。这也是大家能凑在一起说八卦的原因。

“先生们，你们能明白我的惊讶吧？”卡尔拉夫蒂斯说，“当你们发现面前只是一群长毛的东西，你们就能明白我的感受。他们举止野蛮，行为粗鲁！他们不是学生！”

“他们做什么了，亲爱的同事？他们是用标枪和弓箭跳舞了吗？”阿格拉依做出一副无辜的样子，问道。

“同事”气势汹汹地看着她，眼里都冒火了。

“小姐，舞蹈，”他整个人陷入狂怒中，严厉地说，“只有一种舞蹈，更确切地说，只有以赛亚[①]舞蹈，才是这所学校重塑其严肃性的唯一希望。”

“您是在向我求婚吗[②]？”体育老师用更天真无辜的声音问道。

“我完全无意于把自己的家变成脂粉钗环之所！永远不！”

突然间一片寂静。体育老师的脸变得惨白，红润的嘴唇也一下子变得和白布一样。她用眼神向在场的所有人发问：先生们，没有人来保护我吗？

斯坎弗拉斯像一具僵硬的尸体，从无序的人群中移动过来。

“总体来说……”他试图说点什么，但是他虚弱到无法张口。

此时，体育老师已热泪盈眶，她再次用眼神大声发问：有人吗？

人们都带着些许敌意，保持着沉默。

“确切地说是前天……”斯坎弗拉斯咳嗽着，磕磕巴巴说道，“我读了《社会契约论——让－雅克·卢梭》，里面说到……遗憾的是我的记忆老背叛我……总之，这不重要——骑士精神中的尊重女性，是一种必要的美德。这里我特别要指出‘必要’这个词。我不想掩盖让－雅克的问题……同事们，我的想法是……总而言之……总之，我不赞同您的做法，因为事情……”

---

① 以赛亚：《圣经·旧约》中的人物，《以赛亚书》的作者。生活在公元前8世纪，在其生活的年代以先知的身份侍奉上帝（耶和华）。宗教课老师这里说的以赛亚舞蹈意思是追随神的舞蹈。

② 希腊东正教婚礼中，按照习俗，新婚夫妇常常会跳起以赛亚舞蹈，亲朋好友围住他们撒米粒或糖果祝福。在这里，体育老师故意装作不理解宗教课老师的意思，而说成是结婚跳的舞。

他鼓舞人心的发言被一阵闷笑打断。斯坎弗拉斯突然发现他的处境有些糟糕，阿格拉依小姐把他留在了这儿，没说一声“谢谢”就走了。

现在，他和其他老师待在一起了，他们正在窃窃私语，而他听不清他们在说什么。

神父伸手去拿水杯。

“喝点水吧，亲爱的同事……”他对斯坎弗拉斯说，“看看这忘恩负义的行为。您这无私的守护……她可不领情。我没弄错吧？”

摇曳的鞋跟声在外面响起，阿格拉依小姐沉默但气势汹汹地回来拿她的雨伞。

所有人都看向她，继续保持着沉默。体育老师阿格拉依取下了她的皮草暖手筒，将自己无处安放的手揣了进去……也许她是为了放松自己那双紧张无措的手。

这一边，神父突然爆发出抗议。

“所以时尚已经入侵我们的教育殿堂了？皮毛盖在手上……令人恶心的时尚……你们听过吗？皮毛盖在手上！谁看到过？”

阿格拉依转过身，只说了一句话就让神父怒火中烧。

“所有人都见过。但是下巴上的皮毛，没人见过。”

神父紧紧地抓住自己的胡子，以防被气倒。

这时，音乐老师慢慢起身，站了出来。她看上去倔强而严厉，就像一个纯粹的印第安人。

她说：“我之前避免在她的面前讲话，是为了不让她觉得我乞求她的友谊。众所周知，我们之间是有分歧的。但是，同事们，你们的言行有些——原谅我这么说——有些小气。”

“她在讽刺我们！”神父大叫。

“她就是有些孩子气……仅此而已，”音乐老师继续说，“她的行为就像淘气的孩子。也许这令人不快，但是——就算令人不快，也并非什么恶行。”

“这是令人讨厌的行为！”数学老师咆哮道。

“很好，卡尔拉夫蒂斯先生，您没让我忘记您的存在。阿格拉依小姐过去那个坚定的盟友去哪儿了？您的热情冰封得如此迅速吗？”

“她是自己的过分行为的受害者。每个人都有缺点，就像斯坎弗拉斯先生的领结一样……但这不意味着……这些必须作为她日常捉弄的目标。”

“请你们……”斯坎弗拉斯的脸一下子红了，他说，“我还不太适应做你们的保护对象。总之……克洛伊度小姐可以……她可以随意利用我们的友好关系，因此……”

“因此您值得大家的同情，而我却保持沉默。”

“我还等着你们同意我的看法，阿格拉依小姐过的是音符般的人生，人生如歌。”

“对！难以忍受的音符。”

“堕落源自女性！”神父大喊道。

音乐老师的脸气红了。

“我还是闭嘴好了……”她的嘴唇气得发白，“仇女主义！……只要有一个女人注意到您，您就会疯狂地迷恋所有女人，我都了解，包括克洛伊度小姐什么时候失去了您的喜爱。”

“这就是您所谓的‘闭嘴’？真是令人惊喜呢……”

“我会闭嘴，只要您不坚持让我开口。除非您坚持……”

“我坚持！”神父喊道。

“别！”数学老师赶紧放话，“别！别！……”他的声音不断提高，“这不关您的事。”

“但是关系到道德秩序！……而这是最重要的。”

“不要随便定义与您无关的事。”

“拉乌尔女士……您有这个义务开口！”神父继续喊道。

“让我成为您蓄意害人的工具？休想！”

“您应该这么做。”

“那好吧，我会说的……但是我会把方方面面全部说出来。”

神父突然泄了劲。音乐老师拿起了她的乐谱和教鞭。

“我看到您没那么坚持了……”她大度地说，“外面安静下来了，先生们，休息时间结束了，你们不知道吗？”

大家紧张兮兮地熄灭香烟，桌布上全是烟灰。有些老师忘了带上教鞭，还有些忘了带教材。楼梯上，数学老师正气喘吁吁——这让周围的人感到不安，这时，他遇到了校长。

校长锐利的眼神立刻捕捉到了空气中的紧张，紧张得似要迸出火花。他目光如炬，不容拒绝地问：“发生什么事了？”

“总是有原因的……永远有。会找到原因的。”

“我知道。引起你情绪激动的原因是……”

“……我，”神父赶到后赶紧说，“先生们，是我！只要违反道德的行为还在这里盛行！只要你们的保证还未兑现！我就一直在。”

“您要耐心……一切都会解决的。您看到了吗？这才是男女混读学制不可避免的伤痛。只要有女生，就会有女老师。”

“正是如此……就是因为有女生！但是先生们，为什么要有女生？女性每天浪费七个小时游来荡去诱惑我们，这对人类有好处吗？这是个不幸的时代！……”

神父大步跨越台阶离开了，匆匆进入在他面前出现的第一道教室门。

“您走错了。”拉乌尔女士说，她正举着指挥棒教歌曲。

“的确是。”神父走出教室。他穿过走廊，咬牙切齿地说，“我确实走错了，我宁可进咖啡馆，也不愿意进她的课堂。”

第二十章

一月，水面凝结成冰。田野上一片冰霜，就像反光玻璃一样。寒鸦凄厉病态地叫着。天气冷得要把鼻子冻掉。秋天，潺潺溪流汇聚成河，如今河水早已干枯，在一片片洼地中结成了冰，就连上帝也不知道太阳能否让它们融化。

整堂课上，孩子们不停地用手哈气取暖，教室内一片嘈杂。

“这可不行……不行。”斯坎弗拉斯先生轻声说道。

他试图让自己亲切的眼神看起来严厉一些，但是失败了。他的额头上出现一条抬头纹，正好在双眉之间，与眉毛平行。这是他向卡尔拉夫蒂斯先生“学”的，他希望像卡尔拉夫蒂斯那样得到孩子们的尊重。不是尊重——卡尔拉夫蒂斯向其他人炫耀说，只是一种纯粹的恐惧，但这可以让他的工作做得更好。那些想要得到尊重的人往往需要等待更长时间。只有在六十岁之后，老师们才可以获得尊重。但是为时已晚，因为他们往往在受到尊重前就离开了。

但是，斯坎弗拉斯先生的皱纹远远就能看出是舶来货，因为孩子们总是咯咯取笑他。

他每隔一小时就看一眼点名册，仿佛在从中寻找避难所。他打开名册后，往往第一眼看到哪个名字就大声叫出来。现在，他也在翻开书页后喊出一个名字。

“普里诺拉，”他叫道，但是很快声音因害羞而变轻，“普里诺拉小姐，请你来订正。”

贝丽可在起立前，做的唯一动作是抚平裙上的褶皱。讲台上的老师看到了她的动作，但无法区分她是出于羞怯还是撒娇。他记得去年她还不曾做这种动作。普里诺拉当然已经准备好成为一个“小姐”了，但她现在还不是。由于父母宠爱，她很晚才开始上学，几乎快过完八岁了才去。她是班上年纪最大的——他也知道。同时，他还知道另外一点——她是班上最漂亮的。她一边思考，一边用镇静的声音说出答案，时不时停顿一会儿，思考接下来要说的话……然而她已经说得够多了。她用明亮的眼睛看着你，像是在说：“你应该明白的……不用帮我，我能行的。”她曾和体育老师待在一起，但是却没学到她的风姿。

最后一排坐着“留级帮”，但他们从去年开始就有些不顺。他们都长着大鼻子，经常啃自己的指甲，爱给同学们起绰号，经常制订一些恶作剧计划。他们都像“火柴”，一点就着，还好还没炸了学校。他们之中，只有一个显得安静并有些心不在焉，就像母鸡一样。他的鼻孔经常像水龙头一样抽动。你若看到，会说他像一种奇怪的动物，一种用鼻子进食的动物。随后，你会恍然大悟，明白创世者为什么要把嘴巴安在鼻子的正下方。

老师问道：“接下来讲了什么，这位阁下？”

“是的。”吉雅吉亚斯回答。

“什么叫‘是的’？”

“这……这个……”

“哪个这个？”

“那个……接下来没讲什么。”

“非常好。坐下。”

孩子搓了搓手，坐下了。他只是惊讶，为什么到年底了老师没让他挪到前排就座。

“留级帮”的人不会感冒。即使世界充满了哈气声，他们也不会觉得冷。他们天天在学校，没人觉得他们会得感冒……他们忙着出歪点子取笑其他人。昨天的法语课上，他们带来一些月桂果，把月桂果踩在脚后跟下不停滚动，直到月桂果像疯了一样发出哨声，整所学校上上下下全都听到了。多尔大叔上楼来了，他原以为有办法发现这些孩子的“发明”……但最终没有找到。直到今天早上，多尔大叔打扫时，才发现了地上的一堆月桂果。他将这些交给法语老师安贝尔·阿纳科里迪斯。

他说：“给，拿走他们的‘哨子’。”

“不可思议！”安贝尔大喊，“就是这些东西发出哨声的？”

“是魔鬼附在上面发出声音的，这种果子树上的汁液也能让它们发声。啊哈，哈拉拉皮斯先生……”

“我叫安贝尔，谢谢！”

“你知道……怎么说，先生？”

“请叫我 Monsieur[①]，谢谢！”

① 法语的“先生”。

“啊，我的老师。一个法语词我还能学着说……两个以上我就不行了。”

“费奥多尔，这是必须学的，必须。”

“我的老师，怎么这么多‘必须’会的事情？你就是不明白什么事要先做，什么事不用做。要我帮你煮杯薄荷茶吗？我那老婆子正在生火。啊，看，斯坎弗拉斯先生来了。”

他穿着一件短外套，还有几步就到办公室门口了。他谦逊地对他们打招呼：“早上好。”

“今天到得有点早嘛，斯坎弗拉斯先生。”多尔大叔对他说。

“天气预报说会下雨……”

“又要下雨？唉，太可怜了！魔鬼们会再次带给我‘迦南①之地’……怎么，我说得不好吗？”

两位老师善意地笑着，又有些不好意思。他们开始了解彼此。他俩都是小个子，性格善良，很讲礼貌，有时有点害羞，很适合做朋友。也许正是这个原因让他们走在了一起，而不是什么听了“下雨预报”而早到的默契。

“好了，”多尔大叔对斯坎弗拉斯说，“要来一杯鼠尾草茶吗？我的老婆子正在生火烧水呢……你知道吗？”

斯坎弗拉斯小心翼翼地在马甲口袋中找着什么。

“不了。”他有些害羞地说，然后掏出一张纸。这让多尔大叔的鼻子突然有些发痒。

---

① 迦南：古代地名。《圣经》中，迦南指约旦以西的巴勒斯坦，希伯来人称之为“应许之地”“希望之乡”，据说是一个到处“流淌着奶和蜜”的富饶之地。

“我明白了。”老人哈哈大笑，“你们呢，又要一个来杯‘加一点点糖’的，另一个来杯‘不多不少糖’的了。”

“还要给大叔你来杯‘加很多糖’的。”斯坎弗拉斯说。

“又来？”老人抗议道，“又要请我的客？你们老是做一些让我觉得我和你们平等的事。我算什么？我就是一个工人。”

“我们所有人都是一样的，费奥多尔大叔，都是上帝的创造物和命运的牺牲品。”阿纳科里迪斯饱含哲理地说。

“不是这样的，安贝尔博物馆[①]。”

“叫我巴比吧。”“法国人”悄悄地对他说，“私底下相处，咱们可以随意一点儿。”

“要是你一直喊我‘费奥多尔’，巴比先生，那就是你说话不算数了。那我就一直喊你‘博物馆’先生了，直到世界毁灭。我说得没错吧？我去煮咖啡了。”

他一边咳嗽一边爬下楼。到了地下室，他对妻子说：“把煮咖啡的小壶拿过来，我要到上面和朋友们一起喝咖啡。”他的声音因为自豪而有些颤抖。

“你又摆什么架子？”他的妻子说。

“拿来就是了。”

楼上，他的“朋友们”正在抽烟。

“价格又上涨了。”安贝尔说着，拿出刮胡刀将香烟从中间切成两半。

“香烟价格是上涨了……”

---

① 多尔大叔想用法语说“安贝尔先生”，但他还是没记住monsieur这个法语词，口误说成了近似希腊语的“博物馆”一词。

“最糟的不是这个……而是你必须在其他人面前把烟抽完。你明白我的感受吗？”

“是的。怎么了？”

“感觉有人在远远地看着我，盯着我的刮胡刀看，确切地说，感觉是神父在盯着我看。”

“是吗……发生什么事了？”

“超出我的想象……前天在第一堂课课间发生的。因为所谓的虔诚问题，克洛伊度……”

斯坎弗拉斯很担心，有些坐立不安：“嗯……嗯……”

“我还是按时间顺序说吧。咱们的同事格雷米斯说过，关于教育，自我的成长比他人的塑造更重要，教育者的作用就是帮助学生自我成长，而不是去妨碍和约束这种成长。”

“对啊。”

“我和你观点一样。但是，神父听到后就像化身凶狠的鬣狗，大叫道：‘这是反基督教的！’我试图温和地表达不同意，说：‘我不这么认为。’但结果是，他的战斗力从一只鬣狗变成了十只。他对我说：‘您到底在打什么主意？您不是东正教徒，您是切割工！……对！只会切香烟！’音乐课老师插嘴说：‘您不了解他的内在。’‘但是我知道他的烟盒里装了什么！’那时，我感觉周围只剩下一片嘈杂声。你知道的，那帮人没有同情。”

“没人出头帮你说话吗？”斯坎弗拉斯问道。

“没人……噢，不对，有一个。”

“我明白了，”斯坎弗拉斯说，“是我们的同事克洛伊度。”

“是她，以她那特殊的方式。”

“我懂……”

“她对神父说：‘切香烟总比把无辜的孩子毁掉要好！’”

“干得好。”

“是啊。但是你绝对猜不到接下来发生了什么！”

“我可以猜到。”

“神父站起来，不受控制地大喊：‘您太无礼了。您也是无神论者！’所有人都吓了一跳。拉乌尔女士要求阿格拉依去向他解释。但阿格拉依‘嘁’了一声，扶了一下几乎挨到眼睛的金色头饰，说：‘也许我们的神父同事是对的。’音乐老师拉乌尔惊讶地说：‘你怎么这么说？你不敬爱上帝吗？’阿格拉依说：‘我爱一切和上帝有关的，但是我不爱上帝本身。’随之而来的是愤怒、绝望和恐惧。神父强调必须祈祷。在剩下的时间里，拉乌尔女士保持沉默，卡尔拉夫蒂斯先生喊道教育部已经变成坟场，还有那个胆大包天但迷人的……”

“是的……”

“她呢，迈着小步去操场旁跟学生说话去了。”

“这确实……”斯坎弗拉斯先生想说点什么，但又停下了，他还在为这个勇于表达的姑娘震惊。

这时，多尔大叔带着他的咖啡碟准时出现了。

他对他的同伴们说：“我还是不明白为什么你们觉得咖啡‘迷人’。”

咖啡上浮起泡沫，香气慢慢飘散到大家的鼻尖上，多尔大叔不耐烦的胡子变得兴奋。他们一直在那儿待到八点，聊这聊那，视线紧紧地盯着道路尽头，注意着会打断他们喝咖啡的人出现——随时可能冒出的老师或学生。

他们变得亲密无间。虽然他们不是同龄人，但他们相同的遭遇增进了这份友谊。斯坎弗拉斯就像一个小古利奈人[①]，他为姐姐准备嫁妆，而嫁妆与年纪成正比。随着姐姐年龄增长，他感到有必要增加嫁妆。然后他必须偿还一些债务……

安贝尔先生在遥远的城市有个家，里面住满了老人，还有经常醉酒的兄弟等人。

“快收起来！”多尔大叔突然叫起来，他看到从路的尽头走过来第一个“敌人”。

过了一会儿，办公室内座无虚席。又过了一会儿，整所学校都装满了人。多尔大叔敲响了悠长、动听的铃声，第一节课开始了。

① 据《圣经》记载，在耶稣前往受刑途中，罗马人强迫一个叫西门的古利奈人替耶稣背十字架。

第二十一章

“普里诺拉小姐，请说。”斯坎弗拉斯对站在自己面前的普里诺拉轻声说道。

“好的，斯坎弗拉斯先生。”

“叫我老师。”斯坎弗拉斯有些困扰。

“好的，老师。”

“好……”

“好”，但是接下来就没话了。这种随和的顺从给他带来尴尬不安。这个女孩是个谜。他记得这个女孩从没嘲笑过他的遭遇。每次当其他人在大笑时，她都用满含鼓舞和难过的目光看着他。这意味着什么？她难道真的感到难过？或者这就是她的嘲笑方式？她和阿格拉依之间的友谊让她不可能做到公正。这个女孩穿着体面，对他受到的嘲笑表现节制，每当他上课时，她总是表现出莫名的敬畏。这已经引起了他的暗中关注。以前，只有梅里奥斯害羞、理解的目光能够安慰他。但他也会怀疑，自己是否真的理解梅里奥斯的目光。而现在，渐渐地，毋庸置疑，一个新的、神秘的盟友出现了。

斯坎弗拉斯不明白，为什么她比他的“敌人们”更怕他。在这之前，他用令自己痛苦的宽容接受一切，这是整所学校都知道的。他知道他被学生们伤害、逼迫、不公正地对待，就像做了一次次噩梦。学生就是这样。他的“敌人”并没有很多种，只是具有残酷、顽皮、幼稚特征的孩子——这也是全世界所有学校的通行模式：顽皮的学生和无助的老师。

这个女孩是什么类型的“敌人”呢？在她美丽而柔顺的面具下，隐藏着什么？

宗教课老师能简单化理解一切。在他的人生中，天使消失了，只留下了恶魔，他只需要以一种轻松不复杂的方式与之相处。“只有恶魔，”他说，“不同年龄和不同外貌的恶魔。”按照这种说法，现在在他面前的就是一个伪装的“恶魔”。

他用琥珀色的双眼探究地看着她，试图通过观察剥离表象，挖掘她的内在，发现她隐藏在小巧甜美的眼睛、乌木般干净的头发和蓝色长裙下的真实一面。不，没有这么简单，魔鬼总是很好地藏在天使的伪装下。

“那，普里诺拉……普里诺拉小姐……我们现在上的是什么课？我的意思是，也就是说，什么课……”

“老师，地理！”

地理。是地理吗？多么不幸的世界……到目前为止，这个“敌人”让他困惑不已。

“好……地理。当然是地理……这是不言而喻的。我问的是，地理课上到哪儿了？”

这时，从学生堆里举起一只“敌人”的手。

“怎么了，达克里奇科斯？”老师问道，他准备好了接受这次攻击。

“普里诺拉是个骗子，老师。现在不是地理课，是历史课。”

在教室后面“留级帮”的地盘上，他们疯狂地打着手势。

“安静！”斯坎弗拉斯大喊。他被一种不祥的预感包围了。

所有学生都大叫着“历史”。这种情况再次摆在他的面前，他从来没有故意怀疑过学生。那么，谁是对的？他试图在讲台上悄悄寻找答案，也许他能找到课程表。但是他的运气一向糟糕，讲台上没有课程表。那么，谁说的是真相？

班上的捣蛋鬼们开始了攻击，这是他后来不再信任学生的原因之一。那个女孩问心无愧地看着他……他多么希望自己生活在乡下，是一个普通的乡下孩子。那样他就不会失去自信，也不会失去男人的尊严。

这场战争在教室内继续，没人听清彼此讲了什么。今天到底上什么课？他应该问谁？他的回忆变成碎片，大脑停止了工作，无法帮助他。他曾打败的痛苦再次征服了他。

这时，他想到了他唯一的支持者——那个面庞苍白、亲吻过他的手的孩子。他在魔鬼们中间寻找着，终于找到了他。男孩看起来有些害羞，像是在思考，低头看着自己的课桌。他等着男孩抬头让自己发问，但是没有等到。男孩沉默不语，像是轻视，又像是反对。

他不断敲着讲台，大喊着：“安静！”他该问谁呢？突然，他看到阿波斯贝里迪斯在和他对视。

“告诉我，阿波斯贝里迪斯，”他说，“我们今天上什么课。”

这个孩子饱含激情地大喊：“老师，历史课！”

"穆斯古拉，你来说。"

"历史。"她拿起书，挡住自己的笑容。

他的处境变得令人绝望。

他喊道："你们两个，还有达克里奇科斯，站墙边去！对！还有你，克里斯提蒂斯！好了，好了……我再问一个，然后就开始上课。卡德拉斯！"

"在。"男孩低声回答。

"卡德拉斯，告诉我……我一向欣赏你的诚实，这堂课的命运将取决于你的答案。说吧，孩子。这堂课是上什么？历史还是地理？"

梅里奥斯一动不动站着。所有人都惊讶于他的沉默，大家都知道他对老师的感情。其他孩子等着梅里奥斯果断而快速地回答：地理。他为什么还在沉默？每个孩子都将目光转向梅里奥斯。

"说吧，卡德拉斯。"

梅里奥斯笔直地站在课桌前，汲取了一些力量，然后坚定地回答："老师，是历史课！"

教室陷入一片混乱。斯坎弗拉斯僵在那里，就像一具尸体。

"干得好，卡德拉斯！"孩子们都大喊，"这样的你才是我们想要的！"

梅里奥斯没等他们告诉他，就走出教室，和其他受惩罚的孩子站在一起。

斯坎弗拉斯从麻木中醒来，绝望地敲着桌子。

"安静，大家都安静！"他大喊道，"即使是历史课，我也有权换课。更何况现在应该上地理课。好，我们开始上课。我们现在从地球仪开始。稍等，你们俩把地球仪拿到这里来……对，就放在这儿。普里诺拉，你来说，我们今天要学的是五大洲中的哪个洲？你转一下地球仪，给我们指出来。对，这是哪个大洲？”

“非洲。”

“好。它的形状和哪个物体相似？”

一个捣蛋鬼插嘴道：“老师！意大利像一只靴子！”

“安静！今天上课不讲意大利！另外，现在问的是普里诺拉。”他继续提问这个深皮肤女孩，“非洲像什么？”

普里诺拉将手指放在唇边，思考了一会儿，转向他勇敢地说：“老师，像爱心！”

老师突然发现女孩已经长成女人。这种潜藏的成熟每天增长，直到有一天突然登上舞台，叫出了她的名字。斯坎弗拉斯被吓到了，惊慌失措地看了眼四周，没人发现他的异常。

他突然握紧手，捋了捋头发，又惊慌地将手放下。有人嗅到了这丝异常吗？他再次环顾四周。还好，没有人……发现。

“……总的来说……”他说道。

他一个词也说不出口。为什么不刮来一阵大风，让他们看不到他，让他们不能每天嘲笑地看他提问？

他学了二十年，认识成千上万个单词。但是每当他需要说话时，他的舌头就打结，在同一个单词上打转。

“总的来说……很好。普里诺拉，谢谢你……请坐。”

半小时后，孩子们不得不中断听课，他们注意到有一个受惩罚的孩子抱着胸，按着心脏，表情变得痛苦而扭曲。

斯坎弗拉斯立即停止上课，焦急地跑向那个孩子。

“克里斯提蒂斯，怎么了？我的孩子，你怎么了？”他问。

“老师……”达克里奇科斯竭力喊着，“老师……”

“我的孩子，你哪里不舒服？”

“我的‘非洲’在痛！”

他们的交流已经快飞出天际了。这时，正好下课铃响了。

门外站着多尔大叔，手上拿了根鞭子。

他说：“听我说！直到刚才我还好好的。但是，现在谁不乖乖回家，我就让谁好看！哦，全能的上帝，我即使到了地狱也能逃脱。”

他是认真的。他恶狠狠地盯着那些孩子，拿着鞭子一动不动。孩子们放低声音，都离开了。多尔大叔安静地站着，直到最后一个孩子离去。那是梅里奥斯。

梅里奥斯一出现在台阶上，大叔就问他：“快过来！小子，今天怎么不和大叔打招呼？快过来！只有你能告诉我真话，今天里面发生什么事了？”

他的手紧紧抓住梅里奥斯的手臂，但是男孩却逃脱了，与其他人一起消失在远处。他只来得及看到男孩热泪盈眶。

他走进教室，看到斯坎弗拉斯老师坐在讲台上，将头埋在自己的手中。

老人咳嗽了一声。

他说：“原谅我，我不知道怎么做会更好。”

“谢谢……”老师感激地回答。

“原谅我。”老人继续说，“那群小坏蛋都跑了，看上去没别的，和其他日子一样。我还看到了那个小子……你，原谅我又要说了，但是你现在看上去像要死了似的……”

“我没事，多尔大叔。”他说，“只是，因为那个孩子……”

“发生什么了？我要疯了。”

“我不希望任何人对我提起……永远不要……”

他走向窗边，把额头抵在窗户上。老人无目的地到处踱步，继而咬牙切齿地诅咒道：“魔鬼们……你们是想累死我这个老头子吗？到底是哪个魔鬼把这东西搬来的？”

“我们刚才在上地理课。”窗边的斯坎弗拉斯说。

他看到楼下，梅里奥斯正慢慢走回家，好像很难过。

旁边的老人大喊：“还让不让我好了？！周三历史课，周四地理课！……明天周四。”

斯坎弗拉斯晃动了一下，就像看到了光。是的，是光。他着急地看过去，撞在了窗户上。但是孩子已经消失不见了。他站着没动，脸上感到一阵疼。他慢慢朝讲台走去，打开名册，找到普里诺拉的名字。他俯下身，在她的名字上方写下“需要责备的行为”。他合上名册，心里更难过了。

在他离开前，老人拿下一张贴在他夹克上的纸条，递给他。上面写着：五个大洲是欧洲、亚洲、美洲、澳洲和爱心！

第二十二章

五分钟之后，当梅里奥斯转向通往他家的小巷时，他看到“留级帮”在小桥上。他们似乎在等待谁，他们沉默地站着，伸出脚挡住去路。他们确实在等某个人，但是那架势让人觉得他们的目的不像是友善的。一开始，梅里奥斯还考虑是不是要避一下，但随后他就感到了羞愧。为什么要怕他们？毕竟他们并没对他做过坏事。

他把书夹在腋下，继续向前走。当他离他们的脚还有半米距离时，“留级帮”把脚收了回去。没人张口说话。小桥抖动了几下，又恢复了平静。梅里奥斯跑过桥，达克里奇科斯追在他的身后。

“卡德拉斯，停一会儿。”他喊道。

梅里奥斯停下脚步，其他人都跟在他的身后。

“你还不错，”达克里奇科斯说，“这就是我想跟你说的，也是其他人想跟你说的。”

梅里奥斯没有说话。

达克里奇科斯继续说道：“现在已经结束了，对吗？你是我们自己人了，也就是伙伴了……对不对？我们把你从‘叨叨’那儿带回来了。唔，也不得不这样。我以前就像讨厌鼻涕一样讨厌你，老看到你在他面前扮好人。我家附近住了一个拄拐杖的主教，他也是我一生中最讨厌的人。我们过来找你，是决定让你和我们坐一起。不要拒绝。看，还有其他人……对不对？”

其他人也说：“是这样的。”

达克里奇科斯说：“看吧……那我们现在走吧，同意吗？”

“不……”梅里奥斯回答，“我没有理由离开我现在的座位。我的同桌们从来没有打扰过我，我为什么要抛弃他们？”

“好……那你去找你的朋友吧。你知道吗？我们现在要去电影院。已经开始放武打片了，你会错过的。你不可能拒绝我们的。你看，现在你不用去打人，也没人来打你，左右没事……那我们的协议就生效了，对吗？”

梅里奥斯说：“不要……第一，我不想迟到；第二，我不想去。”

“行，说得好。我们喜欢坦率的人，够爽快！你没听过地下室的老头说吗？‘把你们的面子拿走，放到其他地方去。卡德拉斯不会对我这么做。’看，这真是很诚实的说法啊。行，卡德拉斯，为什么？你就不让我们知道？不，你会告诉我们的……”

“没什么，我不需要朋友。假如哪天我需要，只要自己就够了。”

这时，一个“留级帮”成员用手抓住达克里奇科斯，说：“我们走吧，我听够了。”

达克里奇科斯说：“不，走之前我想了解一些事。你还没说呢，卡德拉斯，今天你看到‘叨叨’背后的纸条了吗？诚实回答，快说！你看到了吗？”

“我看到了。”

“好，这个问题到此为止。下一个，你看到谁贴上去的？让我看看你是否够坦率！”

“我看到了！”

“很好。那是谁？”

“你。”

“谢谢，再见。伙伴们，我们走吧。”

他们回去了，盯了梅里奥斯好一会儿才走。他们离开时就像大人一样，一个走中间，剩下的在两边，就像保镖。他们走到角落转弯前，又看了梅里奥斯一眼，眼神含有敌意又有些奇怪。

梅里奥斯带着不好的预感回家了,吃到了非常难吃的玉米面包。

返校后，整个下午他都在等着发生点儿什么，但是没有发生任何事。他只看到斯坎弗拉斯先生黑着张脸，而“留级帮”第一次如此安静,从未有过地安静。快下课时,老师把达克里奇科斯叫出教室。

“我之前生病了,”“留级帮”首领说，“所以我没复习。”

“没关系，我知道。过来。听着，达克里奇科斯，我不责骂你，那将无济于事。我不责骂你,并且,这是第一次,我给你机会说实话。我保证，这不仅不会害你，还会对你的行为产生积极的影响。过来，我的孩子，看到这张纸条了吗？如果你说实话，我会忘记你过去做的所有不好的事。你先说，克里斯提蒂斯，这张纸条是你写的吗？”

“不是。”

“你没仔细看，所以说了‘不’。你再靠近点儿，把纸条拿起来，好好看看。现在你怎么说？克里斯提蒂斯，请注意，这是你最后一次做人的机会。我的孩子，说吧……这是你写的吗？”

“不是我写的。”

斯坎弗拉斯痛苦地看着他。

“好……”他的声音有些哽咽,“回去坐下吧,我没有别的事了。”

梅里奥斯突然意识到老师——头发曾经乌黑发亮的老师——变老了。他一直沉默地坐着，直到下课铃响。听到铃声响起，他松了一口气，仿佛在此之前他都被关在没有空气的地方。梅里奥斯看到普里诺拉好像丢了什么东西，她一直待在教室里，寻找着什么，直到所有人都走了。老师看到她还在教室里，马上站起来跑了出去。普里诺拉跟在他身后追了出去。

她停下脚步，站在楼梯上叫道：“老师……”

斯坎弗拉斯没有停下来，他明白，“天使”还在继续表演喜剧。

“没有必要。”他用冰冷的声音说道，匆匆向前走去。

普里诺拉像被诅咒的雕像一样待在楼梯中间。她感觉自己的心裂成了碎片，顺着楼梯散落一地，她需要下楼去捡起它们。

今天，“留级帮”三人又在大桥栏杆处等待梅里奥斯，他们又伸出脚拦住路。但是这次当梅里奥斯经过时，他们没把脚收回去。达克里奇科斯冲上前抓住他的外套。

“喂，你！……”他说，“你不害臊吗？呸！……就这样？”

男孩不明白，他什么都不明白。

“你现在是在装死吗？”

另外两人把他包围。

“我对你们做什么了？”他问。

“留级帮”三人互相对视了一阵，达成一致意见。

“来，我们一起走一会儿，我们会告诉你的。”

他们沿着河一直走。梅里奥斯并没有试图逃离他们，他觉得没必要。他如果逃走，还会被抓回来，因为他们比他强壮，速度也比他快。若非这样，他们也抓不到他。他不愿表现出胆怯。正如他所想的，“留级帮”三人把他带到附近空无一人的地方。他认识这里，再走一会儿，他们面前就会出现一棵桑树，他曾和比瑟罗，还有一条棕黄色的狗，一起坐在树下。

“停下！”不久，首领喊道。

他们停在那里。达克里奇科斯脱下了梅里奥斯的外套。

“听着……”他把脸凑到梅里奥斯眼前，“我们有的是办法让学校赶我们走，但是不诚实的人没资格对我们这么做。我们有理由相信，我们已经找到这个不诚实的人了……你为什么要告诉‘叨叨’是我把纸条贴上去的？”

“你做得本来就不对……”梅里奥斯说，“但是不是我说的。”

“就是你说的！”达克里奇科斯吼道，“班里没有其他‘反骨仔’！”

梅里奥斯顾不上去想什么后果和代价，举起手打了他一巴掌。紧接着，还来不及反应，他就掉进了河里。

一些妇女在岸上尖叫。那些小罪犯们赶紧跑掉了，但是在他们逃跑的过程中，一个汗流浃背、黑皮肤的男子迅速沿着河追上前去，将他们绊倒在地。男子张开双臂抓住一个，剩下两个跑掉了。被抓住的小孩像疯狗一样尖叫着。

女人们大喊：“放水里，淹死他，给他个教训！小吉卜赛，你怎么还抓着他？”

梅里奥斯浮出河面，看到达克里奇科斯在一只黑色的大手下颤抖。这只黑色的手——梅里奥斯失去了理智——是他的朋友比瑟罗的手。

他大叫："比瑟罗！"

吉卜赛人过来把他扶起。

"梅里，看，"他说，"准时，给你送了一份礼物。"

"淹死他！小吉卜赛，"女人们大喊，"你怎么还护着他？"

"嘘！……比瑟罗做的。这个人浸泡到水里，他就会变成柠檬粉[①]。梅里……把你泡水里的是不是这个人？是他。我看到了。"

"不，不是他！"梅里奥斯斩钉截铁地说。

"哇！……小男孩！你以前不是不说谎吗，现在你说谎了？"

"就是他！"女人们大喊，"我们亲眼看到的。小吉卜赛，扔他下去！你怎么还不动？快做啊！"

"嘘，亲爱的女人！不要一直说。过来，梅里，我的小主人……看，你看到一切了吗？她们都是眼睛[②]，她们看到是他！为什么现在你不信？女人！你们看到是他？"

"我们看到是他。"

"是他？"

"就是他。"

"结束了，就是他。现在轮到他去水里泡着了。"

比瑟罗举起大叫着的孩子，准备把他扔进河里。但是，梅里奥斯跑过去抓住了他。

"不要！比瑟罗……"他说，"我不想变成这样。如果你这样做，你会失去我这个朋友。看，我真的会离开。假如你还想继续，那就

---

① 比瑟罗想表达"把这个坏坯扔进河里会弄脏河水"这样的意思，但他希腊语不好，说成了文中这样的语句。

② 指目击者。

做吧，但你不再是我的朋友了。”

吉卜赛人迷惑了，他一点都不明白。

“过来这，梅里，”他说，“这个坏貂是你朋友？”

“是的。”

“那他为什么要把你扔进水里？”

“不是他扔的。再说，我们只是在玩耍。”

吉卜赛人第一次如此困惑。

“唔……那这是游戏？是一种水的游戏？好吧。这个游戏怎么这样？这么麻烦，你们还能做朋友？警察会抓走他的。只有逃逃[1]才会这样玩。你要这样的朋友干吗？别管他了，还是让我把他在水里泡一会儿。”

“不要！”梅里奥斯再次大喊。

“嗬……”吉卜赛人对那些妇女说，“看，这个孩子有棉花一样的软心肠。他不想……我该怎么做？”

“淹死他！这是你要做的。小吉卜赛，别听那小伙的。要做正确的事，扔下去！”

“啊呵……”吉卜赛人叹了口气，“我不能这么做，这个孩子是我第一个朋友。喂，梅里。看，要不我就只泡他一部分？对，就一小部分……对，就这样……这是脚指甲。介意吗？我为那些女的做的。那些主妇，她们都是我的潜在买家，明天我要去卖铜锅和碾磨用具了……对，为了那些主妇，让我淹掉他一根脚趾吧。

“不。”梅里奥斯说。

---

① 指逃课的学生。——作者注。

比瑟罗把达克里奇科斯从肩膀上放了下来。那些妇女四散开来，厌恶地看着他。

“水非常冷，”梅里奥斯向她们解释道，“他的牙齿会冻得发抖。他还有可能不会游泳，真的淹死。”

“这样才好！我们就想要这样。”

“不，我不想这样。”

比瑟罗把这只“貂”放在地上。女人们不高兴地走了。

他问梅里奥斯：“你怎么说？我要走了，梅里，你和我一起回家吧。我让老婆生个火给你烤烤。快，我们走。你会看到，我家那小崽子穿着内裤呢。哈哈哈！快，我们走。”

他们准备出发，就在那时他们听到身后有声响，于是转过去看。

达克里奇科斯猛然一跃跳进河里。比瑟罗大笑：“哈哈哈！梅里，哈哈！你看到了吗？神总是知道更多。你做了善事，对吧？然后他就做了该做的。哈哈哈！”

达克里奇科斯像一条海豚游到对岸。他爬上一堵矮墙，坐在其中一块石头上，面无表情地吹起了口哨，水从他的身上滴下来。

比瑟罗大声问：“你说，为什么？为什么你要跳进水里？”

“我只是滑了一跤。”达克里奇科斯轻轻地说。

比瑟罗带上梅里奥斯离开了。没人说话，但是他们都明白……

第二十三章

五天过去了，所有人都说：“达克里奇科斯走了，他不来上学了，他已经离开了。”但所有人都说错了，这不，达克里奇科斯又来上学了。然而，他不是原来的那个他了，他不踢人，不大叫，甚至不再捉弄人。他与从前大不相同，就像是病了，他的一只眼中还浸满了仇恨。哈莫利亚斯和库库洛斯像往常一样冲向他，但是被他冷冰冰地甩开了。他独自去往操场，靠在一棵杨树上。人们都问：“发生什么了？”大家远远地蹲着，注视着。他们发现这个“留级帮国王”沉默得如同一片雪花。

多尔大叔正倚在门槛上，用一把袖珍小刀剔牙。

他说：“开玩笑吧，他现在这样，就跟吃了生李子一样。他在假装，一定是假装。看着吧，他很快又要违法搞大事了。我什么都知道，我的大脑擅长抓住狡猾的狐狸。”

达克里奇科斯坐在那儿，啃着一块橡皮擦，像是发现了它的美味。他一直在咀嚼，但是既没有吐掉它，也没有吞下它。突然，就像铃铛受到了大力敲打，他迅速奔向河边，吐出橡皮擦，并朝河里呕吐了一会儿。渐渐地，他生气了，抬起一脚踢了自己的另外一只脚。接着他向教室走去。当他经过梅里奥斯时，看到梅里奥斯的脚放在外边，他勃然大怒，闭上眼狠狠踩了梅里奥斯一脚。

没人明白这是为什么。梅里奥斯为了防止自己叫出声，咬住了自己的手。他可真是一个野蛮人！达克里奇科斯走向自己的座位，但他又改变了主意，他跑向梅里奥斯，附在他的耳边。

“我踩了你，又怎样！”他不满地说，“有本事你去告发我啊！说！你会告发我吗？”

“不会。”

“那就是下次会告发咯。你现在要告发我吗？”

“不要。”

“骗子。”他说，突然大哭起来。

老师还没进教室。达克里奇科斯以最快的速度抓起书本冲进走廊，没过一会儿，他就出现在了窗外，朝外面的道路跑去。他害怕地跑着。此时整条路上空荡荡的，后面没人追他，他也知道这一点，但他还是不停地跑啊，跑啊……就像黑夜正在身后追他，他害怕被抓住一样。

过了一会儿，安贝尔老师进教室了。他推开门，站直身体。教室内一片混乱，这节课不是宗教课吗？阿纳科里迪斯来干吗？这时，阿纳科里迪斯也意识到了，他有些局促不安。穿着黑袍的宗教课老师走过来遮住教室门，将他带回了现实。

“我在恶魔堆里，”神学家说，“您也在恶魔堆里。”

“确实。”阿纳科里迪斯说，“不好意思，亲爱的同事。您怎么样？家中的女士怎么样？”

“女士！”神父大叫起来，就像有人点着了他的胡子，“亲爱的同事，女士死了！死了……我穿着她的长袍呢！”

“对不起，我把您误当作……斯坎弗拉斯先生了。”

“斯坎弗拉斯的姐姐很健康！哈哈！很健康，很健康，很健康。基督在上！”

安贝尔有点生气。神父在说什么？不，他到底想说什么？众所周知，只有斯坎弗拉斯有姐姐。这个穿长袍的人在这段故事中扮演了什么角色？

他磨了磨牙齿。毛里求斯圣岛，他们要准备什么？他的灵魂很小，就像鼹鼠一样，没有力量。活着……已经是一种英雄主义，孩子们把他的人生变成了一个小地狱。这位神父就像主教一样四处巡视。婚姻是深不可测的海洋。但是他说这些话是什么意思？有些神父会把你的思绪绕晕。斯坎弗拉斯的姐姐……不可避免地，是一名家庭主妇。是的，一位遗忘了梦想的女士。她很难过……她身上穿的裙子就像把她装进了棺材。但是没人有权对她指指点点。她煮的饭菜喷香但味道清淡。“您做的饭很美味呢。”“谢谢，阿纳科里迪斯先生,您总夸奖我们的饭菜……”“为自己致敬,凯瑟琳小姐。”“后天，如果我知道你要来……你明白吗？会有一些……除了……”

神父想说什么？基督在上……

“‘有’的过去分词。让卡莫纳斯过来上课。助动词有多少个，我的孩子？”

“两个，阿纳科里迪斯先生。”

“正确。现在转换句型，变成疑问句。问句，我的孩子，问句！变成问句！变成问句！你们都给我出去！卡莫纳斯，回到你自己的位子上去。卡莫纳斯，回到自己的位子去！”

课间，他跑出去，在走廊追上了斯坎弗拉斯先生。

“我不知道你们……”他说。

“你怎么了？”

“没什么，没什么。神父向世界传播一些毫无意义的言论。但是我们要修正它们，亲爱的，我们要修正它们。”

斯坎弗拉斯有些不安地看着他，说：“抱歉……我想，您可否说得更明确一些？”

“你想……但是，除了我想的，我还能做什么。但是……”

“到底发生什么事了？”

“没什么。现在没人能够让他闭嘴，这是我得出的结论：没有人。您是无辜的，您不明白……遗憾的是，一个人必须长大，成为有价值的人、对自己的错误负责的人，从而向别人指出他们的错误！……您是无辜的。”

“神父伤害了您？”

“伤害了我们……对，这是一个很准确的词。伤害了我们。或者说伤害了没有权利的人，不，是没有权利说话的人。我们一定要修正这一切。这是必须做的。对！”

斯坎弗拉斯现在更混乱了。他知道他的朋友安贝尔不是一个容易愤世嫉俗的人。他偏离了惯常走的大路,想从小路直接到达家中，今天他做得过多了。

“那……”安贝尔说，“好，是这样吧。但是，让我说得更清楚一些，我不知道……那个，神父有取笑他人的倾向，是潜移默化地取笑。但是耐心，耐心……有时……此外……声誉。”

这些天，斯坎弗拉斯心烦意乱。他的大脑就像被拆成了几块，而他无法把它们拼装起来。那个女生带给他的痛苦超过了整个班级给他的。多么不幸的人，不幸的人啊。他竖起耳朵，想听清安贝尔的话，但是什么也没听清。他的双眼注视着安贝尔……但很快看向了其他地方。到底发生了什么？

有一天——一周前的一天，他进家门时，姐姐递给他一封信。

她说："从学校来的，一个女生写的。"

他接过信，掂了一下，又闻了一下……这意味着什么？他走到书桌前，找出一把裁纸刀，打开了这封信。

信很长，文字是女性化风格，充满了不安的思绪。斯坎弗拉斯读了七遍。这封信是什么意思？到现在为止，他遇到的净是无尽的嘲笑、陷阱等大大小小的坏孩子们带给他的种种磨难：那些影射的话、粗暴的行为，还有给他起的绰号。他什么都知道，也不期待会有改变，他把这些当作大型人生剧的一部分。他了解"敌人"，知道她从哪里来，也知道她怎样等待着他。但是这封信？今天这封信？现在迅速出现了一个新的危险，一片新的领域，一种未知但魔鬼般的方式。

姐姐在屋里叫道："快过来吃饭了。"他把信藏在口袋里走过去，紧张地咬住嘴唇。他心不在焉地吃着，就像是他的下巴在咀嚼空气一样。姐姐发现他又陷入了痛苦！是谁又对他做了什么？……姐姐想到了那些野兽——他的同事，还有那些小野兽——孩子们。不，感觉是比这些更严重的事。斯坎弗拉斯吃不下了，盘子里的饭菜几乎没怎么动。他起身回到书房，反锁上门。他拿下书架上的书，把脸埋进书中。他必须找出"敌人"的弱点来打败她，必须找到阴谋的线索。显然，他手上这封信——一封令人心痛绝望的信——像是抄袭了某位著名作家的句子。一开始，他怀疑是来自陀思妥耶夫斯基，因为只有他笔下的人才那样挣扎。

这是一封出人意料的信，一封不顾后果的信，只写给他。信尾署上了写信人的名字："而现在我等待着自己的毁灭。贝丽可·普里诺拉"。

苍天啊,这一切令人绝望,是什么残忍的经历塑造了这个女孩?为什么她要用这样残酷的方法折磨他？他宁愿她写张嘲笑的纸条贴在他的背上，像其他人一样制造一出"著名喜剧"。他不想被玩弄感情。他不想，也不允许她像其他人那样靠近和触碰他……残忍的贝丽可。"贝丽可"，多么让人无可奈何又甜蜜的名字。

"凯瑟琳，一杯咖啡！"

姐姐像猩猩一样在屋子里转来转去，她拿了杯咖啡给他，摸了摸他的头。

"好了……"她说，"索迪里斯，他们……又对你做了什么？"

他回复道："别管了……没什么，凯瑟琳。谢谢。"

"从前每当你心情不好时，妈妈总是和我吵架。这次我在梦中梦到了她，她在地下问我：'他们对我们的小索迪里斯干了什么？他们做了什么？……你没有照顾好他，凯瑟琳。'"

"安静，凯瑟琳。我没事，我跟你说我真的没事……没什么。"

"今天……"她轻轻地说，"今天你本来说要带个客人回来……(她脸红了，声音也在发抖)但是你把这个也忘了。你想想，那个客人对你做的，和他们对你做的是不是一样不好？"

他费解地看着她："客人？"

“是的……”她说，“但是现在却泡汤了，是阿纳科里迪斯先生。”

“什么？”

“对。他说过：‘既然斯坎弗拉斯让我帮他辩解，那自然也应该邀请我去他姐姐家吃饭。’”

说完，凯瑟琳更沮丧了。

她说：“我明白了……他不想来，就是这样。他为什么要来呢？”

“他怎么不想来？这算什么？”

“……他没有姐妹。他没有，没有姐妹。”

他抬起头，温柔地看着她，说：“凯瑟琳，凯瑟琳……原谅我。我是个不诚实的弟弟，是个粗心的弟弟。”

“不是的，索迪里斯。没有人不粗心。我只是运气糟糕，外加不幸。”

斯坎弗拉斯低下了头，为了不让姐姐看到他的脸。

“整个上午，他一直问我，”斯坎弗拉斯自言自语道，“我太迟钝了。他穿着正式的西装，但是我却没有猜到为什么。当我们分开时，他很难过……很难过。现在我才明白，对他来说，那一刻整个世界变得多么荒芜。他可能还饿着肚子吧……你在听吗，凯瑟琳？”

但晚了，姐姐已经离开了。他说完最后一句，就跑向厨房，双手用力、痛苦地放在心脏上，试图抑制声音发出。他绝望地沉默着。

两个小时后，斯坎弗拉斯深深吐出一口气。谜团破解了，女孩那封令人心碎的信，书写者的确是陀思妥耶夫斯基本人。他再一次做了比对，这一次还添加了两个单词，是女孩漏掉的。然后他拿起钢笔，划掉了贝丽可的名字，清晰地写上那位作品被盗窃的作家的姓名：费奥多尔·陀思妥耶夫斯基。接着，他把信收起来，放学时装作若无其事，冷静地把信还给了女孩。但是，当他下楼打算离开时，正好撞见走廊的另一端，贝丽可正和体育老师进行着秘密谈话。他就像被闪电击中一样，之后，他消失了……

“每个人的声誉……”

“是……”

斯坎弗拉斯总是处于黑暗中。

“这就是我想说的，这不是牺牲。每个人的声誉，你知道吗？不，不是牺牲……我真是个机智的同事……”

“啊！……”斯坎弗拉斯先生局促不安地说，“原谅我打断了您。前天本该是我们一起吃饭的日子，但是我却彻头彻尾地忘了。有件事在不停地折磨着我——不是，和您无关，是一次心理危机，对于每个老师来说都是陌生的。但是，你听，上课铃响了，我要去给一年级上古希腊语课了。

“好的。但是你刚才说了什么？你说了什么？”

斯坎弗拉斯按住太阳穴：“但是我怎么想得起来……不管怎样，你想来我家时，就来一起吃饭。”

“谢谢，好的，我会去的。太遗憾了，你不记得你想告诉我什么。”

“可惜……但是无论如何，我们下次一起吃饭。”

安贝尔像胜利者一样进入教室。孩子们在这个坚毅的男人面前保持着沉默。

第二十四章

不管怎样，开始时总是非常顺利的。维耶拉风俗[1]神秘地进行着，聚会以鹰嘴豆和克里特白兰地酒开始，以咖啡或无花果干结束。姐姐一边参与他们的聊天，一边织东西。话题虽然贫瘠，谈话却进展顺利。他们仨的心灵都找到了温暖。他们轻声把臂而谈，互相理解，就像彼此的大脑相连。不过最初的时候，谈话很难进行下去，因为他们的语言被羞涩束缚着。

然后慢慢地，问题一点一点解决了。姐姐就像屋里的壁画，她沉默的奉献维系了这座房子的运转；她又像一幅神奇的动态画，每天都展现几个奇迹。她只花了三十分钱就买下一个陶罐。工资都跑到哪儿去了？！当工资落入她弟弟的口袋，她会跑遍十五条街货比三家。他们仅靠工资的气味就能活下去。这是她的嫁妆了……但是，最近，这个记账本成了她每月的固定毒药……一开始，她的弟弟无畏又温暖地说：

“这是给你记嫁妆用的。”

① 希腊一些村庄和岛屿的风俗，家庭互相串门至深夜，多发生在寒冷的冬天。

很快，他发现对姐姐来说，这一刻越来越痛苦。他什么也没说，开始默默地盘点钱财。但是有一天，姐姐缓慢而难过地——就像现在这样，用同样一双手扼杀了自己的希望——把钱推到桌子后端放的那一大堆东西中。那一刻，他们俩都沉默着，一个像在推脱罪名……而另一个像在刻画罪名。

弟弟看着自己的手表，就好像它是最后一个避难所。他站起身，如窒息般迈出沉重的步伐。姐姐不假思索地走向她的木箱，打开了它，伏在嫁妆上痛苦地歌唱和哭泣。在哭肿了双眼之后，她锁上木箱并把钥匙扔进水槽。如此沉重，如此无声，如此自豪地，她埋葬了最后的希望。

从那时起，日子被石化了，过得缓慢，如同到了时间的尽头。

人生就是一个黑暗的怪物，吞噬着人们的梦想。她的幸福曾经来自于那些旧衣服。房子笼罩在昏暗的光线中，有人经过时，就像一小束阳光，如一个孩子亲吻了一只手……孩子离开了，再也没回来。一天，阿纳科里迪斯先生踏上石阶，就像另一个不幸的预兆。他们尽了最大努力，试图记起他们是人类。他们发现三人都行走在生活的黑暗面。他们可以互相理解，互相交流恐惧与害怕吗？看，你可以不加思索就说出来。看，你可以凝视对手并告诉他你要的一切，而不仅仅是那些“必须的”……这已经是一种胜利，一种救赎。

他们的拜访者曾经像一只被鞭打过的动物，失去了自信。从那以后，他认为自己失去了一切。现在他找到了两个平等对待他的人，他们用真诚的眼神看着他，称他为“我们的荣耀”。

他们从第一个晚上开始，就让他有勇气重新思考他的人生。也许他对自己做错了？随后，失望又降临了。还有今晚……

他再次穿上深色西装。他精心刷过这件西装，他动作很轻，以防衣服刷破。他刮了胡子……哦，是的。他还去医生那里看了牙。亲爱的弟弟，他并不老。他把人生的一部分留在了身后，因为前方的足够多。

他抵达大门，进入前厅，每个细节都是完美的。他说："噢！"发现屋里加上他只有两个人。

"噢……凯瑟琳小姐。看起来我来早了。"

姐姐的脖子上系着精美的黑色带子，浓密的秀发梳理得整整齐齐。阿纳科里迪斯先生紧张得有些发抖。

"我们很早就开始等您了。"姐姐说。他突然镇静下来，他小心而用力地碾了碾脚，像是在隐藏内心的动荡。

"进来吧。"

他望着走在前面的她。她的身体蕴藏活力，让他产生一种温暖而熟悉的感觉。一开始，他不敢产生希望，而现在，他完全绝望了。他们坐下了。多么艰难的时刻啊，他俩都那么害羞，以至于天气也拯救不了他们。阿纳科里迪斯先生是如此重视这次访问，以至于他都没有注意外面的天气如何。至于房内……房内的气氛没有变化。多可惜，这里没有猫……如果有，现在猫会进入客厅，姐姐会去追逐它……这样就打开话题了。也许猫在逃跑过程中会造成一些破坏。谁知道……也许她在追逐过程中会撞到他，然后去给他拿碘酒。突然，他灵光一现，想到问她是否会法语。是的。但是如果她不会并且因为自己的提问而感到羞愧呢？……不行。他开始搓手以放松自己，那时他才反应过来外面的天气有变。

"唔，好……"他摆脱了无话可说的局面，惊讶于自己的勇气。

她笑了，像是同意。他也笑了，因为她笑了。多么卑微。

他继续说："那些树，外面的那些树……"

他想告诉她树海开花的场景，平原上那醉人的梦……虫子在花萼上游泳。

他说不出口。

"这是它们的季节……"她的声音抓得他有点疼。

"它们的季节……"像回声一样，他朗诵着，"在法国，一切都是朦胧的、暗淡的……没有一个像这样的地方。但是法国的秋天很美，落叶缤纷……您去过法国吗？"

"没有……但是不管怎样，我相信那边就像您描述的这样。"

"可能会有些不同，凯瑟琳小姐……可能会有些不同……如果我也有些不同。"

她喜欢他说话的方式。他有点口音，他的用词有些奇怪，但是她喜欢他的语调，带着点儿害羞。

"战争后……一切都是急匆匆的……"他对自己短暂的沉默感到恐慌，"总体来说，这是一个令人难忘的国家。"

"您会回去吗？"她小心翼翼地问道。

"我没有更多期待，但也不是没有可能。我们常常否认自己深爱的事物。法国是一种羁绊……是危险的塞壬[①]。我很想……不，我不想回去。法国是毁灭生活的地方，在那里，所有人都迷失了自我，没人可以找回。我并没有夸张。我是个不幸的人。准确地说，我在那儿失去了自我。这就是为什么我要回到故乡，重新找回

① 塞壬：古希腊神话中的女妖，用美妙的歌声诱惑过往船员，造成船毁人亡。

自己……”

“您找回了吗？”她轻声问道。

“我失去了更多，变得更为不幸。”

“那，为什么您不再回法国？”

“我担心回去后我会变得更加不幸。您看……我必须对两种不幸做出选择，但我不知道哪种是较小的不幸。”

他们陷入了片刻沉默。最后，安贝尔打破了沉默。

“那您呢，凯瑟琳小姐，您呢？”

“我……阿纳科里迪斯先生……没有比我更不幸的人了，我甚至没有选择的余地。”

“我以为您是幸福的人……”他痛苦地笑。

“和您一样。”

“但是为什么……怎么会？”

“您体贴的方式，您对一切的仁慈打动了我……”

安贝尔心中升起隐秘的喜悦。他发现凯瑟琳不仅善良、好客……还很体贴，甚至她第一时间就发现了他并不是“小丑”。尽管学校里所有人都这么认为，觉得他只是“皮影戏玩偶”。

“但是我怕浪费您的时间……”他摸着自己的手表表盘说，“除非……我亲爱的同事也一起吃晚饭。”

“假如您不在这里，那才叫遗憾，他坚持让我把您留下。您会发现，当他看到您在等他时，他会有多高兴。”

但事实是他一点也不“高兴”。没有任何事能让斯坎弗拉斯高兴。他的领结耷拉着，像一只受伤的小鸟。他的眼中浮现出迷茫与不安。他勉强笑了下，打了个招呼：“晚上好。”强烈的尴尬气氛笼罩了三个人。

安贝尔站了起来，毫无生气地和他们告别，就好像他要永远离开这里了，他的手僵硬到甚至无法握手。他像受了重伤的神父那样弯腰鞠躬，然后走向过道。

“谢谢……”他艰难地说。感谢这一切。还有……再见。

就这样。整座房子陷入静止。斯坎弗拉斯就像正在被人追赶一样，跑进书房并反锁上门。原本在厨房唱歌的煤气炉也安静下来。姐姐关了灯，坐在椅子上，直至天明。她什么都没做——甚至没有哭。

独处的斯坎弗拉斯有着旁人无法理解的寂寞。他把手伸进口袋，拿出一封信。这是他从未想到过的。在给“剽窃”写信者上过教育性的一课后，他理所当然地认为这段令人难受的故事将没有下文，这个轻率的女孩会撕掉那封不合理的信，从此心无旁骛，投入学习。

期待是徒劳的。她这个年龄的女孩比语文老师斯坎弗拉斯想象的更为固执。

还不到二十四小时，她就第二次献出自己卑微的心、自己的挣扎和所有的内在。这一次，她没有寻求陀思妥耶夫斯基的帮助，没有寻求其他老师的指引，也没有诉诸同伴。她顶着一头蓬松黑发伏在桌上，一只手握着笔，另一只手摸着心，将自己的话全部倾泻在纸上。

我已经疯狂了一段时间了，从昨天开始，我就无时无刻不在惩罚自己。我不在意读书，也不在乎别人的痛苦。现在我有了自己的痛苦。这次您不能再擦去我的名字了，您不能。最多最多，您也许会把我带到校长室，或给我的双亲打电话。这对我也算是一种治愈的方式，因为没有女人会爱上这样一个懦夫。您不会这样做，对吗？因为您不是这样的人。您怎么会不明白，我已经在这条路上越行越远了？最近，我变成了一个粗心的学生，甚至还把课程弄混了……但是您一点儿也不明白。我在诉说我的心，我在诉说对您的情感，然后我发现您很痛苦。从那时起，所有的书本都浸满了我的眼泪。请相信我，我并没有抄袭陀思妥耶夫斯基的书。那是调皮女生做的，而我只是一个悲惨的女生。我痛哭了很多次，我敢说我在上辈子哭的次数加起来都没有现在多。我出生时的哭泣，也许已经预示了十六年后的现在会发生什么。您相信我吗？求求您相信我。不，这会让您感到痛苦。

我写下自己的名字，这次不再夹杂其他名字和信页。我将担负起我所有的责任、我所有的错误和我所有的爱意。

——贝丽可·普里诺拉

爱意……你的名字是失眠。一整夜，斯坎弗拉斯在他的房间内不停地踱步，像是翻山越岭，再坠落到草绿色的田野中。睡意迟迟不来。这个女孩到底想对他做什么？她就这么想捉弄他吗？爱意？

他不信。从没有人充满爱意地看他……但是，说实话，也许有那么一次两次，让他读懂了女孩眼中的深意？

但是不行，他不能。这个女孩是在玩弄，用她自己的方式玩弄“无知”的男士。她是女性“留级帮”，她更加危险，更加邪恶，因为她还长着一张天使的脸。但是……这是一场多么残酷的游戏。她有一头乌黑亮丽、波浪般的卷发……深邃而纯粹的眼睛。不！她是虚伪的贝丽可……她的脸庞浸满了温暖而欺骗的泪水，在她那哀怨的脸庞后，邪恶的小恶魔张开了嘴。可怜的老师将坚决自卫！她不会再影响他的思绪，她会在他的反击中湮灭，她会感到痛苦。最终他会成功摆脱这种影响！

下课后，贝丽可跑向河边，头发都跑乱了。她偎依在一棵杨树上，偷偷打开了信。这是两分钟前，当她最后一个经过讲台时，老师给她的。她打开信，但是很遗憾，和之前的一模一样。不对，最后有一些标记。她俯身仔细读着：

“10分，优秀。”

她离开杨树，坐在水边。微风吹起，头发盖住了她的脸庞。她隐约看到水底有鱼游动，水草如流苏般游走……随后，什么都没有了。河水不再奔腾，而贝丽可的眼泪顺着脸庞大滴大滴地掉落。

第二十五章

这天中午，梅里奥斯无事可做，学校早早就放学了。他卷起笔记本，塞到胸前。这就是他的“书包”和书——一本厚厚的、蓝色的笔记本。他的一个同学——那个会在冬天脱去传统衬衫长袍的同学——对他说，如果他去“市政厅哭”，就能收到好多书。

“我不会哭的。”梅里奥斯说。

“行。但是你会……后悔。”

“那就后悔吧，我不去。”

“你真是自命不凡啊……”

“没错。他们给过多少人书？”

“没人。除了我。”

“你哭了多少天？”

“两个月。但是他们最后给我了。”

“退一步说，假如在牛背上哭，我就去。但是市政厅那边我不去……”

“看出来了。所以你会后悔。”

“你不知道怎么回事就不要乱说！我就喜欢这样待着。”

“那你待着吧。我做错什么了？你这样吼我。”

梅里奥斯将“书”塞到胸前，在车站附近散步。他喜欢听火车开进开出的轰隆声，喜欢看火车冒出的滚滚浓烟，还有火车开动时前轮带动后轮的景象。他曾经考虑过在火车上工作，但是他的一个朋友被火车撞了，他就不那样想了。从比托拉[①]开来的火车，车厢顶部仍带着积雪。比托拉是什么地方？为什么四月还在下雪？他想，还是回去问问多尔大叔吧。大叔常说自己了解一切，他会解释为什么这时节还在下雪的。

车站里，一个心怀理想的赤脚男孩爬上货运火车顶部，抓了一捧雪吃进嘴里。一名列车员正在追赶他。

“那边是悬空的！”列车员对他大喊，“我会抓住你的，小混蛋！”

孩子抓了满满一手掌雪，穿过后面的车厢离开。

火车在车站停留了一会儿，加满燃料又离开了。梅里奥斯无处可去，他很难过，很悲伤，很沮丧。

阿内斯蒂斯大叔一周来看他两次，有时三次。但这一次，大叔已经十天没有出现了。发生什么了？他不想回那个家——他在那儿的世界被摧毁了。他只关心大叔是否生病了。

别人说：不，他没有生病。他们看到他出家门了。那么，到底发生了什么事？也许大叔从心底放弃了他？但这是为什么呢？他做了什么让大叔不高兴了吗？在这个世上他已无人可以依靠。不！说大叔没生病的都在撒谎。阿内斯蒂斯大叔一定是生病了，肯定是这

① 比托拉：北马其顿的一个城市。

样的。大叔即使老了，也会过来看他的。

开始几天，每天中午，他都问：

"乌兰娜，我的大叔来了吗？"

她阴沉沉地看着男孩，就像要把他生吞一样。

"没有，没来。你听到了吗？你听好了，我再说一次：他又没来。"

她的话是什么意思？她为什么要这样说话？对，大叔没有来，我们都听到了。他觉得自己的脑子超载了，毫无头绪。也许乌兰娜和别人吵架了？乌兰娜是个爱吵架的女人，她能和任何人随时吵起来。就是这个女人，让自己的母亲挨饿，把老公当儿子一样使唤。

今天，梅里奥斯没有问她。但他在上楼时，她却叫住他说："嗯！看，你的大叔忘掉你了。"

梅里奥斯感到震惊，就像被打了一个耳光。

她继续说："他忘记你这件事，我不在意；但他不能忘记我，这事是我在意的。他不忘记我就行。"

梅里奥斯没有从她的反常行为获知什么信息。他定定地看她一眼，随后爬上了他的小房间。最近楼梯老是吱吱作响，就像猫被人踩到了而大喊大叫。

过了一会儿，乌兰娜的声音响起。她正在咒骂老妇人，发出各种辱骂。她吃完午饭后，给她的孩子唱了一会儿歌，就像旋风一样离开了。

她的母亲——那个老妇人慢慢挪动身体，挪入梅里奥斯的小房间。他坐在床板上，用手帕擦去了她的眼泪。他们已经习惯了……他们一同痛哭。

"你难过吗？"老妇人问孩子。

“是的，我心里难受。”

“她又弄哭你了？对，我听到了。就算到了另一个世界，我肯定还能听到她的说话声。唉，为什么我没听老头子的话！她还是婴儿时，老头子就跟我说：‘淹死她！’但是我没听。她后来一直咒骂他，直到他去了地下世界……我埋葬他时，她还在骂他。她不应该叫乌兰娜[①]，我的孩子，她应该叫汗柯，她应该用阿里·帕夏母亲的名字[②]。地狱犬原本会抓住她，但是……我没忍心。本应该如此的。我老头子想这么做，但我制止了他。地狱犬应该抓住她的……但是……你看我遭遇了什么，现在连药也没有。你是怎么回事？小东西，为什么你这么难过？”

“我的大叔把我忘记了……”

老人拿起手帕，擦了擦热泪盈眶的双眼，说：“忘了你？……不，可怜的孩子，我确定地告诉你，他没忘记你！”

“你说的是事实吗？可我看到的是他没有来。这是我亲眼所见的。”

“没有来？我告诉你，他来了！”

“什么时候？”男孩抓住了她的头巾，焦急地问。

“别抓了，你要把我的头巾撕坏了，我要戴着它去地下世界的。”

“你说谎！”

“我说谎……你问我什么了？”

“你说谎。我问你，他什么时候来的？”

“今天。”

---

① 在希腊语中意为“天空”。

② 相传阿里·帕夏的母亲汗柯性格强势，脾气暴躁。

"瞧，你就是一个骗子！他只会在我放学后来。"

"唔，他不是为你来的。我的小冤家，安静点儿……"

"你这个骗子，给我出去！他不会来了却不见我！他来干吗？来见乌兰娜吗？他过来是找她，这怎么可能！"

"对，就是找她。安静点儿。现在，你别抓我的衣服，找个地方坐下，我告诉你。别碰我的衣服，我不想死后下葬时没件好衣服。你先听我讲。你怎么了？为什么不好好听？"

"好，你说，我听着。"

她再次拿出手帕擦了擦眼。

"今天，他们在下面说话，声音很吵，差不多说了一个小时。我把耳朵贴在地板上听他们讲什么。你大叔一直请她再耐心等等。他说，今年年景不好，他的马死了，他做出来的东西卖不出去，他还欠了别人的钱，家里的地又被水淹了。他说，请她耐心等等，明年他会付双倍的寄养费。他请求说，不要让这个孩子失学。他还对她说，她也是有孩子的人。"

"唔……接下去，她说了什么？"

"她发出尖叫，那情形就像把她架上了烤架。我不知道发生了什么。后来他们放低了声音说话，我就听不见了。一片嗡嗡声……我没有更多可以告诉你的了。你怎么了？安静……天啊，我该对他说什么！……你怎么像小小孩一样哭这么厉害？你是因为不能再去上学而哭吗？好吧，一切都会变好的……我现在该对他说什么……"

"不是……我不是因为这个哭泣。"

"那你为什么哭？"

“为我的大叔。我没想到他过得这样糟糕。”

“你不知道吗？善没善报。现在安静……安静。假如你的眼睛习惯哭泣，就会变肿。你没看到我的样子吗？快安静。”

男孩将头埋进衣领，很长一段时间，他都沉默不语。然后，他用手擦了擦眼睛，系好裤子，像大人一样下楼了。他做了一个重大的决定。

他记得在上学路上看到过几家面包店，其中有一家烤西米提面包，这是一种芝麻圈面包，当地人非常喜欢吃这种面包。面包店招牌上写着“面包饼西屋”，上面有一条条裂缝以及严重的拼写错误。

最重要的是，上面还自吹自擂地写着：“西米提面包圣过一切。混合坚果，各种棒。美丽的寡妇——塔卡·卡丽思贝丽，继承人”。

招牌上写满了字，所以这位“艺术家”只能把更多的字涂在墙壁上：“烤的工坊，添佳蜂密，百的黑的都有”。寡妇塔卡·卡丽思贝丽静静地站在这些字的前面，就像苍蝇堆里的一幅画像。每天早上，梅里奥斯经过面包店时，总能看到一个小女孩站在门前。她的脸脏脏的，她还朝他吐舌头。梅里奥斯不觉得这样不好，小女孩脏脏的脸可能只是她保护自己的一种方式。面包师胖胖的身材很出名，她也不愿折腾自己的身材去照顾小女孩。梅里奥斯完全经过面包房后，小女孩就会关上门。

“你叫什么名字？”梅里奥斯问她。

她朝他吐了吐舌头。

一位面包师过来把她抱起来，放在烤面包用的长柄木铲上。

他说：“你又长大了！……我要烤了你！”

她吐出小舌头，她的舌头就像玫瑰花瓣一样。面包师摇晃着木铲，对她说：“摇啊摇，摇啊摇！”梅里奥斯向老板娘打招呼，说：“早上好。您好吗？”他在地上蹭了蹭鞋子，紧张地吞了吞口水，一次，又一次……终于，他开始讲述他的计划了。但是，面包师老板娘是如此沉得住气，以至于他快要说不下去了。她听啊听，然后拿起笔画了三个圆。

“唔……”她又画了三个圆，哼了一声，“唔。”接着又画了三个圆。

她很想插话，但是她忍住了，那些话都被她咽了下去。

但最后还是有句话没忍住：“你的计划中为什么没有棒棒糖？”

梅里奥斯向她解释说，这种商品“不太匹配”。穷人早上就想吃点饱腹的东西，吃后能让身心满足的东西。

“哇哦……精神满足……唔……那你接下去也不想要西米提面包了？”她连着画了七个圆。

“不是的。”

“唔……不是？那行，你是要西米提面包了。”

她用笔画了一个大圆圈，让梅里奥斯过来看。

她对他说：“怎么样？你有篮子吗？”

“我有……”

“呃……那就……你早上过来吧。”

“明天吗？”

“嗯……明天。”

她工作台的木板上画满了圆圈。

“要带上我的篮子吗？”

“嗯……带上你的篮子。”

梅里奥斯太高兴了，高兴得甚至觉得可以把工作台上的笔吞下去。

在离他两步外的门口，小女孩叫住了他。

“怎么了，小可爱？”

“我叫小樱。”小女孩说。

“真的吗？我会记住这个名字的。”

“你呢，你叫什么？”

“我？我叫土豆。”

女孩咯咯大笑，听起来像铜铃声一般清脆悦耳。

第二十六章

梅里奥斯孱弱的双脚支撑着他小小的身体，还有一个大大的篮子。神赐予了他身体，而多尔大叔赠予了他篮子。大叔还教他怎么和面包师说话，教他和她混熟的门道。小樱一大早就在门口等他，嘴唇一动一动的，嘴里咕囔着。

“你是个骗子……”她对梅里奥斯说，“骗子……骗子……你明明不叫土豆。你叫梅里，我知道。”

美丽的塔卡·卡丽思贝丽女士虔诚地数着她的面包圈，就像僧侣数着念珠。

“你别放那儿，那些顾客会把它们弄碎的，碎了就会变干！他们这坏习惯，什么东西都要捏一捏，碾一碾……”

她数了数共有七十个，然后写下数字。真是悲剧，她写的“7”歪歪扭扭，就像稻草人，写的“0”则像一条蛇，这条蛇正拼命地往后看是谁扯着它的尾巴。但是她很满意自己的书写。

她把梅里奥斯送到门口。为了腾出足够大的地方，她还把小樱赶跑了，她是多么想看到新顾客啊！

“听着，”她对他说，“你两只眼睛都给我好好盯着，因为他们已经习惯伸手去捏一下了。你一旦看到这个苗头，马上大喊：‘热乎乎的刚出炉。’所有人都要新鲜的，连他们的狗也这样。让我们看看你怎么吆喝。好好卖面包。”

梅里奥斯挎着满满一篮面包，走在石子路上，嘴里喊着“热乎乎的刚出炉”。但是收效甚微，只偶尔卖出一两个。总之他卖得很少。在一个小广场上，一个卖兰茎粉奶茶的人叫住了他。这个人之前一直叫卖着：“热乎乎的刚出锅。”

“过来。”他对梅里奥斯说，“你干吗学我说话？给我一个你的芝麻圈面包，我给你一杯兰茎粉奶茶。我们做个交换，怎么样？”

“不好。”梅里奥斯答道。

“瞧瞧！你说说为什么不好。你给我东西，我给你东西，你有什么损失？”

“那就没收入了。”

卖兰茎粉奶茶的人仔细打量了这个小同伴。

“可怜的孩子，”他说，“我明白了。那你卖我一个芝麻圈面包，我给你钱。你拿好了吗？拿好就行。现在我请你喝杯奶茶。快喝，别装斯文的读书人了，我们都是一类人。难道不是吗？”

梅里奥斯在内心挣扎中拿起奶茶杯并喝完奶茶，但他还一直惦记着要卖完篮中的面包。

“好喝吧？”卖奶茶的问他，“你去哪儿？回来，坐在我边上，保证你财源滚滚。所有人都知道我的奶茶和芝麻圈面包是绝配，把面包浸在奶茶中边吃边喝。嘿嘿！……看到没？我给你找了个好差事。”

卖奶茶的说得对，奶茶生意帮助了面包生意。但是很快，奶茶卖完了，卖奶茶的收摊打算走了。

“你明天再来吧。”他对梅里奥斯说，“现在你去哪儿？”

“去学校。”

“干得好。你可真是个小机灵，学校的那些小鬼吃得可多了。祝你大卖！”

他把茶壶往肩上一挂就离开了。他脚蹬铆钉靴，戴着一顶白色的土耳其帽。他的裤子下紧上宽，口袋不在两侧，而是在前面，绣有黑色花纹。他穿着开衫马甲,上面缀着用线织成的蓝色圆形纽扣。他对自己的穿着很满意，让梅里奥斯不要那样看着他。他在普雷斯帕湖边出生，他们有一大家子，但他来希腊养家糊口已经三十年了。他叫米罗万……米罗万·孟托萨莱毕斯。你只要知道，他会做最好的兰茎粉奶茶、最好的奶油冻、最好的软糖、最好的果仁酥糖饼和焦糖牛奶布丁……梅里奥斯在和自己的口水做斗争，他难以忍受，不知该如何叫停。

梅里奥斯独自待了一会儿，然后慢慢朝学校走去。还有半小时才上课。多尔大叔叫住了他，像个批发商一样，走近看他的货物。

“唉……”他突然感慨道，“有些人能无忧无虑地读书，有些人却要付出血的代价。多么不公平！多么无情！呵，不公平的世界，该死的世界。来，你拿过来，过来卖！你大胆地卖，不要怕丢脸！这是工作，不要觉得羞愧！”

“多尔大叔，谢谢你。”

“谢啥？上面的人也要谢，他们看到了一切却没来搞破坏。我很痛心。我眼前有个被无情生活鞭笞的穷人，我怎么会看到这么一个例子。你过来坐这儿！这边门口。给我一个芝麻圈面包，把钱收好。趁那些小恶魔还没有聚集，我先在学校巡视一圈。”

然而，孩子们已聚拢过来。

他们像小熊一样，慢慢从外围靠近，用从未有过的眼神看着梅里奥斯。没人买面包，只有达克里奇科斯远远地用仇恨的目光看着他，然后派哈莫利亚斯过来买了一个面包。他拿到手就扔掉了。

越接近上课铃响，梅里奥斯身边围的人就越多，越密集。多尔大叔像赶苍蝇一样试图把他们赶走，但是很快，他们又聚过来。

“小子，你们是没见过芝麻圈面包吗？”大叔对孩子们说，“和外面面包房卖的一模一样。”

梅里奥斯病怏怏地站在篮子前，思考着。这些“奇怪的”审视让他有点难过，让他喘不过气来。好吧……他为自己的行为感到羞愧吗？他虽然决定自力更生，但并未想过在众人面前“演戏”。

上课铃响了，多尔大叔拿起他的篮子，护着放入小房间，然后送梅里奥斯去上课。

但当梅里奥斯来到课堂，他马上意识到其他人不会放过他。

班长是个小胖子，他很骄傲，就像一辆崭新的小汽车一样闪闪发光。他每天早上都做报告：“学生 60 人，缺席 3 人。”但他今天是怎么报告的？——“学生 59 人，卖面包圈的 1 人，缺席 3 人。”笑声从教室一直传到河边。此时站在讲台上的是神父。

“我应该把始作俑者先扔到窗外去，这样剩下的就会安静了。一个孩子开始笑，剩下的就全笑了。到底发生了什么事？”

“老师，就是这样。”

“什么叫‘就是这样’？”

“就是我们班有了一个卖面包圈的。”

“是谁？站起来。唔……”他像是看着梅里奥斯，说，“你这是抓了很多兔子，大丰收啊。但是做神父还是做农夫，只能二选一。你连学生的本分都没做到。我们这儿需要的是学生，不是售货员。上课的机会很容易就过去……”

可怜的梅里奥斯……在神父没开口前，一切都还算顺利。但他明白，现在已经到了关键时刻。他几欲张口，但最终还是没说任何话。他曾受到宽待，但是现在，他是如此困惑，被如此彻底地打击。他不知道这堂课在干吗，更不知道当看到神父那件巨大而黑暗的长袍时该说点什么。

他哀求地看着大家，希望有人说点什么，或者能让自己的嘴巴跟上大脑。但是没人帮助他。最后，他决定屈服于自己的命运。

“老师，我不知道……”

“证明完毕！就是你……”神父兴奋地喊道，“这就是我的推理证明。但是自然，你不会知道。然而，我早就警告过你们：我不是体育老师，完全不关心你们是否努力跑步了，也不关心你们会不会用法语说‘刀鞘’或‘窗户’……在我这里，窗户只能说成窗户！这是宗教课。谁不明白，谁就是……年轻人，你知道是什么吗？异一教一徒。现在，让我给你打打分。你有多少个面包圈要卖？”

“七十个。”

“再给你加一分，那就是七十一。做得好！很好，很好！优秀！完美！……呵……呵呵！……”

梅里奥斯等着这堂课结束，他多想把自己埋进多尔大叔的长衫，或者跑到河边，抱住一棵杨树寻找慰藉。他头疼得厉害，眼睛灼热，就像被人撒进了辣椒粉。

他的同桌原本是两个穿着得体、油光满面的孩子，今天，他们从一开始就窃窃私语，后来还开始和别的孩子“传电报”！后来，他们挪着挪着远离了他，将他单独留在那里。他们不想和他有任何关系……什么？他们会和他有友谊？他只是一个劳工，一个卖面包圈的，而不是一个在校学生。

梅里奥斯的心在痛。他趴在课桌上，就像被针扎了一样。在他看来，神父的胡子也是针做的，根根刺人。一个朋友……一个朋友……他就没有一个朋友吗？他瞥了一眼旁边……时间怎么过得这么慢？哎，如果多尔大叔知道他的这些遭遇，肯定会提前一小时打铃来解救他。

其他人继续听课。神父正讲到“拉撒路①四天后复活的神迹”，他用低沉的声音讲述着这个神迹的所有细节，最后他问有没有孩子要提问。

“我！”从“留级帮”所坐的区域传来一个声音。

“问吧，克里斯提蒂斯……”

“老师，”达克里奇科斯问道，“拉撒路是烟鬼吗？”

“什么烟鬼？”

“抽很多烟……因为我爸爸就是烟鬼，他说过，他可以不吃面包，不喝水，不呼吸，坚持五天。但是假如没有香烟，他甚至坚持不了一个小时。”

---

① 拉撒路：《圣经·约翰福音》中的人物。他病危时没等到耶稣的救治就死了，但耶稣断定他将复活。四天后，拉撒路果然从山洞里走出来，证明了耶稣的神迹。

“小鬼，所以你想说什么？”

“我想说，只有拉撒路是烟鬼，他才能坚持四天不吃不喝不呼吸；假如没有香烟，他是怎么坚持下去的？”

神父生气地站起来，像座黑色的小山。

“混蛋，出去！你这个无耻的犹大！我要给你记0分。这是最可耻的行为！”

达克里奇科斯也生气地站起来。

“我要去向校长告状。明明您问我们是否有问题，然后……”

“出去！无耻至极！异教徒！”

达克里奇科斯的脸被神父的胡子遮住了，一片漆黑。只有他的眼睛闪闪发光，就像两盏在夜晚照亮树林的明灯。铃声响了。

“除了忠实的追随者，都给我出去！所有人！”神父最后一次大喊，他怒气冲冲，用拳头砸坏了讲桌。

第二十七章

梅里奥斯不知道哪件事把他伤得最深。别人对待他就像对一块破布，把他扔在某个角落。他想知道：为什么他们如此介意他的贫穷？他卖面包圈这件事冒犯到了谁？就像你成为一个烟民，与我有何干？他的面包圈可以为人们提供食物。为什么他们要用零花钱买球？买一个芝麻面包圈吧，它能让上帝看到你，能让小鸟看到你，能让它们过来与你为伴。为什么我们要如此固执？他们要如此固执？从此，他失去了工作的快乐，这份工作让他沮丧，让他的心灵受创。美丽的面包师女士察觉到后，有一天，她对他说：

"过日子就是这样，总是伴随着痛苦。你累了吗？先放一放那些糟心事，来根棒棒糖吧。我之前就和你说过。"

当美丽的塔卡·卡丽思贝丽女士得知梅里奥斯在上中学，她展示了自己的算术能力。

"如果我没说错的话，"她对梅里奥斯说，"棒棒糖给我们带来更多利润。除了它，没别的能让我们有稳定收入了。我说得没错吧？"

"只有小学生才吃棒棒糖，我上的是中学。"

美丽女士在收银台内拿起笔，又开始画圆。

“我记不清了。”她说，“你看到没？我就是这样健忘，我老是觉得自己的记忆缺失了一部分。”

小樱绕着梅里奥斯转，都快把他转晕了。她又去拉扯梅里奥斯的外套。梅里奥斯明白了，她有话想说，她想让他闭上眼睛。

“好吧……”梅里奥斯对她说，“我闭上眼睛。看，我已经闭上了。你想做什么？”

他听到一阵笑声。

“来找我，我在哪里？……梅里，梅里！快来，快来找我躲在哪儿了。”

梅里奥斯睁开眼睛，小女孩躲在他的篮子后面。

“小小樱去哪里了呢？”梅里奥斯假装惊讶地问。

篮子后面再次传出笑声，她露出了差不多一半身体，可以看到她的后半身、她那皱巴巴的红裙、她的小腿肚，还有后面一堆烤面包用的木炭……

他曾经做过一个写字板，他用木炭在上面写下“A”。

“会不会藏啊！”她的妈妈说，“我从来没见过这样藏的！呦呦呦……”

小樱小心地伸出鼻子，狡猾地看着他。

“假如你有棒棒糖了，”她对梅里奥斯说，“你把所有的棒棒糖都给我，好吗？把所有的都给我，所有的，所有的。好吗？一个都不要给佛蒂妮，好吗？”

“好的，小樱。你先从篮子后面出来，因为我要往里面放面包圈了。”

塔卡·卡丽思贝丽女士开始挑选面包圈，她十个一组十个一组套上手腕进行比较和挑选，就像戴着手镯一样。然后她把面包圈像圆环一样铺开，层层叠放在篮子里。

小樱嫉妒了。

“妈妈，我也要手镯。”她嘟囔着，“妈妈！”

“小麻烦精，你说什么呢？”

“我说我也要手镯！……”

“我看你是需要面壁！……还想干什么。梅里奥斯，我们现在有多少个了？”

“40个。”

“你想要我再多放点儿还是这些就够了？”

“再放10个吧，美丽女士。”

“那我再放20个。你要是没卖完，就把剩下的带回来给我，好吗？”

“好的，美丽女士。”

梅里奥斯提着满满的篮子出门了。这座城市沐浴在四月的雾中。现在还很早，在街上说话，就像在空荡荡的教堂里说话似的，会产生回声。小广场上，米罗万等着梅里奥斯，今天他带的是另一种商品。

“看，”他对梅里奥斯说，“兰茎粉没了，没了。上帝把它带走去赐福了。我今天带了另一样东西。看，你知道这是什么吗？”

“这是钵扎[1]！”

“哈哈！小崽子，你说什么啊！这是钵扎吗？”

“呃，那这是？”

“钵扎是一种果子露……它有点酸，有点甜，它是发酵过的，有点稠……有点……”

“苦。”

“不，说啥呢？它不苦。它就是味道有点冲，但不是苦。”

“既然这个不是钵扎……”

“你看看，这要是钵扎，能在里面找到面粉吗？能找到杏仁吗？能找到肉桂吗？还有，能找到榛子吗？是不是？”

“我怎么知道……”

“这不是钵扎。”

“那这是什么？我都晕了。”

“这是哈尔瓦冻。你知道吗？”

“它能吃吗？”

“不能。那些家庭主妇们买回去洗衣服用的。”

正在这时，来了一个顾客。

“这是甜点吗？”他指着哈尔瓦冻问，手指不耐烦地抖动着。

“吃多了会撑……”米罗万回答。

“那给我切一块，就要1德拉克马的。”

---

① 钵扎（Boza）：主要由玉米碴、糖和水制成。它的制作过程繁琐且耗时，烹煮过程中需不断加水搅拌，浓稠度的拿捏也十分讲究，最后还得放入酵母在阴凉处静置15个小时以上，途中需时不时掀开锅盖搅拌，待发酵后才能调味并重新配置水的比例。制作完毕后，将其撒上肉桂粉饮用。

米罗万仔细地估量着，像神父分圣餐一样认真地用铲子切了一小块。

顾客拿到后，狼吞虎咽地吃着。

“你这个骗子……”梅里奥斯生气地说，“为什么你跟我说这个不能吃，是洗衣服用的？看，它像软糖一样可以切开。”

“哈哈哈！”顾客听后大笑，问米罗万，“你这么告诉他的？哈哈哈！”说着还舔舔手指。

“我之前是这么告诉他的。”米罗万说，“我这么跟他说，他就生气了……现在呢，我这样做（他切下一小块），就能让他笑。拿着，小梅里奥斯。别和我闹别扭了，好吗？我们是同一类人啊……”

梅里奥斯接过哈尔瓦冻，但是没有马上吃掉。他从口袋里掏出一张纸，小心地托着这份甜点，坐到矮墙边，慢慢地品尝享用。最后，他还留了一小块，打算带给他的小朋友小樱。

然后他随意四处转转。他走到矮墙下面，过桥时，他突然感觉有点发烧。他一开始并没有察觉，只是觉得有点冷，还以为是一大早喝了冰凉的泉水导致的。但是没过一会儿，他的牙齿开始像狂欢节铃铛一样疯狂打冷战。他能去哪里取暖呢？寄养家庭的小房间不能给他带来温暖，反而会让他感觉更冷。只剩下多尔大叔家了，除了那儿，他又能去哪里？

多尔大叔的出现让他安心了些，大叔给他煮了一杯薄荷茶。

“别躲，你发烧了……”他对梅里奥斯说，“是疟病。我给你拿点那个叫硫酸盐的药。你很快就能好的，这没什么。亲爱的，你把那个叫硫酸盐的药放哪儿了？”

他的老婆踩在凳子上，手伸进圣像背后掏出了什么。梅里奥斯感觉自己像被水淋湿了，随后，他身上被压上了厚厚几床毛毯。

“早日康复。”老人说，还对梅里奥斯笑了一下。但他很快出去了，陷入了深深的悲伤。

第二天还算顺利度过，他被他们碰到时会打冷战。随后，他们离开了……

但是第三天，事情变得更糟糕了。第三节课，讲台上的卡尔拉夫蒂斯就像一个有谦逊血统的皇帝。突然，从谁的课桌传来一阵声响，像地震了一样，一开始声音很轻，像小船的摇晃声，随后声音越来越响。班上开始窃窃私语。数学老师正在黑板上解题，他转身问道：

“下面哪个笨蛋在踢桌子？”

“老师，是卡德拉斯……”卡德拉斯旁边的同学回应道。

“他为什么踢桌子？”

“老师，是魔鬼控制了他。不是他踢的，是魔鬼。”

卡尔拉夫蒂斯抓了抓脖子上的痘痘，命令梅里奥斯站出来：“别躲了，站黑板那儿去。”

梅里奥斯从课桌后走出去。他太虚弱了，双腿几乎无法支撑他站立。数学老师不但不同情他，还教训他。

“你得了疟疾吗？”他问梅里奥斯。

“我……不……不……知……知道……，老……老师。”梅里奥斯颤抖着说。

“但我看你还知道吃不熟的水果，对不对？你就是这样得病的！现在……你想让我为你做什么呢？这里是学校，不是医院。”

第一排有个穿着讲究的孩子举起了手。

“老师……”他说，“他会把我们所有人都传染的。”

“你说得对！”卡尔拉夫蒂斯正在寻找盟友，顺势说道，“那我现在拿他怎么办呢？”

“老师，请把他赶走。”

卡尔拉夫蒂斯高兴地摸了摸自己的痘痘。

他说:“我很高兴你们这么关注自己的健康。那,卡德拉斯……”

“老师，不要！”男孩绝望地喊道，“不要把我从学校赶走。请你们原谅我生病了……我会好起来的……你们今年把我留下吧……只要今年……然后我不会再来了。只剩两个月……”

他不停地打冷战……打冷战……打冷战……

这时，从“留级帮”的地盘传来轻轻的说话声。接着一个大家讨厌的孩子在他们“国王”的命令下，举起脏乎乎的手站了起来。

“老师……”他说。

“怎么了，库库洛斯？”

“我们不会生病。”

“什么意思？什么叫作‘我们不会生病’？”

“就是……说……我们……卡德拉斯……”

“你解释清楚点儿。”

“可以让他过来和我们坐。”

“什么叫‘他过去和你们坐’？”

“老师，就是卡德拉斯可以过来和我们坐。因为，老师，我们不会生病……是这样的，老师……”

卡尔拉夫蒂斯站起来，仔细观察所谓的“留级帮王国”。确实，他们脸上的表情怪怪的，但他们的眼神都很坚定。

“你怎么说，这位国王？说啊，达克里奇科斯？”

“我们不会生病……”他冷酷地回答。

数学老师气得脸都红了。

“真是蠢得要死的高尚……”他说，“这种行为我一点儿也不喜欢。你们听到没有？我一点儿也不喜欢。帮派是不应该有感情的。如果一个学生因为某种原因而不被其他人接受，你们固执的坚持是不可能改变这种情况的。”

“老师，让他走！”大部分学生和第一排的一起喊道。

“不行！”“留级帮”也大喊。

卡伦巴洛斯挥了挥教鞭。

“所有人全部给我闭嘴！我说的，所有人！”

一片混乱中，达克里奇科斯弯腰在哈莫利亚斯耳边说了几句话。“保镖”听后立刻站起来，弯腰驼背靠近讲台。

“老师……”他的身子不停地扭动，就像某种蔬菜一样扭来扭去。

“怎么了，哈莫利亚斯？”

“老师……我想去上厕所，我忍不住了……就是，我的尿……尿……”

“坐下！”

“老师……真的忍不住了……我的尿，尿……我想去撒尿。”

“滚开，快去！……然后赶紧回来！”

哈莫利亚斯还没来得及在走廊里走上十步，下课铃就响了。但教室内仍一片混乱。梅里奥斯没有等到他想要的结果，就拿起他那寒酸的练习本出去了。他看到哈莫利亚斯在楼梯口对斯坎弗拉斯说了什么，斯坎弗拉斯就立刻快步向这边走来。在梅里奥斯的视线中，他越来越高大。斯坎弗拉斯迈着大步过来，他在走廊上找到梅里奥斯，拉着他一起走向教室。他没有敲门就推开门冲进去，就像河流开闸一样。

“这不合理！”他急得脸色发白，大声说道，“不！这不合理！这件事应该合理解决！”

“这位同仁，你怎么把合理的事情说成了不合理？”

“这简直闻所未闻。您没有丝毫怜悯，就这样对待一个生病的孩子。”

卡尔拉夫蒂斯用更令人讨厌的声音大声说道：“难道您想看到全班同学都被传染吗？”

“这不是事实，疟疾不会传染的。”

“那您是以什么立场来监督我？这种情形下您扮演了什么角色？您是否已晋升为校长，但是我还没得到消息？”

“我以普通人的立场，以一个没有失去应有品格的普通人的立场和您这么说。”

“您到底想说什么？叨叨……先生……”

斯坎弗拉斯石化了，就像被闪电击中了一样。他脸色苍白，回头对学生们说：“不好意思。”接着，他又转身面对卡尔拉夫蒂斯，“至于我们之间，有教师协会，再往上还有教育部来评判。”

“再往上怎么？”

斯坎弗拉斯以出人意料的坚定回答：“再往上，还有正义感进行评判！”

然后他离开了。

卡尔拉夫蒂斯也紧随其后离开了，还拿出一条手帕捂嘴作恶心状。

教室里只剩下孩子们。这些还没长大的小屁孩站起来，想要走出教室。这时，达克里奇科斯快步上前关上了门。

“你们！”他凶狠地对其他孩子们说，“你们！……”

所有人都停了下来。达克里奇科斯跳上讲台,他从未这样做过。

“你们听我说！”他大喊着，“以后谁敢再说‘叨叨’，我就让他滚回家找妈妈！听明白没？好……现在,你们可以走了。前进！”

第二十八章

五月向我们走近，走近，
再向前，再一步。
乡下的孩子们——乡下的孩子们，
期盼着五月的到来。

乡下的孩子们……
乡下的孩子们……
期待着五月的到来。

声如洪钟的哈莫利亚斯赛跑是第一名。他就像小马驹一样做好准备了。体育老师从唇间发出哨声，顺势向前迈了一步，好像一阵微风。

手握，手握礼物，
就像握住了美丽。

不管谁来要，
都可以愉快地分享。

不管谁来要，
都可以愉快地分享。
不管谁来要。

神父大步走动，像在跨过一座座墓碑。

这是璀璨美丽的一天，美好得就像丝绸一般。没人争吵。

斯坎弗拉斯先生戴着得体的白色礼帽和领结，阿格拉依说“他疯了”，数学老师开始笑，引来斯坎弗拉斯怒目以对。

校长走在前面，一身正式穿戴，像是要去教堂。透过他的蓝眼睛看这个世界，渺小而单调。面色红润的音乐老师跑来跑去，绝不是在浪费时间，她的腋下还夹了一把曼陀铃琴。多么令人难忘的一天啊！……

达克里奇科斯从家里偷出一把黑色雨伞。没人知道他想做什么。但紧接着，大家都看到了。他在伞里装满了面包和小点心，他用绳系住伞柄，挂在肩膀上。

“为什么你不带个包？”

“你们会看到的。我想从树上跳下来时打开伞，像小飞机一样降落。”

数学老师满头大汗，脖子上的围巾都浸湿了，他像一匹遍体流汗的马一样大口喘着气。

梅里奥斯走了。过了一会儿，他又改变主意，从原路返回。没人关心他，没人看他。他的面色像蜂蜡一样发黄，他意识到自己没有吃的。他的口袋里装着5个不新鲜的面包圈……但是，明天，他吃什么呢？有人经过篱笆，他躲到草堆后面等他们走远。随后，他回到了城里。乡下充满了生机，田野美丽动人，色彩缤纷，就像被五彩鸟的排泄物染上了色。

在乡下，城市被抛之脑后。在这里，任何人都能重获勇气。

体育老师出现在斯坎弗拉斯身边，她既不想表现得是特意去找他，也不想表现得是在躲避他。其他人正三三两两地站在草地上。

“我说真的，”她对斯坎弗拉斯说，“这么长时间以来，我欠您一个感谢。”

斯坎弗拉斯站定，看了她一会儿。他不再是那个遇事就惊慌失措的人了，一些出乎意料的事改变了他。当然，这种改变不是彻底的，他只是成功地摆脱了无时无刻无处不在的犹豫，转而得以自如地控制。

“请您相信我，”他回答道，“请相信我，小姐，从来没有一个人欠我什么，尤其是您。”

“不，不是的！”她带着歉意说道。她这位同事一生中似乎满是骑士主义行为，他根本不记得帮过一位不起眼的体育老师了。

这位高傲的女性现在想从他这里得到什么？世事纷扰，而她走在街头，就像一位玫瑰长官。她瞧不起那些畏畏缩缩的人……她是一个喜欢挑战、热爱自然的人。她想从他这里得到什么？还有什么？……她失去了她的小丑玩具，开始觉得无聊了。她本来和女学生们在这条路上玩球，现在她把球传给学生们，过来和他玩起了这场“皮影戏”。他做了一个破釜沉舟的决定：亮出自己所有的底牌，让心烦意乱的人变成她！……

“但是，小姐，我想问您一个问题……”斯坎弗拉斯开始问她。

“嗯？”

“您喜欢诚实的人吗？非常诚实的那种，您喜欢吗？”

“很喜欢。”

“这是个机会，让我可以告诉您我的一些想法……现在已经没有处事不圆滑的见证人了。”

“同事先生，这是，您的宣言？”

她凝视着他，突然从他的眼中看到了无情。

“小姐，我说的是想法，而不是感情。是想法。”

“太遗憾了，但是，请继续……”

“遗憾……您失去了您的木偶潘趣，对吗？是这样吧？我有一些想法，只是，一些想法。”

“抱歉……如果您要伤害我，请等下一次。”

“不是的，您听一下我的想法。小姐，我从来不是说教者……我很喜欢那些快乐的人，他们就像生活中不可或缺的盐。”

“您到底想说什么？请快点说！”

“小姐，我想得出一个结论：既然一个人用另一个人的天真来取乐是卑劣的，那么同样，一个人用另一个人的悲剧来取乐，也是不人性的。”

阿格拉依用手紧紧地捂住耳朵，紧到指甲都掐住了脸。她很烦躁。

“我的上帝！”她说，“您到底想说什么……是什么？”

“就是我刚刚说的。还有一些更糟的……小姐，当您意识到这一点，您要做的就是马上辞职。”

“哪一点？”她开始追问，“到底哪一点？……”

然而，傲慢长官突然在她的体内觉醒。她晃动一下头发，她的头发像风吹动的火焰一般。她愤怒地喊道：“先生，您到底是什么意思？什么意思？”

斯坎弗拉斯面色发白，但仍然异常坚定地说出下面的话：

“陀思妥耶夫斯基的作品《白痴》……娜斯塔霞·菲立波夫娜小姐，假如您想写信，您就要有勇气署上自己的名字寄出去，而不是用别人的名字，阿格拉依·伊万诺夫娜。这就是我想说的……好了，现在，再见……永远再见。”

溪谷深处长着一棵梧桐树，旁边有一眼泉水正悲伤地歌唱。再往下有一个小池塘，水慢慢流向那里，潺潺作响。斯坎弗拉斯单独来到这个地方，感受孤独和寂静。他在这里度过了一整天。他吃了点东西，到溪水旁掬起一捧水喝了一些。随后，他躺在树根上，沉浸在宁静中。过了一会儿，伴着摇篮曲般的潺潺溪水声，他闭上双眼。但一个梧桐果掉了下来，叫醒了他。他睁开双眼。又一个梧桐果掉了下来，将他彻底从睡梦中叫醒。不仅如此，他发现果子上绑着一根线，线的另一头是一张纸。他环顾四周，试图找到发信人，但周围一片安谧，连片叶子也没掉下来。他解开纸上的绳子，开始读信：

我不会尝试告诉您所有真相。您不会相信我的。您只需要知道这一点：如果您不知道，我的心将永远不得安宁。我会到处跟着您，直到您允许我向您说句对不起。然后我会离开。但在此之前，我会坚持。即使我被开除，我也不在乎。现在我什么都不怕。

今日、5 月 1 日写于乡村

贝丽可·普里诺拉

他激动地起身离开了，走了一条从没走过的小路。但是，贝丽可突然穿过草丛，在这条路上拦住了他。她的出现就像清晨的阳光一样照耀了大地，洒遍了平原。英勇却又有罪……这一切都是爱，只有爱，这是女孩的爱……因为只有女孩的爱才是真正的爱。尚未成为女人的女孩，所怀有的爱是女人的两倍。女人的爱只有一半在心里，给爱人，还有一半在肚子里，给孩子。而女孩全部的爱都在心中。斯坎弗拉斯靠近她，坚定地站在她的面前。但她的勇敢却灰飞烟灭了。

此时她不再是那个骄傲的贝丽可，而是一个被绝望压得快要粉身碎骨的可怜人。她怀抱着一束花，像小鸟一样颤抖着。

斯坎弗拉斯不明白，他其实比他的学生更惊慌，只是他将这种情绪隐藏了起来。他们站在那里，双双无话。突然，他的脸变得灰黄。他觉得在她面前，自己变成了一个孩子，一个在女人面前失去自我的孩子。而贝丽可觉得自己失去了所有的信心，充满了绝望。这种绝望就像是成熟女人失去了年轻男子的爱。

“您告诉我……我该怎么办？……我该怎么办？……”贝丽可颤抖着问。但她看向他的眼神依然明亮、甜美而极具破坏性……“我该怎么办？……我该怎么办？……”

斯坎弗拉斯压抑住自己的心……就像一个喜欢什么就摧毁什么的孩子……就像一个想咒骂对方却又想抚摸对方的男人……

对于她……她是女孩的时候，他会赶走她，因为他不知道如何与她相处……她是女人的时候，他会离开，因为爱她……

“请告诉我：我该怎么办？……该怎么办？”

“请停止这一切，请阅读小说，”他冷冷地对她说，“请每天早上做瑞典式运动。”

“仙女”被打败了，她摇了摇头，靠在草丛边。她的老师赢了，但却如同行尸走肉。

梅里奥斯回到了城市，像迷途羔羊一样徘徊在街头巷尾。他一小口一小口地嚼着面包圈，此时他的口袋里只剩下面包屑了。他从一条小巷转回来时，听到了一些声音，仿佛有人在唱歌。他这辈子第一次听到这样的歌声。他慢慢走近，面前突然出现了一些人。一共七个，其中大多数是年轻人，他们身上披着一面奇怪的旗帜，旗上画着工具。一个穿着裙裤的小个子男人手里举着同样的旗帜，就是他正用高亢的声音唱歌。人群聚集在他们周围，好奇地打量着他们。再往前，一些宪兵趴在地上，等着歌曲结束就开枪射击。他们趴的时间太长了，以至于在地上留下了印记。

但是这些人……这些歌唱者一直唱着，他们越唱越响，不停地唱，尽管这首歌只有两行歌词。他们声称这是为了“工作”，为了“帮助老年农民”……

梅里奥斯很喜欢这首歌。假如这首歌的歌词能多点儿，他会更喜欢。他拨开人群，向他们靠拢。咦！怎么回事？那边？！为什么那个魔鬼老人——鞋匠也在队伍里？梅里奥斯感到困惑、迷惘，就像一只头晕目眩的鸡。

是的！这支歌唱者队伍的最后一个人就是鞋匠老人，他曾给梅里奥斯修过鞋。梅里奥斯走得更近了，他拉住老人的外套。

“好了，好了，我看到你了。”老人对他说，“你去那边，过一会儿的‘砰’‘邦’也和你无关。”

“为什么？”男孩子问道，“我可以加入和你们一起唱歌吗？”

“不行，你再等等。我要走了，你等十年二十年后再来。”

这时，突然传来一声“砰！”

一阵烟升起，有人开枪了……有女人晕倒了。当烟雾散去，这片地方就像童话里一样空无一人。

第二天是周六，如约而至。

梅里奥斯去找鞋匠大叔，让他解释发生了什么，让他说出一切。

“昨天是五一劳动节，”老人说，“你想我们会做什么？”

“为什么你们唱歌？”

“因为是五一劳动节。”

“那为什么他们要向你们开枪？”

“同样的原因——现在你知道了——昨天是五一劳动节。小鬼头，你是打算把我弄晕吗？我多想有昨天举旗那小子的巧舌，那样我就会说芝加哥之类的话了……我刚刚才明白，但是他已经能够解释一切了。让我站起来！……你一直在吃，我一直在工作。富人在吸穷人的血，而穷人只能吸自己的。这些话我说得好吧？给我 8 小时睡觉，给我 8 小时读书，另外 8 小时，我得为你工作，为你赚钱……但是你看，这是不是上帝的安排？你把我解雇了，我吃什么？我也有家庭。家禽喝水，但是它们也服从上帝。你既不服从神，……

也不服从法律。然而我有自己的处事方法。我了解邻居们，我能让他们快乐……我不是孤单的……啊哈！……他们在笑你！……现在？……啊哈哈！但是！……你在想什么？你让我生气，知道吗？你喊着‘解散’。‘这里的宪兵,他们也是为了糊口——哪里听说的？他们还在寻找信件。你听到了吗？火……’火枪发出火光，奴隶在赤贫中死去。五月一号……你带着花……我带上我的旗帜，去芝加哥。你知道芝加哥在哪儿吗？在美国！……他们会给我吗？……让他们给我吧！……”

“嗯。但是你和别人分散开了。”

“我散开，散开是因为我只是个小人物。明天我会成为山谷，后天我就能成为整片平原。到时候他再有胆量试试，他绝对被扔出去。但是现在，我只能离开。街坊邻里会知道接下来的事情。你在笑，对不对？你现在是怎么想的……‘我把这个老头弄糊涂了。’行了，从我的眼前消失！都告诉你了是五一劳动节。‘五月向我们走近，再向前，再一步。’胡说八道，就是五一劳动节！就像复活节……耶稣复活审判一切。你饿了吗？我饿了。你喊一下就满足了。你是另一种饿？我也是。你吼叫一下就满足了。他们不公正对待你了吗？他们这样对我了。跟我来，你是另一种。他们不公正对待你了吗？他们这样对我了。你跟我来。我们要远离那些道德和身体都被感染的人。你知道什么是被感染的人吗？”

“不知道。”

“面对危险会胆怯的人，吃独食的人。我看到你笑了，你想藏在胡子下面偷偷笑我这个老人，是不是？但是你没有胡子，所以我看到了。你想留胡子……行了，快从我的眼前离开！……劳动人民的剥削者！看看你还有什么？小资产阶级残余！”

“嗨！……不是这么说的。我昨天才问过，他们告诉我正确说法了，是‘小资产阶级局限性’。”

“你好走！这是我们的说法！你现在告诉我！劳动人民的小资产阶级余留！出去！”

第二十九章

梅里奥斯害怕的事出现了——他发烧了。潮湿、阴暗、闷热的生活让他的身体做好了准备，随后蚊子来了，把疾病带给了他。他发烧，打摆子，就像地震袭来，袭来，袭来，将他整个人打倒。

梅里奥斯感到小房间在跳动，整个家在摇晃。在他眼前，乌兰娜激动地大声咒骂着他，就像脾气暴躁的船长。她上下楼梯时也在大声咒骂，把附近的婴儿吓得哇哇哭。这个女人让他觉得发烧更严重了，一看到她，梅里奥斯的身体就加倍颤抖。现在她有理由不再掩饰恶言恶语了，这个别人寄养在她家的孩子不是一个孩子，而是一台会震动的机器。最重要的是，现在没人为他付钱了。因此她采取了一切措施。首先，她扣下了鸡蛋；其次是豆子；最后是粗面包。梅里奥斯现在靠过期的面包圈养活自己，面包店老板娘会以半价卖给他。有时，他也能吃到一些小点心、奶酪碎片、苹果或榅桲——也有可能是葡萄。

整个冬天，这里都不缺水果。即便在寒冬腊月，当地人也有办法保存水果。冬天，你能发现这里的年轻人拿出大量的葡萄串欢迎他们的新兄弟姐妹。但村民们对这种保存工艺保密。有人说，他们在葡萄上覆盖厚厚一层稻草；也有人说，他们把葡萄浸入稀释的石灰水中。

这些食物没有损害梅里奥斯的身体，反而让他成长。但是，随着梅里奥斯病情加重，乌兰娜吼骂人的音量也加大了。野蛮的女人……每次她生气，都像在屋里放了一把火。

一天，伴随着连绵不绝的咒骂声，她进来了。她双手叉腰，用身体用力关上门。

“你有耳朵吗？”她问梅里奥斯。

梅里奥斯没有回答，这让他怎么说？他等着她接下来的话。

“因为，如果你有……”她继续说道，“那你会听到我对你说的话：带着你那身瘟病滚出这里。”

“我工作了……”梅里奥斯牙齿打着颤说道，“现在我能养活自己了。我会出去工作，然后带回房租交给你。”

“你留着买药吧，”她说，“我不要房租，我只要这间屋子。你快给我搬走！我还会从上面找张纸给你，上面写着你是债务人，因为你给我带来了疟疾。明白吗？我不需要你这样的房客，我只要我的房间。”

“再给我两天时间……让我的身体再好点儿，让我可以去找别的地方住。现在我无处可去。”

“去你姨妈那儿。”

“我不会去那儿的。”

“看到没？如果你是一个得体的人，你姨妈就会留下你，她不会把你关到门外。现在呢，你想让我负担你！我凭什么要负担你？！我不要你。快滚！你要我告诉你多少次啊？我受够了那老女人带给我的麻烦！现在一个麻烦还不够，又来一个！都是麻烦！”

“好吧……”高烧使梅里奥斯的嘴唇干裂，他支撑着说，“明天早上我就离开。”

“明天？现在就给我滚！现在，就是现在，在夜晚到来前！我现在去教堂，希望回来时你已经不在了。就这样。”

她离开了，压在胸口的巨石也离开了。过了一会儿，外面传来一阵她蹂躏楼梯的脚步声，接着是子弹出膛般的关门声。梅里奥斯了无生气地躺在床上。间或有一个声音穿透其他声音，到达他的小房间。听起来像是一只鹳在生气地喊叫。有个女孩对它唱道：

鹳先生哈基帕帕，
你要把羊带到哪儿去？
到下面的水坑。

“妈妈，妈妈，妈妈……他在喝咖啡！看……他在喝咖啡！哇！……”

地板突然发出吱嘎声，接着一双老人的脚挪进他的房间。

“唉……”老妇人叹气道，“唉，我可怜的孩子！唉，我的小伙子！我都听到了。没有办法。起来吧，快离开，趁现在还早，不然到了晚上她会把你赶出去的。让我们看看……你还能做什么。看到这个窗户了吗？它外面连着这一片屋顶。那边是一架深红色的梯子，街坊们用它爬到农舍、马厩的房顶上。你等到天黑过来，我会给你留扇窗。但你要小心别发出声音，她甚至能听到蚂蚁的脚步声。

我的孩子，除了这个，我不能再做别的了。看，我还给你拿来了两条门后放的小地毯。夏天来了，你可以熬过去的。啊，公鸡叫了，下雨了。天气什么时候能热起来，等到六月来临就好了。来，我的眼珠子……在奴隶主发火前，快起来。”

他按照老妇人说的离开了。他在梧桐树下转了一会儿，然后去面包店找美丽女士。他告诉她，疾病把他打倒了，这就是他没来的原因。“我相信你，”她说，“你干吗向我发誓？我看你面色发白，就像银币。你拿点儿剩下的芝麻面包圈，找个房子住下。小樱，快从梅里奥斯的腰上下来。”小女孩想把自己新鲜出炉的“手镯”给他。美丽女士继续对他说，“你的篮子在这儿，它一直等着你。”梅里奥斯站起来，离开了。“你叫梅里，”小女孩从门口叫住他，“我会记住你的。尽管你说自己叫土豆，但是我知道你叫梅里！”她高兴地说着，但梅里奥斯没有勇气回头朝她笑笑。

晚上，梅里奥斯爬进窗户，一切都很顺利。他找到了农舍，找到了深红色的梯子，还找出了老妇人为他准备的小地毯，一切都很顺利——和他们之前说好的一样。但是，他的病破坏了这一切。半夜，他又发烧了，身体一阵刺痛，他又开始打颤。声音如此明显，甚至惊动了家里的老鼠。乌兰娜暴风雨般冲进房间，拖着、拉扯着梅里奥斯，要赶走他。邻居们被吵醒了，纷纷叫道：“进贼了！”

不久之后，在夜的最深处，受迫害的梅里奥斯试图找一条道路通往全世界唯一且最温暖的庇护所——比瑟罗的小屋。

“就这样吧。”这个念头第一次浮现。梅里奥斯觉得自己几乎到了 山穷水尽的地步，既没有大叔的消息，也看不到继续读书的可能。一切都结束了，艰难困苦与他同行，他快被摧毁了。

几天后，当梅里奥斯再次回到学校，所有人都难以认出他。这倒是让一些人——也就是原来班上那些目中无人、不想认识他的人——有机会去重新“认识”他。

斯坎弗拉斯先生在一群孩子中找到梅里奥斯，马上用和善的目光看向他。他已经忘了他曾经这样注视过梅里奥斯，带着极度的喜爱或痛苦。

“卡德拉斯,祝你早日康复……”他说,“我的孩子,你怎么样了？”

梅里奥斯滚烫的脸颊突然开始出血,但他没顾上理会。一些“窸窸窣窣”的说话声从一张课桌传到另一张，就像蛇在爬动。

斯坎弗拉斯假装没有注意到。

“我们都很担心……”他对男孩说，“但我们不知道你住哪里，所以没有办法给你写信问问情况。”

“老师，谢谢……”梅里奥斯轻声说，“非常感谢您。”

“我的孩子，你现在好点了吗？”

“老师，我好多了……谢谢。”

老师在讲台上敲着笔，开始翻点名册。但他突然停下来，向大家宣布周一将要考试。

“我有义务通知你们，当参试人的缺勤数量超过规定限额，无论他的课程表现如何，他的成绩都将不变。”

他停了一会儿，继续情绪高昂地说：

“……我承认这项规定是严苛而不公平的。但是，关于这项公告没有任何解释。卡德拉斯……我们会研究你的情况该如何处理。还好，相关通知已经在计划中。”

第一排学生突然站了起来。

“老师，我们不同意！”

“全都是为了一个卖面包圈的！”

“我们都反对！”

“我们是平等的！”

“反对歧视！”

斯坎弗拉斯笔直地站在讲台旁，面露威胁对大家说——这是他第一次采取威胁的态度：

“够了！马上坐下！”

孩子们不理会，他们疯狂地踢桌子。门打开了，校长情绪激动地走进教室。

“你们在这儿干吗！”他喊道。

“校长先生……这里有老师徇私！”两三个声音响起。

“这对我们不公平！”

“我们抗议！”

校长竭尽全力拍了拍讲桌。

“安静！”

然后，他转向斯坎弗拉斯老师：

“这是怎么回事？教室怎么变成动物园了？你解释一下，斯坎弗拉斯先生？”

“校长先生，”老师略带结巴地说，“我意外发现，自己面对了一场反对示威集会。”

“这看起来不是自发的。斯坎弗拉斯老师，这出于什么原因？”

“我公布了一个关于缺勤的新通知……我解释了这项政策，指出在生病的情况下——一旦班上出现这种特殊情况，将采取特殊考勤方法。”

校长陷入了沉思。

“现在谁出现了这种情况？”他低声问道。

“是卡德拉斯……卡德拉斯，你站起来，过来。他的情况显而易见。”

“唔……”校长看清了是谁后，哼哼两声，“那……他带了监护人的说明字条吗？”

“校长先生，他没有。”

“没有！”校长提高声音，“你相信一个贫民窟孩子的个人保证？”

那一刻，斯坎弗拉斯先生找回了冷静。

“校长先生，我没有要求也没有收到这种保证。很明显，他可以代表自己说话。”

“总之……”校长不满地打断了他的话，“他这种类型的孩子需要有监护人的说明字条。”

“校长先生，”他颤抖着说，“卡德拉斯，卡德拉斯，他并没有监护人。”

“怎么会？难道他是流浪汉吗？”

教室内响起一阵窃窃私语。梅里奥斯仿佛在一分钟内长大了十岁。他咬紧牙齿，浑身冒汗，有什么东西击中了他，同时也让他成长了。他坚定地向前走，直到面对面地站在校长眼前。

“校长先生，早些时候，您曾挡住我的路。我很遗憾，您没能让我忘记这一切。我知道您讨厌贫穷孩子，轻视别人的不幸，厌恶孤儿。我也知道，您只会把读书机会留给那些出得起大钱的人。但是，我想问您，您知道还有谁比我付出更多吗？校长先生，那些是我的‘书’，我把它们都留在位子上。这个笔记本就是我的一切，我愿意献给您。这可以让您想起一个生病、无家可归并遭受迫害的孩子，还有您向他展示的不人性的态度。再见！”

在他身后一片死寂，所有人——男孩、女孩还有老师，都沉默地看着……

“下课了……”校长停顿了一会儿，对大家说，“踮起你们的脚尖，现在去操场。我说了：踮起脚尖！”

他离开了。慢慢地，其他孩子也走出教室。没人回头看教室深处。贝丽可泪流满面，最后一个走掉。她在讲台前停下脚步，斯坎弗拉斯感觉整个人都沐浴在她的光、爱和眼泪中……

“所以……”她说，“这就是为什么……我……爱……再见！”

斯坎弗拉斯明白了。他感觉地板消失了，他被讲台禁锢住了。

第三十章

七月初，安贝尔先生穿了一套笨重的白西装，怯懦地站在斯坎弗拉斯家门口敲门。不一会儿，门打开了，他走进去。他来到前厅，定定地站在斯坎弗拉斯姐弟面前。

“我纠结了很久……”他说，“但是谁知道呢，生活总是充满了遗憾、冷漠和悲伤。我要永远地离开了……而且……可能再也不会回来了。我这次过来，是来跟你们说声再见。”

姐弟俩都不知道说什么好。最后，斯坎弗拉斯试图打破这尴尬的沉默。

“说真的，”他说，“这段时间以来，我一直想不通您为什么突然就疏离我们了。老朋友，凯瑟琳和我都十分苦恼。您为什么要疏远我们呢？”

“有件事……”安贝尔的内心燃起了一丝微弱的希望之光，“有件事……我一直很想知道原因。我这边是没有任何问题的，但是，你们那边，我总觉得，出于什么我无法解释的原因，你们似乎不太欢迎我，似乎因为什么不得已的苦衷而小心翼翼地疏远我……所以我才打算……离开。”

“我的朋友，”斯坎弗拉斯激动地说，“您要知道我们对您绝对没有任何不好的想法。我们……您要相信，自从您最后一次来访，我们一直期盼着您再来。您永远是我们的朋友。”

安贝尔先生鼓起全部勇气，想：现在不说，就永远都说不了了。

“是的，我们是朋友，是兄弟，也可以是……更亲密的关系……是……”突然，他的勇气衰退了，“是……那么，再见了。”他对他们说。

他先跟斯坎弗拉斯握了握手，又把手伸到凯瑟琳面前。就在这时，奇迹发生了，他的勇气又回来了！就在他握着她的手依依不舍的时候。

“我的兄弟，”他对斯坎弗拉斯说，“我能不能……这只手……我能不能，永远牵着不放？”

凯瑟琳慌张地抽回安贝尔握着的手，躲进了厨房。

“她不愿意……”安贝尔怅然若失地说。

“愿意……她愿意……”斯坎弗拉斯抱住了安贝尔，“她这是高兴得躲起来哭了……”

他们携手走进客厅。

“我的天啊，”斯坎弗拉斯说，“你竟然还想离开！还不回来了！你现在应该不会再坚持要走了吧？”

“以后不论去哪里，我们都要在一起……所有人都在一起。”

就在这时，门铃响了。“斯坎弗拉斯！”一个声音在外面喊道。

他回来的时候手上拿着一封信。不用打开，他就知道这是谁写的。他脸色发白地道了声“失陪”，走进书房……是戏弄？是坚持？

是嘲讽？还是爱情？究竟是什么？

信是她写的，平和的笔调中蕴含着坚定的决心。

爱神无力阻止寒冬，我也将不得不离开您了。明天我就要坐火车离开了，也许只离开一段时间，也许永远不回来了。在这之前，我想要再跟您说一句您早已知道的话。我想要说一个字，可是我怕，怕这个字刚一出口，还没说完，就天翻地覆。希望温柔的您不要在心里责备我。只有我知道您是多么值得这个字，除我之外，别无他人——还有一个人，那个生病的孩子，那个让我落泪的孩子……现在，我虽然将要离开了，但还是想对您说：希望您明白，不论去哪里，我的心都不会改变；不论去哪里，我都将继续等待。然而，唉……一切都变了，再也找不到一个地方能像我在班里坐的那个小角落一样令我无比喜爱了，以后所有的老师在我看来，也不过是传递知识的机器而已。您冤枉了一个人，这一点我不得不对您说，那个人就是阿格拉依。您所发现的真相是不完整的。那天我在地理课上对您说错了课程信息，绝望地跑去求助于她。她建议我写一封信，诚挚地向您道歉。我告诉她，我连写一句话的勇气都没有。所以她找出了陀思妥耶夫斯基作品中的某一页给我抄写。我不知道她这么做是不是要帮我，或者只是为了好玩。我在她面前说了谎，可是，当我独处的时候，我深知，我早已为爱疯狂。自那时起，至我的生命终结为止，都是如此。我知道您这次还是不回信，但我也知道，这次您再也没办法把我的信退回来了。爱上您我感到很幸运，哪怕穷尽一生，哪怕付出一切。我想看到您眼神坚定、无所畏惧的样子，这是您的权利。

亲爱的老师，我的爱……我知道自己配不上您，但是至少还值得您给予一点关注。您为什么连这一点关注都不肯给我呢?

等秋季再开学时，等您看到我空荡荡的座位时，也许您会明白，可怜的贝丽可值得您付出一点点好感。我不跟您说再见，因为我知道我一定会再见到您。我的爱会一直守护着您，直到您乌云散尽，展露笑颜。我只希望，我能第一个见到那样的您。别了，我的梦，我的十六岁。从明天开始，我将成为一个成熟的女人，沉默、勇敢、热切地等待着。

贝丽可

第三十一章

休战！今晚一切都非常正式，到处弥漫着和平的甜蜜。眼睛、服饰、头发，一切都熠熠生辉，如诗一般。角落里的一张桌子上摆满了鲜花。同事们像抱着婴儿一样把花束抱在怀里。安贝尔对所有人露出幸福的法式笑容，他的内心欢欣雀跃。已经到晚上了（新婚之夜），但是四下里一片光亮。新娘的眼睛闪闪发光，心如蜜糖，奏响了《爱的甜蜜时节》。每个人口中都说着祝福的话。

“新婚快乐……”

“相亲相爱……”

“永远幸福……”

安贝尔像吃了葡萄果冻一样，甜滋滋地感谢着大家的祝福。

神父穿了一件乌黑的教士服。尽管他对“婚礼仪式”深感厌恶，但他还是来参加宴席并“送上诚挚的祝福”，一串长长的念珠在他的袖子里欢快地嗒嗒作响。卡尔拉夫蒂斯挤在一件窄领衣服里，呼呼地喘着气，就像阿格拉依所说，像“一列蒸汽火车”。他向阿格拉依投去三次充满怨恨和愤怒的目光，但阿格拉依就像经验丰富的

“轻盾兵”，巧妙躲过。他频繁出入厨房以求得自我安慰，在那里，他一方面可以透气，一方面可以满足野马般的胃口。

四处洋溢着热情，校长却像坐在寒潭中一样冰冷。好像什么都说不通，“婚礼仪式”对他来说就是个谜。他的蓝眼睛漠然地盯着安贝尔两颊上映着的火影……太可怕了！在这种尴尬的年纪，干吗还做这种“乱七八糟”的事呢？简直不可理喻！

拉乌尔女士身穿深色套装，衣服紧得让她喘不过气，但她东奔西走地忙活着，帮大家拿杯子、倒酒，一刻也没有闲着。

神父像喝药一样大口大口地喝酒。

“神会宽恕的……”他说，“神会宽恕的……适量饮酒不是坏事……”

卡尔拉夫蒂斯满口都是对自己和神父的嘲讽。

“嗯，对……话虽如此……”

“尤其是在这种情形下……”神父补充道。

“嗯……”卡尔拉夫蒂斯继续说，“这种情形并不少见，只要人家想，随时可以创造这种情形，随时可以，只要他敢越过道德屏障。”

两人暗暗碰了碰酒杯，偷偷看了一眼正散发冷气的校长。男人中只有斯坎弗拉斯没有喝酒，他举起酒杯，手因为激动而微微颤动着，他向来人说着“同样荣幸”“非常感谢”或“也祝您幸福”……然后又把杯子放回桌上。

阿格拉依也没喝酒。坐在她对面角落的卡尔拉夫蒂斯从内心深处发出一声深深的叹息，他内心的情感就快像火山一样爆发了。

九点，被神父称作“主婚牧师”的教区牧师披着圣带过来了。安贝尔激动得小眼睛都湿润了，新娘则系上了拉乌尔递过来的丝巾。

大家都羞涩地跳起婚礼之舞。只有校长冷冷地望着天花板，就像在祈祷某个他信仰的神来把他拉出这种窘境。

安贝尔跳了平生第一支舞，他像孩子一样笨拙地摇摆着，就连脸颊上的坑坑洼洼看起来都在微笑。“为了新生活的开始！”他陶醉地说，“旋转！”

他高兴得手舞足蹈……仪式过后，宴席开始。牧师收好圣带，垂下眼睛轻声细语地念了婚宴祝词，摊手示意开席。瞬间觥筹交错，聊天声大了起来，欢声笑语不时盖过刀叉发出的声音。唱歌时间到了。

牧师向新人道了祝福就离开了。谁来开这个头呢？神父先唱了一首《未婚新娘》，接着，在一片诡异的气氛中，阿格拉依唱了一首《温柔的眼》，简直就是天籁之音。午夜降临了，高空中悬挂的星星也昏昏欲睡了，但婚宴上人们酒意正酣，就连插着花朵的小花瓶都散发着甜蜜的醉意。只有校长的眼神比以往任何时候都要清醒。

数学老师不停地把削好的苹果递给阿格拉依，就像把心叉在苹果上递给她一样。“谢谢。”她这样说着，却总是看向别的地方……永远看向别的地方……（真是一个冷漠的人！太冷漠了！）

突然，神父说道：“请新娘唱首歌吧！安贝尔先生，请您的夫人高歌一曲！不能推脱，我不接受任何推脱。”

可怜的凯瑟琳窘迫地向丈夫投去求助的眼神。

“不能不唱。”神父强调道，“我说过，我不接受任何推脱！”

大家都停下刀叉，耐心地等待着。新娘恳求地望着自己的丈夫……

“没关系的，勇敢一点。”安贝尔的小眼睛里满含鼓励。

凯瑟琳面色绯红地站起来，乖巧地靠在安贝尔的肩上，低垂双目，轻唱了一段情意绵绵的小曲。

所有人都举杯祝福“美丽的新娘”。

“行吧……”神父说，“勉强过关……”

随后，不等众人反应过来，神父又将矛头对准了安贝尔，让他焦头烂额。

“新郎！高歌一曲这事你也逃不了。这事已经板上钉钉了。立正！唱歌！立刻唱！”

“求求你！”安贝尔恳求道，“我从来没表演过……从来没有……年轻时都没有过。”

“您再回忆回忆！”神父喊道，杯子几乎要脱手而出，“别想着求救，没人能救您！人是软弱的，需要依靠神！唱吧！”

“加油……”其他人轻轻对他说。

“我想不起来了……喔唷！我什么都不记得了……什么都想不起来了……”

“加油，安贝尔……”

“我不可能做到，您别逼我了……我什么都记不住……只记得……‘一,二,三，我要去森林里。’[①]……可这不是歌曲啊。我的天啊……这是童谣。”

“接着唱！”神父喊道，震得盘中的叉子像怒海中的碎石一样颤动。

---

① 此处安贝尔是用法语歌唱。

安贝尔竭力思考着、回忆着，记忆穿透了他人生的每个角落，然而……

“再想想……”大家殷切地说，“您再追溯一下年少时那些旧时光……”

“想不出来……想不出……想不出……我甚至都回忆到婴儿时期了……想不出来……什么都没有……连一丝音乐痕迹都没有。”

“这是坏兆头！”所有人都喊道，“这样不行，厄运会终生跟随您的。”

“快唱吧……”凯瑟琳柔声相劝。

“我的天啊……我的脑子里一片空白……”安贝尔焦急得像溺水的人一样。

“唱吧，不然你等着瞧！”神父整个人都在震动，眼中泛出一股狠劲。

“饶了我吧……”安贝尔怯懦地说。

“不可能。”

四周突然安静下来了，安贝尔站起身，所有人都如释重负。

“那好吧……”安贝尔搓了搓手。

听众们迫不及待地等着，耐心已经到了极限。

“那个……我很不好意思……但是……既然……”

他闭上了眼睛。人们都弯着腰，像在参加某种神圣的仪式。

在肃穆的气氛中，安贝尔的声音响起来，轻轻的，怯怯的，像童音一般颤抖着：

我认识你，

通过你令人敬畏的剑刃。

我认识你，

通过你勾勒版图的四境。①

……

① 希腊国歌《自由颂》。

第三十二章

一把几斤重的大锁挂在学校大门上，多尔大叔最后一次擦了擦眼睛，满是绝望……他找不到任何人吵架！……那些小兔崽子都到别处惹事去了。有几个过来晃荡一圈又走了，这些人他从来都不喜欢，他们做什么都不行，他们在他眼里一文不值。在这个世界上，他只爱那个“行为端正”的孩子，而且他也不是因为那个孩子行为端正而爱他，他爱他是因为他言行一致，值得信任。

今年毫无欢乐可言，他第一次度过这么苦涩的夏天。他一回来就搬个凳子坐在门边阴凉的地方。受不了……那孩子将来向他道别，而他将不得不狠下心把一切都告诉他……整整一个月他都在躲着他，他婆娘则一直追问。

“我不想打击他……”他对婆娘说，“他现在知道了，肯定会半途而废走上歧途的。不行，我不能现在告诉他，考试还没结束呢。我知道他是什么样的孩子，他知道后肯定大受打击。不行。我得等他拿到文凭之后，再对他说：‘过来，孩子，我告诉你。你要坚强，事情是这样的……’”

“这会让他更痛苦。”

“我知道,但是没有其他法子了。我思前想后,没有其他法子了。”

多尔大叔说得没错,一个清晨,梅里奥斯肩上扛着小行李包出现了,他面色青黄,就像吃了硫磺一样。他在这个无情的城市没什么事要做了。瞧瞧这个弱小的人遭遇了什么,就像被生活殴打过一样。离开前,他很想去趟人生电影院,看看这两年在他这个小拐子身上到底发生了什么……他算是活着吗?他也没有钱。来多尔大叔这儿之前,他还去了趟斯坎弗拉斯家,去向他们姐弟俩道别。在那儿,梅里奥斯见到了三个人。与他们依依惜别之后,他又去了吉卜赛人聚居地。比瑟罗一听到要分别了,哭得像孩子似的,他老婆也是……孩子们也都伤心地摸着乌黑的小肚子,不玩闹了。

“唉……”比瑟罗说,“你就像扫帚一样[①],你能去哪儿?马上风要噗噗吹起来了,你会被吹倒的……听,起风了……听到了吗?风使劲吹。你能去哪儿?你没爹没妈没婆娘,你能去哪儿?来,待着吧。这儿有我比瑟罗呢,就算没有粗麦粉,也会有糠的,总能找到东西给你吃的……兄弟,看到这些娃娃没,你会忍心吗?……你走他们都会哭。看到没?呐,瞧瞧。我老婆都不知道怎么办了,一直说着‘比,梅’[②]……你看她的眼睛,哭了,哭了。待着吧,梅里,我们总能过下去的。等明年穴校[③]开了,你脑袋又能装满一堆书了。看……你看我老婆……”

比瑟罗的老婆走过来堵住门口,她克制了很久,终于忍不住了。

---

① 意思是:你无依无靠。
② 比瑟罗的老婆语无伦次。
③ 指学校。

“你为什么要走？为什么？……”她说，“你能去哪儿呢？我把最好的谈子[①]给你，最厚的那张。我只有这个能给你。怎么样？你看孩子们都呜呜哭了，留下来吧。比瑟罗会去找些好的布料，找张好的床，我们会把你当老板。你能去哪儿……”

“是啊，留下来吧，唉……”比瑟罗泪眼汪汪。

孩子们扑在他身上嗷嗷地哭。

离开需要很大的勇气。他将和所有人分离，都是爱他的人……虽然很难受，但还是得走。比瑟罗一路陪他走到某个地方，然后目送他离去……

他又去了一趟面包店。美丽女士安静地坐着，一言不发，沉默地伤感着……

小樱让他在旅途中帮她找个妈妈，一个不会要她“剪指甲”和“梳头”的妈妈。她显得很安静，可是看到梅里奥斯渐行渐远，她开始绝望地号啕大哭，就像有人抢了她手里的面包一样。

多尔大叔沉默地把他搂在怀里，之后让大婶把为他准备的东西拿出来。

“拿着……”他说，“这是你大婶专门为你准备的。你已经跟所有人道别了吗？所有人吗？”

“还没……”梅里奥斯说着，突然哭了出来，他已经忍了一个上午了。

“我想请你把我家大叔找来，”他哭喊道，“问问他我做错了什么，他为什么不见我了。这真的让我很难过。”

① 指毯子。

“别说了……别说了……我都知道，我都理解，别说了！我们一会儿就能在路上碰见他了，在村子尽头，就是那个十字路口，他在等你呢……他一直都在等你呢……来吧，跟你大婶道别，我陪你一起走到那边，走吧。”

一路上，大叔都绞尽脑汁，努力想让梅里奥斯对即将到来的噩耗有心理准备，免得这孩子因为这突如其来的噩耗受到伤害。

“明年你还来吗？”他问，“还来上学吗？”

“如果我还活着，就回来。”

“什么叫‘还活着’？你还小呢！哪像我们这些老头子……唉，有可能晚上睡觉，第二天就醒不来了。所以人才要做那些应该做的事，不要忘记……不要忘记死去的人，不应该把死去的人留在记忆之外……这就是我所知道的。不论如何……由于，啊，虽然说很多事情都是该发生的时候才发生，但是也有那么一些时候，有些事情就是突然发生了，是意料之外的。上帝保佑……你要多读书。人家说，当你读的书足够多，也许还能和死去的人沟通。去读书吧，孩子，读很多很多书，你会用得到的。”

他们走过那座用钢筋和石头建成的大桥，那是一座可以走马车的桥,甚至火车通过也可能不会塌。再走一小段就能到达城市尽头，到达逝者之城——墓园。墓园的铁门上竖着一个铁十字架。多尔大叔犹豫了一下，说：

“我们进去吧，去道个别……”

“可是我们会迟到的……”孩子说，“我大叔会等太久。”

“我们能赶上的。别说了。”

他们一起从一些石头墓碑旁走过，破裂的灯槽里残留着些许灯油，墓碑上的十字架很旧了。

“活人真是健忘……太健忘了……过来，孩子，过来看……”

他们来到一个漆成黑色的木制十字架旁，大叔深沉严肃地看着他。

“孩子……”他用颤抖的声音说，“我可怜的孩子……原谅我一直瞒着你。我原本想等你念完书再告诉你的。跟他道别吧，他一直在等你来呢……”

一只鸟儿哀叫着，拍了几下翅膀飞走了。墓碑上隐约透着一个名字：

“阿内斯蒂斯·卡里……”

泪水模糊了下面的字。下方是一个黑色的十字架，再下方，是黑色的一切。

“你坐在那个小土堆上吧……”大叔对他说，“告诉他你有多爱他。他多想听到啊，唉，他多想听到啊……”

“你为什么不告诉我呢，多尔大叔？”孩子心碎了，质问道，“为什么不告诉我他生病了？”

“他没有生病，孩子……”老头喃喃地说，“他是猝死。一天夜里，他的心脏突然停止了跳动……”

那只鸟儿又开始哀歌。老头将孩子的行李袋挂在十字架上。

“你自己在这儿跟他聊聊吧……”他说，“把一切一切都告诉他……然后，跟随你自己的心，出发吧。”

他昏昏沉沉地听着鸟叫，缓慢、蹒跚地离去，像将死之人。

走了一小段后，他遇见一只小狗，他摸了摸它，又继续走。一切归于平静。那只哀歌的小鸟停止了鸣叫。教堂的钟响了几声，也停了下来。天已经黑了。

孩子继续哭着……

夜色渐浓,柏树的沙沙声也渐渐安静了。天空亮起了点点繁星,全都散发着柔和宁静的光芒。小河在它的睡梦中发出喃喃呓语……那个夜里,孩子彻夜未眠,书写着他最苦涩、最漫长的故事,那个在他的人生篇章中不可磨灭的故事。

黎明到来时,他已然长大。他一整夜都在数星星,一颗,两颗……慢慢地,全部数完了,全部……

他全都数完了。

下卷

第一章

两年转瞬即逝，就好像一闭眼一睁眼就过去了。是的，就是这样。就像有人在背后挥动着鞭子追赶，催你快些长大。

啃着面包，喝着水，受着苦，手臂上和嘴唇上方就渐渐长出了绒毛。

小孩儿们从不关注时间流逝，有大人们替他们记着年龄。

可是没人帮梅里奥斯记这些，他只能自顾自地生活、成长。

两年的时光流淌，就如同砂砾落在沙滩上……当然，也发生了一些事……然后，某一天——十一月的某一天，梅里奥斯再次出现在这座曾给他带来巨大磨难的城市中。所有人都爱这座城市，乡下人渴望看她一眼，他们争先恐后，步履相随，如同赴一场盛大的游行。他们或是挥舞着帽子在她的街道上踱步，或是钻进她的咖啡馆，或是流连在她的路灯下，倚着柱子，那灯就像挂在树上的成熟梨子。

然而梅里奥斯对这些浮华一点儿也不感兴趣，咖啡馆对小孩子来说毫无用处，梨子也不是能吃的梨子。他渴望的是其他东西，是这里的学校！为什么这么说呢？这是个好问题。在这里，受教育是所有人的义务，你要是不去上学，他们就会押着你去。

“学校就是神殿……”神父曾在前年如是高喊。而梅里奥斯待了两年的那个村子的教堂的点灯人贝尔迪克普洛斯对此的评价是：“胡说八道！”

“就是胡说八道。如果学校真的是‘神殿’，那为什么不肯让你进去？你说对吧……说的都是些屁话……”

梅里奥斯一手提着麻袋包裹的行李，一手牵着一条白背赤毛狗。带着这条狗让他极其不方便，但他不忍心抛弃它。自他启程的那一刻，就有两三个“聪明人”找茬。他们说：“你不觉得丢脸吗？都初中生了，还带着这么个垃圾。要不给你一块钱，我们把狗拉走淹死算了？”

后来，又有一群流浪小孩围住他的狗，把它当马骑。真是招谁惹谁了！每当这种时候，狗就会瑟缩在他的脚下，寻求他的保护。他见过太多这样的事了，可是人们竟然还说“人类是最谦和的动物”……嗯，确实是动物，可是跟“谦和”一点儿边都不沾，说是“最野蛮的动物”才对！他有点儿失神。真希望这世上有一座熊之城或狼之城能让他去啊，至少那里不会有些熊衣冠楚楚，而有些熊衣不蔽体，也不会有些狼撑肠拄腹，而有些狼饥肠辘辘。

梅里奥斯意兴阑珊地进了城。离开这里多久了？还不到两年。再次看到这座城市，他仍感到一丝怯意。他想起了这里如刀子般刺骨的北风，以及深沉而湍急的流水。当然了，此刻这里弥漫着香甜的气息，就像成熟的桃子和新鲜家烤面包的气味。房子里堆满了柴火——管他北风来得多么凛冽。你可以坐在壁炉旁烤美味的板栗，哪管他人被吹得七零八落的。当然了，前提是你得有柴火和板栗。

如果没有，那你只好缩在衣服里裹紧自己，像吉卜赛人一样慢慢等待春天。

说到吉卜赛人，不知道比瑟罗怎么样了？第一站当然是去找比瑟罗啦，谁叫他是他最好的朋友呢？梅里奥斯出发了……

桥上坐着一个人，像是桥上挂了个铃铛。他没有戴帽子，沉默地望着河流，思绪随着流水远行。梅里奥斯没有问他神游去了哪里，看到了什么。一切已逝去的，都不会再回来。河水静静地流淌着……忽然来了一个鞋匠，往河里倒了一盆脏水。那人从白日梦回过神来，美梦被一盆脏水打破，真是太糟糕了！

“从哪个村子过来的？”没戴帽子的人问，他的两颊凹陷。

“那边……”梅里奥斯回答。

“那边还有农用房[①]吗？还有吗？”

“还有，不过快拆了。”

“可惜了……”

那人捋了捋头发便起身离开。他打听农用房干什么？告诉他还有农用房，又会怎样？

“先生，那边的农用房还没拆！”梅里奥斯对他说。

“啊，还没拆……太好了，谢谢……谢谢你，孩子，谢谢。我得去收秸秆了……”

他忧心忡忡地朝上游走去。波光粼粼的河水温柔如蜜地流淌着。

鸭子在水中像小木船一样摇摇晃晃地游来游去。梅里奥斯想起了学校那条两岸长满杨树的河。那些树已经长大了吧，这种植物就

① 农用房：希腊的一种作农用的传统建筑。

像小姑娘一样长得飞快。可是吉卜赛人聚居地已经不在此处了，大部分棚屋已经倒塌，没塌的也都空无一人。在比瑟罗的棚屋旁有几个人正在拌石灰，一栋房子已打好地基，另外一栋快建好了，还有一栋都可以入住了。这是赤裸裸的驱逐！城市延伸到了这里，吞没了这些棚屋。

“您在这儿见过一位叫比瑟罗的人吗？”他向一个正在拌石灰的人问道。

“可能吧……”

“您知道他们去哪儿了吗？”

“我哪儿知道啊……吉卜赛人一旦要走，天大地大，上哪儿都有可能。你看起来挺担心的。”

“他是我朋友。”

“那些人拿着铁锹追得他们到处跑，说他们破坏了市容。也不看看他们自己是什么德行。吉卜赛人损害了他们的利益啊。真希望你当时在这儿，就能看到他们是怎么驱赶吉卜赛人了。”

“他们做了什么得罪了那些人吗？”

“那些人还需要得罪？魔鬼闲着没事就闹人，这你都不懂……”

“这地方是你买下来的吗？”

“你想啥呢！我连根毛线都买不起。我是工人，你看不出来吗？那些人把吉卜赛人赶走是为了自己建房子。”

“哪些人？”

“当然不是你和我，是另外一种人。你跟那个谁——你刚说他叫什么来着？很要好？”

“他是我第一个朋友……”

“你到别处找找吧，他已经不在这儿了。”

“你说他是不是不会回来了？”

“谁知道呢……有的人转身离开，就不再回头看，有的人却像鬼魂一样在周边转悠。搞不好你那个朋友还会想念他的小板凳，偶尔过来靠着打个盹呢。谁知道呢……在这个世界上各种各样的人都有。”

梅里奥斯不再问了。

“抱歉……”那人喃喃道，“还有什么能帮到你吗？”

“我要去找房子，得先找个地方寄放一下我的狗。我能让它待在我朋友的棚屋里吗？”

“当然可以，我有钥匙。他们明天中午之后才会拆掉这里，你还有时间。过来看，我把钥匙放在这里，就在这块小石头下面。”

片刻之后，梅里奥斯往下走去，他的心情十分沉重。

一座没有吉卜赛人容身之所的城，是一座什么样的城？他觉得云层压得更低了，河流也开始呜咽。他的内心深处充满了对吉卜赛人的爱，不知为何，也不知如何，冥冥之中，命运已将他们联结在一起。思及于此，他的内心波涛汹涌。

他沿着小河顺流而下。

小城的入口处有一座墓园，他现在想去那里。虽说无需匆忙，逝去的人永远在那里等着，但他早已迫不及待……顺着河走到河流拐弯的某个地方，就是墓园了。他知道，河流在那里拐弯，是不忍心打扰他们安息……流水蚀骨，而他们现在也只剩枯骨了。

墓园的门始终开着，已经这样敞开好几年了，从来没人把它关上。为什么要关呢？北风寒冷，但死亡更冷。他刚迈过门槛，就听见葬礼上的诵唱声，计划一下子就被打乱了……这么多人在这里，他怎么才能找到他家大叔的墓碑？神父们像唱歌一样哼诵着，冷漠、淡然，参加葬礼对他们来说就是家常便饭……他们早已习惯了这种工作氛围！一个女孩把头埋在散乱的乌发中哭泣，看不见她的脸，但能听见她大声斥骂她的母亲“为什么要这样对她”。

她这样对逝者恶语相向，让梅里奥斯感觉很不好。他打算离开了，反正他和阿内斯蒂斯大叔的聚会已经被他们扰乱了。他只想和大叔独处，畅所欲言，不想被任何人听到，哪怕是小鸟也不行。这样也不错啊，人们把你葬在这里，然后在这里，在这些逝者中间，摆起宴席……

他抬脚离开了。这些活着的人破坏了死亡的庄重。他走过一座小木桥，来到大路上。这时，他又听见了葬礼诵唱，夹杂着抽抽噎噎的哭声，空气中弥漫着一股浓烈的乳香味。神父们走在前面，后面的人抬着一个孩子，十字架上写着“乔治·勒温塔基斯，12 岁”，他们将把这个十字架立在孩子的坟墓上。

孩子的母亲披头散发地跟在灵柩后面，随着一行人，一声不吭地走在宽阔的马路上。但是在转过小桥弯进通往墓园的路时，她突然凄厉地大叫道：

“不要！不要走，我的孩子……不要去那里！不要走这条路，我的儿啊！……不要！……”

梅里奥斯听得心都碎了。他站在那里等送葬队伍过了桥，才怀着沉重的心情从桥上折返。他在墓园里寻找了一番，终于找到了阿内斯蒂斯大叔的墓，他在那里将隐忍了几个小时的令人窒息、绝望的热泪尽情挥洒出来。

过了一个小时，他终于起身，在一个水龙头下洗了把脸，向市里进发。

梅里奥斯不再是小孩子了。在离开的这段时间,他不断地苦练、探索、阅读，将堆积成山的疑惑一一击碎。他读了许许多多书。这些书是哪儿来的呢？是他买的！用他自己的钱买的。

他不再看《辛巴达航海历险记》，这是他过去看的书，现在已经对他没有吸引力了。他现在看的是能反映生活的酸甜苦辣的书。他认识了一些饱受磨难的老师，他们能用手揭开世界的真实面目，能凿开无尽黑暗的生活的神秘之窗。他们的名字都有点奇怪。其中一个名叫马克西姆·高尔基。他从来没见过这个人长什么样，但他觉得应该长得像阿内斯蒂斯大叔，所以就管他叫“阿莱克西斯大叔”。有一天，他看到了高尔基的一本童话故事，上面有他的画像，正如他猜想的，跟阿内斯蒂斯大叔几乎一模一样。

又有一天，他看到了他另一位朋友的画像，他的名字叫作费奥多尔·陀思妥耶夫斯基。这个人跟多尔大叔简直是一个模子刻出来的，你看，连名字都一样。这些大叔们都是充满智慧、眼神和蔼的人。他还和其他一些老师建立了友谊，其中有的戴着眼镜，留着长发，打着松散的领带。

还有一天，他看到一位瘸腿朋友[①]的作品。这个人一直对自己腿部的残疾耿耿于怀。后来他去了梅索隆基，在那里投入火热的斗争。据说这个人的长相十分俊美。他还读到了一个吉卜赛人写的书，作者叫普希金。他有一头乱糟糟的卷发和黝黑的皮肤——跟比瑟罗一模一样。虽然大家都隐藏他是吉卜赛人这个事实，说他是俄罗斯

① 指英国诗人乔治·戈登·拜伦。

人，但他其实是个希腊人，因为他有一个希腊名字，而且跟我们国家有渊源，因为据说他“疯狂地爱慕着一位金发的希腊女郎”。他们都是这么说的，没人分得清哪句是真、哪句是假。他有一个希腊名字，叫作“亚历山大”，但他说他是俄罗斯人，同时他又长得像吉卜赛人。

梅里奥斯在这一众朋友的陪伴下度过了夏天。他躺在茂盛的大树下，如饥似渴地阅读，阅读，阅读……

他一头扎进书本的海洋，不挑不拣，逮着什么看什么，就像槽里有什么就吃什么的小牛一样。

就这样，当他再次来到这座城市准备回学校时，他的脑中已经装满了各种各样的知识。

“八年制混合中学的三年级学生……”太棒了！看，这才是教育！他已经决定到四年级的时候打领带了。打领带并不难，领带不贵，贵的是钱。他都不确定他的那点儿钱够不够用到四年级。钱这个东西，虽然没有声音，没有灵魂，没有……可是却有翅膀。你又不能拿个缰绳拴住它，对它说：“在这儿等着我，我明年还要用你。”唉！……

可怜的梅里奥斯学习知识是断断续续的，工作一年，学习一年。那他最近两个夏天和整整一个冬天是在哪儿度过的呢？既然说到了这儿，我们就一起来看看吧。

第二章

他之前在哪儿……

前年夏天，他离开这里之后就去了一个小村子。当然了，不是他以前待的那个小村子，是另外一个小村子。在那里，他得到的报酬也跟以前不同了。他不再是零杂工了，他找了一份好工作，不仅仅能充饥果腹。衣服嘛，有什么就穿什么，有什么好丢脸的？反正树木们不会评判他，牛羊们则是他的朋友。

他为了找书，把村子里所有的架子都翻遍了，甚至连老太太们放寿衣的箱子也不放过。

他找到的书大部分都油腻腻的，因为是从点灯人那儿得来的。点灯人是村里的大人物。他的赞美诗唱得比谁都好，他也毫不掩饰这一点。他总是一边在蜡烛和神像中忙活，一边大声唱诵，声音甚至盖过了教堂的钟声，让那些虔诚的老太太们感到眩晕。辛内夫斯神父把他当成宝贝。

“来吧，幸运的贝尔迪克普洛斯啊，来当我们的领唱人吧。这可是个能让你从罪恶中解脱的好机会啊。”

“谢谢啊，神父。不过还是算了吧，我在地狱适应得挺好的。你就别烦我了，升天是要付出代价的。”

神父气得七窍冒烟，摇头不止。

“没救了，这个人没救了！”神父大叫，“我要向执事们投诉，让他们给你停职！你亵渎了神殿！”

“他们才不会给我停职呢……你消停一下，别把你的菊蓟弄坏喽。别人疯了才会放弃自己的工作跑来当点灯人呢。”

“你这个小混球……”

“诶，不是哦。我年轻的时候才是小混球，现在我是大混球，无可救药的混球，以及大魔王。”

“你这个罪人！……”

“谢谢，你真是谬赞了。”

“我要告诉他们，让他们降你的工资！”

“别呀，不然我就得偷蜡烛了。你让我当个正派的人吧。我想当个好人的，拜托你帮帮忙嘛。”

“贝尔迪克普洛斯！你死后会像《三童歌》里的那几个人，被投入火窑的！”

“噢，下边那么冷，连烤炉都烧不热，我倒是希望被投入火窑呢……哪儿有这等好事。”

神父和贝尔迪克普洛斯的争吵总是以粗暴的和解收场，没过几天又变本加厉，激烈得都快把教堂的圆顶震下来了。幸好他们不会在晨祷或晚祷教众聚集时争吵。

贝尔迪克普洛斯不仅是村里的点灯人，还是街头公告员、法庭陪审员、文书送达员和精神开解师。在盛大的节日，村里人通常会请他吃饭，但他邋遢的吃相很是令人讨厌。他用叉子叉起肉，放到手里抓着吃。他的手指简直比垃圾还脏，他总是用手擤出鼻涕到处甩。他谁的话都不听，谁都不避讳。他简直是村子里的暴君。但是谁敢跟他顶嘴呢？大家都怕他“辞职”。

“我要上山出家去了……”他说，“你们找个人来代替我吧。”

可是上哪儿去找有他这样头脑的人？别说周围的村子了，就连在城里那种聪明人聚集的地方都找不到。

他的街头公告做得是一等一的好，虽然公告费收得有点儿高(村里人管那叫“嚷嚷费”)。

“乡亲们！同胞们！兹有村民齐比利孔・伊万格洛斯遗失一黑色牛犊，如有寻获归还，诚意重谢！”

“哇哦，”村民们说，“你说得真是太好了，你的声音可真响亮。话说，你说的是什么意思来着？”

“就是说米格达利奥斯的儿子齐比利孔・伊万格洛斯的牛崽丢了，谁要是找到，他就会重重地表示感谢，也就是给钱。你有梅子酒吗？给我一点儿喝，我就给你说明白点儿！”

呐！这就是村里第一个图书管理员——小混球贝尔迪克普洛斯。他那里什么书都有：《旅人》《土耳其女孩艾丝米》《精神病院》《十五岁的船长》《二十年之后》《海底两万里》《可怕的错误》、席勒的《阴谋与爱情》、歌德的《少年维特之烦恼》、波德莱尔的《恶之花》、雨果的《悲惨世界》……所有书都油腻腻的，满是污渍和墨迹，但是你只要静下心来阅读，就会沉浸其中。

把村里阅览室的书都看完之后，梅里奥斯开始买书，从而与大家名作结缘。陀思妥耶夫斯基、高尔基、福楼拜、狄更斯、拜伦、左拉、巴尔扎克、拉马丁……都是他最好的朋友。

他待在野梨树下，有时趴着，有时躺着，沉浸在书本的奥妙中。常常会有好奇的小蚂蚁探着鼻子爬上来，这也挺好的，让它们也接受接受世界奥妙的启迪。但是牛可不管放牛娃有多好学，有几只顽皮的牛甚至瞎晃悠到别家农田了，梅里奥斯因此付过一两次“保释金”或赔偿金……就是乡村警察说的那种。

梅里奥斯想不通那些牛作为他最好的朋友，为什么要这样对他。这事儿村里尽人皆知。倒不是说村里人对他有什么偏见，而是说一个放牛娃的首要任务就是放牛，其他事都是次要的，不是吗？读书是件好事，可以开阔眼界，但是人家种庄稼是为了有收成，不是为了给别人喂牛。

梅里奥斯将书收起来了。没关系的，书又不会腐坏。点灯人也是这么跟他保证的。

“那些该死的畜生……”点灯人对他说，“你耐心点儿，再等等。对了，你看过《石头下面的一颗心》吗？等等，你还小，爱情伤痛这种事对你来说还太早了。那么……你能狠下心来溺狗吗？”

“不能。”

“不能啊？那你知道外面的荒地上哪儿有井吗？”

“什么井？”

“当然不是雅各井！……那个叫什么来着？就是那种窄窄的枯井，有吗？”

“你想把狗丢进去？没有！”

“这么恶毒，当然不是啦！我用来做别的事的。有吗？”

“有。”

贝尔迪克普洛斯挠了挠脖子。

“我改天再到你放牛的地方找你。”

“你只是说说而已，你倒是来啊。”

“我记着呢。放心，我会来的。另外，溺狗这事儿你可别声张。他们想淹死帕里奥斯塔齐斯家的巴里奥，不过我不会这么做的，你放心。”

三天后，贝尔迪克普洛斯拄着一根油腻腻的棍子来到了牧场。那天湿度有点儿大，但是丝毫影响不了他，油斑已经把他的夹克裹成防水衣了。他手上捏着一把粘满灰尘和油渍的梳子，那是用来梳他的小胡子的。他举起棍子和梳子，高喊道：

“大家伙儿，你们好啊，祝你们整天都愉快！”然后他说，“你那口井呢？别担心，你瞧，我又没有带着狗或猫。你要是不告诉我在哪儿，我就把书全都收回去。”

梅里奥斯把书从编织袋里掏出来，丢到他的脚下！

“你拿走吧，”他说，“我不需要你的书！”

“我告诉你，你可别自以为是！知道我是谁吗？大名鼎鼎的贝尔迪克普洛斯。用不着你帮忙，要是这边有井，藏得再深我也能把它找出来。很高兴见到你，再见！”

点灯人说完就消失在麦田里。像溺水的人一样，他的脑袋在麦浪中沉浮，直到最后完全消失。梅里奥斯都以为他溺毙了，可是到了晚上，又听见他的声音四处回荡：

“乡亲们，同胞们！大家注意了，咱们村来了医生。明天日出的时候医生要帮大家‘免疫’，也就是打疫苗，或者说种牛痘。所有人都做好准备！”

村民们双手画着十字：你听听，放着人生病受苦不管，却跑去给牛种痘……我的上帝啊，这是哪门子免疫？

梅里奥斯一大早就把牛拴在大柱子上等医生过来。可是医生并没有来牛场，而是去学校给孩子们“免疫”去了。城里来的人总算做对了一件事。

梅里奥斯牵着牛去草场了。

大约中午的时候，他在草场听到一声呜咽，那声音是如此暗沉，就像从地狱发出来的一样。芦苇丛里有什么东西呢？梅里奥斯把牛拴好，开始寻找……呜咽声越来越响，也越来越绝望。他把耳朵贴在地上听，又爬上野梨树张望，却什么都没有看到……这周围又没有坟场，坟场在村子外头的柏树林里。

他突然想起点灯人昨天一直在这儿踱步，一定是他干的！

这只不守诺言的猪，真的把狗丢进枯井了！

梅里奥斯径直往井边走去。呜咽声越来越响，充满了恐惧。梅里奥斯猜得没错，他俯下身，看见圆形井底有一只狗，正用沙哑的声音绝望地朝天空呼号。

“巴里奥，是你吗？”

“呜呜！……”狗嗷嗷叫着。

梅里奥斯给它丢了一小块面包，可是它没有低头去闻。

“呜呜……”它继续嗷嗷叫。

这井不是很深，只有大概30英尺。但要怎么把狗救出来呢？

“呜呜……”狗不停地叫。

梅里奥斯捂住耳朵。

“安静一下，巴里奥……让我想想该怎么做。你这么吵，我没法思考。”

呜咽声还在继续。他从井边下来，想着这样也许能更平静地思考。但是一点儿用也没有，他还是想不到办法。他瞥了一眼祖米——那头有点儿固执的体形庞大的牛，突然看到了绑在牛角上的绳子。他想把绳子解下来放到井里，可是……巴里奥又怎么会咬住绳子让他拉上来呢？等一下！如果他自己顺着绳子爬下去，把狗抱上来呢？对，就这样！可是，万一他俩没出来，牛也掉下去了怎么办？随后，他想起祖米这头牛是个胆小鬼，连水坑都不肯走近。梅里奥斯没有犹豫，他把祖米牵到井边，把绳子的一头绑在腰间，沿着井壁爬下去。狗突然停了叫，呼哧呼哧地等待着。梅里奥斯爬到井底，把它抱起来。狗颤抖着在他身上闻来闻去，像是在说：“救救我！”梅里奥斯把它扛在肩膀上，狗顺从地扒拉着他的脖子，又开始呜呜叫。

“嘚！祖米，快拉！”梅里奥斯冲牛大喊，“嘚！”

祖米躁动了一会儿，但是没有拉。梅里奥斯流下了冷汗。突然，他又有了一个好主意！他把狗扛在肩膀上，捡起一块小石头，骂骂咧咧地从井口丢出去。祖米开始动了。两分钟后，他们被拉上来了。

梅里奥斯解开腰间的绳子，躺下来喘气。狗绕到他的腋下，闻了闻，然后躺在他旁边，安心地闭上了眼睛。

从那天起，狗就成了他的随从。除了死亡，没人能把他们分开。巴里奥可不是毫无用处的朋友，它很快就学会帮忙了。每当梅里奥斯在梨树下看书，它都帮着看牛，防止牛搞破坏……一旦牛靠近庄稼，它就像守门员一样立刻冲过去把它们赶回。

第三章

到了九月份，梅里奥斯已经把能用的钱都分配完了：这些是用来买书的，这些是报名费……剩下的钱，要租房，要吃饭……几乎没有结余。钱越来越少，估计到明年年中他就又一无所有了。到时候又有谁会收留他呢？去年，他的阿内斯蒂斯大叔还活着，可现在呢？估计多尔大叔正艰难度日，而谁又知道他的朋友比瑟罗经历了什么呢？

不对！不对，不对，想这些完全是在浪费时间！比瑟罗一定平平顺顺的。他不想念比瑟罗吗？怎么可能不想呢……可是他现在更应该担心的是自己。学校不会过了一年就倒闭，书本也不会腐坏。贝尔迪克普洛斯也是这么说的。他虽然又脏又“无可救药”，就像他自己说的，天下第一懒，但是他确实很能洞察世情。不可否认，他说得有道理。那么……境况已经摆在眼前，无需再多说什么了。他可以继续干他的老本行——放牛。谁知道呢？或许干这一行也不错啊。首先，他可以让钱包鼓起来；然后，他还可以给自己添置一身得体的衣服。拜托！他现在已经是三年级学生了，而且还是在混合制高中……等等！这意味着什么？就像贝尔迪克普洛斯说的，“这是啥子意思”？什么意思？贝尔迪克普洛斯提到过《石头下面的一颗心》，还说：“你还小，爱情伤痛这种事对你来说还太早了。”严冬时节，北风呼啸吹枯了青草，白雪皑皑覆盖了沟渠，梅里奥斯没有去牧场。人们都担心牛吃了雪会生病死掉，所以聪明的主人们都在家自己养牛。就算找不到大麦或燕麦也没关系，还能用麦秆或干玉米喂牛。

在那些日子里，不仅仅是牧人，农场里的每个人都放下干活的工具，一头钻进咖啡馆。这种时候，所有的咖啡馆都人头攒动。人们的主流消遣是玩钓鱼纸牌游戏，偶尔也能看到玩孔齐那纸牌[①]或双陆棋的。记账板上写着：“库尔布洛斯——饮料 2，欠款 6，共计 8。卡纳尔乔斯·瓦西拉奇斯——饮料 3，同行的莫那赫格楚——饮料 1、潜水艇甜点 1、弹珠 3、香草 1，收吉弗托乔治现金 3，共计 12。”傍晚，学校放学后，老师会来这里读报纸。这时，就连镇上最不爱出门的人也会跑出来，搬个凳子坐在老师身边，一边数念珠，一边听报纸上的各种奇闻轶事。有一天，老师清了清嗓子，对他们说：“这上面说印度在发大水，那里的人正遭受瘟疫和饥荒，贫病交加。”

一个男人“敬畏”地握住老师的手。

“老师，”他说，“原谅我们理解能力有限。这个‘频频交加’是什么意思？为什么‘频’要出现两次？——这是说啥子呢？（贝尔迪克普洛斯语录）”

老师非常高兴。

---

① 孔齐那纸牌：希腊版钓鱼纸牌。

“谢谢你提问，马尼卡洛斯先生，”他说，“你真是非常好学。其实，这个词念‘贫病交加’。这两个词是不一样的，一个指饥荒，另一个指瘟疫。”

“哎哟，瞧我这脑子！那老师，我们要怎么区分这两个词呢？”

“马尼卡洛斯先生，它们的拼写是不一样的。”

“怎么说？那哪一个拼写是指文艺呢，老师？”

“不是文艺，是瘟疫……就是指疾病。”

“啊，这样啊……那我要怎么区分它们呢？”

“瘟疫这个词的拼写是 limos，而饥荒的拼写是 loimos①。”

所有人都目瞪口呆。瞧，多么充满智慧的一位老师啊！

这时，旁边突然传来一个声音。

“不对……”那声音嗫嚅道。

所有人都气冲冲地转过头来望向声音的主人，老师也大吃一惊。

“这位是谁？”老师的脸上一阵发热。

“原谅他吧，老师……他天生就这样，总是不分场合乱讲话……喂，你给我闭嘴，大人讲话你插什么嘴！你现在是要给老师上课吗？你个小屁孩！”

“他是谁啊？”老师又好奇地问了一句。他从来没见过这个孩子。

“他是进来躲风雪的，是我们的牛倌。”

老师打量着这个孩子。

“年轻人，是谁教你的？”

“没有人教我，我自学的。”

---

① 实际上，希腊语中瘟疫的拼写是loimos（λοίμος），饥荒的拼写是limos（λίμος），老师说反了。

“对了，就是这个蠢货……”马尼卡洛斯说，“就是他看的那头牛毁了庄稼。这世界完蛋了，堕落了啊，老师。”

马尼卡洛斯可不是普通村民，他的话很有分量，他得出的结论就跟盖章认证了一样。现在，所有人都认为这个自以为是的放牛娃冒犯了他们。马尼卡洛斯狠狠地训斥道：

“第一，你一个小屁孩，跑来咖啡馆瞎晃悠什么？在这儿叽叽喳喳瞎叫唤。你这个年纪的小孩在这个时间应该在打扫草屋，而不是在咖啡馆里游手好闲！滚吧！”

“说得对！”其他人纷纷附和。

梅里奥斯低声说：“可是草屋我已经打扫干净了啊……”

“那你不会干点别的？设个捕鸟陷阱也行。跑来这里干吗？专门来冒犯我们的老师的？”

“我没有冒犯老师……”孩子说。

老师窘迫地抓了抓头发：

“没有没有，他没有冒犯我……谁说他冒犯我了……”

“你瞧瞧！”马尼卡洛斯嚷嚷道，“老师，你不用帮他说话！他明显冒犯了你，你干吗包庇他呢？”

“这个年轻人说得对。”老师红着脸说，“我怎么会搞错了呢？我以后会注意的。犯错误并不可耻，但如果我不承认错误，那才是可耻的。”

“不！我们不接受！”马尼卡洛斯代表大伙儿叫道。

“我说的都是事实，马尼卡洛斯先生。”老师起身了，“年轻人，我们一起走走吧？”

梅里奥斯也起身了。

马尼卡洛斯往火盆里啐了一口，扬起的灰尘落在他的胡子上。他是村里的头头，从不接受任何反驳。他已经当了三十年领头人，有时候当村长，有时候当教堂执事。据说他家的地窖里藏着五大坛子里拉，对穷人乐善好施使他名扬千里。地里收成不好？马尼卡洛斯无所谓。牛吃不饱？骡子死了？谷仓里的谷子坏了？马尼卡洛斯也觉得没关系。他店里有七个学徒工：地窖那边有两个，另外还有五个是跑腿收粮食的。但是现在，这个小毛孩居然敢对他说“错了”！说谁呢？说老师错了！

“上帝让骄傲的人饿死，让自负的人穷死。你们给我记着，我要让他们俩都扫地走人。这已经不是那个混蛋第一次这么对我了！大家伙儿，你们都还记得吧？那时候他整天像鬼针草一样粘在议员先生脚边，老子费了多大劲儿才把他弄到村里来。”

“怎么会不记得呢？他还觍着脸想在教堂任职呢。”

“后来没搞成，才闭嘴的。”

“开什么玩笑啊！”

老师和梅里奥斯在黑暗中行走，有一搭没一搭地聊着天。天很冷。走着走着，他们来到一座房子面前。老师打开门，对他做了一个“请”的手势。

梅里奥斯犹豫了一下，进去了。

“先喝杯甜酒吧，”老师递来一个杯子，“甜酒可以驱寒。我来把火炉点上。对了，你还没告诉我你叫什么名字呢。”

“我叫梅里奥斯。”

“有什么亲人吗？”

“没有。”

老师用刀劈了点木材，塞进火炉。

“好吧……当然了，有一种说法：书籍也算一种亲人……我在这里也是孤身一人。”

房间里飘荡着伤感的气氛。

过了一会儿，老师对他说：“那么，也就是说，你是自己读书的……你的书是从哪儿来的？”

“从点灯人那里要来的。”

“哦哦，贝尔迪克普洛斯！”

“其……其他的是买来的。”

老师掰下一节柴枝，丢进火炉。

“可惜咱们没有早点儿认识……不然你可以省很多钱呢。你看……”

他的书架上满满都是书。

“历史、文学、诗歌……我想去进修，你呢？”

“我要工作一整年，等秋天到了再回去上初中。”

“几年级？”

“三年级。”

“你一定能学得很好。但是可能你没办法和老师们处好，他们容不下你这么博学。”

“也不是所有老师都这样……”梅里奥斯怯怯地说。

“太棒了！……那么，我的朋友——咱们是朋友吧，嗯？——我跟你说，我觉得我就像是一个流落荒岛之人，突然之间找到一个同类。你能每天都过来吗，嗯？”

“我得放牛……”梅里奥斯说。

“啊，对，我都忘了……那么，每天晚上过来，行吗？你看起来有点儿犹豫。”

“不是的……但是……”梅里奥斯支支吾吾地说，“如果我把它单独留下，它会叫的……”

“谁？”

“巴……巴里奥。”

“巴里奥？跟你是什么关系？”

“我们是朋友。”

“牧羊鸟？”

“牧羊犬。”

“哈！”老师的语气带点儿戏谑，“看不出来你还是动物爱好者。”

“不是的……我从井底把它救出来，现在它只要独自待着就会抓狂，害怕别人又把它丢进去。”

“抱歉……”老师严肃地道歉，“你是一个心地善良的人。我还是希望你能来。我也养了一只狗，叫梅塔尼。嘿，梅塔尼，过来！”

一条狗犹疑地探了探脑袋。

“有人在它的尾巴上挂了一个铁罐，我帮它解下来了，之后它就一直待在这里。你那只狗睡哪儿？”

梅里奥斯不好意思地低下头。

“睡在我脚上帮我取暖……”他的手指一动不动地扣在杯子上。

“哦？怎么说？”

“它跑到我的脚边，圈住我的脚睡觉。”

老师一脸感动，盯着他：

“你有一个了不起的朋友，梅……梅……”

“梅里奥斯。”

“梅里奥斯，我很羡慕你……找一天带你的朋友过来跟梅塔尼做伴吧。你觉得怎么样？”

“好。”梅里奥斯说。

接着他们又聊了些别的话题，聊了孤独，聊了铺天盖地又无声消融的大雪。之后他们又喝了一小杯酒。老师谈到他夏天去梅黛奥拉旅行的经历。那是一座巨大的石头岛屿，高高地矗立在平地上，那里从前肯定是一片大海。他们会用网兜把你拉上去，但是到要下来的时候就一片混乱了，大家看着悬崖峭壁，谁也不肯再钻进网兜。所以，修士们先把人们灌醉，再塞进网兜，像运烂泥一样把他们运下来。

接下来，他们又聊了老师的科浮岛之行。整座城市的人载歌载舞，欢声笑语，让你也忍不住加入他们。在那儿，沉思是一种浪费。

“那里漂亮吗？”

“神父们不建议你去那儿，因为到了那儿你就不想上天堂了，这可不划算。”

梅里奥斯很晚才回到他的小窝，老远就听到巴里奥撕心裂肺的嚎叫声。门一开，它就扑上来，用前脚搭着梅里奥斯的腰，高兴得摇头摆尾、又叫又跳。

“悠着点儿，巴里奥，咱们还没到科浮岛呢！”

他做了一整夜的梦。梦中，他在梅黛奥拉乘坐网兜上上下下，还喝了葡萄酒……神父们举着香炉追着他跑，不让他去科浮岛……

冬天很快就结束了。夏天来了又去，也过得飞速。秋天到了，梅里奥斯向老师和牧场、草场的人道别后，背上行囊，带着巴里奥，离开了村子。

一人一狗走在路上，飘着袅袅炊烟的村子落在身后，越来越远。他本来还想跟贝尔迪克普洛斯道个别，但是我们伟大的点灯人没在，他去给圣母大教堂的桌灯和烛台镀银去了。不用说，他肯定能找到一些上好的梅子酒，然后醉倒在工作台边。

第四章

梅里奥斯和巴里奥走在路上，无论是火车还是汽车都不肯搭载他们。走了不到一里路，梅里奥斯就意识到带一只狗旅行比带一栋房子旅行还要难。

“我买两张票可以吗？”他恳求道。

行不通，还是没人搭载他们。可是离县城真的好远，好远……没办法，他们只能走着去。大路像一条白色的河在平原上流淌。有的地方充斥着马尿味，有的地方萦绕着汽油味，有的地方散发着果香味；有的地方笔直平坦，有的地方又像枯枝一样弯弯曲曲。他们时而穿过玉米地，时而走进矮树丛。

一直走到中午，两个小伙伴才停下来休息。那儿有一片菜园，菜园旁有一个小土坡。鸟儿们在哈密瓜藤上方盘旋，但是没有飞下来。园子主人用旧衣服做了一个稻草人竖在那里。园子中间有一架风车，悠悠地转动着。稍远一点儿飘动着一面旗子。旗子插在瞭望台上，瞭望台上坐着一个人，一动不动地盯着大路。你再看久一点，会发现那个人并非一动不动，而是时不时奇怪地抖动一下。

梅里奥斯观察了好一阵，发现那是个假人，偶尔抖动应该是挂着绳子的缘故。

巴里奥不慌不忙地在那边溜达了一圈，找到一只死乌鸦，原封不动地叼到梅里奥斯脚边。梅里奥斯试图让它明白，这是它找到的食物，它应该自己吃掉。但没成功。最后，他俩把死乌鸦丢在矮树丛里，坐下来一起吃奶酪面包。刚啃了一口面包，就听见对面的玉米田沙沙作响。一个人从里面出来，一脸阴沉地朝他们走来。

“你偷了多少？”那人对他说。

既没有打招呼，也没有说什么，上来就问“你偷了多少”。巴里奥缩到梅里奥斯身边，梅里奥斯对它说：“不用怕。”

守园人手上拿了根结结实实扎起的木棍，简直可以打死一匹马。

“你怎么不回答？”

“我没有偷……”

他把木棍夹在腋下，弯下腰搜他们的袋子。梅里奥斯带着一副蔑视的表情沉默地望着他。

“嗯，我知道你为什么不偷……”守园人说，“哈哈，你是看到我兄弟正在瞭望台上巡视整个园子，对吧？”

“巡视？”

“就是巡视。不然你以为他在干什么！”

“我还是第一次听说稻草人能巡视呢。”

“稻草人？”

那人突然显得有点儿不高兴。他放下棍子，沮丧地掏出手帕擦了擦前额的汗，然后摊开手掌木然地摸了摸狗。狗颤抖了一下。

“这狗咬人不？”

“不咬。”

“那你带这么个胆小的小畜生有什么用？”

梅里奥斯没做回应。守园人看上去更焦虑了。

“行吧……”他又开始说，“算了……我差点儿忘了问，你是怎么看出我那位‘兄弟’是稻草人的？”

“巴里奥刚刚跑到那边去了……”梅里奥斯说。

“它叫巴里奥？”守园人问。

“对。”

守园人渐渐冷静下来了。

“啊，这样啊……”他说，“要不是巴里奥，你看不出那是稻草人吧？对吧？”

“是的。”

那个人完全放松下来了。

“继续吃你的奶酪吧……”他说，“要是口渴的话……看那边……”

他提起棍子指着玉米地中间那棵绿油油的树：“可以去那边喝水，想喝多少尽管喝。我也是在那里解渴的，那儿的水可以喝。要是有人说你，你就说是我让你去的。”

守园人扯着棍子，像拉了匹小马一样走进菜园。梅里奥斯收拾了行李袋，沿着水沟往那棵树走去。看到长得好的玉米，他就停下来给它浇浇水。在一个小水坑里，他发现一些清水，他费了点儿劲才喝到几口。不一会儿，他来到了泉边。

泉水顺着树干流下来，汇聚在一个池子里，汩汩的流水声就像孩童清亮的笑声一般。不远处有一堆火在无声地燃烧着，却没有冒烟。梅里奥斯喝完了水，趴在池子边听水声。地里的玉米随风摇曳，像玩游戏一样撞来撞去。突然传来了玉米叶被拨开的声音，他抬起头来，看到守园人从玉米田深处走出来。守园人笑着把五六个玉米丢到梅里奥斯脚边，又伸手从挂在胸前的袋子里掏出两个熟透的哈密瓜，瞬间香气四溢。

“我过来请你吃瓜……”他说，“别看这瓜小，可甜呢。”

两人双双靠着树干坐下，守园人拿起一个玉米剥了起来。

“你是一个正派的人，”他说，“尽管你还只是一个孩子。你这是要去哪儿？”

“上初中。”

“哦，是要去结婚吧？可是……你不觉得你现在结婚有点儿小吗？”

“我是去读书……”梅里奥斯愤愤地说。

“行了，行了，别不好意思了。男孩和女孩，待在同一个屋子里。其他的我就不说了。我看起来像个傻瓜吗？”

“把你的瓜拿回去！”梅里奥斯对他说，“我是去读书的。玉米你也留着自己吃吧！巴里奥，我们走！”

那人一把抓住他的脚。

“喂！”他说，“你瞧瞧你……行啦……跟你开个玩笑都不行吗？嗨，坐下吧。我是故意逗你的。你看起来就是去读书的，你不说我也能看出来。你从头到脚就是个读书人的样子。对吧，巴里奥？看吧，你的狗也这么觉得。”

巴里奥和它的朋友对视了一眼，达成了共识。梅里奥斯先坐下来，狗狗也跟着坐下。他们一起在那里度过了愉快的一小时，时而聊天，时而唱歌。到分别的时候，他们已经像老朋友一样了。握手道别时，守园人指了指狗，说：

"它真是深得我心。尽管它胆子有点小，但我很喜欢它。你能把它送给我吗？"

"它不会留下的……"梅里奥斯抚摸着狗狗的耳朵，"它会跑出来找我。"

"那我把它绑起来。"

"那它会死的。"

"你说得有道理……"守园人若有所思地说，"好吧，一路顺风。"

路上来了一辆马车，守园人用木棍示意它停下。

梅里奥斯随后赶到，看见他们在一旁聊天。马车夫是个中年村夫，看着有点儿拘谨。他看了看马车，又同情地看了看梅里奥斯。

"上来吧！"他说。

梅里奥斯为难地望着他。

"我不能上去。"他回答。

"他是不忍心丢下他的狗，你明白吧？"守园人说。

"呃，那干吗不把狗带上？"

"可以吗？"

"为什么不行？！"

"行了，那就上去吧！"守园人把他扶上车。

马车开动了，守园人举起干枯粗糙的双手："一路顺风！"

梅里奥斯离开了墓园，往学校走去。他心想：不知道祖布莉娅是不是还活着？

多尔大叔的门开着，一只母鸡探头探脑地往里张望，时不时有人赶它，但它跳开一会儿，又气冲冲地绕回来。

梅里奥斯听到从里边传出叫骂声。

“该死的家禽！”是多尔大叔的声音。

接着，又听到他朝里屋说话。

“快搞定了！”他说，“就不信还搞不定一只破鞋！”

“她还活着！”梅里奥斯心道。

屋里传来一阵敲打声，梅里奥斯进了门。

老人手里正摆弄着一只鞋，他的胡子耷拉在嘴巴上，声音有点儿烦躁。

“滚！”他对影子说，以为又是那只鸡来了，“该死的鸡！”他又骂了句，“该死的鸡……”然后，他看到了梅里奥斯。

“臭小子！”他大叫一声，丢掉了鞋子。

他张开双手。

“婆娘！”

老人朝里屋喊了一声，给了他一个大大的、甜甜的、暖暖的拥抱。

过后，两个人面对面站着打量对方。岁月流逝，他又老了一些。

“你哭嚎什么呢？”里屋传来女人虚弱的声音。

“我没有哭嚎……我是哭了。你看看谁来了。”他对梅里奥斯说，“进来让她看看你……她还病着呢。”

他牵起梅里奥斯的手。里屋光线昏暗，大婶在被子下一脸苍白地看着他。

“我的小娃儿……”她朝他举起手，又无力地垂了下去。

“老天还不想收我……”她说。

“幸好。”

梅里奥斯跪在她的床边。大叔紧张兮兮地把他拉出去，孩子疑惑地看着他。

“她要哭了！”老人说，“不能让她哭，孩子，她越哭就越虚弱。”

两个人坐在板凳上，梅里奥斯指着鞋子问他：

“为什么不送到你兄弟那儿让他修？”

“啥？”老人像被针扎一样叫了起来。

“怎么了，大叔？”

“啊，算了，你还不知道吧？”

“知道什么？”

“他已经死了很长时间了……他先到下面去替我探路了。要是下面还不错，我也要去，去跟阿内斯蒂斯相聚。不然的话……你去墓地看他了吗？”

“那里人有点儿多……”梅里奥斯说，“所以我待得不久。”

“你下次再去的话告诉我一声，我跟你一起去。前几天我过去清了清泥土，不想他的坟头太沉。我现在夜里都睡不着觉。”

他把鞋套回脚上，还没放下手上的针，就站起来看着梅里奥斯：

“你变壮了……我都够不着你了啊，小伙子。唉，他要是活着，肯定会为你感到自豪的……而且瞧瞧，你穿得多好看啊！……”

他用锤子敲了两三下，对梅里奥斯说起了上课的事。突然，他停下来又看了看他：

“你知道吗……”他说，“去年秋天斯坎弗拉斯先生总是问我你有没有来。他看到你该会多高兴……”

“他结婚了吗？”

“还没。不过他姐姐，就是那个老姑娘，结婚了，两口子过得很幸福。可怜的阿纳科里迪斯先生……”

“他长胖了吗？”

“胖了两大圈呢。你瞧瞧我，说了这么多都忘记问你了，你找到落脚的地方了吗？”

“还没。我们还是先关心大婶的情况吧，其他的再说吧。我现在也不是一个人了。”

“你结婚了？”

“我养了一条狗。”

老人用鞋锥子敲了敲他的头：

“听着，在难民区那边——我应该没有记错……”

“怎么了？那边有床位出租？”

“我没有记错，在难民区那边，有一个和我同龄的女性朋友，问我有没有单身汉要租房。你要去吗？就在那边第三排。那里叫作‘难民公寓’或‘新领地’或‘三角地’……你想去吗？”

“你那位朋友叫什么名字？”

“曼杜拉太太。你去了她也好有个伴儿。她一个人在那儿，怪孤单的。去吧，你现在就过去看看。”

梅里奥斯向他道别。在门口，老人又一次和他贴面告别。

“年轻人……”他发自内心地感叹，“唉，苦命的阿内斯蒂斯，你怎么这么早就走了呢……”

梅里奥斯径直往难民区走去。

老太太只有一只眼睛。她是一个饱经风霜的独居者，却是梅里奥斯平生见过的最可爱的独居者。她向梅里奥斯指明他的床位，眼睛却看着别的地方。那只可怜的眼睛不只小，还是内斜。

“这是床，这是洗手盆，这是洗脸巾……”

她指着一件东西，却看着其他东西。

“好的，可是……我还有一条狗，养在哪里？”

“嗯……”老太太想了一下，说，“我有一个小笼子。”

“租金是多少？”

“租金好说，给点儿就行。人老了，吃得少，也不买衣服鞋子，也没有牙齿可以嚼东西。月租一百德拉克马，你付得起吗？要是付不起，咱们可以再商量商量。”

“我付得起！”梅里奥斯说。

协议达成。

梅里奥斯往比瑟罗的棚屋走去。他爬上山坡，河水哗哗地流淌着，像是在向他问好。这一次，他没有听到巴里奥的嚎叫声，他心里一沉。他从小石头下翻出钥匙，找到钥匙孔。把钥匙插进孔里的瞬间，他听到门内传来他朋友警惕而恐惧的叫声。门开了，巴里奥没有蹦蹦跳跳，而是像个婴儿一样，沉默地把头埋在他的腰间。月色朦胧，墙角铺着木屑，壁炉里烧着火……那个工人把一切都照顾得妥妥帖帖。

他躺在木屑上，睁着眼，心烦意乱地回忆着比瑟罗，想着他那几个光肚子的小娃娃，想着他坐在壁炉旁沉默流泪的样子。

“比瑟罗……比瑟罗……”

外面，公鸡开始啼叫了。

第五章

瞧！这就是三年级教室！没看错吧？这就是三年级……想象一下，三年级……有人说，现在已经没有童话了，所有能发生的好事，在我们的爷爷那一辈年轻的时候都已经发生了。这叫什么话？

每个爷爷都只会说别人是骗子。这就是奇迹——巨大的、令人难以置信的奇迹——之所在。牧场的牛已经成为过去了，这里也不是草场。这里是学校。在这里听到的声音，不是牛的叫声，不是溪谷的风声，也不是隔离带树丛发出的听起来像是南方人在里边行走的沙沙声。这里是学校，学校！课桌、地图、黑板……这是他一直的梦想。看，白杨树在窗外随风摇曳，尽情地享受着学校河流的灌溉。三年级教室就在潺潺流过的河水上方，正对着阳光。花园里此起彼伏的问候声从孩子们的唇齿间发出，像天空落下的绵绵细雨。这就是童话……是他在田间孤身独守时，他在夜晚静听虫鸣时，内心所描绘的童话……这个童话里有一栋楼、一所宽敞的学校，在那里可以开阔视野，增长见闻，充实思想。

院子里，孩子们争先恐后地叽叽喳喳，聊着各种各样的话题……

三个月没见，他们又长大了。他们天南海北地聊着，欢声笑语在舌尖跳跃。上课铃响了。最先进入教室的是“留级帮”……他们已经等了他两年。他们像巡逻的士兵一样走进教室，边走边咒骂着脚上的鞋——这破鞋挤得脚痛死了！达克里奇科斯看着像个凶狠的野人，他长高了。哈莫利亚斯也是，整个“帮派”都长高了。他们的目光在教室里阴沉沉地扫了一圈。他们生气不是因为留级，而是因为学校竟然没把他们开除了！他们仍旧坐到最后一排。他们从一开始就计划好了，该怎么做，该做什么，才能掀起巨浪。

达克里奇科斯附在其他人耳边说他的计划，但是哈莫利亚斯马上打断了他。达克里奇科斯大怒，他不允许别人打断他。

“怎么回事，嗯？”

“你没看到吗？”哈莫利亚斯说，“卡德拉斯来了！”

首领皱了皱眉。

“没有……我什么都没看到。”他恹恹地说，“没有。”

哈莫利亚斯顿了顿，努努嘴，示意他正向他们走来。

“没有，我什么都没看到……”首领还是这么说，“那可是坐第一排的人。”

哈莫利亚斯看了看梅里奥斯的“西装”，表示同意。

“好吧，”他说，“你说得对。”

梅里奥斯听到他们的对话，放慢了脚步。他犹豫了一会儿，坐在了他们前面的座位上。身后传来达克里奇科斯粗重的呼吸声。

“算了，”哈莫利亚斯说，“人家不愿意靠近我们，我们能怎么办呢？不来就不来呗！”

“他那是知道过来了我会踢他，所以才不敢来。”

梅里奥斯转过身，直直地盯着他的眼睛。首领眼神闪烁，头转向别处。

“索里……”梅里奥斯叫他。

“别烦我，滚你的蛋！你转过来做什么？”

“跟你握手言和。”

“握你个大头鬼！”

哈莫利亚斯激动了。

“索里，要不我来跟他握？”他问首领。

“不行！”

后面传来“副官”吃了一拳的声音。

梅里奥斯最后一次转过身：

“我只想跟你说，我不是坐第一排那种人，我也不屑当那种人。”

身后的人一言不发，但是呼吸声越发粗重了。

前排的学生们有他们自己的圈子，去了什么地方，做了什么事，尽情吹嘘。有什么事需要他们忧心吗？别人会帮他们搞定一切。升学？无需烦恼。这些人，哪怕里边最差的人，最终都会被“录取”。该烦恼的是“留级帮”那些人。那些人里，哪怕是个天才，老师打分的时候也惜分如金，生怕多给一点。

前三排学生从来不往后看，仿佛后面是罗德之城[1]。卡伦巴洛斯发现了这件事。有一天，他尖刻地说：

“你们偶尔也回头看看嘛，”他说，“你们这样是不对的。后面又不是蛾摩拉城，只不过有蛾摩拉人而已。”

前排没人听他的，大家都害怕变成盐柱。

过了一会儿，教室突然安静下来。一群女生款款而来，温婉雅静。没错，她们不再是见到老师就发抖的一年级小女生，她们已经是正儿八经的大姑娘了。这群女生中，除了卡丽翁齐——一个戴眼镜的胖女孩，梅里奥斯是在前年认识她的，其他人都是生面孔。这个戴眼镜的姑娘越来越胖了，真不知道还能胖成什么样。第一个进来的是一位金发女生，她甩甩头发，像是抖落雪花，整间教室顿时充满了灵动的气息。她有一双骄傲的蓝眼睛，皮肤白皙。“哇，女神啊！”“留级帮”那伙人画着十字起哄。女孩笑了笑，皮肤更加白里透红。所有女生都垂下眼眸走过，就像突然陷入了沉思。最后一个女生咬着嘴唇，步履匆匆走进教室，大踏步朝座位走去。

梅里奥斯失神了。那是一个肤色健美的瘦瘦的女孩，目光闪亮，睫毛卷曲，点点汗珠在发根闪烁，随即又没入头发。那是一个如清晨的溪流般清澈的女生。梅里奥斯的眼神不由自主地落在她的身上，心中一阵悸动。在他短暂的人生历程中，只有过一次这样的悸动。那是一个夜晚，他躺在草地上，一颗星星出现在他的头顶，

---

①《圣经·创世记》记载，罗德一家住在索多玛与蛾摩拉一带的平原。因索多玛和蛾摩拉的人淫乱堕落，上帝决意降天火毁灭这两座城市，并派天使营救罗德一家。天使嘱咐罗德一家逃走时不能回头看，但是罗德的妻子没有遵从嘱咐，在逃走时回头看了一眼，立即变作一根盐柱。

将他照亮。但是现在是怎么回事？他不清楚。一束长发随风摆动。长发？黑色的长发？嗯。可是那么多女生都是黑色的长发啊，为什么他的视线唯独没法从那一束黑色长发上移开？是不是那个可爱发圈的缘故？那发圈是蓝色的，扎在头发上，就像小河环绕森林。是这个缘故吗？不是。那有没有可能——不对，不对，不可能——是她从他身边经过时，匆匆步伐引起了他的注意？这种事情，大家的注意力都会被吸引的。冷静点儿，毕竟你已经不再是小孩子了，男人就该有男人的样子，至少要表现出你这个年龄该有的样子！片刻之前他的手指还很听话，此刻却躁动地敲起了鼓点。还有他的眼睛……好吧，先是眼睛出了问题……他的眼睛刚刚还是温和平静的，只负责看，负责哭，负责笑，可是现在眼睛出了什么问题呢？竟然闪烁着痴迷的光芒……好吧，克制住！不过就是心中一次小小的海啸而已，会过去的。那个女孩看起来很平静，就像在湖中漫游一样。她叫什么名字？帕拉斯克弗布鲁，阿尔德米西娅·帕拉斯克弗布鲁？这个名字似乎挺合适的。或者叫朗普洛西娅，朗普洛西娅·卡斯特拉贝楚也行。你还是看看女神吧，瞧她的金发在灯光下是多么熠熠生辉，你也可以在她经过你时画画十字。别再去想朗普洛西娅了，那只小黑鸟有什么好看的，她不过是个在这里读书的普通小姑娘而已。冷静点儿。不如听听达克里奇科斯在说什么，他在说跟你有关的事，跟人打赌要让你“十分狼狈”。

“还有一根头发丝。”库库洛斯说。

“哪儿有头发丝？”达克里奇科斯问，“白痴！这是头发丝么？”

“那这是什么？”

“这是让虱子爬过去的通道！”

梅里奥斯立刻意识到接下来他会非常不高兴，他忍住怒气。

“索里。”他遗憾地转过身叫他。

达克里奇科斯撇过头不理他。

“哈莫利亚斯，”他接着对首领的朋友说，“告诉我，我做了什么得罪他了吗？”

哈莫利亚斯纠结了一阵，最后，他的“留级帮”思维占了上风。

“我哪儿知道。你问他呀，干吗不自己问他？喂，索里，你倒是跟他说说。你没听到他在问么？他问得罪你什么了。”

达克里奇科斯吐了口痰。

“做了什么得罪我了？你没看到吗，啊？他对我……我……我……去他娘的，我也不知道……闭嘴！”

梅里奥斯友善地望着他。可怜的索里……索里……你为什么要生气呢？你知道我为了身上这件夹克付出了多少吗？你知道我穿着这件夹克有怎样的心情吗？你知道我在草场放了多长时间的牛，忍受了多少个不眠寒夜才换来这件夹克吗？你知道我为了今天这份幸福，忍受了多少无言的伤痛吗？这份幸福对你们其他人来说唾手可得，不过是把手支在课桌上看黑板，听卡伦巴洛斯鬼吼，听神父无趣地念叨……可怜的索里，你怎么能理解呢？……走廊里传来了一声“嘘”，打断了他的沉思，所有人都跑回自己的座位。斯坎弗拉斯走进了教室。他看起来不一样了，变化非常大。当然了，他还是像以前一样戴着领结、淡蓝色领结，还穿着一套橄榄绿色新西装，扣子是白色的。他的眼神比以前更加坚定，更加沉着，举手投足也更加自信了。他打开讲台上的名册，开始点名。

“阿拉里索斯·伊万格洛斯。”

“到！”

“阿克迪比斯·约奥金。”

“到！”

“布拉赫曼妮·卡丽奥比。”

“到！”

梅里奥斯的心怦怦跳起来。突然，老师眼中闪出一道光，声音有点儿颤抖。

“卡德拉斯……”他激动地说，双目四处寻找他亲爱的学生。

“到！”清脆的应答声响起，他听到了梅里奥斯的声音。

老师的脸变得苍白，他在讲台下方的小脑袋中四处巡视，看到了声音的主人。他站起来，一动不动地站在讲台上，努力让自己的声音恢复平静。

“很高兴见到你，卡德拉斯……我的孩子……”他轻声说，眼中含着激动的泪水。

“我也很高兴见到您，老师……”梅里奥斯回答。他的声音也因为高兴而微微颤抖。

斯坎弗拉斯靠在讲台上，努力整理好思绪，声音还不太平稳。

“马尔内里斯·亚历山大。”

“到！”

“克西波利多·艾芙德比。”

“到！”

点名继续。梅里奥斯看着老师的领结在经过一阵不安的颤动后逐渐平静。但是就在那时，发生了一件他意想不到的事，一个名字跳进了他的耳朵，闯入了他的生命，把他带回了旧时的童话。名册中出现了一个名字。梅里奥斯本以为这个名字已经随着过去的年月流逝，从他的记忆和言语中抹去了。就像一片被遗忘的记忆碎片，只在梅里奥斯每次读到柔情篇章时，会像路过的飞鸟一样在他的心尖上轻轻地稍作停留，而后又挥动翅膀不知飞向何方……已经过去多久了？他不知道。一个名字……现在这个名字出现在了名册里。它听起来有一种特有的韵律，让所有人都不由得竖起耳朵。老师也很喜欢这个名字，所以他用悦耳的声音把它念出来：

“阿格兰贝丽·斯塔米利[①]……”

“到……”

这声音比名字还要动听。哪一个是她？梅里奥斯像触电了一样，回头望去。那张脸，那双大眼睛……她腼腆地、温柔地、乖巧地站在那里……天啊，她正看着他！小黑鸟……是的，就是她，一定是她！上天怎么能开这种残酷的玩笑！安排这么轻率的巧合！

阿格兰贝丽·斯塔米利，那个童话里的女孩……

他们在对视的瞬间各自在心中道：

“那么，这就是她？”

“那么，这就是他？”

他？他现在终于知道那是什么了。他很幸运，真的很幸运……那个女孩，那个迫不及待想要出嫁的女孩，还在等着他！她应该……还没有结婚吧？他也很疑惑，她当时那么心急，怎么能等到现在？她看起来就像一个天使，一个难以察觉的天使！她和其他人一样穿着蓝色百褶裙，脖子上戴着一条很细很细的链子，腰间系了

① 希腊语中，男人的姓最后有s，女人的姓没有，因此作为兄妹，米马奇斯的姓是斯塔米利斯，阿格兰贝丽的姓是斯塔米利。

一根黑色带子，再无其他装饰……她无需要其他装饰就已经够美了。她的头发乌黑亮丽，像波浪一样披在肩上。她咬着嘴唇——就像刚才从他身旁经过时那样，汗滴从她的额头滑落……她的五官小巧精致，就像一幅画。

名册后面还有哪些名字？点名结束了吗？开始上课了吗？这些他统统没有注意……只知道有人在谈着什么，说着什么。这节课可能是地理课，也可能是古文课，也有可能点名还没有结束，或者是老师又从头开始点名了。他的脑中已经没有别的名字，没有课堂，没有画面。

“那么，这就是她？”

“那么，这就是他？”

阿格兰贝丽·斯塔米利……

“好了，同学们，现在课间休息……”

第六章

“接着前面的故事我们继续讲……”

曼杜拉太太有一位年纪相仿的闺密，总是穿着丝绸衣服和老式鞋子。她俩每天晚上都相互串门。她们的柜子里都藏着梅子酒、无花果和核桃。她们会用小木锤把坚果砸开，摆在桌子上。梅子酒香气四溢，藏都藏不住，但是老太太们非要说那是“药”。她们悠悠地喝着小酒，互敬互爱，不为别的，只为驱散心中的忧愁和迷雾。这位闺密满头银发，有一双忧郁的眼睛。为什么忧郁？她有她的说法。她觉得美丽的人儿根本就不应该出生在这个世界上，就算出生了，也不应该老去。她年轻时非常漂亮，当然了，现在也依然很好看。她丰满的手上戴满了戒指和手镯，叮叮当当地碰撞出美妙的乐音。她的头发梳得端庄整齐，一丝不乱。她从来不提她的年龄，说到年龄就开始支支吾吾：“额……那个……唉呀……”她喜欢用欢快的声音哼唱爱情歌谣。她把那些歌谣称为“青春”，因为她不想老去，她至少可以用这样的方式留住青春。

亲爱的，

我将要去远方，

永远不再回来。

她的丈夫跟她一起生活了五十年，可是到了第五十一年，却觉得她“没头没脑”，离开了她。那件事发生后，她决定重新开始。她开始穿鲜艳的女孩服饰，开始梳妆打扮、买镜子……她坚定地认为，死亡在任何时候到来都无所谓，但是变老绝对不行。她已经把变老这件事连同她那些老气的暗色衣服一起丢弃了。她说她依旧年轻漂亮。是的，的确很漂亮！她的眼睛虽然略带忧郁，但是清澈明亮，她的两颊红润，她的歌声如少女般欢跃，使整座房子充满了青春的气息。

很多个夜晚，她们不是边喝梅子酒边唱歌，而是边喝咖啡边讲故事。她能讲一连串故事，每一个都是经过精心挑选的，她能讲上一整夜。

“好啦，接着前面的故事我们继续讲……前面讲到扬科在哈尔吉家里受苦，我们先按下不表，现在来看看伊梵希这边。她正哀伤地哭泣着：‘要是没有扬科，我还不如死了算了。’阿里斯提达基－贝因斯先生来到圣佐治和斯古里戴欧先生见面。他说：‘医生，我给你跪下了……’”

老太太们的咖啡非常新鲜，整座房子弥漫着咖啡的醇香。每当梅里奥斯不用读书，就陪她们一起坐着。

他很喜欢听她们聊天。

她们喝咖啡的方式非常优雅，艾拉丝米娅感叹“青春啊青春……”时的哀伤也别有一番风情，而她每次唱起《即便你即将远行》，都热泪盈眶。夜深了，梅里奥斯提上一盏灯送她回家——她住得不远，就几步路而已。她的家是一所冷清的小房子，屋里的一切都是陈旧的，一切都在老去，只有她一直在顽强抵抗。

有一天我漫步在赞比欧，
与一位年轻的金发女郎邂逅。

“你认识什么金发女郎吗，小男孩？”

“有的，跟我同班，大家叫她‘女神’。”

“大家以前管我叫‘美人鱼’……青春啊青春……”

梅里奥斯每次听她这么感慨,都觉得心疼。每当她说“晚安了，小绅士”，他都觉得所有的灯光一下子全黯淡了，只有她的眸光在黑暗中闪烁。

“我也有过一个孩子……我的孩子，是一个小女娃。你知道她有多可爱吗？怎么说呢……她就像个小太阳一样！好啦，再见了，可爱的小男孩。晚安。”

梅里奥斯通常不立即离开，他会绕回来偷听一阵。这种时候，他就能听到房子里传出抱怨和呻吟声。只要艾拉丝米娅独自一人待着，衰老就会将她吞没。

不知为何，他和这个饱经风霜的老太太相处得很好。她喜欢他瞪大眼睛坐在身旁听自己讲话，也喜欢他用口哨吹出她所唱歌曲的旋律。她说“我有过一个小女娃……”，但其实她在说谎，她什么都没有。曼杜拉太太赌咒发誓地说她“不孕不育，没有子嗣”，“她这是在哄自己呢，这样她才能逃避悲伤。上天真该让她有个女儿，这样她的世界就不会崩溃了……”

有一天晚上，他又送她回家。那天晚上，月亮朦胧地挂在夜空中。她问他喜不喜欢今晚的故事，有没有觉得特别喜欢。

“有的，特别喜欢。我会把它写成书的，我保证。我以后想当作家。”

“但那只是汀佛里斯托山村的小故事。孩子，你知道汀佛里斯托山村吗？毫不起眼的小山村。‘彼岸的美好’……我曾经住在那里。”

“是您自己的故事吗？”

“不知道……”

她那天晚上讲的故事非常动人，情节千回百转。

“孩子，你可别忘了把那个月色怡人的夜晚和博斯普鲁斯海峡的白色海水写进你的书。嗯？”

“我会记得的。”

“我有一个金币……我拿给你。还有一点儿首饰。够吗？我听说书籍这种东西可贵了。”她轻轻地抚摸脖子上的吊坠。

“要是那些首饰不够，我还有这个吊坠……女主角的名字能叫艾拉丝米娅吗？”

“就叫艾拉丝米娅。”

她站在那里看他，像要努力透过月光看穿他的秘密。她的眼睛闪着淡淡的笑意，双唇缓缓地释出一声轻叹。

“那个女神怎么样了？”

“挺好的，谢谢。”

“她喜欢你吗？”

“我不知道。为什么这么问？……谁要她喜欢啊。”

“啊？”

“她功课不好。”

“哈……”

她强忍住笑，轻咳了一声。

“告诉我，她会嫉妒吗？”

“为什么？嫉妒什么？……”

“嫉妒什么？嫉妒一切啊，孩子！嫉妒所有靠近你的人。你做过白日梦吗，孩子？你有什么秘密吗？小小的……小小的……小秘密？你有没有爱着一个人，也被那个人爱着？你是否在爱里徘徊？你觉得那个人是什么样的人？她是不是像春天一样动人？孩子啊，告诉我，你长大后想做什么？”

“我说过了，我想当诗人。”

“诗人啊……那你为什么想当诗人呢？为什么？”

“因为……我想写诗。”

“是，我知道。但你为什么想写诗呢？为什么？”

梅里奥斯害羞了，他不知道该怎么回答。他心里知道为什么，但就是说不出口。

“当诗人能得到什么？”

“没什么……不是，我也不清楚……也许，可以得到很多……”

“很多……看着我，我来猜猜。我知道你为什么想写诗。你想写给女神看，对不对？”

“不是，我没想写给她看。不是她。”

“不是她？”

他们找到一片栅栏，倚靠在上面。

“你真是一个奇怪的孩子！我的天啊！多么奇怪的一个孩子啊！你知道爱情是什么吗？”

“不知道。”

一阵轻柔的微风拂过，她的眼中泛起氤氲，像是思及过往。

“你知道的！”

徒劳的挣扎。她想推开一扇时光久远的门，看看她这一生还剩下什么，从而寻得一丝自欺欺人的安慰。但是眼前的孩子不为所动。

“告诉我，你是写给所有人看的吗？所有人吗？”

“是的。”

“大家都一样吗？”

“对。”

“不是特别想让某个人看？说吧，别藏着掖着了，告诉我，如果某个人没看到，你会不会特别失落？会吗？”

“会……”

“哈！那这个人是谁？你可别瞒着了啊。拜托……说嘛，快告诉我啊……告诉我嘛，毕竟，我也没剩下多少日子了，孩子。”

“好吧……”

“嘿嘿，是谁？是谁？”

但是突然之间，她又改变了主意：

“打住！先别说！等等，让我缓一缓，让我先缓一缓……”

两三分钟过去了，她的手掌还抚在心口，等着它慢慢平静下来。但是过了一会儿，她脸颊的红润突然退去，她突然紧张起来。

“你还没告诉我她的名字吧？”她不安地问。

“没有。”

“谢谢……算了，我不想知道。走吧，送我回去。我不想知道她的名字，我害怕……”

“她的名字很好听。”孩子喃喃地说，像在对着月亮自言自语。

“送我回家……快！快，快点……”

“阿格兰贝丽……”孩子旁若无人地轻声说道。

艾拉丝米娅坐在了门槛上。

悬在心头的大石终于落地，她显得精疲力竭。

“谢谢……”她喃喃道，“谢谢，孩子。阿格兰贝丽……这个名字再适合不过了，没有其他名字比这个名字更适合你的心上人了。谢谢。”

她用手支撑身体站起来。

“好啦，晚安。晚安了，小绅士。明天……我们接着前面的故事继续讲。”

她没有点灯，而是在黑夜里撕开一道口子，没入其中。

阿格兰贝丽……他知道，没有比这更动听的名字了。如果他以后成了诗人，哪怕一无所有，只要有这个名字，他的世界就充满诗意。就算他一本书也写不出来，就算他一首诗、一句词也写不出来，有这个名字也足够了。只要有她，生活就是一首诗。

他离开了那里，一边走，一边努力倾听自己的脚步……但他什么也没听到，他就像行走在云端。

手里的油灯已经熄灭了，像一只失明的眼睛。

他蹑手蹑脚走进家里。巴里奥大老远就闻到了他的气息，跑出来迎接他，对着他欢快地摇尾巴。巴里奥，她的名字叫阿格兰贝丽……我知道你不相信，不相信这个世界上有如此好听的女孩名字……我以前也不相信。但这是真的……真的……真的……阿格兰贝丽！

那么，晚安了，小男孩。晚安了，活在美梦中的小男孩……

第七章

“流水之音，自由命题。想象一下，你们坐在一座桥上，静静地听着河水流过。但是要小心，可别掉到河里了。”

斯坎弗拉斯先生在向学生们讲述作文主题。他很喜欢这个主题，所有跟河流有关的主题他都喜欢，但是此刻，他的内心有点苦涩。校长来了，用干巴巴的声音毫不留情地打碎了可怜的老师心中的诗意。

“你们可以选择任何你们想选的主题去写——这是你们的权利，但是要注意语言表述。”校长一打开门就这样说。他眼神凌厉，没有丝毫温情。

“各位，安静地听我说几句。我只提一个要求：注意语言表述。其他方面你们随意，但是无论如何都必须规范地使用我们国家的官方语言，不准夹带难登大雅之堂的粗野乡下语[①]。再强调一次，使用官方语言书写时要注意避免夹杂民间语。我在此警告大家：对于

① 在文中的年代，希腊语有两种形式：大众化的民间语和较为正式的官方语言。现在的希腊只用民间语，即大众化的白话了。

违反这项要求的，我决不轻饶！现在，继续写作文吧。”

你说，作为一个崇尚这类“粗野”民间语的年轻教师，听到这种要求，内心怎能不苦涩？但孩子们一点儿也不理解老师的遗憾，他们只知道这次作文的写法必须跟以往不一样，只知道这次作文是“自由命题”。什么叫自由命题？就是想写什么题目就写什么题目，也就是不需要伤脑筋去记老师说了什么话，是怎么说的。

“你们喜欢写什么就写什么，只要用你们自己组织的语言写出来就行。但是，你们知道的，民间语……也就是方言，不能出现在作文里。你们知道什么是方言吧？”

“我们当然知道了，老师。我们都是受过教育的人，知道要尊重自己所受的教育！——当然了，怎么能不尊重呢——可是现在……当然了，我们理解的，老师。”

“你们有两个小时，希望时间足够你们写完。我再强调一次，这次作文的主题没有任何限制。”

老师还在继续讲，但梅里奥斯什么都没有听进去。

他用手撑着下巴，望着外面的白杨树（是它在说话吗？），他的思绪随着风儿在树叶间游走。他走神了……树下就是小河。

“河水打着漩涡向远方流去，它一路向下，直到汇入大海……时而轻快，时而汹涌，流淌不息……”

梅里奥斯拿起纸，在掌心揉成一团。不行，这是一篇没有灵魂的作文，他写不下去。突然，他做了一个莽撞的决定：他要用亲昵的语言写这篇作文。有问题吗？有什么关系呢？反正他对河流有着深深的爱，他们是老朋友了。他要用专属于他俩的语言来书写，就像他在和它面对面交谈一样。他觉得他和河流有很多相似之处，每当他弯腰看水里的自己，都觉得他跟河流就像一对小兄弟。那么，怎么能用官方语这种陈腐的语言跟河流沟通呢？光是想想都觉得羞愧。他做起了白日梦：小河呀，我忠诚的难忘的朋友，你要往哪里去？你还记得那个叫伊万的小男孩吗？还有我们一起在下面乘凉的那棵柳树？你知道吗？那棵柳树已经不在了。伊万把它砍了当柴火了。那是一个下着雨的夜晚，所有人都冷得受不了，还有一个孩子生病了。摇摆……摇摆……芦苇在满月下轻轻起舞。如果你经过那里，记得偷偷唱首歌，会有喜欢音乐的鸟儿飞过去，学着和你一起唱。那是百灵鸟吗？我不知道。我只知道它们个子小小的，像小拳头一样。不对，不对，它们更像是在天空中欢叫着飞上飞下的小石块。这些鸟儿非常喜欢音乐，它们一大早就起来唱歌，所以它们的头上才要戴着头巾，以免受寒。几个老头儿捋着下巴上的胡子，说："我什么都不知道。你说百灵鸟？不是，那是麻雀。"

河水不断地流逝，流逝，像葬礼一样无可挽回，固执地不肯回头。它一路流淌，一路向前，不知前路会有什么等待着它，水草、野薄荷、鱼儿、青蛙、水蛇……它时而汹涌发怒，时而轻快欢歌，有时流经山洞，它窃窃哭泣……听着，小河，如果你路过某个菜园，记得帮忙浇灌，因为园里的西瓜不浇水就结不出果实；记得给可怜的玉米也浇一浇水，它们也干渴难忍了；请收割的人也喝一口水，他早已口干舌燥。你若路过石篱遇见洗地毯的人，记得帮他们卷起一点泡沫，因为他们没有肥皂……

下面就是平原了，孩子们在水中嬉戏，放纸船，用稚嫩的声音唱着歌谣。之后，小河呜咽着流经一座坟墓，再抚过一棵悬铃树的树根。树叶沙沙，正在给花儿宝宝们讲着童话。

它的歌声——流水之音——永远没有尽头，只有见到大海才会停止。流水之音被海浪的咆哮声淹没，那是它最终的归宿。它在这里失掉了音乐，也失掉了颜色。入海伊始，它散发着淡淡的紫色。谁知道这是为什么呢？再到深处，它又渐渐变成蓝中带金的颜色。谁又知道这是为什么呢？

他只知道一开始河水还是淡水，而后渐渐变咸。它一路汇聚着汗水与泪水。世间的血泪何其多啊，贫苦人家更是毋需多言。

流水之音的忧伤，只有那个经常坐在岸边与小河对话的孩子能够听见。

一场白日梦告一段落，梅里奥斯又开始了另一场白日梦。他想起了他前年住的小房子和从它脚下流过的小河，想起了塞普多嬷嬷去世的那个沉痛的夜晚……他开始动笔了，这就是他要写的主题。笔在纸上飞快地奔跑着，如同一只与暗夜赛跑的小虫。

他停了笔，他写完了。他端端正正写上日期，署上名字，合上作业本。好了,作文写完了。梅里奥斯继续望着窗外白杨树的叶子。树梢的叶穗在向他招手，如同丝巾挥动，像是在说："你有一份来自朋友的问候。"他突然一个激灵，转头望向后方。阿格兰贝丽在他身后温柔、乖巧地看着他，眼中满是倒映的绿叶。他怎么没早点发现！她和他一样，双眼也一直游离在那棵白杨树的绿叶上。

"斯塔米利小姐，你为什么不写？"老师的声音传过来。

"我在写。"她说。

过了一会儿……

"我写好了！"

“我也写好了，老师！”声音此起彼伏。

大家都写好了。一个同学站起来收作业。

梅里奥斯厚厚的作业本被收走时还带着他掌心的温度。他的作业本是黄色的。他看着老师把他的本子从一叠作业本中单独抽出来。他知道他将会得零分，但是他相当平静。他只能这么写。他的作文将在学校掀起风暴，而他的老师将因此而忧愁，比耶稣还要忧愁。这些他都已经考虑过了，但是他的作文只能这么写，他无法以别的语言向他的河流朋友倾诉。下课铃响了，老师拿着作业本走出教室。学生们还拖拖拉拉地留在教室里。

“我写了一条河，河里漂着肿胀的死驴和死猫……”哈莫利亚斯说，“你写了什么，索里？”

“我写了公羊角角！”

库库洛斯认为河流就是用来灌溉菜园的。

坐在后面的一个孩子说可以在河里游泳，另外一个说在河里划船也不错。

“你们真是太天真了！”达克里奇科斯说，“那儿也是老太太们倒马桶的地方呢！”

他吐了口痰，示意“帮派”成员们跟他走。

梅里奥斯留在座位上。眼镜女——就是他前年认识的那个女生——走到他的桌前。

“卡德拉斯，”她说，“你知道黑色中带绿色叫什么颜色吗？我问了别人，他们都不知道。”

“墨绿色……”梅里奥斯红着脸说。

眼镜女转身对坐在她后面的女生说：“墨绿色……”

“谢谢！”那个女生说。

梅里奥斯愣住了，是阿格兰贝丽……

她的声音微微颤抖，让人忍不住怀疑她的头发是不是也在颤抖。

“啊，卡德拉斯，”眼镜女又说，“真想知道你的作文写得有多优美……对吧，你是写得很美吧？”

梅里奥斯的舌头有点儿僵硬。

“我应该会得零分……”他说。

“我的天啊，你个骗子！”眼镜女卡丽翁齐大叫，“你怎么可能得零分？要是你得零分，我们这些学渣还怎么活？”

她走开了，因为她挡住了后面人的去路。

“我去戴上眼镜。”卡丽翁齐往前走去。

阿格兰贝丽紧紧跟在她的身后。她没有看他，只是把头埋得更低了，低到下巴都碰到项链了。

这个举动的杀伤力更大。梅里奥斯轻飘飘地下楼透气，脚下像踩了棉花，他觉得就连楼梯也是软绵绵的。

楼下有事发生。院子内外吵吵嚷嚷的，多尔大叔像醉酒的公鸡一样团团转。

几个学生躲在柱子后面窃笑。

“小王八蛋……”老头儿大叫，“可把我害惨了！”

他像辆摩托车一样团团转，他上蹿下跳，一边骂，一边干呕。他努力想要忍住干呕，但是做不到。梅里奥斯见此情景，气得脸色发白。

“大叔，他们对你做了什么？”他关切地问。

“木屑……他们烧了木屑，然后把灰撒在我的咖啡里。”

他还在不停地干呕。梅里奥斯冲到几个学生中间，抓住其中一个的衣领。

“谁让你这么做的？”他问。

“木屑不是我的。”那个叫弗洛斯的学生说。

“谁给你的？说！不然我把你的脑袋拧下来挂在铅笔上！”

弗洛斯瑟瑟发抖，梅里奥斯注意到几个打扮得花里胡哨的学生在旁边示意他不要说。

“我明白了……”梅里奥斯说。

就在这时，达克里奇科斯的身影闪过。

“索里，有人要打我！”弗洛斯叫喊着，挣脱了梅里奥斯的手，向达克里奇科斯跑去。

“首领”立刻做出保护他的姿态，随后将他拉到外面去。大家都等着看接下来会发生什么。达克里奇科斯和弗洛斯消失在墙后。过了片刻，传来三声耳光。“首领”阴着脸现身了，吹着他最为之疯狂的歌曲《小烦恼》，朝杨树林走去。

梅里奥斯一言不发地看着这一切。他了解“首领”的风格，不想让他故意做不好的事。他知道他面对的是个奇怪的人，是坏孩子和天使的混合体。他知道“首领”是个令人难以忍受的顽童，他不会悲伤，没有教养，没有欲望……是个垮掉的人，但是本质上，他是一个正派男孩，有着其他人没有的强烈自尊心。

梅里奥斯意识到，他不应该，也没办法再隐藏内心对这个看起来一无是处的顽童的喜爱了。

第八章

那天晚上，他再次考虑了白天的鲁莽行径可能带来的后果。他们会开除他吗？他所做的简直是造反！你以为你是谁呢，年轻人，胆敢这样公然践踏学校的规章制度。校长可是自诩为“制度的守护者”，任何违抗他的人都必须离开。

第二天一早，斯坎弗拉斯先生无精打采地来到学校，面色苍白得像发烧了一整夜。他应该遵从哪一边呢？是遵从规章，还是遵从自己的内心？他一进教室便望向“起义者”的座位，眼神中充满了困惑……赞许与责备并存。

“总的来说，”他对孩子们说，“你们的作文写得挺有趣的。但我觉得我有必要指出，也有人写得比较粗俗——达克里奇科斯先生。总的来说，你们都较好地完成了写作任务。只有一个人……我十分遗憾地说，情况不太妙。我不仅感到遗憾，还感到震撼。这件事情我想留给你们评判。按照严格的职业操守要求，我有义务对我接下来要说的行为进行通报。这个行为，根据学校的规章制度，是明显的不端行为。也就是说，我有义务将学校的规章制度明文禁止的一些行为呈现给大家。我接下来跟大家讲的这篇作文……确切地说，并不是写得不好，而是，不允许的。你们也知道，学校的规章制度对某些行为是严惩不贷的，这些规章制度是所有人都必须遵守的，哪怕你不赞同，甚至，哪怕你觉得反感，也必须遵守。这次的问题不是给低分的问题，学校不是给这篇作文评低分，而是拒绝评分。但是，我必须澄清，学校的立场不代表我的立场。”

“发生什么事了，老师？”孩子们说，“我们不明白。”

斯坎弗拉斯忧伤地望着他们，叹了一口气。

“我尽量向你们解释清楚。”他说。

他的手指抠着讲台，努力寻找合适的语言，所有人都瞪大眼睛望着他。突然从后排传来一阵骚动，斯坎弗拉斯投去询问的眼神。一个沙哑、含糊的声音开始讲话。斯坎弗拉斯把手放在耳朵旁仔细地听。

“我错了……”那个声音说，“但我写的是事实。”

“怎么了，达克里奇科斯？”斯坎弗拉斯奇怪地问。

“我当时没有想到别的，老师，我只能写我看到过的，就是，我看到一些老太太提着马桶往河里倒。这又不是我的错，不然我该怎么说呢？只能说‘见一众老妪各持一马桶’啊。我只能这么写，不合适就不合适吧。我还看到过一头驴，肚子上插着一面旗。还看到过一个醉汉往河里丢东西，一边丢一边说：‘一路顺风，我的豆子们。一路顺风，我的玉米面包……记得向厕所问好……还有你，我的小葡萄酒，旅途愉快。’我看到的都是这些，我能怎么办呢，老师？”

斯坎弗拉斯无言以对。

“克里斯提蒂斯……”老师慈爱地对他说，“谢谢你！我……我……我说的不是你，孩子。当然了，我同意你的说法，你所说的都不是美好的画面。我很高兴，也很感动，你能站出来承认……谢谢你。但是，我说的不是你。我希望你能将这份真诚一直保持下去。”

“那我做错了什么……”另一个声音响起来。（今天到底是怎么回事啊！）

“你又怎么了，哈莫利亚斯？”

“我也没有错啊，确实有人往河里丢死鸡……还往河里撒尿！……我只能说‘于河中便溺’啊。还有一帮疯子跑去钓鞋子。这又不是我的错。有一天，我还看到河里有一把椅子。谁让咖啡馆的服务员把它放到河边的？我不过是碰了它一下……用我的小指头轻轻一碰而已……那张椅子本来就不稳，所以才会‘落入水中’的。好了，我全都说完了。”

老师沉默地听着。

“我没有怪你……”老师听完后对他说，“慢慢来，我会努力减轻你们的愧疚。但是孩子们，我说的不是这种事。我跟你们说的这篇作文，不是这一类作文。我说的这篇作文是写作的典范，是一篇真正的杰作。它的缺陷是——如果那能叫作缺陷的话，它的语言风格是以校长先生为首的教师协会所禁止的。让我解释得更清楚一些，这篇作文是用大众化的语言……也就是希腊民间语写的。”

“抱歉，老师，那么您说的就是我了！”梅里奥斯站直身子，目光如同两道闪电，灼灼发亮。

“是的，卡德拉斯，我说的是你，孩子。不瞒你说，我现在心里有点乱。无论如何……总之……我个人，会凭良心给你评分的……”

梅里奥斯走向讲台要去拿作业本。

“等等……”斯坎弗拉斯说，“我会完成自己的使命，给全班，也给我自己一个交代。孩子，你先回座位去吧。”

梅里奥斯站在走道中间，不知道该往哪边走。旁边的同学拉了拉他的衣服，他转身往回走。在他对面，她黑发下的双眼如同暗夜的焰火，静静地看着这一切。“没有什么遗憾了，我此生无憾了……”他的内心如同受到神光照耀，激动不已。

老师用手帕擦了擦额角，一脸诚恳地看着所有人。

“同学们，”他说，“请大家安静下来……”

随后，他翻开作业本，用掌心抚平页面，小心翼翼、深情款款地念出来：

在那片酸樱桃树林后边，我家乡的小河从高耸入云的山上流淌下来，它一路奔腾跳跃，朝汹涌的大海流去。鸟儿们在上空追着它飞，飞累了就停下来，而它从不止歇，一路欢歌，一路吟诵，一路灌溉。它流经一座房子……一座破旧的布满灰尘的房子，还有一棵树。它浇灌了那棵树，也浇灌了那座房子。树需要水，可是房子并不需要，因为房子里还有一位生病的老妇人。这位生病的老妇人夜里总希望能死去，清晨却叫喊着：“救救我！”她的名字叫塞普多。这就是它看到的景象。屋外有一座小木桥，一只小公鸡每天都跑到桥上看水位——看看能不能跳进去。生病的老妇人已经对着死神连续诅咒了十天了，可是死神却在微笑：“让她骂吧，总有一天，她会求我带走她。”

老妇人两眼盯着天花板……“来吧，天使……我说的就是你，仁慈的天使啊，带我走吧。”可是天使拍拍翅膀飞了出去，再也没有回来。可怜的老妇人，连名字都起得不好。她来到这世间本想体验美好，却尝尽了苦楚。她生了一个女儿，却像是生了一个地狱，对她吸血食髓、百般折磨。她的女儿叫乌兰娜——真是可惜了这个名字。里屋的小床上躺着一个生病的初中小男生。他正发着烧，没人来医治他，也没人想医治他。他担忧着老妇人的病，听着她的痛苦呻吟，却不知道该怎么办。她是他的第一位朋友，他想救她，却无从下手。

乌兰娜说：“最好的药得去坟墓里找。”他听了，只想用火把烧了那张嘴。他想救他的朋友，可是该怎么救呢？他连一分钱都没有，该怎么救呢？他提着篮子穿街走巷叫卖芝麻圈面包，想要挣点钱去买药：“芝麻圈面包……新鲜的芝麻圈面包……”可是其他孩子却嘲笑他。他们根本无法理解“朋友要死了”会有什么心情。为什么这个世界如此丑陋？他躲回小房间，只剩带着哭腔的叫卖声在街上游荡：“买个芝麻圈面包吧，嬷嬷就要死了……”

中午时分，他心烦意乱地走出小巷，一直走到了河边。一只小狗正从桥上经过，脚上戴着黑纱圈，也许是它的妈妈死了吧。人为什么会死呢？他对着小河徒劳地发问。小河绝望地流淌着，叫喊着：“我无法呼吸了……无法呼吸……无法呼吸……”它说得对。下游有块大石头，它撞在石头上，激起水花，嘴里冒出泡沫。可是人们什么都不明白，只管那叫“瀑布”。他们笑着说：“多漂亮的小河啊！……”这些人什么时候才能有点长进呢？什么时候才能学会给别人一点同情呢？此刻的他们没有丝毫同情心。

乌兰娜就是整座城市的缩影，她甚至不肯让你好好死去。这个杂乱无章的地方就叫城市，这边有人在挖坑埋死人，不远处却有人在挖坑种洋葱，再远一点的晒谷场上，有人正在嫁女儿，害羞的新娘笑得眼睛像月牙，他们放着礼炮，想让所有人都知道他们的喜悦。市区的一角，中午，列车驶过，一路打着铃，就像装满了玻璃制品的箱子发出的声音。商人们透过车窗往外吐痰。

为什么在这个世界上，卖芝麻圈面包是一件不好的事？没人能向他说明。

老师说“流水之音”，哪儿有什么流水之音，我只听到“逝者之音”。我只知道，塞普多要死了。河水的呜咽声更大了，就像小婴儿不知为何而哭，却哭得更加响亮。“嬷嬷，我只买得起一颗柠檬……”孩子哀伤地对老妇人说，“他们都不买芝麻圈面包。”塞普多紧紧抱着那颗柠檬，就像婴儿抱着母亲的乳房一样。唉，为什么人要这么痛苦地死去？……那只脚上戴黑纱圈的小狗又从桥上经过了，也许它在墓园当跑腿的吧？

塞普多家中点起了灯，乌兰娜为迟来的死神照亮了路。孩子将头埋在毯子里哭泣。钟声响起，塞普多已经无法自己画十字了，孩子握着她的手帮她画十字。“以圣父、圣子及圣灵之名——阿门。”然后孩子紧紧地抓住她的衣角，“不要，塞普多……你别死，我不要你死……”塞普多听到了他的哭喊，祈求能让她再听一会儿。但是乌兰娜开始骂骂咧咧，咒骂死神为什么还不来。戴黑纱圈的小狗最后一次从桥上经过。孩子泪如雨下。为什么会有乌兰娜这种人？为什么会有死亡这种事？为什么能这么冷血无情？为什么会这么冷血无情？死神这个恶灵最终遂了乌兰娜的意。河流在歌唱是谎言，河流是群山的泪水，是失去了欢乐的人们的泪水汇聚而成的。半夜时分，神父带着香炉过来了。

“那是什么？”塞普多颤抖着问。

“没什么，塞普多，我来为你施圣餐礼。”

“我想吃柠檬！那孩子还有柠檬吗？我不想要圣餐！”

“这是圣餐礼，塞普多……”神父又说。

“我要柠檬！给我柠檬的那个孩子呢？我只要柠檬！你的圣餐留着给另一个世界的人吃吧，我不要！”

神父不再说话，静静地帮她施礼，用迷迭香沾水点了点，然后离开了。孩子趴在她起伏的胸前哭得肝肠寸断。黎明时分，塞普多离开了这个世界，她的身体渐渐变凉了。孩子走出门，无声地哭泣。他想张开双手在黑暗中大声哭喊。为什么一切都这么丑恶，这么不公，这么痛苦？他跌跌撞撞跑向河边，摸到了河边的水草，屈膝坐下来。他转向他的老朋友，努力想要听清它唱的歌……歌声浑浊、深沉，就跟孤寂和死亡一样。那一刻他才明白，这是逝者之歌，是夜里的芦苇丛发出的乐音……是母亲在夜里为生病的孩子哼唱的摇篮曲……是孤单的孩子在这个无情的世界发出的呼喊……

老师哽咽的声音沉寂下来。女生们都在哭泣，男生们也在哭泣，只有“留级帮”的几个人坐着不动，因为他们不会哭。阿格兰贝丽就像在风中颤抖的一朵小花，小小的身体像是浮在云端。阿格兰贝丽，梦里的春天……梅里奥斯又做起了白日梦，梦见樱桃，梦见高亢的歌声，梦见在金色水域航行的船只……突然，整个教室爆发出一阵掌声。老师垂着双手。下课铃响了，学生们缓慢、有序地挨个走出教室。弗洛斯鬼鬼祟祟地走进校长办公室。斯坎弗拉斯走到门边，锁上门，再静静地回到讲台上。他想要一个人待着，一个人，安静地待着……

第九章

一张灰色的会议桌静静地立着。桌上放了一只铃铛，铃铛口像张开的鸟嘴一样朝向天花板；三个烟灰缸等距离摆在桌上；中间是一个花瓶，里面插的花已经枯萎。

多尔大叔往里瞥了一眼，用围裙擦了擦眼泪，转身走了。“这些凶手……”他从牙缝里挤出几句咒骂，接着两步跨进大走廊，下楼回到院子里。

“唉，又来了！”他继续自言自语，“我该说你天真呢，还是说你自以为是呢？你去招惹那些人干什么呢？你还要写那个宽袖子神父，假装祈福却偷你的东西。我们知道你想说什么，毒蛇就算口含玫瑰，也没人会去接它口中的花……他们一定会把它烧掉的，像烧野草一样把它烧掉！唉唉，我早就看透那些人了。来吧，斯坎弗拉斯，你又得单枪匹马把那个小子救出火海了。看到了吗？你这个莽撞的臭小子，逞什么英雄！那些人就是毒蛇，是饿狼。你说你现在能去哪儿呢，嗯？你这个一无所有的穷小子，能去哪儿呢？”

他通了通火炉里的灰，放上咖啡壶开始煮咖啡，他的胡子像小兔子一样上下弹跳着。

“老头儿，你又在碎碎念什么？”里屋的大婶问他。

“没什么，祖布莉娅，我正在数落你那个宝贝娃子呢。就是那个混小子，我们家那个。”

“嗯？他怎么了？”

“斯坎弗拉斯偷偷跟我说，他又得罪那帮人了。”

“我的娃儿哟！可是为什么呢？”

“他硬是要跟人家抬杠。人家叫他说‘阿门’，他非要说‘哈利路亚’。”

“真的吗？！为什么啊？”

“我哪儿知道为什么啊。虽然现在还没说怎么处理，但是斯坎弗拉斯先生看其他人的眼神，觉得这事儿应该没那么容易过。”

他往杯子里倒了咖啡，用一根小木勺搅拌几下，坐在板凳上咕噜咕噜一口喝完，就像喝药一样。

在此期间，楼上的人一个个围着会议桌坐了下来。校长穿戴非常整齐，整齐得像个亡者。所有人都扣紧了外套的扣子。斯坎弗拉斯脸色苍白，但神情刚毅。他的手上青筋凸起，头发也像发怒一样根根竖起。阿纳科里迪斯先生直直地盯着他的眼睛，以此壮胆。数学老师的大肚腩都快把马甲上的扣子撑掉了。神父小心翼翼地捋着胡子，像是要一根根数清楚似的。会议在冰冷的气氛中开始了，校长把铃铛挪到自己身边，铃铛叮叮作响。

“现在，我们照例简单汇报一下这周的情况。拉乌尔女士……”

女老师用手指熟练地转着铅笔。这个动作对她来说易如反掌，她很喜欢这么做。

“我没什么情况要汇报，校长先生。”

校长的目光淡淡地落在体育老师身上。

“我还是请求学校能修一修单杠……”阿格拉依说，“前天有一个女学生差点儿受伤。”

“你让他们小心点儿，我也记录一下。你呢，卡尔拉夫蒂斯先生？”

“嗯，”卡尔拉夫蒂斯把手指嵌在双下巴里，惺惺作态地说，“我建议教师协会关注一下以下现象：走廊里时不时飘荡着隐隐的香水味。我很努力地调查究竟是谁喷了香水。虽然还没有查出来，但我保证会继续努力调查……没有其他事了。”

远处传来沉闷的雷声，校长敲了敲铃铛。

“够了，这些都是无关紧要的事。先生们，我们今天要说的不是这些，今天开会要讨论的是其他事，一件十分严肃的事。对吧，斯坎弗拉斯？”

斯坎弗拉斯不安地站起来。他对此早有预感，他一直等待着。

“各位同事，我感到很幸运。”他开始发言，“感到幸运的同时，我也感到非常不幸。感到幸运是因为，我发现在我的学生中有一个才华出众的天才……各位，他的才华……”

“那你为什么还感到不幸呢？”神父捋着胡子打断了他。

斯坎弗拉斯眯了眯眼睛。

“我感到不幸，原因在于，虽然我的班上出了这么一位难得的学生，但同时，也出了一个告密者。”

“拜托！……说什么呢！……”大家议论纷纷。

“你这是抹黑一个负责任的学生！”卡尔拉夫蒂斯嚷着。

斯坎弗拉斯提高了声音：“校长先生……”

“可耻……这种说法纯属无耻……”神父脸色发紫。

“校长先生，您让我发言，我就一定要说个明白！”斯坎弗拉斯的声音铿锵有力。

“现在是斯坎弗拉斯先生的发言时间，任何人的辩护权都不应该被剥夺。开始您的辩护吧，斯坎弗拉斯先生！”

“我不是在辩护！”斯坎弗拉斯强调道，“我是在谴责！”

“您把自己置于了被告的位置。”校长说，“无论如何，您继续吧……”

“我抗议！”阿格拉依喊道，“你们未经调查就下结论。”

“醒醒吧，可爱的同事……”神父火药味十足。

“我很清楚地看到你们没有一个人在听他说话。”

“冷静……”阿纳科里迪斯嗫嚅道。

斯坎弗拉斯从口袋里掏出黄色作业本。

“瞧瞧，犯罪证据是从谁的口袋掏出来的……”卡尔拉夫蒂斯说。

“您要是稍微有点儿耐心，就能避免很多类似这样的不公指控了……各位同事，我不是要求大家对这件事宽大处理，我是要求大家关注这件事。先听我说完，再做评判。”

“我竖着耳朵呢……”卡尔拉夫蒂斯冷冷地说。

阿格拉依打量着他。说得没错，他就是那种时时刻刻竖着耳朵准备好偷听的人。

“好的，您听着……”

“听着呢！我不仅听，我还闻！我已经闻到了女生的香水味……尤其是每次我经过走廊的时候……”

“请你闭嘴！”校长喊道。

体育老师瞬间脸色发白。她的朋友紧紧地握住她的手安抚她。斯坎弗拉斯低头看着作业本，说：

“我知道，对于你们中的某些人来说，这篇文章的语言风格会引起恐慌。”

“不是某些人，是所有人！”神父喊道。

“听我说完，”斯坎弗拉斯说，“然后您有权利做出自己的评判。”

“说得好听……”物理老师不怀好意地说。

“同事们，我很确定，”斯坎弗拉斯继续说道，“一旦读完这篇文章，再铁石心肠的人也会动容。它表达的情感是如此温暖，如此悲天悯人，能让……”

“说内容，直接说内容！”

“请大家冷静……”安贝尔喃喃地说，“无论如何，请大家冷静。”

“我坚持把话说完。它表达的情感是如此温暖，如此悲天悯人，能让你们的内心变得柔和。你们读完后，一定会像我一样，为这样一颗明日之星感到欣喜……”

校长敲了敲铃铛：“请不要煽情，不要植入情感！……”

神父立刻附和。

“不要说那些云里雾里的东西，”他干巴巴地说，“说说你那个学生都做了什么可耻的事。”

“请大家冷静……冷静……”安贝尔又喃喃道。

“闭嘴！录音机！”神父涨红着脸大叫。

“这里还有没有秩序了？”拉乌尔女士抗议。

“真是乱成一锅粥！”阿格拉依也斥责道。

“我开始读了……”斯坎弗拉斯从容地说。

四周安静下来。卡尔拉夫蒂斯的山羊须以一种奇怪的姿态抽动着。斯坎弗拉斯平和而充满感情的声音响起来。但是还没说几句，神父就像动物园里的野兽一样嗷嗷大叫：

“这是亵渎！”

“够了！”校长大吼。

“简直是一派胡言！”卡尔拉夫蒂斯歇斯底里喝道。

“简直是杰作啊……”体育老师眼里含着泪水说。

“我也觉得……”拉乌尔女士窃窃私语。

“我也觉得……”阿纳科里迪斯感动得声音颤抖。

斯坎弗拉斯抬起头，眼中闪耀着愤怒与自豪的火花。

“我坚持要求你们让我念完。”

“我不同意！”神父喊道，“他亵渎了圣餐礼。”

“说什么‘我更喜欢柠檬’……太可耻了！”卡尔拉夫蒂斯咆哮道。

“我建议开除这个亵渎神灵的人！”神父大叫。

“我附议！”卡尔拉夫蒂斯也大叫。

“宽容一点，先生们……”安贝尔咕哝着。

阿格拉依挺直了身体。

“你们这些刽子手！”她喊道。

铃铛疯狂地响起来。

“我有话说，校长先生。”拉乌尔腼腆地说。

“请说……”

“我有一个建议：关于开除这件事，能不能让那个学生过来，做个检讨就算了。如果他能对他的行为进行检讨，并保证以后绝不再犯，我看就没有必要开除他了吧。毕竟把他赶出学校，剥夺了他忏悔的机会以及继续受教育的可能。各位，你们觉得可以吗？”

“就这样吧……”校长不情愿地说。

“随便吧……”卡尔拉夫蒂斯说。

“行吧……”神父说。

大家都安静下来了，拉乌尔女士的眼中充满了热切的满足感。所有人都看向斯坎弗拉斯先生，他还是一副不屈不挠的神情。

“各位同事……”他说，“我非常荣幸，我对这个孩子的个性有比较深入的了解。在我平生所见的人当中，他的骄傲和狂热无人可比。我可以提前告诉你们，你们这是在浪费时间，他不可能接受你们的条件。”

“什么！”校长怒不可遏。

“那就让他滚蛋！”卡尔拉夫蒂斯说。

“让那个野蛮人离开！”神父说。

阿格拉依的头发甩得像团火。“完蛋了……”她说。

斯坎弗拉斯抬起双手，示意大家安静下来。

“稍安勿躁，各位同事。很遗憾我们之间存在着巨大的分歧。我已经想好了该怎么了结这一切。我不会把我的想法强加给你们，但是我一直以来都非常注意一件事，就是不要让权力凌驾于道德之上。现在，请容我简单地介绍一下这位涉事学生。你们要清楚，这个骄傲的孩子是孤身一人在这个世界上奋斗的。这个世界充满了恐怖和非人的境遇，而他无依无靠。我们面对的是非常罕见的情况，他必须在冷漠与残酷的社会中自己闯出一条路。”

“到此为止吧，够了！”校长大叫。

“闭嘴吧……”卡尔拉夫蒂斯紧张地说。

阿格拉依瞪大眼睛看着他。

“别再说了……”她对斯坎弗拉斯说，“您没看到他们的反应吗？”

“无神论调，血口喷人！”神父高喊。

“冷血动物！”阿格拉依咕哝着。

斯坎弗拉斯再次提高了声音，他的脸色更加苍白了。

“不！我不会如你们所愿就此闭嘴的。”

他把手伸进口袋。

“我早料到会遇到强大的阻力，因此，我已经提前采取了措施。我在这里书面给出了两条相应的意见。第一条，我坚决要求开除告密者。”

“无耻之徒！”

“胆大妄为！”

“……至于另外一条，我已经向教育部报告了所有的细节，并提出请求，如果不能给出公正的处理结果，就接受我的辞职。也就是说，各位同事，我已决定遵从自己的良心，与这位遭受不公待遇的学生共同进退。再见！”

可怜的安贝尔，一瞬间简直要昏倒了。

“我也一样……”他小声说完，走出会议室。

剩下的人都面面相觑。

阿格拉依脸色苍白，她严肃地站起来，拖开凳子，坚定地说：

“如你们所愿，先生们，我也辞职！”

“幸福的爱侣／又夫唱妇随地／出来采水仙花了。”卡尔拉夫蒂斯冷冰冰地诵道。

阿格拉依还没有走出会议室，她在门槛处迅速转身，冲到那个胖子身边，用尽体育老师的全身力气，狠狠地给了他一巴掌。

卡尔拉夫蒂斯瞬间失去了平衡，他肥胖走样的身体连同椅子一起摔到地上，发出地震般的巨响。阿格拉依挺直身体，迤迤然离开会议室，就像走出庞贝城的美丽女神。

第十章

第二天早上，学校里炸开了锅。孩子们来来去去交头接耳，个个垂头丧气。整件事都传开了，包括所有的细节。最后，女孩们也都知道了这件事，她们焦虑不安地在小院子里踱着步，活像忙乱的金翅雀。

阿格兰贝丽突然面对朋友站定，她双拳紧握，头向后仰起，就像在对着太阳祈愿。

“我要开始用民间语写作文！”

“你说什么？”卡丽翁齐惊讶地望着她。天啊，这人疯了！

“我说，我要开始用民间语写作文！……”

“啊？你疯了吗？完了完了……”

“我是疯了。”

“我能告诉其他女生吗？”

“你爱告诉谁就告诉谁！”

卡丽翁齐被她鲁莽的举动整蒙圈了。

“你脑子糊涂了吧……”

“我还能怎么办？”

“你这么做，他们会开除你的，你以为他们会原谅你？”

“我就是想让他们开除我。这样的初中读着还有什么意思？”

阿格兰贝丽撇下她，跑到河边的一棵白杨树下，抱着树开始哭泣。她把头埋在双臂间，哭得肝肠寸断。

“谁来告诉我她这是要上吊还是怎样？”卡丽翁齐心里暗道。

她走到杨树旁，心想：“她不觉得丢脸吗？”又感觉她挺可怜。

“喏，给你吃点儿开心果……”她对阿格兰贝丽说。

“你就知道吃……就知道吃……我都想投河自尽了，你还只想着吃的。”

“拜托，你不觉得丢人吗？大家都看着呢。”

“我管他们呢。”

“那万一人家猜出你的心意了呢？”

阿格兰贝丽悄悄地用蓝色手帕擦了擦眼睛。

“他们能猜出什么？”她不安地问。

“就那个咯，还能有什么？”

“哪个？”

“哪个？哈，你心知肚明。就……就是你疯了……”

“我是疯了……”她悲戚地说。

“你不觉得羞愧么？”

“我为自己还活着而羞愧。”

“可怜的姑娘啊，万一他们觉察到了……”

“谁觉察到了？觉察到什么了？他们能觉察到什么？嗯？你为什么不说话？”

“觉察到你……整个人，从头到脚……”

“怎么了？”

“没什么……”

阿格兰贝丽又抱着树不由自主地哭了起来。突然，她松开手跑开了，消失在墙后面。“完了……这下大家都要看好戏了！”卡丽翁齐默默想着，朝几个聚在一起的三年级女生走去。

“姑娘们，你们知道吗？”她对她们说，“斯塔米利说她要开始用民间语写作文了。”

“真希望她现在就在这里，我想亲亲她！”布拉赫曼妮大叫。

“为什么？”卡丽翁齐傻傻地问。

“为什么？你以为我们打算做什么？”

“你们也打算用民间语写作文吗？”

“我们已经决定了。”

“那，我们跟男生们也说说。嗯？”

“你来得正好！”布拉赫曼妮说，“你和他们关系比较好，快去告诉他们。但是要留神，别让卡伦巴洛斯看到。”

“说得像是我很怕他似的。”

“好啦，好啦，快去吧！”

卡丽翁齐跑到男生们的地盘上，但是没看到一个三年级学生，只看到达克里奇科斯带着他的小伙伴们在河边晃荡，往水里丢石头。

“你好啊，克里斯提蒂斯……”她对他说。

首领冷冷地看着她，对哈莫利亚斯说：

“喂，问问她想要干什么。”

副官转过身，对她说：“什么事啊，小妞儿？”

“你们想过用民间语写作文吗？”

哈莫利亚斯看着他的首领：

“写吗，索里？”

达克里奇科斯眯了迷眼。

“去他娘的公羊角角，写，干吗不写！”

“我们要写的。”哈莫利亚斯对她说，“你快去告诉其他女生。”

卡丽翁齐像小鸟一样蹦蹦跳跳离开了。

“他们也加入我们了！”她边跑边叫。

“太好啦！”女生们欢呼着拥抱在一起。

达克里奇科斯正在挤下巴上的一颗青春痘。

“叽叽喳喳的，烦死了！”他说。

库库洛斯走到他身边坐下。

“索里，你看……”

“看什么？”

“你不觉得她们很招人喜欢吗？”

“谁？她们？”

“是啊。”

“我可受不了她们。”

库库洛斯嘴巴噘得老高。

“为什么呢，索里？”

达克里奇科斯终于把整颗青春痘挤出来了。

“你怎么不说呢？”库库洛斯不死心地追问。

“没有为什么，”首领粗鲁地说，“我讨厌所有叽叽喳喳的人。走吧！”

所有人都密切关注着通往学校的那条路。梅里奥斯还没有出现，上课铃就快响了。

终于，一个身影出现在转角。是的，就是他！

他径直往地下室的方向走去。大家都小跑着跟在他后面，虽然没人示意，但他们都非常默契地没有出声。

“他们要开除你吗？”响起一个声音。

“开除我倒无所谓，糟糕的是有三个老师要辞职。”

“我们不会让他们辞职的！我们什么都知道了。”

“开不开除我，我并不在乎……”他又说。

这时，一个六年级小青年走到前面。

“卡德拉斯，”他说，“你不认识我，但是没关系，我知道你。我叫希卡洛斯。他们要是敢开除你，我们就把这里全拆了。”

他穿着一件磨旧的上衣，没有穿外套，看得出来他很冷。

“我们不同意！……”几个自负的声音升起。

梅里奥斯在其中听出了他的朋友斯塔米利斯的声音，一阵心痛。虽然他们自分开后就再没有说过话，但是现在见他和其他“娇惯”的人站在一边，他还是觉得难受。

“我们走着瞧！”“留级帮”的一两个成员说。

“你们想干什么？”梅里奥斯严肃地问。

“我们要砸玻璃。”两三个声音嚷嚷着。

“我们要用臭鸡蛋砸卡伦巴洛斯和他的同伙。”

“我不同意……”梅里奥斯说，“这样还不如让他们把我开除了。”

“我想到啦！”哈莫利亚斯大叫，“我们在卡伦巴洛斯后面挂一根香肠，让市场里所有的猫狗都追着他跑。这主意不错吧？”

“闭嘴！”达克里奇科斯说。

“你有更好的主意？”大家问他。

“有。”

“说来听听。”

“等会儿，等我先把那个‘犹大’扒光了再说。”

“他在这里！”一两个三年级学生大叫。

弗洛斯嗅到气氛不对，一溜烟夺门而出。但是“留级帮”的人快得像子弹，几步上前把他架住，拖到河边直接丢了下去。

首领拍着手回到地下室。

“好了，现在你们听着。”他说，“啊，我看到这边还有几个‘小甜心’赖着不走，河水可是有点儿冷哦，不信你们问问弗洛斯。”

“说吧，我们该怎么做？”孩子们问。

“我们晚上过来砌一道墙，把门堵了。”

“太疯狂了，我喜欢！”哈莫利亚斯激动地大叫。

“我去把我爸爸的小铲子偷过来！”一个声音说。

“我们帮忙运石子。”

梅里奥斯一言不发。

“这个主意他也不喜欢……”哈莫利亚斯失望地说，“这也不行。那你要我们怎么做呢，你说啊。”

“首先……他们还没有开除我呢。”

“那‘叨叨’、安贝尔和我们的阿格拉依呢？”

“他们也都还在原来的职位上。我们在等教育部的答复。”

“你表个态呗！”哈莫利亚斯嚷道。

“喂！”达克里奇科斯插话了，“女生们都已经决定开始用民间语写作文了。我们怎么可能让她们走在前头？”

“我们也要做同样的事！”所有人都说。

哈莫利亚斯走近梅里奥斯。

“卡德拉斯，现在所有人都站在你这边，所有人，包括女生们也是。你开心吗？表态呗，说呀！”

梅里奥斯感动得热泪盈眶。

“表态呀！”

“我不能……我不能……”梅里奥斯说。

“什么意思？”孩子们面面相觑，“达克里奇科斯，他这是在说什么？”

“说你娘个公羊角角！你们这群傻瓜，什么都不懂，我还能拿你们怎么办？去他娘的！真是没办法跟这里任何一个人沟通！”

他吐了一口痰，走了。

“我赞成用民间语写。”所有人异口同声。

远方，阿格兰贝丽在杨树林里徘徊，眼睛睁得大大的，头发散着，像圣女吉纳维芙一样。卡丽翁齐在“边境”来来回回地跑，像侦探一样搜集着一切消息，还时不时跑过来告诉她“民意调查”的结果。

“阿格兰贝丽！”她远远地就开始喊，“瞧我给你带来了什么消息。”

“什么消息？”

她上气不接下气跑到她身边，扶着她的肩膀。

“什么消息？”她焦急地问。

“你靠着白杨树站好，可别晕倒啊。”

“快说，什么事？”

“他来了。”

“谁？”她问道，努力让自己的声音显得冷淡，“谁来了？”

卡丽翁齐平复了呼吸，打量起她。“狐狸。”她心想，“哈！你这只狐狸！你等着看吧。”

“你问我说的是谁。”她俏皮地回答，“当然是‘叨叨’了，还能有谁？”

“你不觉得惭愧吗？这么叫他。”她的声音略带绝望，“他对你做过什么吗？他不是个好人吗？”

“他是个好人，所以我才愿意这样叫他。你看到那些人了吗？那些人谁都不理我。他们在那边组成‘民间语帮派’，把咱们俩排除在外了。现在整个学校到处都是帮派，只有你还在睡觉……我还打听到其他事，他们想在门上砌堵墙，已经在商量石子的事了。但是有人跟他们说‘不行’，因此不了了之了。还有还有，他们给雅典那边写信了。如果那边说‘叨叨没有错’，那么好，‘叨叨’就能留下来；如果那边说‘叨叨错了’，那叨叨就要走人了，还有安贝尔先生和阿格拉依，也要走人。”

“还有其他事吗？你还知道些什么？”

“没有了，我说没有了。我知道，但是不告诉你……你见过傻鸟吗？”

“没……”

“哼，我不就是只傻鸟吗？就因为我学习不好，你就当我是傻瓜吗？我就算是傻瓜，也有权不告诉你。没有……我没有其他要对你说的了。”

阿格兰贝丽恳求地看着她。

“好吧……”她说，“我没什么要问的了。”

“你是吃了火盆吗？脸色这么差。不对，我敢打赌我现在要是朝你吹口气，你都能倒下。可是，我是爱你的呀，除了你之外我从来没有这么爱过一个女生……我老妈是开杂货店的，所以没有一个女生愿意和我做朋友，而且我还戴着眼镜……你见过戴眼镜的女孩吗？可是你不一样。我有一个姐姐，她的眼睛和你的一样漂亮，不过她已经结婚了。我要是对她说谎，她就用这样的眼神看着我——对，就是你现在这种眼神，让我受不了，每次我都得哭着求她原谅我……”

“好啦……你怎么哭了！……”

“你能原谅我吗？嗯？斯塔米利？”

“你干吗哭呢？”

“我想让你原谅我。告诉我，你会原谅我的，对吧？还有，别再用这样的眼神看我了……拜托了……我不会再向你隐瞒任何事……包括卡德拉斯来学校了这件事……你不用找了，这里没有白杨树……来，斯塔米利，靠在这里，靠在我的肩膀上！……”

第十一章

第二天早上突发了一件大事，犹如地震……就算是神父这自诩为先知的人，也始料不及。听到这个消息，校长的眼神失去了最后一丝冷静；安贝尔正在系领结，他魂不守舍地随手将系好的领结又拉了下来；另外一些人则摩拳擦掌。

“来得正好，”卡尔拉夫蒂斯说，“倒省了我们去请的功夫。”

“上帝的使者！”神父捋着胡子说，“把那些亵渎神灵的人统统烧死，不要给他们一丝忏悔机会。”

发生了什么事呢？消息是多尔大叔带来的。

他说他当时正在煮豆子。时间很早，学校还没开门，从车站传来火车到站的汽笛声。

他说他用杯子盛了煮好的豆子，正要给祖布莉娅端进去……就在这时，一位先生过来拍门。

“请问您是门卫吗？”那人问。

“如果上帝允许的话……”多尔大叔说，“我到明年都还是门卫。”

"我叫雷奥斯，是巡视员……"那人说。

多尔大叔吓得一把抓住了窗沿。

"真不好意思，巡视员先生，"他说，"我不知道是您来了，真是失礼了。"

"我正好入住附近的酒店，就想过来打声招呼。"

"祝您一天顺利愉快，巡视员先生。"多尔大叔说，"您要进来喝杯咖啡吗？"

"晚点吧……"巡视员说。

"那就等您什么时候方便吧……"

"好的，我先走了。祝您一天愉快！"

"所以我就赶紧跑来告诉您了，以免您措手不及。"大叔对校长说。

"确实挺突然的……"校长咬着发白的嘴唇，"确实让我们猝不及防，费奥多尔先生。"

之后，多尔大叔又拖着老胳膊老腿儿去其他人家里一一通知。

"为什么不让他们知道呢……那个人说他是巡视员，又不是什么老师。"

在神父家里，他们聊了几句。

"您看起来似乎很高兴啊，神父。"他说。

"不仅高兴，也很满意。"

"可是，我能不能问一下，为什么高兴呢？"

"当然可以。因为那些亵渎神灵的人将像烟一样消散！"

多尔大叔离开时在他的小胡须下嘟囔着：

"上帝啊，能不能告诉我，如果您自己的人都有这样一副蛇蝎心肠，那您的敌人该是什么样的？伟大的造物主啊，您怎么造出了这样的人？”

上午十点钟，巡视员微笑着穿过大门，上楼进了办公室。

大家都僵直地候在那里，黑色西装下的身体瑟瑟发抖。

校长先走上前迎接他，然后向他一一介绍各位同事。

巡视员始终面带微笑，看起来就像他一旦笑了就觉得微笑是极好的，想要一辈子都这么微笑下去。

他看着校长阴沉沉的脸，又笑了一下，仿佛在说：“您也试着笑一下，感觉非常不错哦。”不过只是徒劳，校长那张脸上从来没有出现过微笑。

他们为巡视员要了咖啡。他喝了一口，对端来咖啡的多尔大叔说：“太好喝了！您这咖啡煮得太专业了！”

大叔像老熟人那样对他笑笑。

“等我这边结束了，咱们俩喝一杯，如何？”巡视员问。

“备感荣幸……”老人说，“我一定拿出看家本领！”

回到楼下，大叔又开始念叨了。

“唉，真是捉襟见肘啊！上帝啊，您怎么让好人都这么穷呢？”

“你又一个人在那儿瞎叨叨什么呢？”祖布莉娅从里屋问他。

“没什么……我得穿好一点，准备招待客人。”

“你又要招待什么‘客人’啊？”

“没什么，就是巡视员而已……”

“那可是贵客啊。”

“婆娘，这种事情就看我的吧。指不定能跟他搞好关系，顺道在他面前帮那个傻小子美言几句，躲开那些人的明枪暗箭。让我来处理，我知道该怎么做。”

“你想怎么做就怎么做吧。”大婶说。

楼上，巡视员正在向大家解释这次突然造访。他说他刚好路过这里，既然来到这里了，就希望借此机会跟孩子们见见面。

这事儿不难办。接待厅很大，容得下所有学生。不一会儿，各年级学生都集合在这里了。巡视员微笑着走上讲台。

“早上好啊，孩子们……我正好路过你们这座城市，就想着顺便待几个小时，跟大家认识认识。我很高兴能见到大家朝气蓬勃的笑脸，一个小时就足以让我爱上这个城市了。生活在这样一座美丽的城市，怎会不笑逐颜开呢？我向你们承诺，等到了暑假，我会再来这里，跟你们近距离地一起度过夏天，更好地相互了解，成为好朋友。孩子们，我很想跟你们结伴散步，但是哪条路能同时容得下我们这么多人呢？无论如何，虽然我们相处的时间很短，但我已经对一件事有了深刻的了解，那就是——你们都是积极向上的孩子。我忍不住想对你们说，我对此感到非常高兴。在这个世界上，一个人只有通过这样的状态，才能展现其想展现的高度，哪怕他只是个孩子。这个世界上没有真正的侏儒，有的只是意志薄弱、自暴自弃的人，这样的人终将一事无成，因为他们没有自尊心和自豪感。自强即是不朽，懦弱者在人类历史的长河中永远只是无足挂齿的微尘。自强者即便死了也受人尊敬，懦弱者即便活着也遭人唾弃。我国伟大诗人科斯蒂斯·帕拉马斯写过一首诗，在这里，我想和大家分享。我随身带着这首诗，稍等，我把它翻出来。孩子们，借此机会我要跟大家说，我的行事准则就是以这首诗为指南的。”

他把书摊在掌心，翻到那首诗所在的一页，开始朗诵：

摆渡人将狄吉尼斯放在马背上，
送往冥府。
……

他朗诵完整首诗，又重新念了开头那句：

摆渡人将狄吉尼斯放在马背上，
送往冥府。

“孩子们，为什么摆渡人要把狄吉尼斯放在马背上送往冥府？”巡视员问，“谁能告诉我，为什么在诗人的描述中，把一位逝者放在马背上？谁来说说看？来，大家踊跃一点！……说说看，孩子们，这非常简单。”

终于，一个学生举起了手。

“很好！”巡视员说，“您叫什么名字？”

“帕斯特拉斯。”

“好的，帕斯特拉斯，您觉得为什么摆渡人要把狄吉尼斯放在马背上？”

“因为……因为狄吉尼斯已经死了，没办法走路……就这样，所以他只能骑马。”

巡视员笑了。

“呃……这个解释非常实用，但是我觉得诗人不是这样想的。其他人有别的意见吗？孩子们，说说看。”

这次没人吱声了。巡视员一再动员，也没人站出来。最后，他只好转向校长。

“校长先生，您有推荐人选吗？这些孩子们看起来都有一个……一个问题，就是过于谦逊了。或者各位老师，有谁能向我推荐他的某个学生？”

没人回答。

“真可惜……”巡视员说，“我还暗自希望能有这么一个人……你们再想想……”

这时，斯坎弗拉斯像个学生一样红着脸害羞地站了起来。

“打扰一下，巡视员先生。”他说，“请允许我斗胆推荐一个人……当然了，我犹豫不是因为我觉得他回答不了这个问题，关于回答问题这一点，我是非常肯定他能做到的！……”

“那是为什么呢？”巡视员好奇地问。

“我担心如果让他来回答，可能会打击其他学生的自尊心，因为他是低年级学生。……卡德拉斯！”他激动地向人群中喊，“你上来，孩子。卡德拉斯！难道没有来吗？”

“他来了，老师，他在这里！”一些学生喊道。

“让我来，我来把他请出来……”巡视员说，“卡德拉斯，这个问题非常简单，你为什么不上来呢？……太好了，现在请告诉我们，卡德拉斯，为什么摆渡人要把狄吉尼斯放在马背上送往冥府？”

“因为……因为狄吉尼斯虽然已经死了，但仍然和其他真正的勇士一样，令人敬畏，受人尊重。”

“非常好！说得太好了！真为您感到高兴，我的朋友。那么诗人又是怎样通过其他人来表明这一点的呢，嗯？”

“通过将其他人——不是英雄的那些人——的尸体像废物一样绑在马后面来表明。”

“就是这样！我对你的回答非常满意，我的朋友。你愿意跟我继续讨论下去吗？”

“荣幸之至……”

片刻之后，因疑惑与激动而轻轻颤抖的巡视员转向斯坎弗拉斯。

“这位老师，怎么称呼？”

“斯坎弗拉斯……”

“斯坎弗拉斯先生，如果这个学生不是临时找来应付的……”

“当然不是，巡视员先生……”

“……那么，这个学生拥有某种……极为罕见的天赋。我对他充满了深深的好奇，非常希望能够看一眼他写过的作业。”

“您正好可以看看他最后一篇作文……”斯坎弗拉斯轻声说。背后某些不怀好意的人吹起了口哨。

“我时间有限，但我愿意挤点时间看看这篇作文。他的书写整洁吗？”

“非常整洁。”

“卡德拉斯，把你最后一篇作文拿上来，孩子。”

“我……我没带。巡视员先生……很抱歉，我……我不能……”

“他带了，先生！！”“留级帮”成员们疯狂地喊起来。

巡视员看着斯坎弗拉斯。

“他很谦虚，这一点让我很感动。……拿上来吧，孩子。”

不一会儿，大家就手递手把作业本传到了巡视员手中。

一开始，雷奥斯先生站着看，后来，他让人给自己搬了张凳子。他整个人都沉浸在那本橙黄色作业本里了。

全部看完之后，他热切地要求见见那位“肇事者”。

“这个学生现在在哪里？”

他跑到大厅，在学生中寻找。梅里奥斯的朋友们挤挤搡搡把他推出来。

“他在这里，巡视员先生！”

“在哪儿？我的孩子啊……”他叫了一声，紧紧地把他抱在怀中，“谢谢你！我希望你以后也能得到幸福……我已经很久没有这么感动过了……卡德拉斯，这个城市是非常小的，孩子……斯坎弗拉斯先生……”随后，他走到老师身边，说，“我真心实意为您感到高兴……”说完，他紧紧抓住老师的双手。接着，他对所有人说，“先生们……恭喜你们！”之后和他们一一握手。

大厅里爆发出如雷般的掌声，巡视员激动地擦了擦眼睛。

阿格兰贝丽蹲在卡丽翁齐的脚边哭得不能自已。

“傻瓜……你干吗这样？”“小汽车”一边偷偷用胖乎乎的手擦着眼睛一边说。

“你没听见他说的吗？我们的城市非常小，他总有一天会离开的……”

神父走出大厅，抓了把胡子狠狠咬在嘴里。校长渐渐死心，放弃了最后一丝使坏的企图。安贝尔激动得忘记了法语，也忘记了希腊语，忘记了一切……他语无伦次地说着人们闻所未闻的语言！

这真是伟大、令人振奋和难忘的一天！

第十二章

复活节圣周到了，街上到处是敬神的气息。女生们规规矩矩地低垂眉眼，她们都戴着花，但是千篇一律。达克里奇科斯和他的小伙伴们一直在搜集各种各样的边角料，他们要造一个犹大像拿到村里烧，吓一吓那些老太太。

首领还亲手写了一句对犹大的判决词：因出卖耶稣而被烧死！

“你信这件事吗，索里？”哈莫利亚斯问。

“信根毛线。”

“那我们为什么还要造这个犹大像？”

“因为卡伦巴洛斯不准我们造啊。嘿，就是因为这个！”

“哪个？啊……就只是因为这个？”

“不是，我纯粹就是想烧东西！”

库库洛斯从田里偷了些麦秆，塞满犹大的裤管。就在这时，首领精明的脑瓜突然想到了另外一件事：

“我觉得，咱们给它浇上汽油吧，这样烧得更旺。”

路上走来一个小老头儿，他的衣领脏得发硬，胡子下面那张脸一脸疑惑地看着他们。

“你们造的是哪个神的像啊？”他问。

首领眯了眯眼睛，一脸嘲弄地看着他。

“是伊斯卡里奥特的吗？”老头儿接着问。

哈莫利亚斯推了推首领。

“他在说啥，索里？”

“说他娘的公羊角角！他讲话像在做弥撒一样，我哪儿知道他说什么。”

“如果……如果你们造的是伊斯卡里奥特的像，你们就犯了一个历史错误。”

“是什么呢，大叔？”

“伊斯卡里奥特是不穿裤子的……”

“啥？”

“他不穿裤子。”

“哎呀妈呀，太雷人了。那他穿什么，大叔？难不成他穿裙子？”

“差不多吧。”

库库洛斯眼中闪过一道光。

“嘿，大伙儿，”他对其他人说，“穿裙子不是更好吗？烧起来更好看！”

他刚说完，就被人从背后拍了一巴掌。

“白痴！你脑袋进水了？穿裙子看起来比耶稣像还勇武，还能叫犹大吗？”

库库洛斯赶紧闪到一边，以免再挨几巴掌。

首领拿着楔子望向老头儿：

“喂，大叔，穿裤子有什么问题吗？你摸着你的小胡子告诉我，有什么问题吗？”

“你让我想起一些乡下画师。不论是不是故意的，他们画的耶稣穿着红鞋子……”

“我不知道你在说什么。那你能告诉我，犹大是多少岁吗？”

“大概……四十岁。”

“行。那他的职业是什么？”

“是门卫吗？”库库洛斯插了一嘴。

“闭嘴！……说吧，大叔，他的职业是什么？”

老头儿摸着胡子，毫不犹豫地说：

“学生……”

达克里奇科斯像被油泼到了一样暴跳起来。

“喂，老头儿……”他厌恶地说，“你要放屁就滚远点儿，别在这里指桑骂槐。”

“我为你的措辞感到遗憾。”

“你说出这种蠢话，还指望我对你说什么？”

哈莫利亚斯插话了。

“等一下啊，索里，搞不好这是一个多年的误解呢。大叔，我问一下，犹大是个坏学生吗？”

“最坏的学生。”

“你瞧……他就是咱们‘留级帮’这样豪气冲天的人，知道吧？你太冲动了……”

但是老头儿不同意这个看法。

“他可不是豪气冲天的人……”

“你说什么？”

“我说他不是豪气冲天的人，他是个叛徒……”

“你把事情弄得乱七八糟的。”

帮派的气氛骤然变压抑了。一开始，事情发展得好好的，接着这个老头横插一脚、混淆视听，他想干什么呢？

他们现在对于造犹大像这件事已经意兴阑珊了，哈莫利亚斯建议算了吧，大家各回各家。但是首领不同意。

“没事。我们抓只狗，把它绑在狗的后面。”

“别呀，索里，这样做的话，那些大肚婆看到了会流产的。”

“这样更好，少一点熊孩子来烦我们。出发吧，冲啊！”

“那我们上哪儿去找狗呢，索里？”

巷子里到处都是，随便抓只流浪狗就是了。

一帮人在巷子里到处找狗，不一会儿就绑来一只呜呜叫的赤毛狗。

首领在它身上系了根绳子，狗拖着犹大像跑掉了。

随后，大家魂不守舍地回到镇上，每个人的双眼都笼罩着一层阴云。唉，圣周不应该这样过，他们的心里一阵失落。

“你难道不希望犹大不存在吗？”首领十分纠结。你想，如果这是真的，那所有的喧闹不就都是徒劳吗？“还过什么复活节？只是为了可以捉弄小姑娘，烧她们的辫子吗？当然，这也是挺好玩的事。可是，就只是为了这些吗？”

首领的脑袋涨得生疼。

“要不我们找只猫吧……”哈莫利亚斯说。

“找猫做什么？”达克里奇科斯冷冷地问。

“弄死啊。可是，你瞧瞧，那些猫都不知道跑哪儿去了！嘿，索里，你不是有一只小灰猫吗？我们去抓过来？”

“不行！”首领斩钉截铁地说。

你想想啊，要是没有犹大的话，那些神父怎么还对着我们长篇大论呢？他们还不如清清楚楚地对我们说“没有犹大”，干吗还要在教堂里说他的名字？

库库洛斯打断了首领的沉思。

“嘿，索里，你知道耶稣的外号叫什么吗？”

“你在这儿胡说些什么呢？不知道。”

“耶稣没有外号……”哈莫利亚斯说。

“你少自作聪明。我在神父那儿听他叫了两次耶稣的外号。”

“是吧？那他外号叫什么啊？”

“亚马太！你们总是自作聪明，唱诗班的人每天都唱这个外号呢。”

“我看你是又皮痒了吧……”

“敢不敢打个赌？”

“别吵吵……”

库库洛斯就是欠揍,不一会儿他就该哭了。首领照常吐了口痰，一声不吭走在前面。他们一行来到教堂前，那里弥漫着乳香。唱诗班的人像被针扎了一样在吊着嗓子唱歌。库库洛斯突然想到了什么，一把抓住了首领的袖子。

“你等着瞧吧！”他说。

“你抽什么风？”

“我认识这里的点灯人，他有时会到我叔叔那儿喝齐普罗酒[①]。”

“所以呢？”

“什么所以呢？我们可以悄悄找他出来问清楚。”

首领同意了。

库库洛斯闪进门内，向点灯人示意出来一下。

“他马上出来……”他对其他人说，“到时候就知道谁是对的了。”

点灯人像一只油老鼠从教堂的小门钻出来，他的两眼由于烟熏而泪水汪汪。

“伊纳铁大叔……”库库洛斯叫他。

“我叫伊格纳帝奥斯！”

“可是我叔叔不是这么叫你的啊。”

“你叔叔怎么叫是他的事，我的名字叫伊格纳帝奥斯。”

“这又不是我的错……”

“行吧，不关你的事。有什么事就说吧，我在里边的祷告只进行了一半呢。”

“耶稣有外号吗？”

“你这个坏伢子，竟然在复活节圣周问这种问题，小王八蛋！你没有其他事情做了吗？在这里一个一个地给人起外号！”

“那亚马太是什么？嗯？你就只晓得骂人。你说啊，亚马太是什么？”

“等一下……”点灯人想了想，忽然问，“你是说亚马太？没有，教堂里没有过这个说法。但是如果你说的是亚马利太，那就不一

① 齐普罗酒：希腊的一种烈酒。

样了。”

“哼，不然你以为我说的是什么！”

“那你干吗不把它说对呢？”

“我说了，亚马利太。那是什么？”

“亚马利太？”

“对。”

点灯人愣住了。他用油腻的手拨了拨头发，手指上上下下捋了几下，然后语气犹疑地说：

“掘墓人……”

首领吐了口痰：

“你有时间在这里唬人，不如往头上插根灯芯点了给自己去去油，阿格纳铁大叔，还是什么大叔来着？”

一语戳中了伊格纳帝奥斯大叔的痛点。瞧瞧，这些没文化的小崽子竟然看出自己不懂行。

“你们在这儿等一下……”他说，“我很快就出来，就一眨眼的工夫。”

他走进去，关上小门。

“我们把他说跑了。”哈莫利亚斯说。

“那是他自己不经骂。”首领说。

但是他们都错了。片刻之后，油老鼠又钻出来，示意他们围过去。

“说吧，那是什么？”库库洛斯问，“亚马利太是什么？快说呀！”

“一个村庄。”点灯人很快说完，退回去关上了门。

库库洛斯脸上挨了首领一巴掌。

“呐！这就是你胡说八道的下场！”说完，他又吐了口痰。

一伙人继续前进，气氛更加低落了。我的神啊，真是沉重的一天！耶稣竟然没有外号……犹大竟然不穿裤子，而且还没人能证实他的存在。三个失去了恶作剧目标的小混混，该怎么度过这漫长的圣周呢？他们路过一只摆在路边的竹筐，达克里奇科斯冲上去，几脚把它踢烂了。他真幸运，总算是做了件坏事了。可是其他人呢，他们能做什么？哈莫利亚斯学他踢了一两扇门，脚痛得要死，只好放弃了。库库洛斯突然又想到了什么，冲上来叫他们。

“喂，你们知道吗？听我说呀……”他大叫。

首领看着他，像看着一盘发霉的食物。

“又怎么了？”

“我叔叔的咖啡馆里有一个人，他说这世界上根本就没有神！”

其他人一点儿兴致都没有了。

“有没有神关我什么事！”首领说，“我在乎的是犹大究竟存不存在。这才是我关心的。因为要是犹大不存在的话，我们就失去目标了。”

“我也觉得，我们失去目标了……”哈莫利亚斯也这么说。

“可是为什么呢？”

“为什么？你听听，这个白痴还问我们为什么。因为你可以往犹大的裤管里塞麦秆，可以把它烧了，可以把它挂在树上打枪，不是吗？你能对耶稣做这些吗？”

“不能……”

“当然不能！”

“看吧，我说什么来着？我就知道你肯定说不能。”

“既然不能，那你能拿他怎么办？耶稣是个好人，行为端正，你还能拿他怎么办？”

“我不喜欢他……”哈莫利亚斯说。

“我挺喜欢他的，尤其是他的小胡子，我特别喜欢。”

首领用怀疑的眼神看着他。

“你这个说法……我怎么觉得你很快就要脱离我们这个帮派了？我就是这样感觉……”

哈莫利亚斯表示赞同。

“你开始堕落了啊……”他说。

“啊？我做了什么了？”

“堕落了啊！该怎么说呢？你也开始举止端正了，你要变成好孩子了。”

“呃……那我该怎么办？”

“你要明确表态：你是站在耶稣那边，还是站在犹大这边？”

“我站犹大这边。”

“话是这么说，但那个臭老头不是说‘犹大不存在’嘛。算了，你还是回你的教堂去吧。”

“复活日还没有到，要不我们去捉弄一下哪个女生，烧她的辫子？”

“你才想到这个啊……”

库库洛斯从牙缝含含糊糊地念叨着：

圣周一，权柄日；

圣周二，教诲日；

圣周三，静修日；

圣周四，团契日；

圣周五，受难日；

圣周六，安息日；

圣周日，荣耀日！

“闭嘴！”

“这是我妈妈教我的。”

“关我屁事！”

“我没说关你的事啊……”

达克里奇科斯扯了扯哈莫利亚斯的袖子。

“喂，让他走！”他使了一个眼色，“让他走，不然我连你一起揍。我受够他了。”

“什么？”

“把他开除出帮会，赶他走！”

哈莫利亚斯努力在中间调停。

“算了，索里，”他说，“我们等开学再看看吧，要是有其他合适的人选，咱们再赶他走。”

“你听到他说什么了吗？‘荣耀日’……”达克里奇科斯说。

“我不是好人……”

“看出来了！那你能不能告诉我，你在这儿东张西望什么呢？”

“我有点儿紧张。”

“你干吗紧张？”

达克里奇科斯沉默了，仔细地打量着他。

“你，这里你年纪最大，你来说说：为什么犹大不存在？”

“不存在吗？我还是头一次听到。可是……等等，你是从哪儿得知这件事的？”

“存在吗？你管我是从哪儿得知的。”

“怎么会不存在呢？存在的！”

“你这么说,就是在胡说八道。我已经确切地知道了,他不存在！”

“等等……你这么说，我就有些疑问了……要是他不存在，哪儿还有上帝来怜悯我们？没有犹大的话，这一切就都不存在了。没有背叛，没有十字架，没有复活节……这一切统统不存在了。”

“这些我一点儿都不在乎。我要犹大存在为的是别的，是为了拿火烧它，拿枪打它，制造喧哗，不是为了庆祝复活节或你刚说的那些。我并不待见他。”

“你认识一个叫卡尔达米奇斯的医生吗？”

“不认识。”

“去问问他住哪里，赶紧去找他。”

“为什么？”

“去吧，快去吧……你会需要他的。”

达克里奇科斯一个人静静地待着。没有人了解他，他的灵魂已经一塌糊涂，无法与这个世界进行任何沟通，另一个世界又不存在。当然了,他的奶奶说另一个世界是存在的,但是他压根不相信这种事。

一列火车鸣着汽笛经过……汽笛声暂时赶走了他的些许睡意。不一会儿，他又忽略了汽笛声，昏昏欲睡。要是能离开就好了……可是不论他走到哪里，到处都在庆祝圣周复活节，而且哪里都没有犹大。算了，他哪儿都不想去，甚至连今晚的帮派聚会都不想去。

什么气味？这附近有什么东西散发着香气？他摊开掌心：一朵铁线莲，在夜色下散发出更凛冽的香气。阿格兰贝丽[1]……他流着泪，狠狠地咬着手指。阿格兰贝丽……不能让任何人知道，不然他会无地自容的。她的一颦一笑能让你忘了呼吸！阿格兰贝丽……不，不能让任何人知道。他蹲下来死死地抓住地上的草，上面落满了他苦涩炽热的泪水。他再次狠狠地咬住自己的手，不行，绝对不能让任何人知道！可是为什么……为什么他会想着她？而她却什么都不知道……连他自己也没有察觉。这朵该死的花为什么会在这里？去他娘的！……这都是什么人生！没察觉就不能爱了吗？不行……不能让她知道。他原本可以假装若无其事的，不去理会究竟发生了什么事……可是现在……突然出现了这朵该死的花，揭开了他心底的秘密！人生来就该去爱另一个人吗？在这样糟糕的人生中，有必要去爱另一个人吗？有必要如飞蛾扑火般扑向爱情吗？为什么我们不能只爱别的？例如……爱一只鞋。如果鞋子坏了，只要把它扔了就万事大吉，或者干脆给它来上一脚，让它从哪儿来就回哪儿去！……去他娘的！他甚至找不到一块石头供他捶打发泄！……

---

① 阿格兰贝丽（Agrampeli）这个词的含义是“铁线莲”。

第十三章

这座城市就像一个蹩脚画师的潦草画作，该盖房子的地方却盖了磨刀作坊，该盖教堂的地方却种着悬铃树，树上的蝉声让人烦躁不已。

那么多茂盛的悬铃树，树影重重，你坐在树下就能发现，一点儿阳光都照不进去。

在那个平淡的夏天，原本一切都沿着命运的轨迹缓缓前进，可是爱情突如其来。原本一切都按部就班，直到春天再次到来。可是如果没有爱情，春天来了又有什么意义呢？

院子里、田野里、花园里，平原上、山野间、小路边……到处是红的、绿的、蓝的花苞，整个世界都在绽放。梅里奥斯的心微微颤动，就像风中的露珠。连枕头都散发着香气，哪怕只是用稻草做成的枕头。

城市东边每天晚上都有人放焰火，简直要把他逼疯了。他能熬得过今夜的焰火吗？整个世界都在绽放……今夜，梅里奥斯没有来回踱步，而是静静地吹着风。他知道，如果阿格兰贝丽用眼神拒绝了他，他将倒下破碎一地。她昨天穿了一件黄色的小外套——把整个教室点缀得无比美好！想象一下，如果她的脖子上再戴上一串花环……无人可比。她的座位肯定散发着香气，这一点他非常笃定，但他还是想亲自感受一下。有一天，他假装忘记带东西了，折回教室。四周一片寂静。他想，他就算是瞎了也能够马上找到她的座位，因为——是的，她的座位散发着香气。这种香气不是任何一种香水的气味，而是她独有的香味。他站在那里，如同朝圣一般，闭上眼睛。外面传来一阵脚步逃离声，他睁开眼睛，看见“女神”的裙角消失在走廊尽头。

完蛋了！为什么偏偏是“女神”？虽然她有美丽的金色长发和白皙脸颊，你也不能在这种事情上信任她，如果她想要指认你，可不会因为自己漂亮白皙就放弃。

而且，她可能不太待见他。梅里奥斯这么觉得。因为只有他在经过她的座位时没有画十字，而她很享受那种被仰慕的感觉。

课间休息的时候，他魂不守舍地下了楼。附近的白杨树下，一群女生正在叽叽喳喳地聊天。幸好，“女神”没有和她们在一起。他看到她一个人安静地吃着太妃糖，吃完之后跑到河边洗手。之后，他又开始看着阿格兰贝丽。她正把头靠在白杨树上，望着空中飘过的云朵。我的天啊，真是太美了！……

他想让所有人都知道她的美丽，想让所有人都知道：这样美丽的她，是属于他的。他看着几个大叔用石头造房子，却觉得他们是在用鲜花造房子。那个夏天，一切的一切在他的眼里都变得不一样了。想象一下，那些小老头，那些粗鲁的老头儿，在他眼里居然像蝴蝶；一座小房子，哪怕只有铅笔盒那么小，只要有天窗让他每天看她经过，他就觉得足够大……

达克里奇科斯远远地失神地望着女生们聚集的杨树林。他今年经常往那边望。他想知道她们在聊什么……哈莫利亚斯信誓旦旦地说她们是在聊男生。开什么玩笑呢，这个傻子能知道女生之间在聊什么？……这不，他又准时出现在首领身后开口了。

“你看到她们了吧？她们正聊男生呢。”

“谁？她们？”

“不然还有谁！”

“你怎么知道呢？”

“我以脑袋担保。”

“那你把脑袋砍下来吧，反正也坏掉了。傻子，她们是在看河水呢。”

“边看河水边聊男生，不信你可以问卡丽翁齐。”

“她？她看着就像一只戴眼镜的宠物狗。”

“甭管她像宠物狗，要是我问她，她准会对我说。”

“她能算是女生么？”

“不是女生是什么？！”

“哦，你如果觉得她是女生，那就赶紧去问她呗，关我什么事？”

哈莫利亚斯朝两个院子的边界走去。近视眼的卡丽翁齐一看到他，立刻就凑过去。

“小妞儿……”哈莫利亚斯朝她招了招手。

“你不会骂我吧？”她问他。

“要是我想骂的话……怎么？我不能骂？”

“可以，可是你别丢石头啊。”

"树下那些小母鸡在聊什么呢，小妞儿？"

"哪些？"

"你瞎了吗？喏，就是围着树坐的那些。"

卡丽翁齐把眼睛眯成两条缝望了望那边。

"卡德拉斯派你来的吧？"她问。

"别逼我说粗话！你们这些人满脑子想的只有卡德拉斯！"

"你这个样子，还想让我告诉你？"

"快说！"

"你要是这么对我说话，就别想从我这里得知什么！"

"你不说，我来说，她们就是在谈论男生。我说得没错吧？"

"我可没对你说……"

"傻鸟！……穿个裙子就以为自己是女生了！"

"你个混蛋！我要去告诉老师……"

"哈，求之不得呢！去吧，小妞儿，快点去告诉老师，最好让他把我开除了！"

卡丽翁齐愣住了，她该拿这个小混混怎么办呢？

她决定不理他了，她从地上捡起一根小树枝，假装画小船。

哈莫利亚斯吐了口痰。卡丽翁齐隔着厚厚的圆镜片看他。

"行了，哈莫利亚斯……"

"哈，抓到你了吧？说吧，你刚才想跟我说什么？"

"为什么你们'留级帮'的人这么讨厌他呢？我知道他其实挺喜欢你们的。"

哈莫利亚斯想了一下，对她说：

"那你们爱他吗？你知道我说的是谁。"

“我怎么可能不知道呢？是的，我们都挺喜欢他。”

“小母鸡！就这样你还想让我们也喜欢他？你们知道他有多自以为是吗，啊？”

“我不信。”

“还说‘我不信’呢，你们对他有一丁点了解吗？对了，你那个朋友也一样吧？她也喜欢他吧？”

“哪个朋友？”

“哟！别装傻啦，你有很多个朋友吗？”

“那你干吗不说出她的名字？你说呀，你指的是哪个人？”

“我坚决不说！你明明很清楚我指的是谁，干吗躲躲闪闪的？”

“你是想说，斯塔米利？”

“你觉得呢？”

“我也没有其他好朋友了。”

“行了……就算是她吧……她怎么样？也喜欢那个人吗？说啊，小妞儿，动动你的舌头。”

卡丽翁齐努力想再拖延一点时间。

“她呀？”

“对！其他人我不在乎。其他人全都争着爱上他也好，为了他屁滚尿流也好，我们都不在乎。我们只要这个人不喜欢他就行。”

“为什么？”

“就是这样。”

“什么叫‘就是这样’？斯塔米利的事跟你们有什么关系？”

“你想把我绕晕，是吧？说话拐弯抹角的。你就直接告诉我：她喜欢还是不喜欢那个人？”

“我可以告诉你：不喜欢。”

哈莫利亚斯惊讶得说不出话。

“你说的是真的？”他瞪大眼睛问她。

“她？喜欢卡德拉斯？笑死人了，哈哈哈！你们疯了吗？行了，我该走了，人家已经在盯着我们看了。”

“去他们的！”

他们各自回去了。哈莫利亚斯踢了踢首领的脚，达克里奇科斯还是愣愣地盯着白杨树下的女生们。

“她不喜欢他。”哈莫利亚斯说。

“你说什么？”

“悲剧了，她一点儿都不在乎他。卡丽翁齐说了，她不可能喜欢那个人的。她还大笑了三声，哈哈哈！”

“我为什么要让你去呢？你干吗发出这种声音？”

“你不是跟我说了嘛，你叫我去问问女生们在聊什么啊。”

“那是因为你跟我说他们在聊男生……算了，那个戴眼镜的火车跟你说了什么？”

“说她一点儿也不爱那个人，甚至都不在乎他。”

首领气得直冒烟。

“你给我闭嘴！去你娘的！算了，滚吧，免得又弄脏我的手！”

哈莫利亚斯摸了摸鼻子，往围墙那边去了。他自己也觉得解释得有点儿不清不楚。

首领抓了抓头发，又抓了抓头发，然后拖着脚步跟上去。

“她是说‘不’了吗？她真的这样说了？”

“她说她一点儿也不在乎，说那个人有什么好喜欢的。”

“她明确地这样说了？”

“当然了。”

“那……你们明确了你们所谈论的是哪个女生吗？还是说……还是说压根没有指明是谁？”

“哪个女生？哈，你干吗多此一举问这个？你不知道是哪个女生？”

“我知道个公羊角角！”

“那我告诉你。”

“不要，不要告诉我！你把痰盂放好了再说，咱们看看你能放出什么屁！瞧你那张得意洋洋的脸……”

“喂，索里……”

“她是谁、她做什么关我什么事，老子不在乎。”

“你不是说你想知道她是否……”

“我那是一时糊涂……咱们是什么人，怎么能跟那些小母鸡混为一谈呢？”

“我们不是……男人吗？”

“就是男人啊，所以才不跟她们纠缠不清。”

“我也这么觉得……让她们为了我们争得死去活来，咱们悠然自得，这样不是很好吗？”

“确实很好。快闪吧，那只八爪鱼要来了。”

库库洛斯耳朵竖得像兔子，一脸八卦地跑过来，想要听听发生了什么事。

“你们在说什么呀？”他挂着鼻涕问。

“说你个鼻涕虫！有什么好说的？还不快去洗洗。”

“好吧……咱不是说好了你不生气的吗？”

“我没有生气，但是你快点去洗干净。”

卡丽翁齐像只公鸡一样朝着她的朋友跑去。

“他说，他们就是不想你喜欢他，就你一个。其他女生争着爱上他也罢，说到这里他还说了句粗话。只要你不喜欢他就行，其他人爱做什么他们都不管。”

阿格兰贝丽像被风吹偏了的小鸟一样颤抖着。她没有说话，双眼迷蒙地看着她的朋友。

“我就对他们说：‘关你们什么事？她想做什么就做什么。’我说得对吧？”

“对……”

“还有，我故意让他们以为他们已经知道了我们的秘密！我做得没错吧？”

“对……”

“你只会说‘对’，你都没听明白我跟你说的话。我跟你打赌，你要是听明白我说什么了，那我就让狐狸吃了我！我虽然不太聪明，但有些事还是明白的。他们想打听你是不是喜欢他。去他们的吧！想从我这里挖消息，门儿都没有。你……不说点儿什么吗？”

“他们为什么要这么做呢？”

“他们要开战。他们不待见他，一听到他的名字就要爆炸。他们甚至想杀了他。”

“杀了谁？”

卡丽翁齐噎住了，她简直要开始啃头发了。

“呃……你真的这么呆吗？我也是……我是说……有人跟我

说，如果蚊子会说话，连蚊子都能骗我。但我还是有点智慧的，我知道他们说的是卡德拉斯，我知道他们不希望你喜欢他。我跟他们说：‘她不喜欢卡德拉斯，她怎么可能喜欢他呢？’笑死人了，哈哈哈！”

“你这么跟他们说的？”

“我说的是事实。”

“是事实吗？”

“是啊……怎么？难道不是事实？难道你真的喜欢他？小妞儿，你怎么不早说呢？小斯塔米利，你好好地跟我说说呗。我不知道什么是爱情，但如果爱情是当你听到‘我们要杀了他’时就哭泣……那么……我可能也爱他。我亲耳听到他们说‘我们要杀了他’，然后，我就哭了。但是，我不是为自己哭的，我哭是因为担心你知道之后会哭，那我该怎么安慰你啊？哎呀，说到这里我又忍不住了……喏，我的手帕给你……讨厌，怎么粘满了鼻涕！不好意思，我不是故意要像混混一样说话的，都怪这些鼻涕粘在上面……我跟你说，你可以去厕所那边，那里没有人，你可以安静地哭会儿。上课铃响了我会过来叫你。喏，把我的手帕带上。哎哟，脏死了，什么时候粘了鼻涕的！”

第十四章

如果你饿了，你会知道，因为肚子会叫；如果你冷了，也是同样的道理。可是如果你爱一个人，你该怎样察觉呢？什么是爱？人们说了很多关于爱的话，又好像什么都没说。有人说爱像烈火。是这样吗？又有人说爱像甘露，还有人说爱如利剑。爱，究竟是什么呢？……如果爱只是爱，那么，它算是爱吗？

在夕阳下泛舟，这画面很美。可是如果没人看到，它还美吗？

一只鸟儿在森林中独自歌唱……如果没人听到，它的歌声还有意义吗？如果树叶后面没有另外一只鸟儿在倾听，那只孤独的鸟儿还会唱出美妙的歌声吗？

智者们对此争论不休，却仍毫无头绪。他们谈论着爱，可是他们知道的也许还不如婴儿多。

花说："爱？我就是爱。"因为你会为之疯狂。小混混说爱是"寒毛直竖"。船夫放下双桨，擦一擦额头上的汗，无言以对。也许这就是爱。是吗？谁来告诉他？

当你有了心事，无需说出口，只是静静地想着。你清楚地知道，它使你煎熬，使你崩溃……可是你却哭不出来。你只能歌唱，就像滴酒未沾，已然醉倒。

你必须在内心凿一个洞，将它和所有关于它的事深深埋葬。不能说，任凭它煎熬你，你知道自己正在一场不知名的大病中迷失自我，但是你也知道，这场病将你塑造得更为美丽。美丽地走向死亡。而当你以为你已经死了……病却已痊愈。你变得强大，但同时也变得丑陋，异常丑陋。这是真的……这就是爱吗？爱着的人，无法言说；不爱的人，无从知晓。

梅里奥斯只知道一件事：他想说点儿什么。他只想做一件事：把想说的话告诉她。

那个她，名字叫作阿格兰贝丽。他想说的话，是什么呢？

夜晚，油灯的火苗像蝴蝶一样跳跃着，他又开始思念她。他必须说出来。可是该怎么说呢？他踱着步，想着她，想到头昏脑涨。然后他提起笔写出了她的名字：阿格兰贝丽。如果能就这样停止，该有多好……

我这里现在是春天，村子里的草已经长得很高了。（他为什么要在这种时候说这个？草长得高不高有什么关系？爱如荒草疯长……）我想跟你说一说这里的月亮。这里的月色很美，你知道吗？……有一天，村子里来了一个人，带着一把小提琴。晚上，他在咖啡馆里演奏。村里人喝着咖啡，感叹道："啊……多么感人！"大家都听得神色哀伤，跟着唱了起来。最后，乐师把琴抱在怀中，亲吻着琴哭了起来。他边哭边叫着："波利克塞妮……我的波利克塞妮……"之后，他在椅子上沉沉睡去，双唇仍喃喃念着那个名字，

“波利克塞妮……波利克塞妮……波利克塞妮……”

第二天早上，人家问他这个波利克塞妮对他做了什么。他说：“她从我这里偷走了一些东西。”这是我第一次见到被偷的人爱上了小偷。

村民们听了他的回答都沉默了，不再发问。但是我却很好奇，趁着没有旁人，我问他：“大叔，她偷了你什么东西？”“谁？波利克塞妮吗？”“是的。她从你这儿偷走了什么，使得你这么伤心？”“她偷走了什么啊？……一根红绳……”“一根红绳有什么重要的呢？”“很重要，孩子啊，很重要……等你长大了，你就会明白了。你抽烟吗？”“不抽。”“你知道抽烟有什么用吗？”“知道，会咳嗽。”“算了，等你长大了，你就会明白了。”我不知道那些话是什么意思，阿格兰贝丽……但是我决定了，等我长大了，我要买一把小提琴，要在咖啡馆里演奏，要让大家都感叹：“啊……多么感人……”

阿格兰贝丽……我不知道该做什么，但我忍不住要给你写信。我想起了一个爱抱怨的男生，那件事距离现在已经非常久远了。但是现在依然到处有那样的男生……我不想提醒你我们的婚礼，但是我从来都没有忘记。写信告诉我你是否依然喜欢马儿……因为我已经决定要养一匹。我会写一本书，挣很多钱，让这一切全都实现。但是，请你不要告诉任何人。我希望这是我们两人之间的秘密。现在你已经全部知道了，我所有的话，都会对你说。

我还有另外一个伟大的计划。等夏天学校放假了，我要到山里去教书。这事儿已经定好了，但我还是想听听你的看法。我什么都对你说，阿格兰贝丽……前天，我对某个人做了件坏事，我一想到你，就觉得十分惭愧。原谅我，阿格兰贝丽，原谅我所做的坏事，以后我只做你喜欢的事。我想要停笔，但是做不到。我只想让你知道，我在这个世界上没有任何亲人……不论其他人对我做什么，我都不再生气，因为我会想到你。今夜我将彻夜不眠，等你的回信。

他将信叠好，放在胸口。让该来的都来吧，就算一切都将毁灭，他也要把信给她。可是，该怎么给呢？

在路上拦住她，对她说："拿着，这是给你的。"然后看着她涨红脸，像小宠物一样。然后两个人纠缠不清，不知所措？

不可能！那么，到底该怎么办呢？能怎么办？他需要迅速、果断地做出决定。他要在信封上端端正正地写上她的名字，然后把信偷偷地夹在她的书本里……之后就听天由命了，交由上帝和天使来决定吧——他们尽管装作什么都不知道，但是其实洞悉一切。那么，就这么做吧。

但是当他在课间休息时做完这一切下楼后，恐惧开始慢慢爬上他的心头。要是信掉出来了怎么办？要是信被她拿到、看到之前就被其他女生发现了怎么办？恐惧将他包裹，他像被火烤着一样。想象一下，那些甜蜜的符号、那些他不愿意让任何人猜到的心事，如果落入他人之手，被闲言碎语传递，散落在大街小巷……那些脑袋空空的女生，除了这种事，还能做别的吗？……甚至她们也许已经开始谋划了。如果这样的话，他将再也不踏入这个学校一步，甚至他必须离开这个城市，除此之外，别无选择。美好的学业，永别了……然而，他无法不写那封信。怎么说呢？他无法不把那封信给她。因为她，花儿开得那样香，河水清澈地流淌，他想写一本书，养一匹马，买一把琴……她怎能对此一无所知呢？不行。他宁愿承受一切可能的后果，哪怕最后尽人皆知，也好过她一无所知。

这一刻，她还什么都不知道，她正和卡丽翁齐手挽手，一边散步，一边低声交谈。她说了什么话让卡丽翁齐大跌眼镜？唉，他怎么会知道呢！现在她就要上楼了，她会像饥渴的小羊奔向水盆一样跑回自己的书桌。一切就要实现了——等等！这一切会实现吗？她凭什么喜欢他？他有什么值得她喜欢的？

“看到那个穿着便宜货的人了吗？他给我写情书，说要和我结婚。我和他结婚？笑死人了，哈哈哈……”那到底谁才是悲剧？少年，你以为她美丽的眼睛只在你的身上流连吗？班上到处是帅气多金的男生。这是事实，他们在班上相互请客，有时候甚至把馅饼丢出窗外，以此来显示他们不在乎钱。

其中一位梳着整齐的中分头，金色的头发，灰色的眼睛，嘴唇……像樱桃一样红润。他的名字叫作孔多雷恩。他知道所有女生都在谈论这个人。但是不管她们如何对他芳心暗许，他就是不为所动。他知道自己的优势，因而走起路来趾高气昂，哨声清亮。如果他想要，就算是斯塔米利也会像他的宠物小狗一样屁颠屁颠地跟在他的身后。

她一定会第一个跑到他那里向他展示这封信：“瞧瞧那个人都给我写了什么，真想知道他脑子里究竟在想什么呢。”孔多雷恩一定会假惺惺地对他表示同情，而他一定会无地自容。可怜的梅里奥斯越想越觉得悲伤，几乎要崩溃了……幸好多尔大叔及时敲响了上课铃。

他魂不守舍地上了楼梯，回到教室，坐在座位上像个等待审判的犯人。不一会儿，女生们也都进来了。这就是他一生中最重要的时刻。每次她从他身旁经过时与他短暂的眼神交流，都足以让他日夜回味，足以让他躺在床上，像个幸福的神祇，安然入眠。

她走过来了……先是她美妙的香气传来，然后她走过来了。可是……上帝啊……她有没有看他？发生了什么事？今天怎么一切都混乱不堪？她究竟有没有看他？他绞尽脑汁回忆着。这么重要的事情，怎么他今天没有注意呢？这种电光石火的时刻，他怎么就忽略了呢？

他转头望去，她正满怀心事，一动不动地盯着对面的墙，脸色苍白。他缩了缩脖子：她会不会站起来指认他？他又一次转头，卡丽翁齐俯身对她说着什么，而她紧张地用手推了推她。但是她的脸不再苍白了，而是红得像石榴。时间慢慢流逝。多尔大叔将满腹心思都用在浇花和照顾祖布莉娅上，完全没有顾及他的朋友正在楼上度日如年。时间慢慢流逝，这个小时怎么这么漫长，什么时候才能过完？为什么这一切还没有结束？为什么整个世界都变得如此奇怪？这个时候，多尔大叔应该站起来，抖抖他的围裙，捋捋他的小胡子，然后拿起他的铃铛敲响了啊。都是安贝尔的错，他发现了，都是他的错，他的课拖拖拉拉讲个没完，就像狗身上的小铃铛一直响个不停……某一刻，他的小眼睛突然停在他的身上："你怎么了，我的朋友？""快点……快点……快点……"梅里奥斯用眼神祈求，"我只要你讲快点……就这样而已！"

安贝尔用小眼睛发出不安、心疼的询问。真可惜……有这么友善的眼睛，却说不好希腊语。

下课铃终于大声响起来。

“下课，”安贝尔说，“大家慢点儿走，小伙子们。”

“留级帮”的人一溜烟不见了。

“慢慢来……”安贝尔说，“大家慢慢来……”

所有人都不知道他在说什么，但都知道他想说什么。

“好……”阿格兰贝丽从他身边经过的时候，说出了这个字。她的声音像电波一样抖动。梅里奥斯抬头去看她是不是在对卡丽翁齐说。不是，卡丽翁齐还在后面。那么？……她是在对他说？不是吧。可是她不是对着他说的吗？其他人都已经走了，她这一句“好”是对谁说的？

他走在路上，脚步虚浮。他路过一面镜子，看到了自己的眼神。多么绝望的眼神……他曾经看到过一只待宰的羔羊，它当时的眼神就是这么绝望。整整一天，梅里奥斯都像无头苍蝇一样到处乱转。他什么都没有吃，只在一两处泉眼那儿接了点儿水喝。这个城市的泉眼好心地滋养着路过的人。春天的泉水有点儿凉。小泉在一些地方哗哗地唱着歌，到了半夜又像水蛇一样蜿蜒。他对这些地方很熟悉……是他饱受生活磨难彻夜徘徊时获得的认知。

那时，他像一个小战士，孤身踏上磨炼的道路，不断地披荆斩棘，将覆盖在自己身上的大石一一抖落。

而现在，他遇到了爱情，最沉重、最难以背负的爱情。它既像一把悬着的利剑，又如丁香花的爱抚；它既像风暴一样猛烈，又如泡沫一般轻柔；它像歌声一样美妙，又如刀光剑影般残酷得令人惶惑不安；它像海浪一样漂浮不定，又像旭日东升般亘古不变。它是一切已说出口的甜言蜜语，也是一切未说出口的柔情蜜意。有时，它似乎触手可及；有时，它又远若星辰……

家里的老太太在帮他“念咒”。“宁可被子弹打中，也不要被恶灵附身。”她总是这么说。她用盘子接了些清水，嗡嗡地念了几句咒语，然后把手指伸进油瓶里沾上油，点在盘子里。突然，她的眼睛瞪得大大的，开始画十字，感谢神恩。

“感谢神恩……感谢神恩……感谢神恩……”她絮絮叨叨地念着，“哎呀，我的天啊！看，有一只恶眼！看起来很难摆脱，谁要是被它缠上了——罪过啊！”

“那是什么，奶奶？”

“是什么？你没看见吗？油散开来的形状像火药。幸好我们及时发现了，要不然，‘砰’，我就见过类似的事。”

艾拉丝米娅像只不安的小鸟一样跑过来，弯腰看着他。

“你怎么了，孩子？我们会做点儿什么让你好起来的。你已经长大了。随着年龄增长，总要经受一些苦难。有人给你种了恶眼？是怎么种的？为什么呢？……”

这不是梅里奥斯第一次听到“恶眼”了，但是到目前为止，“恶眼”从来没有动过他。“恶眼”在乡下横行，使小牛夭折，使女人流产，使女孩生病，身体冰凉如水。有个寡妇就带着“恶眼”，她的样子看起来就像是死神的使者，所有人都不肯让她进门，她只好带着“恶眼”在街上到处游荡。

两个女人念完了咒语，将从坟上采来的圣花点燃，对着他熏了一通，然后让他靠着床屏，开始安慰他。

“明天你就会活蹦乱跳了……”

“那要是明天我还不好呢？”

艾拉丝米娅低头对他说：

“那就是情难自已，情难自已啊，孩子。”

“什么意思？”

“就是爱情来了。孩子，爱情啊……爱情……唉……”

第十五章

太阳热情地从山边升起，照亮了整座城市。蝴蝶在花间翩翩起舞，就像是春天裙子上绣的美丽画卷。微风透过窗户，吹起了女孩们的头发。女孩们的头发在春日里格外美丽，尤其是被风吹起的时候！……

梅里奥斯还没起床。他整夜惴惴不安，忧愁笼罩着他。他为了一个他深爱的黑发姑娘患得患失，只看她一眼，便为之疯狂。

她会怎么处置他那封信呢？她会拿给谁看？她会把它丢到哪里？还是把它收起来藏好？这个时候，她可能还在安睡吧？——可能是在做完那些坏事之后安睡呢，闭着眼睛的她该有多美……但是，她怎么能在做完那些坏事之后还如此美丽呢？

上帝啊，你太不公平了！至少该让她变丑，才能让她的外貌与她的内心匹配啊！

变丑吗？不行！不能变丑！即便她对他为所欲为，将他撕裂，将他毁灭，他仍然不希望她变丑。他宁愿自己变成哑巴，变成刺猬，靠着思念她美丽的容颜得到慰藉。

那么，阿格兰贝丽……（天啊，多么美丽的大眼睛！）你知道你就是天使的化身么？你知道么？……知道么？……五月阳光都不足以形容你的美丽。你在花丛中散步，如樱桃般娇艳动人。不要躲藏，你的红唇已经出卖了你……

梅里奥斯坐在床上，像受了重伤一样。美好与绝望在他的心中纠结缠绕，难分难解，他该如何应对？真想消灭绝望，把美好握在掌心。“唉，你要怎么做呢？”“庆幸……”不能任凭这样下去，这纷繁纠结的情绪会将他吞噬的。

天已经亮了，他该起床了。起床穿戴，出发去学校。是的，天已经完全亮了，新的一天手里托着太阳，降临了这座城市。

曼杜拉太太给他煮了热茶，一脸期待地端给他。他不想听她的抱怨念叨，就说：“好的，我一会儿喝。”但是她刚走出门，他就转身把茶倒到窗外，然后夹着书，出发去学校了。他像一个突然来到陌生城市的外来客，走错了巷子，他像是漂到了茫茫大海上。最后，在响铃的那一刻，他才到了学校。多尔大叔念着“谢天谢地……谢天谢地……”，然后假装生气地责备他。

“害我一直盯着路口……你也知道的，我现在眼神不那么好了，看得不太清楚了。别摸你的眼睛，它们又大又亮呢，我的眼睛才浑浊不堪……你去哪儿了，啊？可把我担心坏了。你这是第一次迟到，发生什么事了？”

“没事……”

“瞧瞧，一句‘没事’就完事儿了？看我怎么修理你，你应该庆幸要上课了。我只问你一句：你还好吧？”

“好……”

“行了，去吧，赶紧去吧！……完蛋了，你开始说谎了……”

梅里奥斯战战兢兢走进教室，往阿格兰贝丽的座位瞥了一眼。什么都没看出来。她眼神迷蒙看着前面，像在做梦一样。

为什么她看起来如此甜美而迷惑？

恶作剧？不，在那双大眼睛中看不到一丝恶作剧。那么，那是什么呢？是爱吗？噢，这可看不出来。心爱的人儿啊，你的眼神为何如此难以解读？仿佛写满了所有的话语，却一句也不说；仿佛珍藏着所有的歌谣，却全都深锁。

那节课像上了一个世纪一般漫长。那些有钱的孩子一个个懒洋洋的，就像懒散的小孩被母亲叫去干活儿一样。下课铃啊，快点响起来吧，让这个小时快点儿过去！斯坎弗拉斯站在讲台上不安地看着他的学生。他今天怎么走神了？为什么心不在焉？但是，嘿，下课铃终于响了！太好了……太棒了……终于听到下课铃了。

下课铃响了，然后呢？有什么用？她永远像谜一样，课间休息时总是靠在白杨树下看流水。而他徒劳地等着只字片语，或是一个示意。他静静地坐在座位上走神……突然,一只手拉了拉他的衣服。

“嘿，卡德拉斯……”

眼前出现了卡丽翁齐松垮的脸，她神情傲慢。

“你好啊，”“小汽车”对他说，“你总是在我们面前炫耀你的聪明，你什么都知道，什么都读过……那你读过这个吗？”

她从包里掏出一本书塞给他。梅里奥斯看了看书名：《奥克塔夫·弗叶：一个贫困青年的故事》。梅里奥斯伸手要接过来。

“哎，你说我要不要给你呢？要不还是不给你吧……好啦，好啦……喏，拿去吧。但是可别给我弄丢了，知道吧？连声‘谢谢’

也不说，早知道就不给你了。走吧，亲爱的斯塔米利……”

梅里奥斯看着手里的书，就好像手上停着一只蝴蝶。教室不一会儿就空了。我们的小青年，自己也不知道为什么，不假思索地抓起书冲到路上。他知道这本书里夹着什么，他完全明白。炽热滚烫的书页中，夹着一封信。但是他该找什么地方来读这封信呢？在这里读的话，大家都看着他，会演变成灾难的。他该把它带到哪里去呢？他有点担心找地方的时候会把它弄丢了。要是现在有一张床就好了，如果这封信带来的是坏消息，他可以直接躺到床上伤心。不，他要到沙洲那边去，那里树影憧憧，必要的话，他甚至可以在那里埋葬自己。

他走着走着，突然感到一阵阴凉，他抬眼望了望，树荫遮住了一切，将阳光挡在外面，大地像一片绿色的地毯，流水叮叮咚咚地唱着歌谣。他从怀里掏出那封信。他的手颤抖着，连信封都拆不好。

小小的字整整齐齐地排列在一起，像停在电线杆上的小燕子。

小燕子说：

你的信使我彻夜未眠，从昨天开始，一读就停不下来。写得多美啊！你在信里提到了我们的婚礼，这我怎么会忘呢？……可你为什么总是盯着雅兰布卡看，就因为她是“女神”吗？要是别人这样叫我的话，我都不好意思再来学校了。他们喜欢她哪一点呢？幸好你没有对她画十字，这使我稍稍平静。

你说要买小提琴，是真的吗？我真是太高兴了……但是告诉我，你也会叫着“波利克塞妮……波利克塞妮……”吗？回信告诉我这是不是真的。如果是真的，那我不知道自己会哭成什么样。你看了我给你的那本书吗？你不知道我看那本书时哭得有多厉害，尤其是看到主人公从窗口跳下去的时候。说到我们的婚礼，我还是心有余悸。三年过去了，那时你说："让她管好自己的事，我才不要结婚呢，因为，如果我结婚的话，一定要和我爱的人结婚。如果没有爱，结婚有什么意义？"你当时是这么说的吧？现在我想问你，你是否还坚持这个说法？唉，要是你还坚持就好了！如果你坚持的话，就只管坚持下去，我们不结婚也没关系的。我也不再做什么了，我会让一切归零，哪怕我已知道你对我有一点点同情。是的，只有一点点……你看到了吧，我就写不出你那么优美的字句。请对我说没关系，说你不会笑话我，不然我会害羞的。

拜托，请你听好，我不想要任何人知道我们的秘密。要是有谁知道了点儿什么的话，我会死的。你现在已经不发烧了吧？我听说你之前生病了，病得一直发抖。天啊，要是你再生病的话，我该怎么办？就当是可怜我，答应我你以后会注意身体的。我会日夜等待你的回信。现在的我已经疯了。

这个疯子……可是，如果她是疯子的话，他又是什么呢？难道他就是理智的吗？如果他是理智的，为什么他正在亲吻青草？为什么他蒙住双眼，直到什么也看不见？为什么他像坏掉的留声机一样胡言乱语？这样也好，当最理智的人，做最傻的事！

他没去学校的那一天，所有人都充满了疑惑：卡德拉斯居然缺课了？……阿格兰贝丽拼命地咬着指尖，忍住不哭出来。看吧，他生病了，她坐在那里悬着一颗心：他该不会死吧？

卡尔拉夫蒂斯问：“我们的乡下青年怎么了？”

没人应声。

“我们伟大的‘留级帮’或许能派个代表给我们提供点儿信息？你说呢，达克里奇科斯老大？”

“关我屁事。”首领说。

“你这个小流氓，大猪头，你给我闭嘴！你这个蠢驴！简直亵渎了‘学生’这个词。”

“先生……”哈莫利亚斯说，“他今天中午看起来就像一个煮过的番茄。我哪儿知道他怎么了？可能是生病了吧……可是关我什么事？”

“谁？”

“卡德拉斯啊，还有谁？”

“天生的野蛮人……坐下吧！”

“我坐着呢。”

“我说，坐下！”

“我坐着啊。我干吗不坐着？”

阿格兰贝丽隔着外套紧紧地捂住心口，以免忍不住叫出声来。她的耳朵嗡嗡作响。她才对他说明了一切，才向他交出了自己的灵魂，他就病倒了……天啊，为什么她这么不幸？他在这个世界上没有任何亲人，谁去给他治病？

放学前，卡丽翁齐搂着她的腰，温柔地轻声问她怎么了，发生了什么事，是不是哪里痛。

“你可以把一切都告诉我，有什么好隐瞒的？我知道他……”

“闭嘴！”

“行行行，我不说……但是你得守住自己的心，好好守住！真的这么难受吗？”

“你不懂！”

“我不懂？有一次我生病了，难受得我都想偷我奶奶的奎宁把自己毒死！”

“这不一样。”

“没人比我更知道爱是什么了！”

“闭嘴……”

“现在吗？现在我既然已经说开了，就一定要说下去。”

阿格兰贝丽用双手捂住耳朵。

“对，这就是爱！”卡丽翁齐说着，突然有点伤心，“你说得对，我什么都不知道。我只是一个‘小汽车’，谁会爱我呢？我不说了……我去看看，打听打听，明天再来告诉你。”

阿格兰贝丽哀伤地望着天空。

“等到明天，我已经不在这个世上了……但是对我来说，这又有什么关系呢？我只想死。”

卡丽翁齐泪眼汪汪。

“小斯塔米利，那我呢？你就不想想我吗？看着我……”

“为什么上天要这样对我……”阿格兰贝丽泪流满面，双手轻轻地在胸前摆成十字，就像那些死去的女孩躺在棺材里所摆的姿势。

第十六章

奇怪，明明就在课桌上，夹在书本里，怎么不见了呢？它不可能自己跑掉啊，它又不是小动物，它是钱。卡丽翁齐惊讶得眼镜都快要掉下来了。

讲台上的神父停止了捋胡子，向下面正翻箱倒柜的女孩们投去询问的眼神。

“下边的人正在遭受什么诱惑？”

没人应声。

“那边那位戴眼镜的夏娃，是怎么回事？”

“老师，”卡丽翁齐说，“是钱的事……”

“钱是个好东西。钱怎么了？”

“钱不见了。”

“拜托，钱怎么会不见呢？……会不会是你们拿去买零食或其他小玩意儿了？”

“老师，那可是一百德拉克马。”

“噢！是哪位大富豪的后人的钱啊？”

“老师，是斯塔米利的。”

神父撇了撇嘴。

“光天化日之下——安静！必须解决这个案子，把小偷揪出来。现在，你们立刻起身，我要搜身。”

梅里奥斯突然两颊发热，嘴唇发白，他开始颤抖。

“这是耻辱，老师！”他来不及思量他的鲁莽行径会带来什么后果，就脱口而出。

神父脸色大变……眼睛里充满了恐怖的怒火。

“站起来，小流氓！学校里怎么会有这种神灵唾弃的东西？你给我立刻滚出去！……出去，马上滚出去！不要让我们看到你肮脏的嘴脸！滚，滚到讲台上来！”

梅里奥斯平静地从座位上站起来，走到神父跟前。神父瞪大眼睛盯着他，然后恨恨地说：

“你终于现出原形了。我的眼睛连森林里的怪物都能看清。你给我过来，无耻之徒！你凭什么觉得自己能让整个班级违反校规？”

梅里奥斯直挺挺地站在火山面前。

“我不相信有哪条校规允许如此践踏学生们的尊严。您前天还跟我们说搜身是被上帝唾弃的人才会做的事。”

“你这个异教徒！今天要是不开除你，我就把自己吊在外面第一棵树上。”

他伸手抓住梅里奥斯的外套，将他丢了出去，然后他拍拍手，对第一排的一个学生说：

“现在，请你打开窗户，放点儿新鲜空气进来。很好，神清气爽了。好了，现在就只剩下我们了。同学们，开始做正事吧，我们开始搜身。来吧，过来，先从这一侧开始。快点儿。怎么？你们都聋了吗？很好……既然如此，那我就亲自点名。出来，达克里奇科斯。”

“你叫我干什么？”首领懒洋洋地说。

“过来让我搜身，你这个混蛋……”

“我没有口袋……”首领嘲讽地说，“我妈妈的手不灵巧，没给我的裤子缝口袋。”

“早知道你会反抗，你这个不入流的东西！那么，哈莫利亚斯，站出来。”

“我不。”

“为什么？”

“我的裤子破了一个洞，站出去的话，人家会看到我的屁股！”

“学校真应该有一张网，把你们这些渣滓过滤掉。滚出去，把门关上，免得你们的浊气飘进来。”

这时，整个教室响起了同一句话：

“老师，我们不想让你搜身，这是耻辱！”

他气得直跳脚，比教士服着火了跳得还凶。

“岂有此理！你们被异教徒灌了迷魂汤吗？可怕！可耻！谁再抵抗，我就要使用暴力了。不过，我们还是三思而后行。起立，斯塔米利，你是什么时候发现钱不见了的？”

阿格兰贝丽站起来，像清晨的玫瑰一样红着脸。

“就……最近一次课间休息的时候，先生。”

“好的。那你有怀疑对象吗？”

“没有，老师。”

“你看到什么人在你的座位旁边晃悠吗？”

“没有。”

“这是你第一次丢钱吗？”

“不是。”

“也就是说，你以前也丢过……那为什么你以前没有报告？”

“因为……我不喜欢这么做，老师。”

“你这么做是助长犯罪，我不喜欢这种所谓的慈悲为怀。”

神父又开始捋胡子。

“其他人见过什么可疑人物在她的座位旁闲逛吗？仔细回忆一下。”

突然，“女神”把手指放到唇边，顿了一会儿，然后高高地举起了手。

神父的眼睛唰地亮了。

“下面那个女生，有一头漂亮卷发那个，你有什么话要对我们说？说吧，我们听着呢。”

“老师……”“女神”说，“老师，我看到过有人在斯塔米利的座位旁张望！”

神父的胡子翘得像被风吹偏的旗子。

“哈！有趣。是谁？”

“是……”“女神”犹豫着。

“说！快说……勇敢地说出来……勇敢点！”

“是卡德拉斯，老师。”

“啊——”这一声响彻了整个教室，包含着深深的疑惑与失望。

“哼！”神父吼道，“我终于知道他为什么拿‘尊严’说事儿，非要阻拦搜查了。”

阿格兰贝丽像发疯了一样抖着。

“不是的，老师！”她叫喊道，“不是他！绝对不是他！”

“哈……你是怎么知道的呢？你又是从什么时候开始，养成这个挑选小偷的习惯的？”

“不是他，老师，不可能是他。”

“很多不可能的事都发生了，已经发生的事不能当作没有发生。我更相信雅兰布卡的说辞，因为……因为，无论如何，她没有理由说谎。对吧，雅兰布卡？”

“老师……”“女神”因为事态的发展而坐立难安，她解释道，“我没说我看见他偷东西了，我只是说我看到他在看她的书桌。”

“你不用多此一举进行更正。他拒绝接受搜查，就已经清楚地说明了一切。”

“老师！”卡丽翁齐像战士一样从座位上跳起来，“她说谎！”

“又来了一个指认说谎的志愿者……可是为什么呢？戴眼镜的撒旦，你告诉我为什么她要说谎。”

“因为雅兰布卡不待见卡德拉斯，老师，因为每次雅兰布卡经过的时候，卡德拉斯都没有画十字。就是这样。”

“哎哟……哎哟……哎哟……又有对肇事者不利的新证据浮出水面了啊。我命令你说清楚，你说的是哪一种十字？”

卡丽翁齐噎住了。

“老师……每次她经过的时候，其他人都朝她画十字。”

“她是谁？他们又是谁？这都是什么乱七八糟的事？我命令你给我说清楚！”

“就这些了，别的我都不知道了。”

神父转头看着门。

“让那个小偷进来，哪两个力气大的出去给我把他架进来。你去，山大王！”

达克里奇科斯苦着一张脸，像是嘴里被塞了酸葡萄。

“老师……我的手……不听我使唤……就是……”

“为什么？”

“手抽筋，动不了了……因为我去玩‘疯狂的兔子’游戏了。是其他人教我玩的，就是弯下腰，把头绕过屁股，望着天空，要是能数三十颗星星脖子还没断，就可以当大王！”

“闭嘴，你这个野蛮人！膏药！哈莫利亚斯，你去！”

“老师,我也不行……我也是玩‘疯狂的兔子’把手玩坏了……”

“很好！那我自己来！”

他上前两步打开门，冲走廊喊道：

“受罚的那个，我命令你进来！”

梅里奥斯脸色苍白走进教室，全然不知等待他的会是什么。

他一进教室，神父就开始破口大骂：

“你这个伪君子！你是……”

阿格兰贝丽在座位上哭得瑟瑟发抖，像个泪流满面的美人鱼。

“老师……是我搞错了！那一百块我没有丢，我找到了……”

“她找到了，老师！”卡丽翁齐也跳起来，“我们俩都看到了。”

“你们俩的说辞我很怀疑……”

“老师……”卡德拉斯张口说。

“同学！”神父打断了他，“有人看到你在别人的书桌旁鼠头鼠脑。雅兰布卡的证词是非常可信的，你和那丢失的一百块逃脱不了干系。要是失主努力包庇你，那就更可疑了，因为有人指认，你整日怀着不可告人的目的在那个女同学的书桌旁转悠。我不得不提醒大家要远离糟粕，远离垃圾，例如维克多·雨果的那些垃圾作品。那本《石头下面的一颗心》就是垃圾中的垃圾，教年轻人怎么交换书信……你已经被抓包了，被指认了，现在，你坦白交代吧……”

梅里奥斯的脸煞白煞白的，他用破碎的声音用力喊出一句：“好吧。”

“好吧？什么好吧？你是指偷钱还是偷情？快说！拯救你的荣耀。就把你的交代一半当作告解，说出来，我会帮你的。事实上，我已经开始相信斯塔米利和卡丽翁齐怀疑你偷钱这件事是不实的。一个女生，就算家境再好，也不可能，我是说不可能，一个女生……她的抽屉里能放这么大一笔钱。说吧，把实情说出来。你也是维克多·雨果的受害者，是吗？”

“老师……”梅里奥斯的手死死地抓着课桌，以免自己倒下去。

“说吧。不可能有其他说法的，不是这样，就是那样。我是不愿意相信，一个品行良好的学生会做出偷钱这种可怕的行为。说吧，卡德拉斯，鼓起勇气坦白交代吧。我会从宽处理的，我甚至会帮你在校长面前求情。”

“老师……您为什么要让我说这种话呢？”

阿格兰贝丽一动不动，像只布娃娃，卡丽翁齐则像宠物狗一样呜咽着。

“为什么呢？……”卡德拉斯继续痛苦地说，“算了，我走吧，我退学。您让我走吧……”

“想走？”神父像烧成黑炭的汽船一样尖叫起来，“你想走？你以为你能在毁了一个好人家姑娘的名誉后一走了之？你以为，无耻之徒，你以为我会让你借着退学逃避罪责？你想得美！我要把你交给司法部门，你就等着当着更多人的面坦白你肮脏的罪行吧！”

“我错了……是我错了……”雅兰布卡绝望地哭喊着，泪如雨下。

“你闭嘴，蠢货……‘女神’？哼，一会儿你给我说清楚‘女神’这个称呼是怎么回事。”

“是别人这么喊我的，老师……”

“我一会儿再收拾他们！你现在收起你那鳄鱼的眼泪。回到正题。说吧，卡德拉斯，简单明了地说：是，还是不是？是偷钱，还是偷情？就这样。”

“老师……”梅里奥斯面无血色。

“说！快说！你从书桌里拿走了什么？拿走了一百块？这一点我很怀疑……还是拿走了信？你要是不坦白，就当你两样都拿了……”

梅里奥斯想到了他口袋里的信，要是被发现了，该怎么办？他用尽最后一丝力气，说：

“……一百块，老师。”

他筋疲力尽，瘫坐在座位上。神父一脸失望地盯着他。世界开始坍塌了，“留级帮”的人只能无可奈何地吐口水。全班都像看死人一样看着梅里奥斯，教室里安静得像坟墓，像死海。突然，一只脏手从这片死海中举起来，像一支逆风的桅杆。

“是谁的脏手？”神父问。

“我的，老师……”首领说。

“你做这个不合时宜的举动，是想干什么？”

“老师……我不舒服……我吃了一篮子烂苹果，现在闹肚子了……我想去一会儿厕所！”

“那儿才是你该待的地方。快去快回吧。”

达克里奇科斯一溜烟跑了。教室里的气氛更加凝固,暗流汹涌。要不是达克里奇科斯突然回来了，气氛还将继续凝固下去……首领回到座位上,“留级帮”交头接耳开起了会。两分钟后,会议结束了,他们每个人脸上都是一副毅然决然的表情。

神父刚消化完失望的情绪，对梅里奥斯说：

“那么，小偷，来吧……把你的赃物交出来吧。”

“等一下，老师！！！”

一个反对的声音脆生生地打断了神父。

“你这个烦人精，又有什么事？”

“别着急嘛，老师……”首领的声音变得更加冰冷，“如果他是小偷的话……等等！”他突然转头朝向卡丽翁齐，轻蔑地问，“小妞儿，她丢了几张一百块？”

“唉，滚吧，坏蛋！丢了一张。”

“要是……”首领继续说,“要是非要说钱是他偷的,那么老师,我手里这张又是什么？嗯？”

“你找到一百块了？”神父失落地问。

“当然找到了！”

“在哪儿找到的？”

“喏，在这儿！在她的书桌下找到的。那会儿我要出教室，我捂着肚子，因为……因为我肚子疼……”

“闭嘴！”

“疼得我这么弯着腰……突然，嘿嘿！那是什么？我看到一张一百块悠悠地飘着……”

“简洁点说！”

“我就对那张一百块说：‘来来来，到我的口袋里来，你这个小淘气！’”

“闭嘴！别用这种不入流的措辞！”

“我哪儿知道那是她的钱啊，老师……”

“那要是你知道了，你会怎么做？”

“怎么做？当然不会还给她啊，她那么有钱……”

“那失物现在在哪儿？”

“什么东西？”

“那张一百块在哪儿？”

“在这儿！崭新崭新的！”

“既然如此……”神父若有所思地说，“那么一切应该都是真的了，不然你这个穷小子上哪儿去找一百德拉克马？”

阿格兰贝丽的处境突然尴尬起来，她看着梅里奥斯的眼睛。“不要！”他用眼神祈求她。

“他说谎，老师！”她对神父喊道，“达克里奇科斯说谎，那张钱不是我的。”

达克里奇科斯内心暗道：“这个小婊子！”他说，“就是她的，老师！”

“你是怎么知道的呢，达克里奇科斯？你为什么坚持这就是她的钱呢？”

“肯定是她的，老师！班上还有谁这么有钱，还有谁有一百块可以弄丢的？就是她的。”

阿格兰贝丽瞬间石化。

“喂，把钱给她吧！”他对副官说。

哈莫利亚斯接过钱，推了推卡丽翁齐。

“接着，喂，卡丽翁齐！接着，把钱给她。”

神父掏出一条灰色的手帕擦了擦额头。

“接着吧。”他说，“无论如何，这总算不是偷窃……我怀疑他做了更严重的坏事。那么，达克里奇科斯先生，”他对首领说，“卡德拉斯就不是贼了，是吧？……还是说，他是？”

“他差点儿就是了，老师，要不是我把钱找到，他就是贼了。可是你瞧，他运气真不错，钱被我找到了。”

神父又擦了擦汗，大家都松了一口气，下课铃响了。

“下课，解散吧！”

“呼……”大家都像晕厥的人刚刚醒转一样，轻轻吐出一口气。

下楼的时候，达克里奇科斯悄悄走近“小汽车”。

“小妞儿……快把那张一百块拿回来！”

“嗯？你不是说那是你找到的吗？”

“我找到个公羊角角！我向‘围裙大叔’借的，只借半小时。快拿回来！”

“你这个说谎精！拿着！”

“不然你以为我为什么去大便要去那么久？难道是想沾点儿屎气吗？”

“你又不待见他，干吗要为他这么做？”

“因为无聊……”

“真是个混蛋……”

“去你的。”

“滚！”

“遵命。”

达克里奇科斯双手插在裤袋里，吹着粗俗的小曲儿下楼了。

“你为什么要这么做呢，索里？”副官问他。

达克里奇科斯停了口哨，陷入了深深的沉思。

“我也不知道……”他说完，又吹起了口哨。过了一会儿，他说，“你怎么还不滚？”

“好好好，我走……”

两个小混混来到大街上，像巷子里的小猫一样懒洋洋地半眯着眼睛，看了一会儿小孩们玩耍，然后走了。

第十七章

春天眼花缭乱、香气四溢地悬挂在各家各户的门上，绽放在学校的窗台上，倒映在女生们的眼中。但是对于“留级帮”来说，春天除了痒，什么也不是。

达克里奇科斯把别人挂在门上的花环取下来，拿去喂驴。他受不了这些杂七杂八的东西。可是一朵玫瑰花却使他心生怜爱，多么红的一朵花儿啊……就像玫瑰糖一样。于是他把花吃掉了。

音乐老师的脖子上系着一条红色丝巾。鸟儿们像音符一样在树枝间上下跳跃。

这就是春天。然而，“留级帮”自有一套辨认春天的方法。

你可以打赤脚了？那就是春天到了。你可以吃栗子了？那就是冬天到了。你可以偷果子了？那就是秋天到了。老师们讲的“一年四季”凡此种种对他们来说都是耳边风。任何一个严肃的自重的“留级帮”成员都不会等日历告诉自己春天什么时候来，他会自己感受春天的到来。觉得暖了？那就是春天。觉得冷了？那就是冬天。梅里奥斯通过香气辨认春天，但更多地，他是从阿格兰贝丽的眼睛得到春天的消息。她的眼中藏着这世上最美好的春天。他还能通过很多其他事物知道春天到来：日益清澈的溪水，温柔流淌的河流，森林中响起的韵律，一天天成熟的黑莓，平原上、田野中逐渐露出笑脸的玉米，还有很多很多其他事物……这些就是春天。

一天晚上，他边走边念着“阿格兰贝丽……阿格兰贝丽……”，不经意间偶遇了“留级帮”。达克里奇科斯用阴沉沉的眼神看着他。

“喂，过来！”他说，“既然碰到你了，就顺道问一下，你为什么要写那样的文章？你写的都是些什么乱七八糟的东西？”

梅里奥斯垂着手平静地望着他。

“我又没有得罪你们……”他说。

“你得罪我了！”首领吼道。

“你把我们都得罪了……”副官补充道。

“你的文章看得我们心里堵成一团！”首领又吼道。

只有库库洛斯像一堵墙，站在那里一语不发。

“喂，你怎么不说话？”首领对他说，“你要一直装死吗？”

“堵成一团……”库库洛斯恹恹地说。

夜风把首领的头发吹得乱糟糟的，一缕脏发耷拉在他的额头上。他眼神凶狠，就像一只刚打完架的斗犬。

“我们受够了！该怎么跟你说呢？总有一天叨叨会付出代价的。”

“为什么？”梅里奥斯问，“他对你们做了什么吗？”

“对我们做了什么？！他老是把你的文章读给我们听，听得我们都要吐了。他总是忍不住表扬你，总是在我们的面前表扬你。但是我告诉你，你最好低调点儿……他要是哪一天掉进水坑了，那可都是因为你……你给我小心点儿。我没有其他要说的了。你呢？”

他问哈莫利亚斯。

“给我小心点儿……”副官也跟着说。

梅里奥斯一脸无畏地看着他们。

“我会继续写的……”他平静地说完，就抬脚要走。

“啊啊啊！”首领抓狂地叫着，简直要哭了。

“你们倒是跟他说点儿什么呀，说话啊，傻子。”

“你小心点儿……”库库洛斯对他说，“要是被丢进河里，可不是我们的错。”

梅里奥斯头也不回地走了。

“要不我绊他一下？”哈莫利亚斯问。

首领一巴掌拍在他脸上。

“滚！我们是真男人，不做这种小人行径。我们要大大方方地把他丢到河里。”

“好……可是……”副官透过牙缝嘀咕着。

“怎么了？”

“我们三个对他一个，合适吗？”

“合适！”库库洛斯跳出来说，“他那篇作文拖累了我们全班，怎么不合适？”

“谁说合适的？”首领带着怒气阴郁地问。

“我……”库库洛斯弱弱地回答。

“你说这种话，还有脸站在这里，啊？谁说我们要三个人一起把他丢到河里的？是一个人把他丢到河里。坦率的担当，你们不记得‘围裙大叔’怎么说了吗？”

“这个……是……”库库洛斯谦逊地说，“这个是一等一的坦率担当。”

“是他娘的公羊角角……”

其他“留级帮”成员都愣住了,他们第一次看到首领这个样子。他走到一道栅栏旁，慢慢地靠坐下来，把一个脏手指伸进耳朵。

“我们是小混混……”他无精打采地说。

另外两个人躲到一旁悄悄地交谈。

“你知道发生了什么事吗？”库库洛斯说，“我什么都不知道。”

“我也不知道。”

“我只想知道，我们到底还要不要把他丢到河里？”

“他刚才说‘不要’。”

“为什么呢？”

“你不会自己去问啊？我哪儿知道为什么，我又不是电报局。”

“我觉得，我们的帮派完蛋了……”

他俩绝望地回到首领身边。过了一会儿，几个人继续漫无目的地往前走。他们一言不发，只是偶尔吐一下口水。他们经过一扇高大豪华的门，蓝色门帘看起来就像是童话中的。达克里奇科斯停下脚步，无精打采地望着它。

“我能丢个石头吗？”哈莫利亚斯问。

“滚！”首领骂道。可是刚骂完他就反悔了。

他弯下腰,捡起一块石头,用尽全力往门上丢去。大门发出巨响。

“走吧！”他恨恨地对其他人说。

他们渐渐走远，像流浪狗一样绝望地在街上晃荡。天很冷，他们仨都没有穿外套，他们把衣领竖到耳朵边，手深深地插进裤兜。

“我满足了……”哈莫利亚斯突然开口打破了沉默。

“满足什么？”首领问。

“那块石头。”

“滚！”

他们找到一排栅栏，靠着栅栏坐在一起，捡小石子丢对面的鸡笼。每丢一次，笼里的鸡都像女人一样疯狂地乱叫。但是这个他们也玩腻了。

“索里……”哈莫利亚斯喃喃地叫他，打破了死寂。

“嗯？干吗？”首领意兴阑珊地问。

“你知道你砸的是谁家的门吗？”

“闭嘴！”

“我还没说是谁呢。我说了吗？”

“我知道你要说。”

“你怎么知道我要说？”

“我就知道。”

“嗯，我觉得……”哈莫利亚斯突然话锋一转，“我觉得……嗯……用石头丢那扇门，还不如在门槛那儿撒尿。”

“滚。”

他们又开始有一搭没一搭地拿石头丢鸡笼。

库库洛斯朝副官挤了挤眼睛。

“你不知道那是谁家的大门，干吗还要打开这个话题？”

首领准备要掐死他，哈莫利亚斯赶紧挤到他俩中间。

“算了算了，放开他吧，索里……”他转头对库库洛斯说，“你个白痴！还需要对他说那是阿格兰贝丽家的大门吗？你以为索里不知道？”

“你也给我闭嘴！”首领狠狠地瞪了他一眼，“你们都给我滚！混蛋！我不要这个帮派了，我要解散它！你们怎么还在这里？”

哈莫利亚斯抓住库库洛斯的手臂。

“我们快走……”他悄悄地对他说，“嘘！……假装什么都听不见，快走。”

他俩站起来，拍了拍身上的灰尘，手拉手往前面的巷子走去。

“我的天啊，不走都不知道会发生什么事！”哈莫利亚斯说。

“你对他有一丁点儿了解吗？我一点儿也不了解。”

“我也不了解，他堕落了。”

“真怕有一天他会把谁给杀了，然后被丢到监狱里。”

“他越来越堕落了。”

“该不会是他妈妈生病了吧？”

“我们不是才从他家出来，她不是正在编绳子吗？”

“该不会是他长腋疮了吧？或者鼻子里边长了粉刺在痛？”

“闭嘴！别唠叨个不停。老大说得真是没错。”

“唉，那他到底怎么了？”

“我只知道他脾气越来越差了，其他什么都不知道。”

“我也不知道……好了，就这样吧，晚安。”

“你去哪儿？”

“我去……去研究会儿……几何。”

哈莫利亚斯爆发了。

“你个白痴！老大说得真是没错。怎么你现在想当个好学生，好好学习了？”

“我吃饱了没事干吗？”

“那你干吗那样说？”

“大家都这样说啊，大家都说‘我去看会儿几何’。”

“那些人是帮派成员吗？”

“不是。”

“那他们爱怎么说就怎么说。”

“喂，我知道附近在放皮影戏。你要去吗？”

“用给钱吗？”

“不用。”

“不用给钱,我们去干什么？……如果需要给钱,那就不一样了。”

“怎么不一样？”那个呆子问。

“如果是免费的，我们过去坐着，不会有人来理我们；如果是收费的，就会有一两个混蛋来赶我们，我们就可以抓住他们，把他们整得团团转……这样才好玩，免费的太没劲了，不去。”

“你说得对……对了，你叔叔的咖啡馆是不是有一些昏昏欲睡的老头儿？”

“有啊，但是他们一个个昏昏沉沉的，你能拿他们怎么办？”

“我们可以偷他们的念珠丢到河里。反正他们昏昏欲睡，甚至都没发现我们把念珠拿走了。去吗？”

“行，走吧。”

帮会成员一离开，首领便沉默地闭上了眼睛，活像一只病恹恹的流浪狗。过了一会儿，他睁开眼睛，定定地望着月亮。他的内心没有丝毫喜悦，他无所事事地过完了这一天。真是乏味的一天，一点儿坏事都没做。用石头砸了一两扇门，偷袭了一两条没有防备的狗，吐了几次口水，叫骂了几句，一天就过完了。他记得她家的大门……记得石头砸上去发出的巨大响声。

他为什么要这样做呢？现在他开始思考其他事了：她的那扇门会不会痛？她会不会在床上吓得做恶梦？……她的床单该是多么洁白……

索里，你要死了，你会因为爱她而死的，而她会以为你是发烧生病而死的。所有人都嗅到了她与其他人相爱的气息，可是她却什么都不说，假装什么都不知道。而他，想要让她成为伴侣，想要将她托上云端，想要把她当作圣女，想要为她做任何她想做的事。他也许识字不多，但足够用来爱她。他想让她当克里斯提蒂斯太太。去他娘的！这是什么乱七八糟的称呼！为什么要这样叫她呢？……达克里奇科斯，难道不好听吗？达克里奇科斯，听起来就像画卷一样美妙。

他会试着成为猎人或者船夫或者诸如此类……这些都是力气活儿，不需要认识多少字。他会骑马走过她家大门，门前的鹅卵石小径将熠熠生辉。

但是她不会抬头看他一眼。卡德拉斯偷了她一百块，她却说："不是他偷的。"她为什么要包庇他？为什么不公开说明他就是小偷呢？他如果不是小偷，为什么要在她的座位旁徘徊？卡德拉斯这个混蛋！你是小偷啊，可是她却爱你……真是一个小婊子！放着好好的他不爱，偏要去爱一个小偷……等等！等等啊，索里！你相信吗？像个男人一样说出来：你相信他是小偷吗？那这个世界也太荒唐了！简直就是无可救药、坏到不能再坏的世界！来，展现你坦率的担当，勇敢地说出来：卡德拉斯去她的座位旁是为了别的事！他为什么去呢？哈……还问他为什么去。能为了什么？他总不能是因为另外的事才去吧？

“是了，他难道就不能只是过去闻一闻香气？就是这样，真是变态！你为什么要说他是小偷呢？难道你想当卡伦巴洛斯那样的人吗？不是的……就像你说的，他就是为了闻香气才过去的。是的，就像你现在正做的一样……你也一样……”

可是……他现在在哪里？在做什么？咳，索里，你在做什么啊？居然靠着她家的大门嗅来嗅去！废物！那么，他来这里是做什么？瞧瞧，完蛋了，你变成卡德拉斯了，跑来嗅人家的大门，做这种不光彩的事。

他准备好要吐口水了，可是突然间，他看到了门上他用石头砸出的痕迹，光亮的门上有了一道疤痕。他的手轻轻地、温柔地抚在那道疤痕上……把手放下！这太丢人了，不是吗？赶紧把你的手放下来！真该把自己淹死在便池里！傻子！去你的！

他一拳打在墙上，眼里溢满泪水。他收回手想要把眼中的泪抹掉，却发现已泪流满面……去他娘的！

第十八章

多尔大叔一边把买来的烟叶塞进烟斗，一边用脏话问候那些禁烟人的父母。烟叶是多好的东西啊，从地里收割下来，晾干，看起来就跟金币一样金灿灿的。把烟叶取下来，在嘴里灌一大口水，翘起二郎腿，轻轻地把烟叶裁好，点上，那香气，简直跟进了教堂一样神圣。

“小偷！强盗！魔鬼！我喝我的烟叶，碍着他们什么了？倒是说说，碍着他们什么了！……”

突然，他抬起手。

“你又有什么事，跑来挡我老头儿的阳光？以眼还眼，以牙还牙……我说得对吗？过来，坐下！不用解释，我都知道了。我见过各种各样的魔鬼，长尾巴的，长角的，但是穿着教士服的我还是第一次见。我的眼睛能看穿……怎么说呢？你们读书人是怎么说的来着？算了，我换个我会的说法。上帝的旨意都是好的，只要不是通过神父的口进行传达。我说得没错吧？有一次，耶稣来到一条河边，看到一只青蛙。他说：‘嘿，瞧它多柔软啊。’说完，就用手按了青蛙一下。可是青蛙突然大叫一声，像是肚子里装满了铁块。‘多么伟大的杰作啊！造物主，您所造的一切都如此精妙。’耶稣说，‘要是这只青蛙没有这样的声音，就连蚂蚁都敢来吃了它！’你不进去跟你大婶打声招呼吗？”

“我打过招呼了。”

“啊，瞧我这老糊涂，坐在这儿自说自话，都没看到谁进去谁出来了。你觉得她怎么样？”

“挺好的。”

“好什么啊，我俩是有一天过一天，都准备着呢，以免哪天死神说来就来，一下子把我们带到另一个非暗的世界。我说得对吧？”

“灰暗。”

“就这样吧，小小口误而已。过来坐会儿，咱俩聊聊。我听说艾拉丝米娅已经在准备她的身后事了，是真的吗？”

“确实听人这样说。”

“我们的时日估计差不多。她自己怎么说呢？”

“她啊，唉声叹气，到处找新郎呢。”

“这只聒噪的母鸡！整天无所事事的，临到老了才喊着要新郎。太不应该了。”

“可是，她以前也一直在找新郎啊……”梅里奥斯说。

“哦？……是真的吗？那她干吗不嫁？哈哈哈。怪不得人家都说发疯和疥疮一样，都是人才会犯的病。这儿附近的汽水店有一个卖香草糖浆卷的鳏夫，你知道这个人吗？”

“知道。”

“她怎么不去试试呢？他也正在找婆娘呢。对了，你坐过来一点儿……他们说的关于你的事是真的吗？”

“什么事？”

“你看看你！你那坦率的担当到哪儿去了？这么多书都白读了吗？快说，我要听实话。他们说你坠入爱河了。这是真的吗？为什么呢，我的小娃子？你没听到歌里唱的吗——‘你还小，爱情的伤痛这种事对你来说还太早。’或者你觉得自己已经长大了？干吗不说话？唉，好吧，你自己想吧。但是——看着我——不论你做什么，我都会替你保守秘密的。你自己说，省得我还要把话套出来。你自己说，你是不是坠入爱河了？有，还是没有？”

梅里奥斯气得一愣一愣的。他不知道该怎么回答，也不想回答。

“就算你藏到蚂蚁洞里，我一样把你找出来。过来，你要去哪儿？”

“我不想跟你聊这种事。”

“哦……如果你家大叔还活着，你也要对他藏着掖着吗？嗯？”

“我不知道。让我走。”

“我来告诉你你会怎么做，你会一五一十全都告诉他。说吧，我们不是说好了要互相照应的吗？你怎么能独自受煎熬却什么都不告诉我这个老头儿呢？”

“你知道什么呀！”

“哈！那你就知道吗？酸葡萄。你不去问问我家祖布莉娅？别看她现在讲话粗鲁，还病恹恹的，几十年前她可是……十分惹火的。啊……这么说着，我又有了一点儿年轻的感觉了……不为别的，就是再感受一下年轻而已。人老了，这种感觉就逐渐消失了。现在的我就像一个熄灭的火炉，你看看她，也变成丑八怪了。我并不觉得你这么早谈恋爱是什么坏事，但是可惜啊，你怎么就爱上一个这么丑陋的姑娘，一个焉儿坏的……”

“胡说！”

“哈，逮到你了吧！看吧，我就说，就算你藏得再深，我也能挖出来。噢，天啊，我为什么这么了解那些恋爱中的心呢？你瞧，两三下就全都看出来了。你上哪儿去？干吗不说话？我还有事呢，你回来……呐，坐着，像个好学生一样给我待着，我来跟你说说我的问题。不准笑我，我做错事了。人嘛，难免犯错的。前几天，我这儿来了一个山里人，那人是我前年在一个同乡家认识的，他居然还记得我。他来这里，点了支烟，和我详谈了一番。他说山上有一个很隐蔽的村子，那儿有一群孩子上不了学。他对我说：‘你管理着一所这么好的学校，能不能向我们推荐一两个有学识的年轻人，到我们那个村去给孩子们上课？有报酬的。’唉，我就是在这时犯了迷糊……我想着你应该不想去，就对他说：‘嘿，你运气真好！我这儿还真有一个绝佳人选，学识好到甚至都可以去给主教上课！但是他身子骨有点儿弱，他家大叔应该不肯让他去。’‘别呀，老哥，’他说，‘他可以像大文化人一样得到很高的酬劳，我们还会好酒好菜招待他，保准把他喂得像球一样胖！’‘我能怎么办呢？’我说，‘他身子骨真的太弱了。’你瞧瞧我都做了什么蠢事……我以为你不想去呢……”

梅里奥斯一脸埋怨，气鼓鼓地要走。

“回来！”老头儿喊他。

“你说谎！我什么时候跟你说我不想去了？”

“啊，你想去啊？那真是太好了！那这份工作就这么定了。”

“可是你不是回绝他了吗？”

“回绝他？我这么跟你说过吗？瞧我这脑子！我怎么可能回绝他呢？我连定金都收了。过来，接好你的工钱。听听，居然以为我回绝了！要是我回绝了，那我口袋里这一千块是哪儿来的？”

一千块！完蛋了，要不是他疯了，就是那个山里人疯了。一千块？这么大一笔钱他该放在哪儿啊？可别让人给偷了。在这之前他都心情平静，能安心入睡，可是现在，估计他就连睡觉都要隔三差五地醒来，看看口袋里那一千块还在不在。真是太折磨人了！

“过来，拿着，拿着。工作顺利！呼……赶紧把它拿走，省得在我这里烫手。我揣着它，整夜觉得火烧火燎的。钱是好，可你还是得找个人帮你保管好。”

梅里奥斯接过那一千块放到兜里，又时不时把手伸进去，摸摸口袋上有没有破洞。

那一夜，他没睡着……第二夜也一样……但接下来的几天，他渐渐习惯了。人一旦适应了，就算是蛇在身边也没关系。

他听说过那些山村，村里的人会为孩子们请老师。以前就有一个六年级学生去过，回来的时候胖得像头牛。

别人说那里泉水清凉，山风和煦。梅里奥斯一点儿都不相信，那肯定是别的地方，他们这么说肯定是为了把老师骗上山。但是到目前为止，还没有一个正式的老师上去过，所以那些家长才会来找大一点的高中生去上课。去的一般都是些穷苦学生，就像曼杜拉太太所说的，一些需要“片瓦遮身”的学生——天知道她是从哪儿学来的词……

但是这对他来说有什么呢？他对自己有信心。再说了，据那个山里人所说，那些孩子都很小。

他要去。他现在已经是老师了！只差一条领带了。他为这事想破了头：没有领带，怎么能像一个老师？多尔大叔说，早年间他曾经在他的村子里看到过一个老师，那个老师就没打领带。不过他肯定是骗人的。一听就知道他是骗人的,只是为了安抚他而已。算了，暂且把这种事放到一边吧，距离他结束考试然后到山里教书还有好长一段时间呢，这期间什么事都有可能发生。他现在迫不及待要做的是别的事：把这件事告诉阿格兰贝丽。他甚至害怕起夜晚到来。这可不是什么小事，她却毫不知情，他怎么能安稳地度过整个夜晚呢？领带这件事再重要，也影响不了他。

阿格兰贝丽，你知道山里的空气有多么清新吗？……他们对我说那里可美了，没有一个地方能像那里一样，树上住满了鸟儿。从他们告知我的那一刻起，我便兴奋得无法入眠。大山在靠近太阳的地方，那儿的羊脖子上都挂着铃铛，我们每天都会过得很舒适。那个山里人说那些孩子都还很小……啊，对了，我忘了告诉你了，阿格兰贝丽，我要当老师了！请不要挂心，冬天一到，我就又回到学校读书了。你放心，一切都很好。只是，我还没有想好要怎么花这一千块钱。我跟你说过吗？它现在正静静地躺在我的口袋里呢。我有一张真正的一千块了！我可以做我想做的任何事了。但我还是想把它存起来，以后买小提琴，我答应过你要买小提琴的。或者你想现在就先把小提琴买了？因为我们以后还得买一匹马呢。阿格兰贝丽，我在想，来学校读书是一件多么美妙的事情啊。如果我没有来，我们就会永远地错过。没有你的人生该是多么乏味。学校的白杨树、流淌不息的小河、矗立不动的小桥……一位老人曾对我说，从他很小的时候起，这里就是这个样子了，只是那时候，河岸上还没有一棵白杨树。幸好我们没有生在那个时代，你说对吗，阿格兰贝丽？如果你在等我的信的时候，不是靠在白杨树上，可就一点儿都不可爱了。要我说，如果我生在那个白杨树还没有种下的年代，该是多么不幸啊。阿格兰贝丽，我好像还什么都没说呢……真是奇怪，当我拿起笔，我明明有很多话想对你说（我这些天经历了很多事，都是很想对你说的事），可是，阿格兰贝丽，我现在却觉得词不达意……我能怎么办呢？原谅我，那是因为我的心已深深陶醉，无法平静……阿格兰贝丽，无论我去哪里，你都是我的女神，我的花朵，我的一切……只是，你也要稍微想我一下啊，阿格兰贝丽，要想我……好了，虽然我现在不得不停笔，但我会在心里继续为你写下去，哪怕我不在你的身边，哪怕我到了高山上，哪怕我远在天边，如飞鸟一样……阿格兰贝丽，我的小百灵……晚安……

第十九章

“那个……喝我们那儿的牛奶，保准你能长得，那个，白白胖胖……你高兴吗？”

“什么东西？”

“哎哟哟哟……我正跟你，那个，聊天呢，你竟然那个，在发呆。我都看出来了。你这样子，我们还怎么一起愉快地上山？”

“不好意思啊，领导。”

“没关系……没关系。那个,你说你也好歹听一下嘛。首先……就凭你身上这片布头，你保准得，那个，冻死。”

“什么布头？”

“唉呀，跟你说话你当我在诵经吗？”

“可是我不知道你说的‘布头’是什么意思……”

“就是你身上穿的那个‘布袋’……不然你以为是什么？”

“啊，这就是布头？”

“怎么？不行吗？”

“呃，你说是就是吧，领导。”

"首先,那个……我不喜欢你喊我'领导',你可以叫我的教名。"

"那你的教名叫什么?"

"一个古老的名字……阿尔西佐斯……一开始,那个,神父本来想用什么阿尔西比亚德斯[①]之类的乱七八糟的名字,但是那个,中途我父亲介入了,给我定了这个名字。"

"然后呢?"

"然后就是,现在你可以喊我,那个,西佐。"

"好嘞。"

"你知道那个,你将给多少个小孩儿上课吗?"

"不知道,多少个?"

"十八个……大约十八个。"

他俩骑的毛驴自己认路,山里牲口的记性让人震惊。阿尔西佐斯是个大烟枪,不一会儿就点了烟叶。

"你要不要也来一点儿?"他问梅里奥斯。

"你抽这个,那些乡村警察不抓你?"

"他们哪儿找得到我啊?就算我想让他们抓,也见不着他们人啊。"

"那你为什么不抽买来的那种?"

"那种脏得,跟那个,放屁一样。"

两头毛驴走上山里的小道。梅里奥斯骑的那头顺着路跑得跟小火车似的,他情不自禁地唱起了歌。一曲唱罢,阿尔西佐斯的嘴巴吧唧了几下。

---

① 阿尔西比亚德斯(公元前450—前404年),雅典政治家,伯罗奔尼撒战争中的将领。

“你不喜欢这歌，我看出来了，西佐。”

“嗯……我不是很明白……那个，写歌那人是想说什么？那个，这歌唱出来就跟吵架似的。”

“你以前没听过这类歌曲吗？”

“以前也有一次，那个，我听到一个人在那边哼哼唧唧，那个……我费尽心思想要听明白，那个，哪怕一两句，想知道它里边究竟有没有骂人的话。”

“所以说，你确实是不喜欢这歌？”

“没错。”

他喜欢西佐的坦率。他的话可能有点儿重，但是实诚。

“那我问你，西佐，你们一般在什么情况下唱歌？”

“呃……那个……握手的时候……”

“嗯？怎么听着不太靠谱啊。我曾看到过一些牧羊人，在空无一人的地方不断地唱歌，连水都不喝。”

“啊，他们啊……那个……他们是被牧羊杖给打到了吧……”

“我不明白你在说什么。”

“少来了。”

“骗你做什么？我是真的不明白。”

“那个……就是说……在他们内心深处有痛苦的事情，明白了吧？”

“原来如此。”

“唉……我是真的不知道……像你这种文化人，该跟你聊什么才好呢？那个，你们城里人，那个，会把女婴从母亲身边抱走吗？唉，你看起来对这种事一无所知。对了，你走的时候给哪个女孩子留言了吗？我要听实话！”

“嗯……有……算是有吧……”

“拜托，你哼哼唧唧什么呢？那个，你留的那些话，那个，是不能让别人知道的吧？快说！”

“嗯……对。”

“她叫什么名字？”

“阿格兰贝丽。”

“我去！”

“什么？”

“不是……我是说……我的亲娘喂！这是女孩的名字？”

“不然是什么？”

“呃……这都什么世道啊,居然有人起这么难听的名字！唉……我说漏嘴了……不是！”

“你听着，西佐，如果你想要跟我好好相处，你以后提起这个名字的时候就放尊重点儿，听到了吗？”

西佐摸了摸脖子。

“好啦……好啦……用不着这样吧……那个，我们之前不还聊得好好的吗？干吗破坏气氛？我开玩笑的啦。”

“我不喜欢这种玩笑！”

“好吧。”

西佐讪讪地掏出塑料袋，卷了一大把烟，看上去像根香肠。他把烟点燃，吸了一大口。

“我开玩笑呢……”他面带悔意说，“那个……是我那个，没注意措辞。别这样嘛，和好呗，你别生我的气啊。”

他给梅里奥斯也卷了支烟。梅里奥斯刚一点着，就呛得不行。

“好吧……原来你不会抽烟……”

他们走到山顶的时候，夜幕降临了。鸟妈妈们呼叫小鸟回巢睡觉，它们在石头上叽叽喳喳叫了一两轮，然后消失在夜幕中。一切都安静下来了。夜风刺骨，梅里奥斯裹在衣服里微微发抖。阿尔西佐斯说得没错，穿这种“布头”确实要冻僵了。他靠着一块石头，那儿还有日照的余温，可是不一会儿也冷下来了。阿尔西佐斯看着他思考了一会儿……

“那个，过不了多久，你的牙齿也要开始，那个，打颤了。不过别担心，我会帮你的。你起来，捡些干柴火，我去找找看有没有，那个，干牛粪。”

“你要干牛粪干什么？”

阿尔西佐斯绝望地打量着他。

“该怎么说呢？那个……我可能说得不对啊，可是，你们山下的学校什么都不教吗？”

“我不记得教过什么跟牛粪有关的。”

“幸好，那个……幸好我不识字。”

“那你……受过其他教育吗？例如，你说话的时候喜欢说‘那个’，这是从哪儿学来的？”

“哦，那个啊……那是我十九岁的时候，那个，在军队里学的。听着还不错吧？”

“瞧你说的！……但你还没告诉我牛粪有什么用呢。”

“你先捡柴火，一会儿就知道了。”

不一会儿，阿尔西佐斯小心翼翼地捧着一大坨牛粪回来了。

“柴火准备好了吗？那个，把它们架好，我弄给你看。等等……那个，下面，要留一个点火的地方，知道吧？架好了！”

他把牛粪拿起来，在牛粪中间挖了一个洞，从马甲口袋里掏出火镰，剪下一小段火绒，用打火石点燃后塞进牛粪中间的洞里，然后像捧着香炉一样前后摇晃。不一会儿，牛粪就开始冒烟，燃烧起来。他把点着的牛粪塞进柴火堆，火就生好了。

二人盘腿坐着，开始吃东西。他们吃什么？——还能有什么？面包和奶酪而已，这地方没什么好吃的。

吃完东西，两个人开始聊天。

“我问你啊，那个……”西佐说，“我想问，书读得完吗？”

“不能。”

“啧啧啧，你说啥呢？小孩儿……你数数看，总共才多少个字啊，怎么就读不完了？”

“数不清。”

“什么？？哎呀，我的亲娘喂，我上当了！”

“上什么当？”

“你知道吧，那个……不好意思，我忍不住要骂人了……有一个混蛋骗子，你知道他跟我说有多少个吗？”

“多少？”

“二十四！妈的骗子！”

“你等一下，他说得没错啊。字母是这么多个，但是读书，也就是……教育……”

“你别跟我长篇大论了，我听不懂。算了，我只问一件事，就是我听说，你们读书的时候都是一级一级读的，是真的吗？”

“是的。”

“那你读到第几级了？”

“第四。”

“我明白了，然后就是周四级[①]，对吧？我说的对吧？看吧，那个，我还是学了点儿东西的。再然后就是周五级，对吧？哈哈，那个，没有白跟你混……”

火堆渐渐把周围的石头也烤热了，他们终于可以度过一个温暖的夜晚。阿尔西佐斯刚说完“晚安”就打起了呼噜。两头毛驴在旁边优哉游哉地大口吃草。蟋蟀在梅里奥斯附近唧唧吱吱叫个不停，但他一点儿也不烦躁。尽管山高水远，茂林密布，蟋蟀的叫声也更为尖锐，跟平原上那些蟋蟀轻柔的沙沙叫声完全不同，但旁边的火堆和毛驴给了他安慰，它们气定神闲，使他心安。人家说怪物常在这种时刻出现，刮起大风，鬼哭狼嚎，让人发不出声、无法思考……当然了，梅里奥斯不太相信这些。但总不可能什么都是假的吧，很多人这么说过，多尔大叔说过，贝尔迪克普洛斯说过，艾拉丝米娅也说过。他们这些人比小年轻知道得多一些，像达克里奇科斯，就非要说这些都是子虚乌有的。

夜色在树叶间静静流淌，周围的一切渐渐归于宁静，阿尔西佐斯有节奏地打着呼噜。在这样的时刻，梅里奥斯又想起了她……她的眼神，她的光芒，她的香气……他弯腰抚着山间的野草。阿格兰贝丽！假如他没有爱上她，一切都将黯然失色，这个世界不会像现在这般美丽，春天将遍布霉菌，大海将冰冷无情。阿格兰贝丽，谢

---

① 希腊语的“第四”与“周三”相同，“第五”与“周四”相同，区别在于表示星期的时候首字母要大写。

谢你，在这个世界日渐丑陋的时候让我爱上了你……如果这个丑陋的世界没有你在，我不知道会变成什么样子……

在温柔跳跃的火光中，他设想了一个又一个计划，做了一场又一场梦……他要为她拍一张照片，用纯银镜框装裱起来，就像潘塔娜莎圣母像那样，因为，她的美丽可与之媲美。只要你好好读书……卡德拉斯，你要努力，因为一切皆有可能。也许有一天你会当上市长，对大伙儿讲“我们的城市”。你要抓紧，不能松懈。“当你怨恨别人的时候不要写诗”……瞧瞧那些老头儿都教了你什么。那么，就这样吧，当个市长，讲讲“我们的城市”。是的……但是如果讲的时候没有她在身边听着，又有什么意思呢？阿格兰贝丽，我们早已成了共同体。“身心合一”——艾拉丝米娅说得真好，可惜那会儿他还不能理解。是啊，身心合一。然而现在，她正在她柔软的被窝里做着美梦，他却远在千里之外，在世界的另一端，守着一堆柴火无法入眠。

毛驴的鼻孔进了东西，它突然大叫起来，把他吓了一跳。阿尔西佐斯抖了抖身体，往周围瞥了两眼，然后转向失眠的同伴。

“你不睡？”他问。

“没有睡意。”

“你那个……我在昨天早上就发现了……你就是唱很多歌、睡很少觉的那种人……哈哈哈，我看出来了！”

“看出什么了？”

“你要是不想让人知道，我不会告诉别人的……我也经历过，我知道的！”

“你知道什么？”

“知道你所知道的事喽。”

“你给我说明白点！”

“那个……这些事，没法说得很明白。”

他搓了搓手，伸了个懒腰，拿起烟袋。他点了支烟，沉默地抽着，拨了拨火堆。

“那个，我所不知道的，你也不知道的，那个……”

“嗯？什么？”

“就是那个，会把我们，那个，完全吞噬。起来吧，天快亮了。”

他们再次骑上毛驴，握紧缰绳上路了。两头毛驴不用拍打，自动向前走去。

天空泛白，晨风吹跑夜色，迎来阳光。

鸟儿们开始轻快地唱歌和觅食。

两个旅人走进一片茂林，到处是山毛榉和枞树，日光零零碎碎地照进来，就像照在地下室一样。

“那个，我们就要到达那个，哨岗了。”

“啊？什么？”

“我们就可以看到，那个，村里的房子了。”

“那是什么样的？”

“你连这都不知道？……哈，还是老师呢……你那个，知识白学了吧？”

一只小山羊突然冲出来，定定地停住，然后一跃消失。

“啊，到嘴的肉，那个，跑掉了……”西佐说。

“为什么这么说？”

“你不知道吗？野山羊的肉简直是人间美味啊。”

“可是我听说它们的肉太酸了……不是吗？”

“那些人是吃不到葡萄就说葡萄酸。那可是美味佳肴……我们只是因为打不到它，所以才觉得，那个，酸溜溜的。”

“那你还跟我说什么‘到嘴的肉跑掉了’？”

“嗯，那是因为我没带枪。”

不一会儿，他们翻过另一座山头，来到山顶。

“喏，那就是村里的房子！”西佐突然说。

茂林深处出现一个村落。

十来座房子像倒扣的篮子一样在地上铺开，周围全是浓翠蔽日的森林……

梅里奥斯突然进入了人间仙境。

第二十章

清晨，大山像鲜花绽放一样苏醒过来。天空一片湛蓝，只有一小片云朵停留在村子上空，就像遗留在画布上的白色水彩，然而不一会儿，它也随着鸟儿飞走了。梅里奥斯在“教师宿舍”醒来，清新的空气使他心旷神怡。

学校所在的那座房子离其他房子远一些，也更大一些。它是用山毛榉建造的，非常结实，可以抵挡暴风雨和极端天气。它看起来就像一个倒扣的漏斗。微风轻拂，空气湿润，一切都散发着山里的味道。

一个小娃娃推开门，带来了牛奶、水和洗脸巾。

“老师，我要去敲钟吗？”他问。

“什么钟？你叫什么名字？”

“德罗索。”

“你说的是什么钟呢，德罗索？”

“喏，就是那个挂在树杈上的钟。敲了钟，要上课的娃子们就聚集过来，听老师上课。”

“这个做法真棒！当然要去敲钟啦……”

但是德罗索没走，他半蹲在门口，一边打量梅里奥斯，一边微笑。

“你笑什么呢，德罗索？发生了什么事吗？”

“哈，他们跟我说过了！”

“他们说什么了？”

“他们跟我说你是个雏崽。”

“雏崽？什么意思？”

“雏崽……雏崽就是……小孩子，怎么说来着？”

“哦。昨天上午我到这里的时候，怎么没看到你们呢？”

“因为大家都去放羊了呀！但是现在要开始学习了……那个，我去敲钟？”

他也说“那个”？

“好的，去敲钟吧。”

沙哑而略带急躁的钟声响起来，吓得山坡上的小羊狂叫。那些小羊单独放养在那里，因为它们的妈妈都在生产的时候死了。

不一会儿，屋子里就聚满了晒得黝黑的男孩和淘气的女孩，一个个带着看好戏的表情望着他。梅里奥斯紧张得都出汗了，一瞬间舌头也打起了结。可怜的梅里奥斯……还没准备好就急着要当老师。“雏崽”，他该怎么应付这些野娃子？

他掏出手帕，擦了擦流到脸上的大颗汗珠。最后他决定装作什么都不知道，装作一切都非常简单、平静。

“请坐，孩子们！”

没有人动。

他只好再说一次。还是没人动。然后，离他最近的那个头发乱糟糟的男孩走了出来。

“你叫什么名字？”梅里奥斯问他。

“我爱叫什么就叫什么……你又叫什么？”

说完，他转身就走。

“你去哪儿？”

“我爱上哪儿就上哪儿。”

“回来！”

“哈，我就不回！我去撒尿！”

他大步跨出门槛走掉了。

梅里奥斯脸上的汗珠更密了。

“你过来，”他对另一个说，“好孩子，过来……”

“咦，我不去！我要去大便！”

突然，所有孩子都转头一溜烟跑回山坡了。

梅里奥斯简直想蒙住脸大哭一场。就在这时，他突然发现他并不是独自一人。还有一个孩子留在这里，只有一个，是德罗索。梅里奥斯简直不敢相信自己的眼睛，他居然还有一个盟友？

“你为什么不走呢，德罗索？”

“啊……因为，老师……因为……我没有想尿尿。”

“好了，德罗索……那么，你愿意跟我一起，上课吗？就我们两个人。怎么样？可以吗？”

“可以。”

他们俩一起坐下来，上了两个小时课。德罗索非常聪明，梅里奥斯教他大声阅读，他一点就通。

课上完了，梅里奥斯对他说：“去敲钟吧！”

德罗索一下下敲着钟，但是没有一个孩子从山坡上回来。梅里奥斯只好让德罗索去跟他们说下课了，让他们回来把书拿走。不一会儿，一帮人全都涌了进来，很快又像一阵烟似的消失不见，连声“再见”都没说。德罗索是最后一个走的，他默默地走到门口，说了声“再见”，转过头去却又停住脚步，垂下双眼盯着足尖。

“怎么了，德罗索？”梅里奥斯担忧地问。

“老师……”

“怎么了，孩子？”

“……没什么，再见了。”

过了不到半分钟，他的声音从外面传来：

“老师……我喜欢你！”他大声喊，声音穿透了整座房子。

梅里奥斯吃了一点儿他带来的坚果，恢复了神气，跑去找阿尔西佐斯了。

女人们看到他站在西佐门前，暗地里将他打量了一番，问他是不是找阿尔西佐斯。

“进来吧，老师！”他的朋友在屋里喊他，“快进来。让他进来啊，女人们！”

梅里奥斯一进门就毫不迟疑地发问。

“西佐，”他说，“这里肯定发生过什么事……”接着他把今天的经过说了一遍，“肯定有人教这些孩子这么做，他们不可能自己想出来这一出。是不是？”

“嗯……老师，那个，你还真是……直接。”

“快说！是不是这样？”

“就是这样。你也不用发蒙，是大财主让他们这么做的。”

“为什么呢？”

“他一看到你，那个，只是一个雏崽，就很不高兴，问我：‘人是你带来的？’我说：‘是。’结果他说：‘你让他坐课桌前听课，然后去找个老师来上课。’”

梅里奥斯听到这儿，站起身来。

“你去哪儿？”

“去散会儿步。”

“等我一下，我跟你一起去。”

“不用了，我想自己一个人。”

梅里奥斯进了森林，直到下午的课快要开始了才回来。德罗索在教室外面等他。

“敲钟吧。”他说。

他的声音透露出前所未有的坚定。

德罗索用力敲钟。不一会儿，孩子们都过来了，一个个站在梅里奥斯面前一动不动。梅里奥斯走到前面，身体靠在门上。

“大家坐下吧。”他说。

孩子们故意咳嗽起来。

他问离他最近的第一排的学生：

“你叫什么名字？”

“我爱叫什么就叫什么！”

话还没有说完，他就被一个巴掌打翻在第一排的书桌旁。梅里奥斯两眼冒火，头发直竖。

“还有谁！！！”他大喝道，“你！你叫什么名字？说！”

“我……我爱叫什……”小娃子磕磕巴巴地说。

还没说完，他就被掀到篱笆墙边，摔在地上。

“你呢！”他向第三个吼道。

“我……叫，叫……扬诺……”那孩子说着，伸手挡在自己的身体前。

“你呢！！！”

“米特拉克……”

“所有人，全都坐下！”

他的话还没说完，所有孩子已唰唰坐下，像受惊的小兔子一样在座位上瑟瑟发抖。教室里静悄悄的。梅里奥斯双手抓着头坐下来，用柔和的、略带颤抖的声音说：

“打在你们身上，却痛在我的心上……这种心痛不只是在今天，还会持续到明天，甚至会延续到我们接下来一起度过的整个夏天。因为——我必须跟你们说，孩子们，到目前为止，我这一生还从未打过任何人。我们接下来相处的方式将取决于你们。我来到这里不是为了让你们要着玩，你们这种做法，谁都无法接受！我来到这里，是想把我所知道的教给你们，不是以恐吓的方式教，而是以温和友好的方式教。但是瞧瞧你们都对我做了什么？把我当成傻瓜。如果你们认为我不适合当你们的老师，你们可以直接跟我说，我走就是了。别人跟你们说我太小了，不适合当老师。这么说的话，难道所有的大人都是老师吗？那就不需要老师了，由你们的父亲和祖父来教你们就好了。我给你们上过令你们讨厌的课吗？”

“我上过您的课，老师，”德罗索站起来，“而且我非常喜欢。”

“当我骑上毛驴来这里，我的内心充满了欢喜，因为我觉得我会交到差不多二十位朋友。我还想着，平时我们一起上课，周末我们还可以做伴……”

“老师，现在正好是草莓结果的时候！”一个瘦瘦的大男孩说。

“可以做伴去摘草莓，可以一起唱歌。我想象着我们将相处得非常愉快，甚至可能到秋天的时候我都舍不得走了……但是现在，我却一刻也不想待下去了。”

“老师，我们不希望你走……”所有孩子都恳求道，“你说什么，我们便照做就是了。老师，不要走……”

“好吧……我考虑一下。”

晚上，梅里奥斯去找阿尔西佐斯。

“我们出去走走吧，”梅里奥斯对他说，“我想和你聊聊。”

西佐穿上外套，带上烟草、火镰和火绒。两人一起走到梅里奥斯的住处。一坐下，西佐就脱下小毡帽，用力拍在膝盖上。

“那头狼可吃了闷亏了！”他说。

“发生什么事了？”

“出事了，出大事了！他们很快就要解雇你了。”

梅里奥斯呆住了。

“什么？”

“我刚从广场回来，那个，他们正计划着阻挠娃子们上学呢，说那个，甭管再怎么敲钟，都要装作听不见。”

“你是怎么知道的？”

“是家长们刚做的决定。当时我在那儿，本想阻止他们，但我还没有结婚，没有发言权。”

梅里奥斯咬了咬嘴唇。一瞬间，他觉得自己长大了。

“听着，西佐，”他下定决心，说，“我要你帮我一个忙。”

“什么忙？”

“你挨家挨户去打听，看看有没有哪家的小孩说今天被我打了。”

“不是吧！……你打他们了？那个，你真是那个，自掘坟墓。现在去不方便啊。”

“拜托了，先帮我这个忙，然后我们再看怎么办。”

西佐戴上他的小毡帽，熄了烟，出去了。

那天晚上，梅里奥斯没吃东西。早些时候，他们给他端来了“圆饼”（奶酪油饼），但他一下也没碰。围栏外偶尔传来几声犬吠。阿尔西佐斯回来的时候黑着一张脸。

“没有，没有人那个，指控你打人……但是这有什么用呢？你快收拾东西吧，他们说再也不会让任何一个雏崽踏足这里。”

梅里奥斯的眼睛亮了起来。

西佐接着说：“你看起来一点儿都不难过啊。”

“西佐，他们不会成功的。”

“啥？什么不会成功？你是说他们不会阻挠小孩上学？”

“他们会阻挠，但是孩子们会照样来上学！”

“哈哈，我那个，前年的时候，养过一条流浪狗……一条焦黑色的狗，不知道从哪儿来的，它到了我们家，就赖着不走了。我妈当时正在揉面，抄起擀面杖打了它，它嗷嗷地叫了一整天，但就是不肯走。周围的人家都挺喜欢它，还给它吃面包，但它就是不肯离开我家！不论是用棍子揍还是往它身上丢石头，一点儿用都没有，它就是不走。后来我们都腻烦了，我妈说：‘要留下它就留下吧，反正也只是多一口饭。’哈哈哈，我现在看着你这个样子，这么执着，就……哈哈哈……就想起了它——那只流浪狗，哈哈哈……”

“那只狗现在在哪里？”

“在我家吃了差不多一个月，那个，就走了，又流浪去了。那条狗就是天生的乞丐命。”

梅里奥斯生气了。

“你把我比作那条狗？”

“哈哈哈……我是故意这么说的……哈哈哈！没有，它没走呢，还在我家，那个家伙，在帮忙牧羊呢……哈哈哈，你看起来就像火绒一样，一点就着！”

后来，他们又聊了一些别的话题。外面吹着湿润的风，时不时传来几声犬吠。

“你有给那个……美丽美妮娅写信吗？”

梅里奥斯生气了：“你明明知道，她不叫美丽美妮娅！”

“我故意的……你等等，让我想想哈……啊，我想起来了！叫阿格里……阿格里……不对！……阿格列莉娅！不对！……对了，叫阿格兰贝丽！……哈哈哈，你看，光是一个名字，就让人想这么久才想起来。”

“怎么？难道你那位的名字更好听？”

“嘘！你吓死我了。打住，别让人偷听了去。我的神啊……你赶紧祈祷吧！”

西佐跑到屋外绕了一圈，他左顾右盼，仔细听了听周围的动静才回屋。他紧张得冷汗直流，舌头打结。

“我的天啊……哎呀，完蛋了，我完蛋了，那个，都是我的错……”

"为什么？"

"什么为什么？你不知道吗？这事儿要是被人知道了，你可得给我作证。噢，我的亲娘喂，我该怎么办呢……嘘！……小声点儿说！我要走了，就这样，晚安。没有其他了！那个，咱们该说的都说完了。一个姑娘的名字要是被人'偷听'了，她就没人要了。你知道吧？连我也不要她。"

"要是被你偷听了呢？"

"那我还是不要……被人偷听了名字的姑娘还能要？"

他穿着厚重的大头鞋啪嗒啪嗒走了，走到一半停下来，擤了一下鼻涕，放了个屁，又继续往前走了。梅里奥斯开始猜测女孩是谁。是不是那个一头黑发、皮肤牛奶般白、家在学校边上的女孩？他见过她两次，一次她在织布，一次她在烤东西。那是个美丽的姑娘，可怜的阿尔西佐斯眼光还不错。

"老师"整夜没有合眼，他觉得这是他一生中最漫长的夜晚了。是啊，尽管他自信满满地对西佐说"他们会来"，但他真的这么笃定吗？并不是。不管他的话对孩子们的影响有多大，他们相处的时间毕竟太短了。

第二天早上，他敲钟的时候手直发抖，但他还是决然、用力地敲着。突然之间，家家户户都传出争吵声、叫骂声、哭声……过了一会儿，孩子们一个个挣脱了束缚跑向学校……不一会儿，所有孩子都高兴地集合了。

"早上好！"

"早上好！"

"早上好！"

“早上好！”

“早上好！”

这样的早晨怎会不美好呢？梅里奥斯的眼中充满了泪水。

第二十一章

在上课钟声、笛声和潺潺流水声中，山里迎来了夏天，到处散发着山毛榉和枞树新枝的清新气息。时不时有人从山下平原上来，他们一个个面色暗沉，疲惫不堪。山下高温肆虐，这里则长年湿润清凉，虽已到了八月，感觉还是像在五月一样。

梅里奥斯正坐在屋子外面写信。他写他在森林里转悠，在一座山上发现了水源，泉水无比清澈，他喝了一口，沁人心脾。他想把心中满满的爱写给她看，可是写了又如何？该怎么把信寄给她呢？没那么简单啊。要是信落入了他人之手，该怎么办？可是，让他保持沉默，什么都不说，他真的做不到。留在他身后的不仅仅是阿格兰贝丽……他把他的一切和她一起留在了身后。而他现在在这山上，竟感觉像死后到了天堂一样。天堂的美丽只是对死人而言，因为死人无牵无挂。活人是为自己发现美好的，不是为了献给死人。你当然可以凭自己的意愿，为一个死人付出许多，甚至付出一切。可是死人都是一个样，你又该如何把那一个人辨认出来呢？

他有太多太多的话想说，却不知从何开始。

他先是想跟她说说这座山。山里的空气如此清新，哪怕只为这空气，她也应该上来看看……再者，他想跟她说说一个奇怪的发现。他发现爬山这件事并不是爬完就完事了，终点并不在山顶……是的，爬山是这样奇怪的一件事，你以为你到顶了，但还要继续往上爬。

有一天，阿尔西佐斯对他说："你已经变成，那个，一个男子汉了……"他想把这件事也告诉她。因为这是真的，不仅仅阿尔西佐斯这样说，连他自己也感受到了，他已经长大了。

他还想告诉她，这里的风就像她的呼吸一样温柔……还有这里的水……前几天，他到一个泉眼边喝水，弯腰瞬间，他听到了流水声，就像是她在说话一样，所以他在那里一直喝，一直喝，不愿起身。

他还想对她说，从他离开城里那天起，他的灵魂就像一个小乞丐，在小巷里不断徘徊，期盼着能在某处与她相遇。

现在是午后，他坐在这里，尽管身处深山老林的石头之间，却感觉心旷神怡。他已经跟这里的所有人都相处得非常好了，包括那些原本想赶他走的大财主们。当然了，跟他们冰释前嫌并不是一件容易的事，他们全都很固执，头脑僵化，作风强硬，生性多疑。

上次那件事过后还不到一个星期，一天晚上，村子里的三大巨头气势汹汹地来到他的住所。

"老师……"他们说，"晚上好……"

"你们晚上好。"

"老师……"为首的大财主说，"我们识字不多，再者，我们也很忙，所以长话短说。我们给你带了一个佐餐餐盒。"

"你们想要我做什么？"

"要你好好地离开。"

梅里奥斯愣住了。

“在这里再过一夜，明天一早就收拾东西走人。”

“可是……孩子们……”梅里奥斯喃喃道，“孩子们……需要我。”

“孩子们什么不想要呢？老师！我们让你来不是让你教孩子们唱歌跳舞的。我们付给你的钱，是我们辛辛苦苦养羊剪羊毛一分一分攒出来的！你听到了吗？”

“可是……”

“你别跟我说‘城里人就是这么上课的’。去他妈的城里人，一群寄生虫……”

“听着，先生……”

“你等一下，我还没说完……那些人全是小偷……律师、小丑、神父、骗子……全都聚在一起剥削我们牧羊人，靠我们养着。我们想着省吃俭用供孩子读书，这样他们以后才不会被人骗。可是你……你跑来教他们唱歌跳舞！……我们不要你这样的老师，你走吧。我会亲自下山去找一位真正的老师。我说完了，你想说什么就说吧。”

“我没有什么好说的……”梅里奥斯闷闷不乐地说，“我走就是了。如果可以的话，麻烦你们帮我找匹马。”

“我会亲自用我的毛驴送你下去，再顺道接另一位老师上来。但是，这一切我们不希望任何人知道。我们破晓就出发。”

那一天对梅里奥斯来说真是无比沮丧的一天，他行尸走肉般离开了。走的时候，他发誓再也不要做梦了，再也不要对自己抱有那么高的期望了。他灰心丧气地下了山，不再踏足那里。回到城里，他在自己的小床上躺了整整四天，一句话也没有说。

第五天，来了一个野人，用手捶门喊着要见他。曼杜拉太太让他“回去学学礼貌再来敲门”。

那人绕着房子走了一圈，回到门前，敲得更用力了。曼杜拉太太看到来人决意要敲到门开为止，只好下来帮他开了门。开门后，曼杜拉太太狠狠斥责了他一番。梅里奥斯沉浸在一片沮丧消沉之中，没关心发生了什么事。他只听到来人正跟老太太吵架，说了很多句“那个”。梅里奥斯下床走到窗前，外面的世界还是跟四天前一样。

只是庭院前多了两匹黑马，正甩着尾巴赶苍蝇。

“西佐！”他喊道。

“哈哈哈！这个老太太，那个，就像蛇一样咬人……”

“你什么时候来的，西佐？”

“刚到。我刚用毛驴把新老师送下山……他是个好人，见多识广！……”

“那你为什么送他下山？”

“因为那些小崽子们拿石头追着他打。他拼了老命在那里敲钟，但是那个，谁都不出来上课。之后，孩子们还威胁道：‘如果不把我们自己的老师请回来，我们就不回家。’家长们没有办法，只好说：‘就这样吧，老师，今年来得不巧，我们来年再请您……我们得去把那个混日子的再找回来。’但是这个老师可不是个榆木脑袋，他见多识广。他对大伙儿说：‘请等等，我走是要走的，但是能不能告诉我发生了什么事？为什么孩子们不喜欢我？’他们说：‘呃……因为他们喜欢那个胸无点墨的老师，就是我们之前赶走的那个。’那个老师说：‘等等！受孩子们喜爱的老师不可能是不好的老师……你们相信我，我已经教了一辈子书。’他们答道：‘那是因为他教他们歌舞和戏剧，他们才喜欢他的。’‘没错……可是他们因此也就喜欢上他的课了啊。帮我找个孩子过来，我看看他都教他们什么了。’他们找到一个小娃子，把他的作业拿给那个老师看了。老师看了一会儿，对大伙儿说：‘帮我找一头毛驴，我要回去了。你们把原来那个老师请回来，他是一个博学多才的人。’等等。他还说了一个词，听起来很像女人的名字……”

“……智慧[①]！”梅里奥斯说。

“我的天啊，那个……你怎么那个……什么都知道？！好了，咱们现在准备出发吧，不然天要黑了。你赶紧穿衣服穿鞋！还有你，老太太，那个，既然我们已经友好地认识了，那个，你能不能……给我煮杯咖啡呢？”

现在回想起这件事，他还是很好奇自己是怎么跟那些人和解的。现在他们都会过来跟他打招呼问好，嘴巴甜得很。

当你全情融入这个世界，当你的心里住着一个阿格兰贝丽，一切都变得轻快而美好……

昨天我去摘花……我并非不知道无法把花送到你的手里，只是，我就是想告诉你我去摘花了……摘的时候我总想着：“要摘一朵这样的花送给阿格兰贝丽……要摘一朵那样的花送给阿格兰贝丽……”可是最后却连一朵花都没找到……这真是一座奇怪的山，

① 希腊语sofia（σοφία）是智慧的意思，同时也用作女名“索菲亚”。

一听到我要摘花送你，就把所有的花儿都藏起来了。阿尔西佐斯却不是这样跟我说的，他说是因为这里太高了，在这么高的地方花儿受不了。你听到了吗，阿格兰贝丽？在这么高的地方花儿受不了。那么，你可千万不要来这里，阿格兰贝丽，永远、永远都不要来这里，因为，所、有、的、花、儿，在这么高的地方都受不了！……我想起了从你家门前流经的那条河。有一天，我在河的上游坐着，放了一些纸船。除此之外，阿格兰贝丽，我不知道还能做什么。也许它们往下漂去时会有人看到呢。学校里的人跟我们说河是从山上流下来的。是的,这是真的！我现在就在你家门前那条河的发源地。现在我知道为什么我这么爱这座山了。这里也许没有花儿，阿格兰贝丽，可是这里的一切都散发着香气，这里大部分草都有好闻的气味，山毛榉的香气也沁人心脾。从此以后，我将一生深爱大山。等我回到平原,我可以说:“我曾在那座山上如此地思念着她。在那里，我懂得了爱情是多么伟大……”这封信，无论如何我都会送给你。哪怕现在没有办法寄出，等下山了，我也一定会亲手交给你。你还记得……

“哎哟，你在那儿画什么呢？放过那些可怜的纸张吧！整天写写写……你不烦吗？”

阿尔西佐斯嘴里叼着一片山毛榉叶走了过来。梅里奥斯正在等他，他已经在那边看美丽的女邻居坐在矮墙上织布看了很久了。

“你为什么吃树叶，西佐？你的烟抽完了？”

“不是，我还有。吃树叶，那个，是以防我想抽烟的！”

“话说，她看你了吗？”

“你说什么呢？没有！”

“你也没有看她？”

“我说了，没有！”

“嗯，那你干吗到这边来？干吗在矮墙那儿坐着？干吗叼着片树叶？”

“天知道……反正我没看她，那个，她也没看我。”

“然后呢？”

“那个，我哪儿知道她看哪儿了，我们俩就对过一次眼。”

“那有人看到你们吗？”

“哈哈哈，神不知鬼不觉，哈哈哈！”

“她叫什么名字？你到底要不要告诉我？”

“哈哈！你猜，那个，她的名字会不会跟你，那个，美丽美妮娅的名字差不多？”

“怎么，她的名字能更好听？”

“倒是希望这样呢！……哎呀，我的亲娘喂！”

“那她叫什么名字？”

阿尔西佐斯猫下腰，甜甜地说：“阿格萝……你看，我就跟你说吧，这是一个大妈名字！”

“阿格萝是什么意思？是人名吗？”

“不然是什么？难道是羊的名字？”

“那它是什么意思？”

“你居然问我什么意思！喏，阿格萝……从阿格拉斯蒂[①]延伸

① 阿格拉斯蒂：意思是“买东西的人”。

过来的！意思就是‘买来的’。”

“那你们俩这段感情要怎么发展呢，嗯？西佐？”

“我哪儿知道……听天由命呗。”

“你不向她表白吗？”

“我疯了么？”

“呃，这样的话，还怎么发展？”

“听天由命……”

阿格萝（这个名字真的是……真不知道他们是从哪儿找来的名字，可怜的姑娘！），阿格萝所有的注意力都放在她的纺锤上，全神贯注地织着布，眼都不眨一下。

阿尔西佐斯突然重重地叹了一口气。

“你干吗叹气，西佐？”

“啊啊啊……她看我了……所以喽……”

“我看她一直垂着眼呢，眼睛都没有眨一下！少来了，别瞎说了。”

“你哪儿懂这种事情……啊啊啊，她又看我了……”

“算了，我们走吧。这么下去，你就要把我的屋子掀了。”

“那我们去哪儿？”

“我们到哨岗那儿，望望下面的平原？”

“那我们就得，那个，骑快马。”（这之前他说了那么久话都没有说“那个”，真是难得，可惜他忘记这个词的时候实在是太少了……）

他们到马场牵了两匹马，套上马鞍出发了。

“我觉得……那个，你真是骑得飞快，连我这样的老手都追不上你了。”

山上突然传来一阵手鼓声，梅里奥斯好奇地问：

“那边怎么了，西佐？山里的野熊在办喜事？”

“哈哈哈，那个，是奶酪坊的人做奶酪，正提取奶油呢。”

“咱们去看看？”

“走吧……”

往上大约一百米，有一条小路。两位骑士转入小路，来到了奶酪坊。那儿有五六个人正在干活儿，每个人都邋遢得像野狗一样。

“欢迎来访。”一个小老头儿说，“你们想吃点儿什么吗？”

老头儿满脸胡子，比其他人看上去还要邋遢。

“不用了，谢谢！”梅里奥斯说。

那个人实在是太脏了，都让他想吐。

“啊哈，我那个，我想吃点儿东西……”西佐说。

“你想吃什么？”老头儿问。

“想吃，那个，你桶里的酸奶。”

“好嘞……”那人给了西佐一些酸奶。

西佐吃完酸奶，舔了舔手指，抓起了缰绳。

“好啦，老板们……祝你们晚上愉快，工作顺利，平安到老——愿上帝保佑你们。”

“阿门！不用客气……”奶酪工人们说。

两位骑士重新上路了。走了没多远，看到石头里渗出来一股清泉，梅里奥斯下了马，把嘴巴凑过去。

“你会把牙齿磕掉的！”阿尔西佐斯喊道。

“说真的，这水特别甘甜。”

不一会儿，他们就到达了哨岗。

一眼望去，广阔的平原虚无缥缈……一切看起来都像幻象一样不真实。

一条银色带子像闪闪发光的长剑将平原劈开。

“喏，”西佐说，“那是条河，从这儿流过去的。”

银色带子一路向下，消失在城里第一排房子后面……其中一所房子有着红色百叶窗，里面住着城里最甜美的人儿。

“那个，她叫什么？”西佐问，

“谁？……她吗？阿格兰贝丽！”

“不是，我是说那座城。”

“啊……那座城吗？那座城啊，西佐……”

“怎么？你别跟我说那座城也叫阿格兰贝丽。哈哈哈……”

“你猜对了，西佐……就是这样。”

第二十二章

秋天到了。

秋日不见山，湿漉漉的浓雾遮盖了一切，伸出手只能看到半截手臂。梅里奥斯的心也蒙上了一层浓雾。要是能吹来一阵风，把这令人窒息的雾吹开就好了，他从未在别处见过这么重的雾气。他沉默地站在屋里，像是与世隔绝了，像迷失的水手孤单地驾着小船在海上漂流。

他什么都不想吃，什么都不想看。他试着点上了灯，却把孤独映衬得更加浓烈，于是他索性把灯熄了。现在几点了？他清楚地知道今天是星期天，但想看时间需要有钟表……他可以去问邻居，可是万一得知现在还早，他会更绝望的。

外面传来了脚步声，地上的湿气使声音听起来更为沉闷。

“嘿，大雾天的，你这边怎么样啊？”阿尔西佐斯的声音传来。（朋友来了！）

“快进来，西佐。”

他开门进来，用力跺了跺脚上的大头鞋。

“你看起来很无聊啊，是这样吧？这是因为你没经验，过几天你就会适应了。不过……你也待不了几天就要走了。”

“就算我要走，我上哪儿找路去啊，西佐？”

“这个你不用担心，那些毛驴自己会认路的。”

他掏出一张手帕擦了擦脸上的水汽。

“哎呀，你居然不点灯？你的眼睛会坏掉的。你见过那种翻白眼的人吗？翻得像死人一样。你也会变成那样的。”

“没关系……”

“我可不是跟你开玩笑。我去搬点儿柴火过来。”

梅里奥斯没有阻止他，他需要火光。不管怎样，在这样的时刻，有火光总归是一种安慰。他点上了灯，现在看起来亮一些了。外面传来了脚步声，这次来的不是西佐，是一个孩子来给他送一些饼。应该是中午到了吧。

接着，又有一阵沉重笨拙的脚步声传来，是西佐带着柴火回来了。他放下柴火，脱了外套。

“给你看看，那个，我们接下来要，那个，使点魔法。你知道吗？晚上吃大餐，会招来‘嗜血杀手’的。”

“什么是‘嗜血杀手’？”

“狼群。”

“哇……话说，西佐，狼真的会吃人吗？”

“怎么？又有羊丢了？放心，它们不吃午饭的。牧羊人也都随身带着鞭炮，要是还不行就点火把它们吓跑。嘿嘿，这些我们早就学会了。”

“人家说狼都是成群出现的。这是真的吗，西佐？”

“当然是真的，这还有假？”

“为什么呢？因为恐惧？”

“不是，是为了猎杀肥羊。这种时候可千万别碰上它们，它们会把你撕碎。”

不一会儿，火烧旺了，柴火噼噼啪啪作响。

“你知道为什么会有这种响声吗？”西佐问。

“不知道。”

“哈哈，是提醒我们该烤栗子了！……你在这儿等着，我很快回来。”

他套上外套出去了。不一会儿，他两边口袋鼓鼓的回来了。他把栗子从口袋里掏出来，一个个用牙齿咬出缺口，丢到火中。栗子要是不咬破的话，烤起来就会像子弹一样到处飞。

很快，他们就吃上栗子了。阿尔西佐斯跟村里其他人不一样，不像他们那样好斗、多疑又小气……那些人永远不会听完你整句话，他们总是打听、试探、挑衅。而西佐是个值得信任的人。他们吃着栗子，聊回了刚才的话题。

“你要明白，”西佐说，“被它们吃掉并不是最坏的事。”

“还有更坏的？”

“怎么会没有？……那些狼大部分带着狂犬病毒，要是被它们咬了，你就完蛋了！我还记得前年，那个，克里斯托斯·卡波雅尼斯就给咬了。然后有一天早上，那个，他起床之后，那个，竟然想吃掉他摇篮里的婴儿……太可怕了！……”

“啊！后来怎么样了？”

“后来人们把他抓住，用绳子捆了，拖到外面绑在树上。他在那里嚎了一整夜。第二天早上，大家去看他，发现他竟然把自己的肉啃了，而且还在嚎……”

“然后呢？”

“后来是斯巴杜拉家的毕内罗叫人拿了一个，那个，筛子，扣在他的头上，再拿水浇他，才让他解脱了。死得真是，那个，太痛苦了……你觉得呢？”

他们就这样度过了整个下午，吃着烤栗子，聊着山里的传说。梅里奥斯一直担心大雾会打乱他的计划，他想在走之前进行一场检阅。可是检阅什么呢？借用西佐的话说，“第二天醒来谁还会记得这事儿啊。”

“你不用着急，”西佐安慰他道，“最浓的雾已经散去了，太阳就在山头上呢，那个，风咻咻一吹就会出现的啦。大雾而已，又不是墨水，那个，不用在意哈！……”

就这样，两个人一直聊到半夜，从狼群一路聊到“内心的渴望与激情”，然后西佐非要弄清楚他的信里都写了什么。

“好啦，我知道，那个，你的信还没写完。你来的时候就带着很多信，在山上又写了很多，我们要从哪一封开始说呢？我想知道，那个，所有这些信，那个，都是写给你那个美丽美妮娅的？这么多信，还不得把她淹没了？！”

梅里奥斯笑了……

“不是啦……西佐，我是在准备写书呢。”

“写书？……你等等，你说的是那种，小孩子读的小册子？”

“不是……是写给大人读的。”

阿尔西佐斯略带遗憾地摇了摇头。

“我觉得啊，山下平原上那些城里人都退化了，一个个像小孩一样幼稚无比，还不以为耻，你不觉得吗？不过，你爱写就写吧。你写的是什么样的小册子？你现在手头不是一张张零散的纸吗？你该不会是想着，那个，以后把这些纸串起来，做成一本纸卡吧？”

“就是这样！”

“你瞧瞧，我可能那个，不识字，但是，那个，我也不笨嘛！……对吧，哈哈哈……好啦，晚安了。”

梅里奥斯熄了灯，躺下来睡觉。他盖着毛毯，毛毯之上是屋顶，屋顶之上是雾气，雾气之外是逐渐清明的天空……黎明时分，紫色的天幕中布满了繁星！

第二天早上，阳光普照，就连森林里最隐秘的角落也被照亮了。

阿尔西佐斯用一根牧羊杖敲着他的床说：

“不用怀疑，太阳已经出来了，但是只出来一下，很快又会像之前一样。所以你想要做什么，什么‘检阅’之类的，得抓紧。我去给毛驴钉蹄子梳毛，好好准备送你下山。”

梅里奥斯没有迟疑，套上衣服就去敲钟。

“孩子们，今天是我们最后一堂课。所以，请大家铆足劲儿，给他们一个惊喜。”

他们一起制定了节目单，有唱歌、诗歌朗诵、竞赛，最后还有一场喜剧表演，剧本是梅里奥斯自己写的，故事则来源于他们的日常生活。

到了那一天，大清早，他们各带一条大毛毯来布置舞台，搭幕布，围后台。

村民们一个个带着疑问进了学校，这个不学无术的老师又给他们准备了什么？

到了指定时间，连摇篮里的婴儿都被带到“戏院”来了。等待开场时，大家东张西望、探头探脑，想要搞清楚搭在老师睡房里的那个毛毯屋里有什么东西。终于到了开场时间，铃声一响，突然——我的天啊，那是什么！——米彩娜太太家那条大毛毯自己动了！一个房间瞬时出现在他们面前，中间摆着沙发和桌子，桌子上放着绿色植物。老师走出来发表讲话，他讲得如此动情，所有人都感动得热泪盈眶。西佐悄悄地对他们说，与其哭，还不如“用力拍手”。于是，所有人都开始自动自发地鼓掌。

节目的高潮是那场喜剧表演，大家的肚皮都要笑破了，老师不得不中途暂停表演。

“老师……”大家乐得捂着肚子在地上打滚，“等一下……等我先喘口气，你再开始……”

“啊哈哈哈哈……那个小灰人！”他们喊着，“我的天啊，那个小灰人！”

他们指的是这部剧的“喜剧演员”，他全身都是灰的：灰色的胡子、灰色的头发、灰色的衣服。

“老师，你真是绝了！……”他们又喊，“还给我们的娃子贴上了胡子！……哈哈哈我的妈呀……那个小灰人！……快看！他又出来了！……天啊！我要笑死了，帮帮忙先停一下。”

“先停一下，老师！……要笑死我们了！……”

“先停一下，老师！……让我先喘口气！……呼！……”

这令人难忘的一天以老师满满的成就感落幕。

大家纷纷说：

“看看，这么棒的老师，我们以前竟然想赶他走！”

“幸好没有，我们差点儿就犯了大错了！”

“没事！老师，我们先预定，明年还请你来！明年你可别忘了我们，跑到别的地方去！”

“老师，就这么说定了啊，你可不能骗我们啊。”

第二天早上，他准备出发了。

所有家长都说：“没事，我们一起把你送到哨岗那儿！”

他们真的这么做了。所有的家长骑着马，扛着枪，一路把他送到了哨岗。孩子们一边跟着走，一边哭，其他人则都沉默不语。到了哨岗，他们挥手告别。梅里奥斯抓着缰绳，继续前行。突然间，家长们都朝天鸣枪，就像在向天空和白云宣战。

孩子们哭得更大声了。梅里奥斯掏出手帕，向他们这边挥手。他什么也没有看到，只听到了枪声。

阿尔西佐斯骑在另一匹马上，骂道：“白痴！那个……现在，那个，现在才鸣枪……”

“你为什么骂他们？”

“你忽略我的话吧！他们，那个，把别处的野兔都吓出来了……以前还迫不及待地跑下山去找别的老师，现在又哭得像母羊一样……”

“可你为什么骂他们呢？”

“因为……因为我也，那个，哭得像母羊一样……哪！”

枪声消散在山顶，茂林把它们都吸收了。两个人继续往前走。

阿尔西佐斯突然想起了那场喜剧，在马鞍上笑得前俯后仰。

“那该死的‘小灰人’真的是太搞笑了，啊哈哈哈！老师，你害得我们肚皮都笑破了。你知道，那个，你差点儿给我造成了什么损失吗？”

“不知道。什么损失？”

“你看到她了吗？”

“谁？”

“喂！我们原来是这么说的吗？我们不是说好了，如果是，那个，这种事情的话，那个，我们互相要心领神会吗？”

“啊，我明白了。我看到她了。”

“这样才对嘛！……诶，那个，你知道你那个‘小灰人’对我来说有什么不好吗？”

“什么？快说！”

“差点儿就，那个，害她把肚皮笑破了。要是那个，她把肚皮笑破了，以后拿什么来生孩子？哈哈哈哈哈哈！去他妈的小灰人！……我的天啊，我真是躲过一劫啊！……”

第二十三章

动荡的夏日篇章拉上了帷幕，那是一个充满了魔幻与苦涩、孤独与不安的夏天。夏日骄阳像个文盲，不问名字地炙烤着所有的人和昆虫。天空只教会了它计算时间，几点钟出现，几点钟落下……却不管它把人晒得要发疯。接着，秋天踏着重重的脚步过来了，带来了丝丝凉风和香气，然后消失在群山之中……在那儿，它与冬天冰冷的呼吸碰了个正着。冬天粗暴地践踏它遇到的一切：鲜花、树叶、果实……不过学校还在秋季学期。精力旺盛的孩子们进进出出，吃着栗子，把壳儿随手一丢。多尔大叔拿着扫帚追着他们跑。他们来学校究竟是为了什么？

“不然我们丢哪儿？难道丢我们口袋里？”

“就是要丢在你们的口袋里！省得丢在这里发臭。滚出去，你们这些小恶魔！居然把栗子壳丢在地上长毛生蚊子！滚出去，没有信仰的兔崽子！”

神父听到了他的叫骂声，脸顿时黑了。

“亵渎者，”他说，“你的恶言恶语亵渎了经文。”

“你说的那些经文，我的嘴巴可能会说错，我的脑子可不会理解错。”

“又亵渎了一次！”

“你不用生气，你给我解释清楚一件事就行：为什么你说得对，但是他们听不进去；而我说错了，他们却像小海绵一样把我的话全部吸收？嗯？你给我解释解释！”

“你这个万恶的亵渎者！居然拿你对学生讲的歪理邪说跟神圣的经文做比较，真是够了！你这种肮脏的行径应该遭到唾弃！”

“你指的那些我要是说了一个字，就让上天把我劈了。我虽然不知道你心里想什么，但是依我的理解，你说的是想让我‘滚蛋’，对吧？”

“你在指引那些年轻的学生走向堕落！”

“唉哟，到此为止吧，神父！指引他们堕落的是其他人，是穿黑衣服、没有同情心的人！是在这里鬼哭狼嚎、随意让那些孩子伤心的人！你说我什么都可以，粗鲁、固执、蠢笨，什么都行，但是不能说我没良心。我尊重一切值得尊重的,也唾弃一切应该唾弃的。你别在这里说瞎话，丢你爹妈的脸了，行不行？……真是，开什么玩笑呢！”

“住嘴！”

“我已经说完了,当然要住嘴,干吗不住嘴？这种话我只说一次。”

神父气得几乎要把教士服扯破。

多尔大叔弯下腰继续收拾栗子壳。

“那里也有——妈呀，这些小恶魔，把学校都变成垃圾堆了！他们根本不是没留意……不是！他们就是故意的，要让你苦恼，让你心烦。滚开，没有信仰的兔崽子！”

“是没有信仰的一代！”神父纠正道。

“你说你的神父用语，让我说人话……我人话说得比较顺溜。”

“你这个伪基督徒！”

“我可是见过耶稣的……他穿的可不是教士服，甚至他的衣服都不是黑色的，跟你的衣服颜色完全不一样。他下半身穿着蓝色，上半身是红色短衣。你去所有教堂看看，要是看到哪个教堂的耶稣穿黑色长袍，你尽管回来吐我口水！”

“我要去投诉你！他们要是不处理你，我就辞职！”神父扯着长袍，像一个冒黑烟的大烟囱，愤愤地走掉了。

“你辞职了更好，”老头儿喃喃念道，“没有你，兴许我们跟神沟通得更好。”

他又弯了一两次腰，收好最后一点儿栗子壳，然后扶腰站直，抖擞一下精神，下了楼梯。

“该去打铃了。”他捋着胡子说，“愿神光照耀，开化那些神父和那些唱诗班的人，阿门。”

梅里奥斯欢欣雀跃、迫不及待来到学校。他的心怦怦直跳，好像西装下的身体里藏了一只不安分的小鸟。他望眼欲穿，想要快点儿见到她。她还好吗？她见到他，会是什么反应？那双眼睛……那双眼睛……她会用什么样的眼神迎接他？有多甜蜜？有多热烈？万一是疏离、陌生、埋怨的呢？那他该如何承受？熟悉的学校，陌生的阿格兰贝丽，他该如何承受……

多尔大叔一时没反应过来，他圈了圈梅里奥斯的手臂，又整个人贴到他的身上抱了抱，才终于确定，他的小娃子真的长高变壮了。

这就够了。他原以为梅里奥斯心中的爱意已经成为过去，像流水逝去一样，也许他会有些痛苦……但终归会痊愈。在见到他，和他交谈之后，他才明白那团该死的爱火已烧遍了他全身，从里到外，无处幸免。多尔大叔虽然正垂垂老去，也顿觉别有一番滋味在心头。

“我明白了，你什么都不用说，我全都看出来了。我的脑袋大字不识，但我心里什么都懂。我只能让你自己挣扎摸索。你又不是什么士兵，可以朝你的敌人丢石头。爱神和死神只怕一样东西，就是它们自己。我不会对你说什么的。‘大海边的仙女啊，不要爱上别处……’等一下！你确定你已经得到她的心了吗？打住！你不用急着回答‘是’。你已经在她那里留下你的印记了吗？她是什么？是羊吗？她是一个姑娘，印记是要打在心上的。我不希望你的心一下子在这里，一下子又在那里，你要稳稳地守住你的心，如果有人让它摇摆不定，你要停下来，问一问自己，搞清楚你想让它在哪座花园栖息，在哪颗心的港湾靠岸。心不是什么阿猫阿狗都可以随意舔舐的破盘子！它是‘田野里芬芳的花朵’……这就是文字的力量。我要是识字，就不坐在这里数手指了，我就能把我所知道的全都倒出来，告诉你什么能做、什么不能做，什么该做、什么不该做。”

“我都不知道你在说什么。”

“那你干吗像小鸟一样望着我？你要是觉得我的话不合你的意，就把它还回来，我自己收着。你知道什么是爱吗？有一天，两只小鸟发生了争执，它们吵来吵去，吵来吵去……然后又一起躺到鸟巢里睡觉。什么是爱？我哪儿知道？我又不是那只鸟。就算我是，我能跟你说清楚吗？还跟我讨论什么是爱。你回来，又想跑掉。你知道人家管成对出现的牛叫什么吗？成双出现的蛇，你知道又叫什么吗？你什么都不说，怎么让人知道！我来告诉你那是什么——那什么都不是！但是人们却总喜欢盲目谈论这‘什么都不是’的东西。好了，这一课就到此结束吧。嗯？我刚说了结束吗？那可真是瞎说！这种课，哪儿会有结束的时候呢？就这样吧。我想说什么来着？啊，你所有的书本资料都已经领了吧？所有的？”

“领了。”

“还有……那个代算……怎么说来着？那个也领了？”

“什么代算……你是想说代数吗？那个也领了。”

“你该怎么说就怎么说吧，反正我觉得这么叫顺口些。还有一点别的事……话说……那个姑娘……是跟你一起上课的同学？”

“什么意思？”

“就是，你俩是一个班的？”

“哪个……姑娘？”

“就是那个让你西装下的身体躁动难安……站住！你又想跑了！”

“我不知道你在说什么……”

“算了，没关系，我懂。你又把我当小孩了，完蛋了。我知道她是谁，就是那个小麦肤色，整天在白杨树下晃来晃去，也不知道丢了什么东西的那个。就是她对吧？我就知道！你又要走。我从去年就记得她了，她还整天拉着一个‘眼镜妹’跟她一起找。她们在找什么？肯定是丢了东西想找回来。但是没找到，因为她自己也不知道丢了什么……”

梅里奥斯摊摊手，走了。多尔大叔的话让他的内心波涛汹涌，他的脑中一片混乱，现在更不知道该去哪里，该做什么了。他往小河边走去……对岸的白杨树叶子又绿了，但是他在那里一个女生也没看到。所有女生都聚集在体育馆，屋檐下就像鸡笼一样，到处都是叽叽喳喳的声音。她们在聊什么？聊得这么起劲儿，吵吵闹闹的？

某一刻，卡丽翁齐的眼镜突然反光了，梅里奥斯看到她扯了扯另一个人的脚，一双闪亮的眼睛望过来……然后消失在体育馆后面。那张脸充满了兴奋与不安，让人不由得猜想是不是她的裙子着了火。“小汽车”站在那里看着他：“你看到她了吗？她那是为爱疯狂了，所以不知道该做什么。”

上课铃响了。铃声听起来比去年弱一些，但还是能清楚地听出来，是那双熟悉的有爱的手在打铃。

铃声轻轻颤抖着，就像受冷了……然而带着深深的爱意召唤着孩子们。梅里奥斯坐在他的座位上等着。先是男生们进了教室。上课时间还没有到。第二次铃声响起来了，走廊里立刻充盈着高跟鞋的美妙乐音。不一会儿，两三个俏皮女生出现在门口，随后走进来的是“小汽车”，在她的后面——我的天啊，多么温柔又美丽！整个教室瞬间流光四溢！阿格兰贝丽出现了。

第二十四章

生活像春天一样充满了勃勃生机和潺潺流水，永无止尽。夜晚则进入甜美的梦境。整个学校就像一个双层的金丝笼，到处是欢歌笑语。秋天来了,可是谁都没有察觉。风还没有变成北风,依然轻柔，拂过尚未枯萎的青草。只要有你在，阿格兰贝丽，今年就不会有冬天……只要你愿意，一切都将如你所愿。只要你愿意，那条河，那条在冬天像巨龙一样翻滚咆哮的河，也将像轻轻飘动的发带一样系在城市的长发上。只要你愿意，一切将皆大欢喜。只有达克里奇科斯看起来很颓丧。达克里奇科斯又长大了，从他身上那件前年就穿着的夹克可以看出来。梅里奥斯看出来他不开心。首领的脸就像木头一样呆板，他坐在座位上，沉默地冷冷地看着周围的一切，脑中满满的黑色念头，像一只淋了一整夜雨的公鸡。其他“留级帮”成员也无精打采地坐在座位上，看着他们意兴阑珊的老大。

梅里奥斯看得忧心。阿格兰贝丽已经展开了笑颜，其他任何人也都不该有悲伤。你看，连乌云都飘走了，索里，在这么温柔的光芒面前你如何能不开心？阿格兰贝丽笑了……等他长大了，他要写一本书，书名就叫《阿格兰贝丽笑了》……

达克里奇科斯的世界却乌云密布，黑色的小鸟在他的脑中喧闹个不停。

梅里奥斯在课间休息时单独跑去找哈莫利亚斯，副官一脸疑惑地看着他。

“听着。”梅里奥斯对他说。

“我听着呢……我说什么了吗？我如果不想听，自然就不会听！你现在鼻子翘得都快碰到烟囱了，怎么还会来找我们这种小混混？不过……哈哈哈，你也得意不了多久了，嘿！……看到那边那个帅哥了吗？坐第一排的那个。”

“谁？”

“别假装不知道，这不是你的风格……还问是谁呢，就那个雅典人，喏，卷发的那个，女生们都在他身上挪不开眼……”

“呃，那又怎样？”

“怎样？你等着看吧。你知道他的作文写得多好吗？他会把你踩在鞋底的……哈哈！你想当班里的领头羊，嗯？嘿……现在想都别想了。孔多雷恩会打破你的高傲的……”

“他叫孔多雷恩？”

“哼，不然叫什么！虽然你请教得有点晚，但我也跟你说得够多的了。现在你该哭着求我们让你加入帮会了，但是别以为你想加入就能加入！索里甚至都不想看到你，看到你就作呕。”

梅里奥斯怜爱地看着哈莫利亚斯。

“他这么做没有道理，我又没对他做过什么。我前天想去跟他握手的，他却吐口水。我们俩做不成朋友，难道是我的错吗？”

“你这个说谎精！我们以前说让你加入帮会，你不是不接受吗？”

“帮会我是不加入，这是另一个话题，因为你们帮会做的事我不喜欢。但是我没说过我不想和你们做朋友。”

“呀，少来了……跟我们做朋友对你有什么好处，嗯？你说说，鱼和兔子适合做朋友吗？它们能结伴吗？你可是乖学生……”

“注意你的措辞……”

“怎么着？要打我？”

“我不知道我会做什么，但是注意你的措辞！我不是来跟你吵架的。索里看起来有心事，我过来问问是怎么回事。他生病了吗？”

“没有。”

“那他怎么了？”

“他怎么了关你什么事。怎么，你现在还当上医生了？他有什么事，那都是他自己的事！”

没办法跟这个混混沟通，梅里奥斯简直要崩溃了。没办法，他只能试着用更轻柔的语气说话。

“你听我说……”他用友善的语气对他说。

“我听着呢！你不用拉我的夹克。我看起来像聋子吗？我听着呢。”

“斯塔马蒂斯……”

“瞧瞧！现在叫我斯塔马蒂斯了。改口了啊，从‘哈莫利亚斯’改叫‘斯塔马蒂斯’了啊！……你想要干什么呢，嗯？我听着呢。”

“在说之前，我想，先和你握手。”

“无聊……你做这些干吗？你想要说什么，就像个男人一样说出来。干吗要搞这些形式主义的东西？”

“我就是要握手……”梅里奥斯伸出了手。

“唉哟！……咳，行吧！喏，握手！你这样会破坏我跟首领的感情的，你知道要是他看到我跟你握手，他会怎么揍我吗？他最讨厌这种事，你是知道的。行了，握完赶紧撒手，别让他看到了。好了，握完了吗？说吧！”

梅里奥斯抓住他的手臂。小混混生气了，但是没有甩开。

“他以前不是这样的，”梅里奥斯说，“他现在不丢石头，不骂人，甚至都不吐痰了。”

“我也发现了，”哈莫利亚斯红着眼眶说，“我也看出来他一定有什么事……我又不是瞎子。可他就是什么都不说。”

“你问过他了吗？”

“没……行了，卡德拉斯，你是第一天认识他吗？他自己不想说的事，谁问得出来啊？”

“你要是不问，他干吗跟你说？难道就平白无故突然喊你过来对你说：‘听着，哈莫利亚斯，我有这样那样的问题。’”

“是的，你不了解他……”

“好吧，他不肯对你说。那……你猜出了点儿什么吗？”

“……”

“要告诉我吗？”

“没有，什么都没猜出来……”

梅里奥斯陷入了沉思。他四下搜寻着首领，发现他坐在一块石头上，目光飘忽。

“我觉得，斯塔马蒂斯，这次你得下定决心，去问问他。”

“我觉得你今天是来坑我的。不过我还是会帮你这个忙，我去问问，能问出一点儿是一点儿。”

“哪怕只问出一点点，也比什么都不知道强。”

“好吧，我去了。”

首领看到他的副官走过来，眼珠子都不动一下。

“这个混蛋叛徒！”哈莫利亚斯说。

首领抬眼看着他。

“喏，就是他……那个……嗯，行了，你还不知道是谁吗？”

首领用眼神询问：“谁？”

“就是卡德拉斯。不知道他是怎么了，突然发什么疯。”

“他做什么了，嗯？”首领继续用眼神询问。

“他居然担心起你来了，这不是招人烦吗？我们怎么了关他屁事。我说得对吧？”

首领卷了卷舌头，用牙齿咬住。

“这家伙……”哈莫利亚斯继续说，“瞧瞧，整一个白痴！我都不知道的事，他还想知道？不过我让他吃瘪之后，他就不吭声了。我跟他说：‘你个白痴！他连我都不肯说，还会对你说？’我说得对吧？”

“没错……”首领吐了一口痰。

哈莫利亚斯高兴得都快疯了，这么多天了，他的首领总算是又吐痰了！

“我跟他说：‘他没事……索里他啥事儿都没有。他要是有什么事，肯定会第一个告诉我，怎么可能连我都瞒着？’我说得对吧，索里？嗯……那个……你有什么好瞒着我的？对吧？”

“闭嘴！”首领阴郁地斥道，又往夹克里缩了缩。他的夹克太短了，打了很多补丁，线头都裸露在外面。可怜的首领，这夹克都破成什么样了！

“告诉我吧，索里！……你怎么了？你究竟是怎么了？”

首领狠狠地瞪了他两眼。

“去你的公羊角角！我没事！”说完，他又缩回夹克里。

哈莫利亚斯找到梅里奥斯。

“我就跟你说吧，”他说，“你大清早的非要找骂。”

“呃，他跟你说什么了？”

“你真想听？那我就原话说给你听吧。他说：‘去你的公羊角角！我没事！’我就知道他会这么说，可是你非要亲耳听到。现在你满意了吧？”

梅里奥斯转身看向首领。他站在石头上，像一个受到冒犯的君主站在宫殿的楼梯上。

“他需要人拉他一把。”梅里奥斯说。

“别拉上我。要去你自己去，啊！你干吗不去？”

“我现在就去！”

哈莫利亚斯像壁炉上的石头一样愣在那里。

“他完蛋了。”他在心里默默地说。

“谁说我不去？我走了。”

“去呗。”

梅里奥斯没有迟疑，几步就走到了首领身边。

“索里，”他说，“我不知道你想做什么，你要什么就跟我说，我不能看着你这个样子。如果我说了什么伤害你的话，我收回。如果你生病了，我去帮你找医生。如果你有其他问题，告诉我，我们一起努力把它解决掉，我们总能做点儿什么的。你在听我说话吗？你听到了吗，索里？索里，听我说……尽管我从来没有对你说过，但我一直是把你当朋友的，我虽然没有加入帮派，但也把你当朋友。我加不加入帮派，有什么关系呢？而且……你们为什么管这个叫帮派？你们又不是黑社会，你们是好人，纵然你们在课业上有软肋……难道那些有钱的乖宝宝就学得很好吗？索里，我是你的朋友，你一定要相信我。你要是愿意，现在就可以骂我，我还是照样当你的朋友。你愿意跟我说说吗？”

梅里奥斯停了下来。首领一动不动，把头埋在两臂之间，沉默着，就像一个混混正在骂人的时候突然石化了，变成了一座冰冷的雕像。

“跟我说说吧，索里？……”

雕像动了。

“狗屎！”他两手抱着头骂了一句，然后又沉默了。

梅里奥斯看向白杨树，阿格兰贝丽的脚步轻盈得像飘动的蓝色彩旗。

“索里！”梅里奥斯悲伤地叫了一声。

达克里奇科斯恹恹地站起身，缓慢、孤单地走出学校院子，来到马路上。他的脚步沉重而颓丧，就好像这世上只剩下了他孤身一人。

阿格兰贝丽还在她的白杨树下照耀着全世界。如果没有她，这个世界将是多么灰暗悲伤，就像被埋葬在不见天日的海底。阿格兰贝丽……

上课铃响了。梅里奥斯没有回自己的座位，而是走到哈莫利亚斯旁边坐了下来，也就是坐在逃课首领的座位上。他们没有说话，气氛哀戚沉重。不一会儿，卡伦巴洛斯进来了。

“咦！”他用手指着他们的座位,“我们威严的王者上哪儿去了？”

梅里奥斯瞬间怒火中烧。

“克里斯提蒂斯同学突然不舒服，先回去了。”他说。

“啊，还有你，小乡巴佬，你坐那儿干什么？立刻回到你的座位上！”

梅里奥斯把到嘴边的话努力咽了下去。

“好的，”他说，“我回去。”

卡伦巴洛斯转向第一排的一个学生，露出友善的微笑。

“学得怎么样？”

“很好，谢谢……”孔多雷恩同学回答。

“首都的夏天舒服吗？”

“很舒服，谢谢。”

梅里奥斯看到了。哈莫利亚斯说得没错，他确实很英俊，比去年时更好看了，而且衣着高贵！……他看到了女生们的眼神，原本就所有人的目光都在他身上流连，今年更疯狂了，连“小汽车”也将眼镜往他那边转。阿格兰贝丽呢？她也一样吗？他没有勇气去看。万一她也一样，他会死掉的。但是他必须确认。就算世界要坍塌，他也必须知道。那一刻，他闭上眼睛，把脸转到她的方向，突然睁开眼睛。世界坍塌了……那双温柔、可爱的眼睛，此刻也看着那里。接下来的时间该怎么过？谁来将他从坍塌的废墟中拉出来？他的嘴里感到一阵苦涩。她竟然也跟其他人一样？那么，到底什么是爱？是随波逐流的苍蝇吗？风往哪儿吹，就往哪儿飞？是从伤口与泥泞开出来的花朵上趴着的疯狂的虫子吗？爱，现在对他来说是一片混乱，是欲哭无泪，是想要咒骂，却说不出口。谁能告诉他，是他搞错了，阿格兰贝丽没有看那边？他再也不看她，再也不听她说话，再也不会对她说什么了！

他以后都不会从她家门前的那条路经过了，甚至也不会再对着她家门前的那条河微笑了。他已经看清了她，就在她看着他的时候。她的眼神也那么温柔，跟看着他的时候一样。是的，那个人很英俊，他第一次见他的时候怎么就没有注意到？他的衣服是用最贵的山羊绒做的。女生们喜欢他无可厚非。但是她，她凭什么喜欢他呢？她已经——可以说——已经结婚了！她有什么理由看其他男生？梅里奥斯为什么要在这里？就为了在她看着别的男生的时候看着她吗？啊，不是的！他不是容易罢休的人！她这么伤害他，他要让她深深后悔，他要让她痛苦。怎么可以这么对待别人的真心！等着瞧吧……

帅哥也回过头来看她了。梅里奥斯死死把着桌板，不愿回头去看，仿佛在他背后有无数利剑，他一旦回头，就会被刺穿。凶手！时间过得好慢啊，他多希望天能快点黑，他好跑回家用被子把头蒙起来……他多希望自己什么都看不见。他想要把那些名字跟她一样的花儿全部拔光，甚至把自己的舌头也拔掉，因为它居然念这个名字念了那么多次。

下课铃响了。他跟着第一拨离开的人走出教室。以往他会在座位上等着，等她从他面前经过，用足尖、呼吸轻轻地触动他，怯生生地对他吐露只言片语，或是送他一个迷离的眼神。但是今天他第一个跑出去，看都不看后面一眼。他踩着楼梯飞快地逃离，只想隐入黑暗之中，什么都不看，谁也不让看到。他跑到地下室，老头儿正靠在窗台上修东西，没有注意到他进来了。他一边干活儿一边哼哼，不知道是在唱歌还是在骂人，总之就是哼哼唧唧的，听着像在唱歌，又像在骂人，又好像两样都不是。

终于，他干完活儿回头了，发现梅里奥斯坐在地下室最昏暗的角落里,像黑暗的教堂里一截熄灭的蜡烛。他拖着脚步走到他身边，摸了摸他。

“发烧了？”他问。

梅里奥斯没有回答，老人便知道了不是这回事。他还想再问点什么，又作罢了，他已经明白了。

“女人……你知道为什么上帝要让女人留长头发吗？就是为了让她们把自己淹没。可是她们没有被淹没，她们把它扎成辫子，上下摆动，一下子上天堂，一下子下地狱。她拒绝你了？”

梅里奥斯没有做声，他甚至没听清大叔问了什么。

“好吧，我什么都不说了，”老头儿继续说，“你想沉默就沉默，想哭就哭……但是听我说句真话，良药只有你自己才有。站直，放手！这就是良药。我去看看楼上在干什么，估计那些淘气鬼又在上面搞事情了。”

他蹒跚着往外走，就像脚受了伤一样。

“有开始，就有结束……有结束，才有开始……”他喃喃地说，“放下吧！”

从楼上走廊传来阵阵喧闹，就像在煎什么东西。

“听到了吗？”他继续抱怨，“这里根本不是什么学校，这里就是……犹大之门！完了，没救了……”

第二十五章

在梅里奥斯的内心经历着这场煎熬的时候，学校里，一切照常进行着，就如神父所说，“一切安好”。生活不会为了倾听一个遭受背叛的孩子的内心而停下脚步。就像人家说的，如果这个世界上不存在冷漠无情，那就不叫生活。生活就该充耳不闻，才能继续下去。不然的话，一下子在这边安慰这个，一下子在那边同情那个，那不是生活了，那是在吊唁。

生活总是絮絮叨叨地就过去了，就像一个健忘的修女，不停地念着祷告。

天气转冷了，冬天的脚步渐渐近了，野鹅开始啼叫不休，无论它们在哪里，猎人们都半夜扛着枪出来打，每次都能打到好几只。冬天来了。来就来吧，梅里奥斯的心早在冬天到来之前就已经凉透了，像一座沉闷、封闭的坟墓。

日子苦涩又苍白，他的脑中一片死寂。曼杜拉太太白给他念了符咒，看得出来，他根本不是被恶眼盯到了。还是艾拉丝米娅发现了端倪。“是情伤。”她说，眼神变得温柔了。

“他们是如何伤了你的心，孩子？他们把它撕碎了，我知道，没有哪种悲伤比情伤更让人难过了。”

梅里奥斯捂住了耳朵，他甚至不想再听到这个词。爱情……阿格兰贝丽……他只看到了爱的反面！他甚至连书都不想读了，在他看来，纸上密密麻麻的字就像苍蝇趴了一整页。

有一天，达克里奇科斯看到了他——天啊，他居然病得这么严重了？这么虚弱，这么摇摇欲坠，连达克里奇科斯看了都觉得心疼！达克里奇科斯本来眼带杀气，想要过来朝他吐口水的……

“喂，”他说，“我请你吃香草糖浆卷，你来么？那个白痴库库洛斯生病了，我有点儿担心。你不会拒绝吧，嗯？”

哈莫利亚斯拉了拉他的衣服。

“索里请客……”他说，“他卖了他妈妈的纺线机。”

“用偷来的钱请客吗？我不去！”

“白痴！”哈莫利亚斯骂他，“好心当成驴肝肺……你什么时候见过索里偷东西？你现在就说吧，要不要去？不要到时候又反悔了！”

“算了，”首领说，“他不是这个意思。对吧，卡德拉斯？”

“是的，我不是这个意思……”梅里奥斯愣愣地说。

“那么，你来吗？”

“嗯……我不想吃东西，什么都不想吃……不过我会去的。”

“那可是甜点！”

“我不想吃香草糖浆卷，我陪你们去就好。”

“我就只跟你说过这一次要请你，你为什么要扫我的兴呢，卡德拉斯？”

“行吧，我们走吧……要是吃得下，我就吃点儿……要是吃不下……也没关系，我陪着你们就好。”

“那是甜点……”哈莫利亚斯说着，舔了舔嘴唇。

“我们走吧，吃得下我就吃点儿……”

“噢，你会吃得下的！你肯定能吃！”

他们过来搀扶起他，三个人勾肩搭背，踢着小石子，愉快地走了。梅里奥斯虚弱得像根软绵绵的绳子，几乎站不住脚。

“那些个小婊子！”首领骂道，吐了口痰，又用鞋子碾了碾。

梅里奥斯用绝望、恳求的眼神看着他。

“我说什么了吗？”首领说，“我什么都没说啊。是那个雅典仔吧？我只知道这个……”

“别鸟他们，卡德拉斯……”哈莫利亚斯说，“那种人穿套西装就以为别人在他们面前就像虫蚁似的。我本来想说的，但是索里不让我说……吉卜赛人聚居地有一个老太太……行行行，我闭嘴！”

“不要！你继续说！”

“她说呀……”

“嗯？她说什么了？快说！”

“她说用一个杯子接些乌龟尿泼到那个小白脸脸上，就能让他毁容。但是你不让我说……”

“我这么说过吗？我不让你说的是别的事情。”

“呃，那你干吗不让我做？”

“因为……因为……因为他。卡德拉斯这么骄傲的人，怎么可能让你做这种事？你要是做了，他就永远都不会加入我们帮派了。”

哈莫利亚斯的脸笑得像朵花。

“是真的吗，卡德拉斯？”

梅里奥斯点点头。

“去你的！”副官说，“你总算上道了……那，卡德拉斯，你知道我为什么不喜欢你吗？你太像那些书呆子了，整天装得跟……跟耶稣一样！我最讨厌这种人了。你别看索里不说出来，其实他跟我想的一样。那些人对我们有什么意见，整天拿耶稣来压我们？我真是受够了……我们根本就不信耶稣,他整天就只会说‘赦免’而已，赦免这个，赦免那个，赦免又不能当饭吃！一个大男人，怎么能忍受人家给他穿上裙子？而且他非但没有反击，没有把他们撂倒，还拿着根小木棍装起了假国王……去他娘的！你说对吧，索里？”

“我他妈做什么了我！”

“你没做什么，但你干吗不说？”

“我今天就只是来吃香草糖浆卷而已！……他要是敢不吃，我以后都不想再见到他。今天我把话撂这儿了，你也给我听好，那个‘领结’小白脸，我一定要把他揍得鼻青脸肿，让那些小婊子们看到他都要吐个底朝天！”

梅里奥斯轻轻地拍了拍首领的夹克。

“不值当，”他眼神凌厉地说，“她们不是真的喜欢他……”

“所以我才要这样做！”

“你这样做了，她们就会更喜欢他了。”

“那就去她们的。走吧，我们去吃香草糖浆卷，让他把她们当鸭子耍。我们去吃香草糖浆卷，你不知道，那些该死的香草糖浆卷有多好吃！”

不一会儿，他们就进了甜品店。店面很小，勉强放得下三张桌子。店主顶着一颗油光锃亮的脑袋，他弯下腰，眯起双眼盯着他们。

“你们要什么？我这儿不卖‘空气’……”他说。

“怎么，大叔，我们看起来不像顾客？”

“不像。”

首领站起身。

“好吧，那你继续吃你的瞌睡虫吧。我们走！”

店主从柜台后面走出来。

“让我看看你们，”他说，“我刚才可能没看清楚。啊，就是说，刚才没看清楚，就是这样。来来来，请进。嗯，你们是一等贵客！请进请进。我真是差点儿就亏大发了！请进来，贵客们。”

两个“留级帮”的对望了一眼，那眼神就像突然被人投喂栗子的小狗。

“行吧，算你识相……”首领对老头儿说，“我们进去吧。来吧，卡德拉斯。不过要是你的甜品不够甜，我就把你的帽子摘下来，把它全都倒在你的头上。”

“你们看起来有一点儿，一点点儿……那个……”

“什么？”

“有点儿像是来捣乱的……但是……说到顾客，你们就是顾客。好了，就这样。那个……要香草糖浆卷是吗？三份，嗯？好的，非常好。我们这儿要三份，每份两块钱，总共六块钱。对吧？现在，为了体现你们是贵客——因为，啊，对了，请你们其中一位贵客表示一下！先把那六块小钱交到我的手上，这样我好进去准备你们的香草糖浆卷……好吗，尊贵的客人们？”

三位“尊贵的客人”嗖地站起来，这种挑衅没有哪个真正的“贵客”能够容忍。

“也就是说……”首领说，“你要我们先买单？我没理解错吧？”

“瞧瞧这孩子多聪明！”店主一脸谄媚地说，“你一下子就领会到了！”

“老头儿，你要撒尿怎么不滚回里边撒？别在这里解裤子，熏得这里到处都是尿骚味……你懂吗？我们走！”首领气冲冲地对另外两人说。

半分钟后，马路上飞来两块石头，砸碎了甜品店的橱窗玻璃。

“吃你的玻璃去吧！”首领说，“没有哪个草包敢这样冒犯我！狗眼看人低！一看到老子穿着旧夹克就要老子先买单，你先给你的玻璃买个单吧。我们走吧，今天吃不成香草糖浆卷了。我把钱给我老娘，让她拿去买冬天的保暖袜好了。话说……我们现在要去哪儿？”

“前面就是卡丽翁齐的家了……”哈莫利亚斯说。

“那关我什么事？”

“要不，我们用粉笔在她家门上画个小汽车？”

“她得罪你了？”首领毫无兴致。

“没有。”

“那你干吗要这样对她？”

“因为……”

“闭嘴！”首领说，“我跟你说了，今天你要表现得不一样一些，因为卡德拉斯正和我们在一起呢。”

“那你干吗把甜品店老头的橱窗砸了，嗯？”

“这是另外一回事，他践踏了我的尊严。对吧，卡德拉斯？”

“对……”梅里奥斯说。

“听到了吧？”

“他开始融入了……”哈莫利亚斯满意地从齿缝挤出评价。

不一会儿，他们就走过了那位女同学的家，没人再提在门上画个小汽车的事。但是……“小汽车”本尊倒是出现在了他们身后。

“你好啊，克里斯提蒂斯。”她怯生生地喊道。

首领停住了脚步。

“喂，你过去看看，看她想干什么……”他对副官说。

“她要是推我，我能扇她巴掌不？”

“快去，说什么呢你！”

“好吧……我去……”

“小汽车”站在那儿等他，身子左右摆动着。

“是你啊！”她对走近的哈莫利亚斯说。

“你又有什么事啊，小妞儿？”

“那个……好吧……好吧……没事！”

“你说不说？”

“没事。我只是想问问你……卡德拉斯是不是生气了？”

“生谁的气？你吗？……瞧你那张脸！……”

“当然不是我……他对我有什么好生气的？但是我想知道……他不会是在生其他某个女生的气吧？”

“去你的吧。小妞儿，我告诉你，他这个人多高傲啊，对哪个女生他都不屑一顾。你知道他有多高傲吗？我们跟他提到坐在你隔壁桌的那个女生，他花了一个小时才想起来她是谁！他说：‘你们等等啊……你们说的是不是那个……斯塔米利？好像是叫阿格兰贝丽吧？话说，她怎么了？’就这样一个人，你现在问我他是不是在生谁的气！”

“真可惜……”“小汽车”说。

“可惜归可惜，你能怎么办呢？他就是这样一个人。你别看他跟我们混在一起，那是因为我们是朋友。”

“小汽车”像出了车祸被撞坏了一样，萎靡不振地站在那里。

“可惜了，”她弱弱地说，“我本来还有东西要给他呢。”

“啊……那就不一样了。你可以把东西交给我啊。”

“但是……你会交给他吗？”

“听听你说的什么话！我们现在正在这里做什么？闹着玩吗？拿过来！”

“别弄丢了，不然我杀了你！”

“你？我的天啊，放过我吧……来吧，小妞儿！拿过来。是给卡德拉斯的对吧？拿过来！”

“好，但是……我要答复。”

“什么时候？现在？”

“对……”

“不行……”

“这可不是说我们在乎他……我们怎么会在乎呢？呸！……”

“行了，行了……闭嘴吧。我还不了解你吗？你们要是不在乎，小妞儿，怎么会非要答复呢，还要现在就答复，嗯？”

“那……那是因为……既然我们都找到他了……我就想，干吗不顺道要个答复呢？”

哈莫利亚斯一脸嫌弃地看着她。

“小妞儿！话说，你以为卡德拉斯跟那个雅典仔一样吗？他可是帮派成员，小妞儿！你要是想平安无事，就赶紧去告诉你那个所谓的朋友，跟她说‘他们没杀人’。”

“真遗憾，哈莫利亚斯……我还以为你是个好人呢。”

“谁？我吗？”

“不然还有谁……”

“噢，扯到别处去了！我们不吃这一套。你，小妞儿，你去年不还叫我混蛋吗？”

“我吗？我是瞎了吧？我？叫你混蛋？你这么正直的人……比其他人都要更……更有魅力！”

“你看看吧！我这么有魅力，你怎么不早告诉我？”

“你这么有……呼……你还想不想把信拿走了？”

“当然要信！不过你是我见过的最没节操的‘小汽车’！”

“你这个混蛋！……”

“你想要见识一下吗？”

“克里斯提蒂斯，他打我！”

“喂，放开她！”首领严肃地喊道，“我们要变成欺负女人的废物吗？小妞儿，你该干吗就干吗去！”

卡丽翁齐从口袋里掏出一封信递给他。

“小心别弄丢了……要交到他的手上。我在这里等答复。”

“你利用我们……”

哈莫利亚斯拿了信，翻来覆去看了一会儿，闻了一下，然后走去递给梅里奥斯。

“喂，拿着，找个僻静的地方躲起来看。她说她在等答复，就让她等着吧。”

梅里奥斯走出一小段距离，打开了信。他的手指颤抖着……他的心七上八下。

你为什么不再见我了？我做了什么对不起你的事了吗？我一直坐在座位上，等着你看过来。我不知道该怎么想。是不是我不小心做了什么冒犯你的事？失去你，让我感觉很不好。我们之间，不论发生什么事，始终都是好朋友，对吧？什么时候才能再看到你美丽的信笺呢？那些信我永远不会忘记的。等我结婚了，会把它们放在我家的神龛上。

你最好的朋友阿格兰贝丽

梅里奥斯恨恨地把信揉在掌心，沉默不语。

他盯着天空中缓缓飘动的乌云。这云脏死了！……就像被踩了泥巴的野人拿去擦过脚一样。

另外两个人见到朋友这个样子，都围过去。

“怎么了，卡德拉斯？”哈莫利亚斯担忧地问。

梅里奥斯一动不动。

“你来问，索里。”副官对首领说，“我问，他不肯说。”

达克里奇科斯郑重地走过去。

“这张破纸上写了什么？你怎么一看到就变成这个样子？”

梅里奥斯像石化了一样。

“是她写的？”首领问。

梅里奥斯任凭纸张从手中滑落，然后，踩了两脚。

哈莫利亚斯走过去，朝纸团吐了口水，弯腰捡了块石头。

“小妞儿，”他朝卡丽翁齐喊，“你他妈的滚开！快滚！不然把你的脑袋砸开花。——砰！”

“小汽车”呆若木鸡地坐在那里。

“你还坐着……再不走，就把你的脑袋砸成浆糊。听到没有？”

“卡德拉斯叫我走我再走。我能走了吗……卡德拉斯？”

梅里奥斯像看陌生人一样看着她。

“你不给我答复吗？”

“不给！”三个人齐声喊道。

“真可惜……”

“小汽车”低下头，木然地走了。

两个混混低头看着那团被踩过的纸。

“你干吗吐口水？”首领火大。

“只啐这么一点怎么够？该给它来点儿猛的，大口的！”

“那是她写的？”

“你知道还问？”

纸上的字看着就像战场上一面面胜利的小旗帜，首领沉默了。之后，他叹了一口气，抓住梅里奥斯的手说：“我们走吧。”

“喂，走啦！”他也对副官招呼道。

他们仨踩过那封信。

他们走到河边。达克里奇科斯的脑中一直有一个挥之不去的疑问。他在小桥边停住了脚步。

“你们先走吧，”他说，“我在这儿待一会儿。”

“你想做什么？”哈莫利亚斯问。

“我想做什么就做什么！这不就是我喜欢做的事吗？”

“好吧……那我们走了。”

哈莫利亚斯拉着梅里奥斯走了。首领往回走去。地上的泥巴里，那封信正静静地毫无防备地等着他。

“小婊子！！！”首领大叫着，用力地一脚一脚踩那封信，“小婊子！……小婊子！……”

之后，他靠在墙边，哀怨地看着它。再之后，他又走过去，把它捡起来。他像托着一只受伤的小狗，小心翼翼地把它捡起来，放在胸口……然后径直往河边走去。他走到小桥边，抓住栏杆把头靠在上面。

“小婊子……”他含着爱慕和怨恨喃喃地念道，“小婊子……小婊子……”

两行苦涩的热泪落入河水，这痛苦的人生啊……

第二十六章

梅里奥斯所遭受的重击无疑像地震一样。生活充满了各种各样的慰藉，却唯独缺少那一个，缺少能好好对待这个早熟的孩子的一颗真心的人。这个孩子，思想早熟，年纪却还不够大，就像春日里的葡萄一样青涩。

他的内心有什么东西重重地坠落了，发出巨响。他步履蹒跚地往家的方向走去，就像一只被灌了苦草汁的动物。路上，他看到一条狗蹲在篱笆墙边，像小乞丐一样瑟瑟发抖。再走一段，他碰到一个穿廉价破旧夹克的同学，夹克上凌乱地打满了补丁……

“你上哪儿去？”同学问他。

梅里奥斯缩了缩身子要走过去，对方凝重地看着他。

“我得罪你了？”同学问他。

“你是谁？”梅里奥斯魂不守舍地问。

对方停下脚步，一脸疑惑地看着他。

“现在……你连我也不知道……”

“我想起来了，你是希卡洛斯，六年级学生。”

“我是希卡洛斯，但已经不是学生了。”

“因为没钱而辍学了？”

“因为行为不检！但是我会报仇的！我又不是傻瓜……我一定要让他们付出代价！”

梅里奥斯同情地看着他。

“发生了什么事？”

“不是吧！”希卡洛斯一脸意外，“你什么都不知道？你住在哪个星球？你都不去学校了吗？”

“我去学校，但是什么都不知道，不知道周围发生了什么事，不知道大家在谈论什么。不要问我为什么，我没法告诉你。你还是让我走吧。”

“你一定有什么事……有什么糟心的事在折磨着你。但那没什么，你要是经历像我这样的事，搞不好你会直接去跳河。”

“你……你做了什么事被他们抓包了？”

“继续说，继续说……”

“他们抓到你……写情书？”

“你这不是知道得挺清楚嘛。你从哪儿知道的？”

“我突然想起来听到过大家说什么……什么情书之类的……”

“这是真的。我别无选择，如果不给她写，我会死的。这些你还不懂，你还小。反正我现在已经成为大家的笑柄了，不妨说给你听。每次我一想到她，就会忘了全世界。如果你现在问我‘那些信是谁写的’，我会告诉你‘是我的笔写的，不是我写的’。但是那只握笔的手又是谁的呢？”

“这就是爱啊。”梅里奥斯失魂落魄地低语。

"……我不希望你小小年纪就明白这种事，"希卡洛斯悲伤地说，"但是你说得对，就是这样，我爱她……这么爱她，爱到连我的笔都知道了！该死的笔！"

梅里奥斯听他说着，一阵心疼。那些话好像不是从希卡洛斯的嘴里说出来的，而是他在对自己说一样。

"她把你的信怎么了？"

"她把信交给了卡伦巴洛斯。不然那些信怎么会在他的手上？"

"别这么说，这事儿你也不确定吧。"

"我就这么说！"

"万一是卡伦巴洛斯从她那儿偷走的呢？"

希卡洛斯若有所思地定住了。

"有可能……"他说，"我不知道。再说了……为什么不能是她自己交出去的呢？她连看到我都厌恶……"

"那你为什么还要给她写信？"梅里奥斯疑惑地问。

"为了不让自己死掉。"希卡洛斯绝望地回答，"但是现在看起来，我终究无法幸免。但是就算看着我死去，她也不会有一丝难过的，这一点我是知道的……我不想死，但也不想活下去……告诉我，我该怎么做？她总是那么高傲……"

"她是谁呢？我有点儿糊涂了。"

希卡洛斯奇怪地望着他。

"……看来你说得没错，你确实什么都不知道，否则的话，你就会知道她是谁了。卡伦巴洛斯把这件事传得尽人皆知。这个混蛋！唾弃我，把我赶出学校还不够……还要把这事闹得沸沸扬扬……逼得她也离开了学校。"

“哦。可是你还是没告诉我她是谁。”

“就是最美丽的……”

“呃，行了，这个我知道。”

“你怎么知道？”

“因为你爱她啊！”

希卡洛斯把手指塞进耳朵，眼神更加黯淡了。

“我爱她……”他说，“我奶奶也这么跟我说，说我爱她。”

“什么？！”梅里奥斯按着太阳穴，震惊地说，“你自己居然一点儿都没察觉，还要等你奶奶来告诉你？”

“我知道我肯定是有什么事，但我怎么知道这就是爱？后来我奶奶来了，看到我这个样子，像只迷失的小鸟，就问我是怎么回事……我跟她说完之后，她说：‘不用沮丧，这是爱，会过去的。’那时我才明白，我要么是爱上她了，要么就是疯了。”

“然后呢？”

“现在我知道是二者兼有……爱害怕孤独，所以才跟疯狂成对出现，以免觉得羞愧。这一点我奶奶也跟我说了。”

“那她就没跟你说过有什么良药吗？”

“没有。”

他也不知道。如果他知道的话，就给自己用了。他知道治疗发烧可以用奎宁，可是爱呢，该用什么来治？有人对他说：“你可以喝酒。”这是他第一次听说酒还可以当药，他只知道酒喝完后可以唱歌，可以砸玻璃，但是把酒当成药——就像他们说的——倒是新鲜。还有一些人跟他说最好的药是睡觉，把他都搞糊涂了，他该相信哪一个呢？看着希卡洛斯这么痛苦，他突然想起一个老妇人曾经对他说：“离开这里去别的地方，除此之外没有其他良药。”可是希卡洛斯穷得叮当响，哪儿有钱可以旅行？

“希卡洛斯，”他说——光是叫他的名字就让他感到心疼，“这种伤，无药可医。”

“可我找到药了！”希卡洛斯绝望地喊道。

像是没听到他的话，梅里奥斯自顾自地说：“我认识一个大叔，他什么都懂。他跟我说，这种事除了‘挺住’，其他的他什么都不知道。”

“我知道。”希卡洛斯绝望地说。

“希卡洛斯，”他说，“你要是知道的话请告诉我，好让我也得到解脱。你知道吗？我也有同样的问题，她移情别恋了……希卡洛斯……希卡洛斯……她的双眼不再关注我了……也厌烦我的座位了……告诉我该怎么办……”

希卡洛斯看着远处的瀑布，在那旁边，墓园的外墙边长出了一些大树。他用手掌抚了抚脸，然后开口说话。

“你……”他说，“你说话的语气像一个经历了世事的男人。你是什么时候长大的？”

“昨天……”

“他们对你做了什么？”

梅里奥斯紧紧地闭上眼，什么都不看。

“他们……他们让我跌下云端，摔得粉身碎骨。”他说，“你还想知道其他的吗？他们把她的视线从我的眼前夺走，只给我留下她的背影。你说我长大了……其实我已经衰老了！”

“真希望我也能变老。”希卡洛斯说，“我爷爷跟我说，当你的眼睛越来越模糊，反而能看得越来越清楚。真希望如此，这样的话，我就能看清她，就不会爱上她了。”

“你说了这么久，还是没跟我说她的名字。”

“是啊，可怜的人啊，我还没跟你说。她是——你鄙视我吧——她是阿格拉依。”

梅里奥斯感觉他双腿一软，几乎要瘫下去，赶紧把他搂住支撑着他。

“可怜的希卡洛斯，”他抚摸着他瘦骨嶙峋的后背，“你们之间一点儿可能都没有。在这样的姑娘面前，我们什么都不是……她比你大，还是你的老师……而且，还有其他问题……”

“什么问题？”希卡洛斯闭着双眼问。

“我猜测……她爱的是别人……以前我什么都不懂，但是爱了之后，我就能分辨出来了。”

“我要掐死你！……”希卡洛斯狠狠地说，“我要掐死你，因为你知道他是谁，却不肯告诉我！”

“你说得对，我不会告诉你他是谁的。你要是想掐死我，现在就动手吧。”

“是卡伦巴洛斯吗？”

“我可以告诉你：不是。你也不应该认为是她把信交给卡伦巴洛斯的，肯定是他从她那儿偷走的。我了解他，什么都逃不过他的眼睛，这个世界上也没有什么事——哪怕是最无耻的事——是他做不出来的……现在你看，你已经把一切都告诉我了，可是我什么都帮不了你。不过，你跟我说你知道什么是良药。那是什么？因为——你也看到了——搞不好我比你更需要。”

“我不希望你尝试……”他说，“那是最苦的药，连我自己都还没决定。”

“那究竟是什么呢？”

“我的一个叔叔，有一把手枪……”

“不要，希卡洛斯！不要这么做。跟我说要挺住的那个老人，他是比神还伟大的人，所以你要挺住……你去找阿格拉依吧。你跟她谈过吗？”

“没有。”

“去找她吧。”

阿格拉依的家在一片石榴树中间，鲜红的石榴映衬着她美丽的脸庞。她家门前有一条僻静的小路，一片绿意盎然之中矗立着几户人家。

每天早上，阿格拉依都挂在树上做运动，然后面色绯红地去学校，像一朵娇艳的玫瑰花，让人忍不住想嗅它的芬芳。所有人都想嗅这朵玫瑰花的芬芳，唯独一个人，想要把它吞下去。体育老师每次见到这个人都像小鹿见到猎人一样，避之唯恐不及，最终却还是不能幸免。那人通过肮脏的手段从她手里偷走了书信，整个学校却没人谴责这种丑恶的行为，反而纷纷指责女老师，说她“居然接受了学生的求爱信”……斯坎弗拉斯喃喃地想要说点什么，听到这句话却如同遭受了雷击，瞬间沉默了。阿格拉依眼中溢满了高傲的泪水，她伤心地离开了学校，将自己锁在家里，不吃不喝，谁也不见，她一动不动，像一尊女神蜡像，美丽、木然、毫无生气。她已经两天两夜没有合眼了。她清楚地知道，不会有人来看她，给她带来一朵花或一盘食物，一个人都不会有。只有那么一刻，她似乎听到窗外传来安贝尔小心翼翼的咳嗽声，可是，当她打开窗户，却发现花园里空无一人，只有月光下裂开的石榴果，像一个个露着牙齿阴笑的骷髅头。又有几个小时过去了……

午夜的某一刻，外面隐隐传来响声，听起来像是零星的枪声。阿格拉依颤抖着走到窗边，打开了窗户。路灯下，希卡洛斯脸色苍白地站在那里，眼中满是恳求与疯狂。

“希卡洛斯！”女老师心碎地喊道，“孩子，你为什么要对我做这种事？”

“我爱你！……”男孩喊着，仿佛在说“救救我”。

“我能做什么？希卡洛斯，告诉我……帮帮我……如果是你的姐姐，她会怎么做？”

“我爱你！……”男孩再一次颤抖着说。

“天啊……谁来帮帮我？……求你帮帮我吧，希卡洛斯……我需要的是一个能保护我的人。我现在一个人沉浸在这种绝望之中，孤单又绝望，而你来这里让我更绝望。……我知道，希卡洛斯，这不是我们的错……爱上我，不是你的错……不爱你，也不是我的错。但是，你要知道，你让我的生活变得非常艰难。我不知道该怎么应对你，因此总是无法冷静。谢谢你，虽然……谢谢你，坦诚的孩子，谢谢你爱上我。也谢谢你今天过来……但是，请告诉我……我能做什么？”

“我爱你！……”男孩哽咽着再次说道。

“我知道，你不说我也知道……但是这不够，希卡洛斯，我只有一颗心。”

“那就把心给我！……”男孩喊道，“它是我的！”

“是吗？那它还是我自己的吗？你要知道，希卡洛斯，今晚，你……你是第一个知道的人——希卡洛斯，我的心早已不是我自己的了……我也爱着某个人，希卡洛斯，所以我明白你的感受。既然你爱我，就请你理解我吧。”

“我爱你！！！”他大声喊着，就像在喊“救救我”。

“怎么办？”她喃喃念道，“我该怎么做才能救你呢，可怜的孩子？”

突然，希卡洛斯手中的东西反光亮了一下。

“那是什么？”阿格拉依的脑中闪过不祥的预感，她发了疯一般大叫道，“希卡洛斯！！！立刻把手里的东西丢掉！你想要做什么？上帝啊！救命啊！……”

“不是要打你……”

“我不是担心我自己。我知道。我求求你，不要这样做。放过你自己吧。立刻把它给我！”

“不要。”希卡洛斯说，“现在我只有这个可以爱了，而且我更爱这个，因为……它能让我，从对你的爱里得到解脱。阿格拉依……阿格拉依……”

他瘫在一棵树下，抱着树干，哭得肝肠寸断。

阿格拉依也靠着窗框，在灯光下无声地哭泣，像教堂圣障[①]中的哭泣女神。

两个人不知道在那里哭了多久……某一刻，一阵风透过窗户吹

---

① 圣障：分隔教堂内殿用的屏帏。

进来，吹灭了油灯。

灯光熄灭了，只剩下抽泣声，就像鬼魂在荒芜的花园里哭泣一样。

突然，阿格拉依听到了一阵沙沙声。抽泣声越来越远了。

“希卡洛斯！！！”她像溺水一样大喊。

“我爱你！”希卡洛斯的声音带着厚重的呼吸声，从遥远的路上传过来。

暗夜里，一些鸟儿拍着翅膀飞向天空。

“救命啊！……”阿格拉依大声呼喊。

一切都太晚了。墓园方向，一声枪响呼啸着传来。阿格拉依抓着头发瘫倒在地板上。

第二十七章

第二天，这座小城里的学校一片混乱。希卡洛斯在医院里性命垂危；阿格拉依甩出一封辞职信，踏上了远行的列车……斯坎弗拉斯、拉乌尔和安贝尔在家闭门不出；梅里奥斯坐在楼梯上黯然神伤。

“他必须滚，没有其他解决方案……”

“我们杀了他！”达克里奇科斯红着双眼喊道。

“卡伦巴洛斯下课！”整个学校群情激愤。

多尔大叔揣着手。

“上帝啊！完蛋了，他们要把他从学校里清掉了，我有不好的预感。下来，你这个天杀的！瞧瞧，上帝耶稣，我的神啊，天父之子啊……我该怎么办，我可没有能力阻止这一切……你啊你，你完蛋了……”

孩子们聚在楼下，愤怒像翻滚的大海。

“处死那个罪犯！”

老头儿捂住耳朵缩在地下室里。

“终于一发不可收拾了。还有在医院里躺着的那个，真想知道是谁给了他那把枪！还有那个宽袖子神父和那个卡伦巴洛斯，整天说什么‘罪人’。谁是罪人？是小希卡洛斯和阿格拉依吗？……你们才是罪人，罪人加小偷！妈的！……”

大婶在里屋咳得喘不过气来。

“你怎么样了，祖布莉娅？怎么又咳得这么厉害？”

“我没事。外面发生什么事了？”

“北风吹着鸟儿跑，没事儿，别担心。”

接着，他又开始自言自语。

“小蚂蚁……”他念叨着。

“小蚂蚁又怎么了？”大婶问。

“没事。小蚂蚁，上帝要想让它毁灭，就会先给它一对翅膀。你听到它的叫喊声了吗？惊天动地的！”

院子里，所有人齐声喊道：“下课！”

校长从阳台探出脑袋，阴冷地望着下面。

“让他滚！”孩子们喊道，“凶手滚出学校！”

校长整个身体出现在阳台上，院子里响起一片呼声。

“安静！”他厉声命令道，声音震得人耳朵生疼，“门卫，立刻上来！”

神父也在阳台上现身了。

“恶魔下台！”孩子们喊道。

“没有信仰的东西，恶种！……”他从牙缝里挤出几声咒骂，然后用袖子遮住眼睛，“要暴乱了……”他对校长说。

“我看到了。”

“恶魔们……闭嘴！”

校长用更加严厉的声音喊道："门卫，立刻给我上来！"

多尔老头儿勒了勒腰带。

"好啦……好啦……我来了……我老头子要走上绞刑台了啊！"

他念叨着，拖着脚步走进办公室。

"你赶快跑去叫警察来！"卡尔拉夫蒂斯颤抖着朝他喊。

"跑？说得轻巧。我用什么来跑？你要把脚借给我吗？……不然我只能像蜗牛一样慢慢爬。"

"我明白了！"卡尔拉夫蒂斯嘟囔道，"你也想落井下石。我命令你去，听到了吗？"

"我这老胳膊老腿儿跑不动了，就算听到了，我又能怎样呢？"

"去让警察马上过来！把那些暴徒抓走！立刻去！"

"你说马上，我看天黑了都未必能到。到时候要么他们已经累了散了，要么你们已经完蛋了，干吗要折腾呢？"

这时，校长从阳台走进房间。

"门卫！"他吼道，"去叫警察！这里发生暴乱了！"

"我正说这事儿呢，校长。好，就算我们现在把警察叫来了，过后要怎么让他们走？这也是个问题啊。楼下这些家伙可不像你我这种讲道理的人，他们就像水塘一样，越搅越浑。这一点我可是深有体会。对付他们得用温和的方式安抚……听我老头子的吧，别看我满脑子浆糊……"

"闭嘴，你这个反骨！无名小卒！"

"听不明白你在骂什么……那就骂不到我，我原谅你。我这辈子就是有这个容易原谅人的坏习惯。"

"狗杂碎！"神父骂道，他的喉结鼓鼓的，简直要从黑袍领口凸出来。

“承蒙神光照耀。神父，我突然想起了一句话，跟你简直是绝配：‘止怒火，得幸福。’你怎么能把这句话忘了呢，神父？”

“闭嘴！我要揍你！！！”神父大吼着，抬起了手。

这时，老头儿往前冲了两步，来到他面前，一巴掌结实地打在他的脸颊上。

“揍我！揍我，嗯！你个混球！……地狱魔鬼代言人！你还站着干吗？来揍我啊。看我不把你的教士服给扒下来。揍我，哼！”

校长冲过来拉住他的手。

“门卫，你的职责是服从命令，不是吵架。我最后一次命令你，去报警！”

“我哪儿也不去，你们听到了吗？有本事你们就开除我，把我和我婆娘丢到大马路上！”

“我接受你的辞职！”校长怒气冲冲地说。

“我早料到了。我不会屈服的，就算饿死我也不会屈服的，哼！”

他扭头要走。就在这时，楼下一阵喧嚣，一阵杂乱的脚步声涌上楼梯。老头儿像个稻草人一样定住了，孩子们纷纷冲向办公室。

校长吓坏了，他跑到楼梯口，张开双手拦住他们。

“慢点儿……”他说，“小心点儿！我尽量不追究你们这次的鲁莽行径。你们有什么诉求？”

“让卡伦巴洛斯滚蛋！”

“你们想要我听你们说话，就得表现出学生该有的样子来。派个代表出来说话。谁想出来说？”

“我。”梅里奥斯说。

“卡德拉斯……怎么老是你？万年不变。说吧。在你说之前，我要通知你：你被永远开除了。现在，说吧。”

“我们不是要报复……”梅里奥斯平静地说，“不过我们已经决定好了：只要我们那位同学还活着，我们就正常上课；但如果他死了……”

“就怎样？”

“……那我们就不再回学校，除非卡尔拉夫蒂斯先生离开学校。”

“你们那位同学活着呢！”

“暂时活着。”

“什么叫‘暂时活着’？活着就是活着！就这样，你们都回教室去吧！”

孩子们都没有动。

“你们还杵在这里做什么？”校长吼道，“全都回教室去！”

有十来个人开始挪动，为首的是孔多雷恩。这下所有人汹涌的怒火都倾到他们身上了，达克里奇科斯第一个冲上去抓住雅典仔，用手掐住他的脖子，把他摇得像风中的叶子。

“我掐死你，你个‘领结仔’……我不想弄脏我的双手，但是，你要是敢回去，我就把你的耳朵咬下来！”

小白脸吓坏了。

“我……不是要走……”他咽着口水说，“我……我是要去擤鼻涕。”

“你在这儿擤出来或吸回去！擤鼻涕有必要回到教室吗？”

“好吧……”

不一会儿，所有孩子都回来了。

“怎么？”校长说，“你们一个个看着我干什么？我命令你们全部回教室去！”

“全部吗？”达克里奇科斯的声音突然像号角一样响起来。

“当然！”校长说。

“那卡德拉斯呢？”达克里奇科斯用更凌厉的声音问。

校长迟疑了一下，他看着所有人毅然决然的眼神，说：

“行了，算了……卡德拉斯也回教室去吧。都走吧，全都回教室去。费奥多尔……”

“嗯……呃？”老头儿楞了一下，“什么事？”

“打铃吧……”这次他的语气很友善。

“听你吩咐。”老头儿爱怜地摸着手里的铃铛，“好啦，走吧，快点儿回去读书吧！走路不要眯着眼，不然要踩空掉下楼梯的。慢点儿……”

放学了，梅里奥斯的“战友”们都在楼梯下等他。

“你们都散了吧，”达克里奇科斯对其他人说，“卡德拉斯还有事。”

“走吧，卡德拉斯，我有事对你说。”他凑到他的耳边低声道，“我有钱买香草糖浆卷了，”他舔了舔嘴唇，“我把我老妈的保暖袜卖了。”

“是的。”哈莫利亚斯也凑过来，“你开心吗？你都不知道那些该死的香草糖浆卷有多好吃！……”

“那你老妈的保暖袜怎么办？”

“她会把旧毯子改成保暖袜的，不用担心。这些钱是用来买香草糖浆卷的，已经安排好了。走吧，我们走。”

“好吧，既然如此，我们走吧。”

“哦哟，卡德拉斯！”达克里奇科斯哑着嗓子说，“你怎么变成这样了啊，哈？听着，喂，听着……我要让你当首领！你信吗？你要相信我，我是为这事儿才叫上你的，我根本不喜欢香草糖浆卷！喂，哈莫利亚斯，你也跟他说说……咱们不是说好了吗？你来当首领比较好，卡德拉斯，在所有人当中你是最棒的。喂，说话啊你！”

“你是最棒的。”哈莫利亚斯闷闷地说，摸了摸鼻子，“承认你第一这事儿我只做一次，就这样了，卡德拉斯……不要拒绝，谁拒绝谁死！”

小混混目露凶光，达克里奇科斯狠狠地拧了他一下。

“白痴！我允许你说这些话了吗？”

“我那是想让他加入，索里……”副官泪眼汪汪地说，“你不知道我多想让他加入我们帮派！……要是他不加入……要是你不加入，卡德拉斯，我跟你说，我都不想再承认这个帮派了。”

梅里奥斯用柔和的目光看着这两个人。

“我们是兄弟，”他温柔地说，“要帮派做什么？还有比兄弟更亲密的吗？帮派不过是鸡鸣狗盗而已。”

“我们从来不偷东西！”哈莫利亚斯怒气冲冲地辩解。

“我知道……所以，我们还要帮派做什么呢？我们做兄弟就完事了。谁敢惹我们，我们就六只手一起上，把他掐死！你们说是不是？”

“是这样，没错，可是……”首领说着，吐了口痰。

“是这样。”哈莫利亚斯说，“可是我爱这个帮派啊，卡德拉斯。因为，你看啊，我们又没有什么斯塔米利可以爱……所以只能爱我们的帮派。”

“闭嘴！！！”首领怒吼着，往他的头上削了一巴掌。“卡德拉斯……”他转头哀伤地望着梅里奥斯，“你要我掐死这个白痴吗？还是放他一马……”

梅里奥斯轻抚两人瘦骨嶙峋的后背。

“我们先去吃香草糖浆卷，然后再说。”

“好嘞！”哈莫利亚斯叫道，“我明白啦，现在你就是我们的新首领！……唉，库库洛斯，”他想起了那个可怜的生病的同伙，“你在哪儿呢？都还没见咱们的新首领。”

“那些庸医！”达克里奇科斯咬牙切齿地说，“老是说他没什么问题，这都两个月了还不肯让他来学校。骗子！我们走吧……”

他们往老地方走去，路上遇到了一只猫，哈莫利亚斯弯腰正要捡石头，看了梅里奥斯一眼，又把手插回口袋里了。“这个首领就这点不好……”他在心里默默念着，过了一会儿又想，“不过这样更好，这些可怜的小东西又没得罪我们……”

他们走进一家奶制品店，店里散发着一股酸臭味。老板是一个光头的阿尔巴尼亚人，此刻正坐在柜台后面收账。学徒接待完客人，喊道：“收两块钱，老板！”

老板用手抠了抠耳朵，为了确认，又问道：

“你说多少钱？……啊？”

“两块！”

“好的。收您……两块，先生。谢谢！”

这种沟通方式每次都令达克里奇科斯厌烦无比。

“改天我一定要拿顶帽子把那个光头盖上，把他变成一个无花果！”

不过这家店的香草糖浆卷真的很甜，小混混们吃得精光，舔完盘子，又舔了手指。吃完后，他们起身离开。

他们往小桥那边走了还不到十步路，就碰上了卡丽翁齐。

“又是这个‘小汽车’！在这儿埋伏我们，这是找打呢……”

混混们径直走过去，装作没有注意到她。

“小汽车”咳了咳。

“别回头，免得喷你一脸口水！”首领对两个同伴说。

他们加快了脚步。

“你们等一下，我有事要告诉你们！……”卡丽翁齐在后面喊道，“是很悲伤的事！”

“我们不想知道！”哈莫利亚斯说。

“我是无所谓啦……”“小汽车”说，“不听可是你们的损失！”

“我们能有什么损失，小妞儿？”哈莫利亚斯转身狠狠地说，“嗯？你现在就告诉我，不然我把你丢到水里扑腾……你知道现在的河水有多冷吗？”

“她要走了……”卡丽翁齐开始哭泣。

“谁？……瞧你这傻样，光顾着哭，什么也不说。你到底说不说？”

“斯塔米利……你不是说要把我丢到河里吗？怎么不丢？”

哈莫利亚斯愣住了，他吐了口痰，一本正经地问：“为什么？”

“为什么？……所有人都聚到她家去了，神父和卡伦巴洛斯也去了，还有她那个当州长的叔叔也在场。我哪儿知道他们对她做什么了？又没有人出来告诉我。”

“那你是怎么知道的？”

“她说的。”

“你不是说她出不来吗？”

“她从后窗爬出来的，出来的时候脸很红，一直哭……一直哭……我都不知道发生了什么事。”

“呃，那你又是怎么知道她要离开了？”

“这她倒是说得很清楚……而且她也很清楚地说了，她不想离开的……她说，要让那个人知道，她直到现在才发现，她爱的只有那个人，没有别人……她说她现在才明白。”

“哪个人？”

“我不告诉你！”

“你看到那河水了吗？”

“你把我丢下去吧……我不是让你把我丢下去吗？我活着还有什么意思啊，把我丢下去，让我从此平静吧……”

“小汽车”又开始哇哇大哭了。

“瞧你的熊样！……还说不怕死。你这只聒噪的鸭子，到底说不说？”

“不说。”

“唉，算了，反正我们也知道是谁。不就是那个‘小领结’孔多雷恩吗？这些我们早就知道了……”

“你们知道个鬼……”

“呃，那还能有谁？把他的名字告诉我，快说！”

“我不喜欢他……”

“是谁？”

“我们班上还有谁比他成绩好吗？可是我向来都不喜欢他……你没看他翻脸不认人的样子……”

“他吗？……”哈莫利亚斯用眼神指向梅里奥斯。

“这就是我不喜欢他的原因。”

“听着！”小混混恶狠狠地说，“不准再这样说我们的首领，不然我把你打成肉泥！听到了吗？”

“小汽车”在他捡起石头准备砸过来的时候哭着跑了。

副官阴沉沉地回去汇报。夜幕在一片混乱中降临了，太阳缓缓地沉下去，颜色血红，就像经历了一场杀戮……

“她说她马上就要离开了……”哈莫利亚斯结束了汇报，心疼地盯着鞋子。他的鞋子破了，露出了一个脚趾头，脏兮兮的，像一只饱受折磨的饥渴的小动物。

“她马上就要离开了。”他又重复了一遍，接下来没有再说一句话。

其他人也都沉默着。她要离开了……

第二十八章

人的躯壳之下，有时候藏着一头凶恶的睡狮，光是吃肉还不够，还想要啃噬他人的灵魂，破坏他人的幸福，打碎他人的梦想。

卡伦巴洛斯放低了手里的枪，不是为了把它放下来，而是为了更好地瞄准。他的灵魂在狂怒的黑暗洞穴中咆哮。“我要灭了他！”他怒吼道，像狂躁的野马一样喘着粗气。

放学的时候，他碰到了神父。

“我们得采取闪电行动。”他抓住神父的教士服说。

“那就行动吧！”神父叫嚣着，“我和你并肩作战，共同面对！”

二人找了一个角落，在那里窸窸窣窣地谈了几个小时。之后，他们快步走向州长办公室。没人知道他们正酝酿什么勾当。阴森的夜色里，空气中充满了无声的阴谋的气息，无耻之徒拔出了刺刀。

第二天早晨下着阴雨，孩子们都躲在屋檐下避雨。

斯坎弗拉斯闷闷不乐地醒来，躺在床上，再次回顾了自己的一生：他漂泊在这冷酷的世间，经历过的所有风雨，做过的所有勇敢的决定。他恨学校，那里日复一日让他感到无能为力。他一个人孤零零地承受着这难以承受的苦涩。体育老师再怎么伤害过他，再怎么嘲弄过他，给过他沉重的打击，可是在他的内心深处，仍然对她有着一种委屈又温柔的期盼、一种无可救药的期盼。直到去年，他还时不时收到普里诺拉的信笺，也算是小小的慰藉。但是今年，来信越来越少，直到最后，完全没有了。他的女孩儿正在孤身奋战，这使得他日渐煎熬绝望。总共有三次，他甚至已经决定了要一大清早就在她家外面等她，拦住她，对她说："我知道……我可能会失去一切……可能会毁了一切……但是我要告诉你，我爱你。愿你安好，小姐……愿你永远安好……"然后径直踏上火车离开。但是他害怕她会嘲笑他。

今天，他的绝望是如此浓烈，以至于那个想法又呼啸着、无可避免地出现了。他郑重地打扮了一番，戴上帽子，打开了家门。是的，他现在非常坚决，不论是谁，哪怕是他自己，都无法阻止他。他重重地关上门走出去。然而就在这时，他看到一个人正把手放在他家的门铃上。

"你有什么事？"老师问。

"有封挂号信……"那人腼腆地说。

"是谁的？"老师问。

"索迪里斯·斯坎弗拉斯。"

"我就是……"他快步上前，又退了回去。

"请签收。"

老师签得如此潦草，以至于他都认不出自己的签名了。签收完之后，他拿着信快步回到屋里。不知道是谁寄来的……他犹疑了一下，翻到信封背面——寄件人：阿格拉依·克洛伊度。他走进办公室，把自己锁在里面。

……我的上帝啊，让我想想该怎么开始这封信吧。我想要说一千次一万次“对不起”……直到现在我才终于明白……终于相信……终于能够体会……在这个野蛮的世界上，再也找不到一个人，能够像您这样磊落，这样谦和。此时此刻，回忆起我以前轻浮的举动，我更加难过，更加绝望……真的，您能原谅我吗？我以前是真的错了。可是这次，这次我想要说，我没有错。我并没有鼓动那个可怜的孩子去做什么事。我做得不对的地方是，我应该让他死心的，可我却只想着阻止他。而这，也只是为了让他不用承受我所承受的痛苦而已。我的心早已支离破碎。那个孩子想要得到我的心，可是我早已无力将它托付给其他任何人。冥冥之中，它早已被一个人占据了……亲爱的……我深知我的心早已不是我的了，它早已整个落在您的身上。我活在这世上，心却在别人那里……现在，您已经什么都知道了。说真的，我是什么时候深深爱上您的呢？在我觉得心疼您的时候吗？我不清楚。可是现在，在这一切之后，我比任何时候都更需要您的怜悯，需要依靠您，支撑我不倒下……让我有一处肩膀可以哭泣……让我有一个人可以等待。

阿格拉依

可怜的希腊语老师脑中再次一片空白。震惊、疑惑、甜蜜的期待和迷茫……所有情绪汇成巨浪，他的心中波涛汹涌。他轻轻地将信纸对折，放入口袋中。他的眼眶不知不觉红了。爱……为何来得这样迟？

为什么呢？天啊！为什么要让他如此惊喜、惶惑？

学校里流淌着赤裸裸的恨意，一波未平，一波又起。数学老师坐在那里，如同上了弦的毒箭；神父一脸愤恨地走进来；后面跟着脸色灰白、神情冷酷的校长，他进来之后脱下帽子，仔细摆好……转身看见走进来的州长，立刻点头哈腰。州长微笑着点头示意。校长弯腰朝下面喊：

“把那个叫卡德拉斯的学生叫过来！”

多尔老头儿拖着脚步去叫了。

“上来吧，”他说，“屠夫们正找你呢……你咬咬牙上来吧。我看情况不太妙，但你别低头，挺直了，我们说好了的。”

就在他走上楼梯的时候，一个声音使他定在那里：

“卡德拉斯！希卡洛斯咽气了……”

一阵可怕的杀意袭来，罪魁祸首正在楼上等他……他上楼了。

校长再次弯腰朝下面喊道：

“让那个叫斯塔米利的女同学也过来！”

老头儿走到女生的院子里。

“喂，姑娘，”他对阿格兰贝丽说，“你的眼睛怎么了？不用担心，你爱的是一个有担当的小伙子！他不会让你丢脸的。上去吧，上面那些毒蛇正等着你呢。答应我，抬起头，勇敢点……”

阿格兰贝丽红着脸，像圣女走进烈火一样，走进了办公室。

“进来吧，我们都知道了……上帝保佑你，”神父说，“这个遭人唾弃的邪恶之徒用他肮脏的信件拖你下水，这一点我们觉得很抱歉……你不用担心。”

“把东西还给我！！！”小姑娘怒吼道，“那是我的东西！……

你们为什么拿走？”

“你这个蠢货在说什么呢？”神父翻了翻白眼，阴沉沉地朝她走过来。

“我的信！……”女孩儿喊道，“你们为什么偷我的信？”

“阿格兰贝丽！！！”州长一声怒吼，“你怎么敢这么说话？”

“我要拿回我的信，叔叔！”

“我打醒你，看你还敢不敢乱来，我打醒你！”

野蛮人将两巴掌狠狠甩在女孩儿粉红的脸颊上。

打完之后，州长立刻转向梅里奥斯。

“你！”他吼道，“现在立刻马上把她写的信还回来！别想骗我！她自己已经什么都交代了。”

“我手里没有任何信，”梅里奥斯面不改色，“斯塔米利小姐从来没给我写过信。”

“你这个下流无耻的骗子！”卡尔拉夫蒂斯对他火力全开。

斯坎弗拉斯嗖地从椅子上站起来。

“够了！”他义正词严地说，“你这种说法不堪入耳！”

“你的所作所为才是真的不堪入目，骗子的辩护者！”神父大叫道。

斯坎弗拉斯的脸唰地白了，像死人一样……他还没来得及发作，就听见卡尔拉夫蒂斯的声音响起，盖过了一切。

“你这个厚颜无耻的懦夫，比那个傻子希卡洛斯还要懦夫。那个自杀的傻子……哈哈，想要拿枪自杀，却只打自己的胸口，怎么不晓得打头！”

梅里奥斯就站在他旁边，他的双眼燃烧着熊熊怒火，他不知道自己在做什么……他低沉沙哑的声音响起来。

“畜生！”他哽咽着说，“我们的同学死了……你却还在这儿骂他！……”

卡尔拉夫蒂斯用手抓着梅里奥斯的头，过了一秒他才听清那个词：死了。他转头看到其他人震惊的脸，才迟钝地反应过来那个词的含义……他一把瘫坐在椅子上。房间里一片恐怖的沉默。过了一阵，校长步履沉重地走近梅里奥斯，站在他的对面，像个立着的死人。他用阴沉、冷酷、不容商量的语气说：

“你的好运到此结束，你被全国所有中学永远除名了。”他顿了一下，吸了一口气，“你走吧。”说完，他也瘫倒在椅子上。

梅里奥斯离开的时候，恍惚中听到了身后阿格兰贝丽绝望的哭声。那哭声陪伴了他一路，就像是他生命中最苦涩、最心碎的一首歌。

终 章

人生路上，随时可能遇到绝境和祸端。而今，他的道路、命运和得失都已被他人左右。读书？他不可能再有机会，他们不会允许。你只能粗糙地活着，不能用书本构建自己的人生；你只能痛苦地活着，不能用墨水充实自己的知识。

他很早就起床了。他有很多准备工作需要做，有很多人需要道别。去地下室的时候，他的心再次狠狠地揪成一团。他知道，这将是最后一次握手，而那个拥抱的温度，不一会儿也将永远冷却……

老头儿听到脚步声就知道是他来了，他坐在最阴暗的角落里等他，不想让孩子看到他如此颓丧。“何必再让他平添伤感呢？他的路还很长……”

“你在吗，大叔？我怎么看不到你？”

老头儿假装哈哈了几声，用开玩笑的语气说道：

“哈哈……你也老眼昏花了吗？我在这儿，在地下室呢。外面天气还好吧，嗯？天气很好，人却不好，因为你就要走了。孩子……你走了，我以后都看不到你了。”

"我还会回来的，大叔。"

"别！"老头儿心疼地说，"我不想你回来！……泪水太苦涩，会灼伤我坟前的青草。我不想你再回来了！你回来又能见到谁呢？我和我的祖布莉娅肯定不在了……那个女孩，那些黑心的人也早把她送到天涯海角了。好了，不要难过……就让她留在你的心里，陪着你去往未知的未来吧。但是你要知道，爱情是非常脆弱的……不要考验爱情，因为女孩子的心很容易碎。我还有好多话想对你说：走在路上要抬头挺胸，不要低头，因为地上满是垃圾渣滓。珍惜你的双手，让它们干干净净的，该出手的时候就出手。上帝赐给我们双手是为了让我们做有意义的事，不要为了这样那样的人而弄脏了它们。还有一件事，孩子，你要注意，人长眼皮是为了睡觉的时候把眼睛盖上，不是在醒着的时候盖上，你要睁大眼睛看人……你会得到爱的，因为孩子，你就是为爱而生的，这一点谁都比不上你。你走了，就别再出现了，不用回来看我们！"

"那大婶呢？"

"好了，你去跟她道个别吧，希望她承受得住……上帝保佑……"

梅里奥斯进了里屋，朝大婶的床走去。他的手一碰到大婶，她就蒙头抽泣，就像家里的大人去了教堂，被单独留在家里的小女孩一样。

梅里奥斯两眼潮湿地走出来。大叔木然地坐在门槛上，沉浸在浓烈的无法排解的哀伤之中。梅里奥斯没有惊动他，径直走到远处的杨树林里，抱住一棵树，将脸靠在树上，想象着，像拥抱他敬爱的那些长辈一样，拥抱每一棵孤零零的树……还有……温柔地、坚定地拥抱那个永远从他的眼前消失的她。

之后，他沿着河一路走下去。他终于有同伴了，河水中倒映着一个和他一模一样的孩子，陪着他一路走下去……他回到了他住的地方收拾行李。曼杜拉太太哭得眼睛肿成了一条缝，只有那只斗鸡眼偶尔睁一下，像是要看清从明天开始这里的世界将会有多么丑陋。他一碰到艾拉丝米娅，她就开始叹气了。

“唉，孩子，你为什么要走呢？为什么？”

“我会再回来的，艾拉丝米娅，我向你保证。”

“哦，那时候估计我早已深埋在冰冷的泥土里了。”

她双手合十，闭上眼睛开始唱歌，用哀伤的声音唱出她生命中最柔美的歌谣：

亲爱的，
我将要去远方，
永远不再回来。

她擦了擦眼睛，深深叹了一口气，接着唱道：

命运使人分离，
夜莺会更换巢穴，
眼睛会看向别处。
但是亲爱的，
我的心永远不变。

梅里奥斯缓缓地离开了……他依依不舍地离开了这座有爱的小

房子，走上大路，往前走到了柏树林。这里也有他的回忆，那些伟大善良的人们在这里化作了尘土……回忆依旧，但泪已流干……之后，他回到大路上，出了城。突然，矮树丛里探出一张羞涩的脸。

“索里！”他喊道。

首领走到他跟前，踢飞了一块石头，这简直是他踢过的最大的石头了……

“你为什么要走，嗯？”他心酸地问。

梅里奥斯眼睛一酸，一时之间不知道说什么好，他吸了吸鼻子：

“我会永远记着你……”

“你别在这儿哭哭唧唧的！”首领喊道，“把眼泪憋回去！我们是男子汉，知道吧！只有那个白痴哈莫利亚斯才会受不了，躲起来哭。我们是男子汉，不是吗？可是，卡德拉斯，你为什么要走？为什么她也走了？你知道她已经走了，对吧？”

“对……”

首领扯着外套上的一颗纽扣，打断了他的话：

“你知道吗，”他哽咽道，“我也爱她！……我他妈爱惨她了。如果你是其他人，老子早杀了你。”

“我现在才知道你有多够朋友……”

“朋友？……你都不知道我一直把你当朋友。把你丢到河里的那一天，老子哭得像只蠢猫。”

“那你干吗不告诉我呢，索里？”

“老子不好意思！”

梅里奥斯抱住了他：

“索里……再见了，保重……”

达克里奇科斯扑在他的身上紧紧地抱住他，然后……

“去他娘的！……”他说，眼泪几乎要涌出来，“我们干吗哭得跟老娘儿们似的？……去他娘的！”

说完他踢飞了一块石头，朝城里走去。

梅里奥斯终于又是孤零零一个人了，他再次形只影单地走在孤单的路上。平原上静悄悄的，只有他的脚步声，对面的山峦宛如沉思般凝重，空气中弥漫着令人窒息的气氛。一只鸟儿紧张兮兮地从他的头顶飞过，恹恹地扑棱了两下翅膀。最后一丝夕阳划破了入侵的早夜。

他隐约觉得远处有什么东西在燃烧冒烟……像正要燃尽的梦想，散发出浓烈的气息。

他步履匆匆，顽强地咬着牙赶路。现在他只能坚强，才能抑制不幸的悲伤。他要走了，把那座城留在身后，把那段挥之不去、难以承受的回忆留在身后。他要走了。夜已降临，四周一团漆黑，他像一片落入浓墨的羽毛，寂静之中，只有他的脚步声伴随他一路前行。

他这样走了很长一段路，直到暗夜中出现了几点火光。肯定是有人在灌木丛中清出了一块空地。但在这个悄无声息、人迹罕至的地方，这星星点点的火光令人毛骨悚然。不对，附近还有脚步声，稀稀拉拉、犹疑的脚步声。

“嘶！……嘿！”忽然传来一个声音，像一道刺划破了黑夜。

梅里奥斯停下脚步。那人脚步杂乱地匆匆跑过来。

“喂！……”那个声音在离他很近的地方又响起了，“你一个人大半夜在这里瞎转悠什么呢？这可是坏人出没的时间！”

梅里奥斯没有回话。那人的身上散发着一股乡下梅子酒的气味，他动了动，走到月光下，身形看起来高高瘦瘦的。梅里奥斯不太想和他聊天。

“那边是什么？”他指着那些火光问。

“那些？嗯……看起来很像火光，我觉得……应该是火光……”

“那是谁点的？……嗯……是那些该死的外族人，声名狼藉的吉卜赛人！……白天偷东西，晚上就窝在一起。不过他们不会偷你的东西的，你去烤火吧……你看起来一文不名，哪儿有什么东西可以给他们偷？”

“好吧，你爱怎么想就怎么想。我去了。”

“行，行……去吧……去吧……你现在过去，到明天早上可能就只剩一副骨架了。”

梅里奥斯加快脚步往火光的方向走去，他太冷了。可是他一走近，那些火光便纷纷熄灭，只剩一处还亮着。他木然地朝那点光亮走去，一个满身污垢的脏兮兮的人正在月光下一脸惬意地抽着烟。

“晚上好。”梅里奥斯说。

那人听到声音转过来，抬手道：

“你好啊……你是神的使者吗？……呼！快过来取暖。”

听到这个声音，梅里奥斯的两腿突然一软。

“比瑟罗！”他喊道，眼中满含泪水。

“妈呀！”吉卜赛人一惊，跳得老高，“走开！走开！出去！这声音是在这里找什么？”

“比瑟罗……是我……”

“把我的魂儿都吓出来了！……梅里！……是你吗？真的是你？

老婆！可把我激动坏了……快出来！……”

杜杜苍白的身影从一个破帐篷里探出来。这两个衣衫褴褛的人热情地抱住了梅里奥斯，这边瞧瞧，那边摸摸，哭得稀里哗啦的，所有人都激动得说不出话来……只能紧握着手，用泪表达。过了好一会儿，比瑟罗终于能出声了。他对杜杜说：

“亲爱的，你去弄点儿燕麦粉，拿点儿梅子酒和无花果来……再拿几条毯子……我们在这儿给他搭张小床，这样他可以舒服地躺着看天空。”

杜杜再次用手揉了揉眼睛，以看得清楚一点，然后缩进了帐篷。

“梅里……”比瑟罗说，“你要去哪儿？你在找什么？你退学了吗？做得好！那些老师只能操控傻子的头脑！那些字就像黄蜂一样，嘿，在你的脑子里不停地钻来钻去，钻得你的脑子都要爆了……哈哈哈，是这样的吧？”

“不是的，比瑟罗，不是这样的。”

火焰烧得很高，火光划破了暗夜，像星星一样闪烁着。

“比瑟罗，我不会放弃读书的，我只是不要那些老师了……但是读书，我是不会放弃的。我会自己学习，自己钻研，从书本，从人们的言谈举止、真心实意中学习，然后再把一切变成书本，变成知识……我要把这些知识回馈给人们！……”

“我理解不了，亲爱的梅里……这么高深的话我理解不了……但是你要知道，你做什么我都支持你。来，吃点儿燕麦粉……喝点儿梅子酒……来，把毯子裹好，烤烤火，让身子暖和暖和……你看，天空中满是闪闪发光的金币，你可以数个够……我很穷，衣不蔽体，食不果腹，一无所有，只有这些了。”

“你是这个世界上最富有的人，比瑟罗。你太富有了，富有得让我承受不了，想要离开。我会努力，努力变得和你一样富有的！”

吉卜赛人听到这话，惊奇地瞪大了眼睛。

“嘿，”他擦了擦眼泪说，“你干吗把我说得像个土财主？干吗说这种话来讽刺兄弟我？我什么都没有……连一条裤子、一只鞋都没有……”

“你缺的也只是这些而已啊，比瑟罗，只是这些而已……”

“噢……你这么一说，我的心里又甜滋滋的……”

“真的，你缺的不过是这些东西而已。如果你连这些都有了，那我们不得找根绳子往空中一扔，把自己吊死？”

比瑟罗的眼睛瞪得更大了，他倒在地上，双手捧腹，哈哈大笑，同时他那双脏兮兮的脚在空中乱踢。接着，他喊老婆出来一起听笑话……

“谢谢……”他不停地说着，“谢谢……”

他一边说，一边哭……

我应该谢谢你，比瑟罗……我，梅里奥斯，作为一个男人，一个孩子，一个人，深深地对你表示感谢。谢谢你，你看得比所有智者更通透。愿你笑得比所有幸福的人更满足，哭得比所有不幸的人更真切，并且有一天，比瑟罗，能像所有人都值得被爱一样，去爱着一切。阿门！

后记

长盛不衰的经典之作，无与伦比的独特魅力

北京大学历史系副教授　［希］艾兰娜（Elena Avramidou）

梅奈劳斯·朗特米斯的《数星星的孩子》是希腊最畅销的小说之一。这本书于1956年首次出版，之后再版多次，并被翻译成多国语言。这是朗特米斯四部曲中的第二部作品（其他三部为《乌云密布》《死气沉沉的春天》和《在希望的城堡下》)。《数星星的孩子》讲述了一个贫穷孤儿的奋斗故事，他努力在一个陌生并充满敌意的世界生存，并坚持读书和学习。时至今日，尽管时代变迁，这部小说依然打动人心。为什么这部小说能打动并鼓舞一代又一代希腊人？为什么梅里奥斯在当代仍与我们相伴并启发着我们？

朗特米斯赋予了这部作品无与伦比的力量，这部作品呈现的历史、刻画的人物、使用的语言和写作风格都充满了魅力。朗特米斯用精准的语言和优美的文风讲述了一个无家可归、身残志坚的男孩的故事：他生活在一个冷漠的世界，努力寻找着自己的未来之路，无论遭遇什么，在他内心总有一个深深的信念，那就是读书和知识能引导他前行。朗特米斯的文字具有强烈的画面感，刻画生动，他使用的语言鲜活、简单而又深刻，带有那个时代深深的烙印，真实

而又生动，能让人沉浸其中。他的语言能触碰到所有人的心灵，无论有没有受过教育，无论是穷人还是富人，都会被其打动。这种语言和我们现在使用的虽然有一定区别，却能将我们带回那个年代，让我们仿佛经历了那个年代发生的事情。你为这种语言所环抱，能通过语言感受到人物的性格和内心，能借着他们的视野看到他们生活的世界,沿着他们的人生轨迹陪同他们成长。语言会牵起你的手，带你领略生活的本意。此外，研究这种语言也很有意思，它起源于几个世纪之前，尽管时光流逝，它仍保留了丰富的信息、可塑性及同化能力。朗特米斯的语言简短精悍，却传递出不同寻常的力量，传达了前所未有的情感，凸显了人物的性格，充分展现了小说中的人生。

朗特米斯在这部作品中使用了大量对话，既推动了叙事，又使作品格外生动。根据不同的人物和剧情，对话使用的语言主要分为四种，分别是：带有当地用词特征和口音的民间语、边缘群体的语言、吉普赛人的语言，以及被称为纯正希腊语的书面语。最后一种语言长期以来一直在政治、教育和新闻界中正式使用，因为“纯粹”而被称为纯正希腊语，但在日常生活中，普通大众使用的是白话，也就是第一种语言——民间语。语言代表了社会阶层、经济地位、教育水平、种族血统和社会习俗。

书中描写的时代是语言矛盾非常激烈的时代，在这种语言对抗中，赤诚的梅里奥斯选择了老师教给他的语言，没有什么语言比民间语更真诚、更坦率了。而事实上，希腊花了数十年时间，直到1974年，才将民间语正式定为官方用语，从而结束了这场事关历史、语言、文学、教育、社会和政治的语言争论，谁也没想到语言问题会困扰这个国家如此之久。

这部小说不仅具有语言、文学和教育方面的魅力，其最重要的魅力体现在道德方面。朗特米斯作品的字里行间充满了美德精神。朗特米斯又被称为“希腊高尔基”，他为教育事业奋斗了一生，他对教育的情感非常纯粹，坚定又充满毅力，他一直在等待自己的梦想成真的那一天。他反对教育的不公正和边缘化，反对偏见和种族主义行为。他向世人展示了坚持不懈的精神，不管身处的环境有多么艰难，多么不公平，都应勇于为梦想奋斗，坚持自己的价值观。

朗特米斯的美德就是他所坚持的这些价值观。这些美德通过他塑造的人物形象跃然纸面，自然而然地传递给了读者。他创造的人物都成为经典，例如主角梅里奥斯，尽管生活困难，身着旧衣，啃着干面包，但是有着明确的目标，热爱读书，尊重师长，真诚乐观，坚信未来会更美好。梅里奥斯的冒险故事展现了人生中哪些东西真正具有价值，人们通过他的故事，得以透过人生的表面看到本质。

围绕在梅里奥斯身边的有很多人，每个人物都刻画得非常精准，个性鲜明。例如阿内斯蒂斯大叔和多尔大叔，虽然只是普通人，但有着纯洁的灵魂，深深同情并爱护无家可归的梅里奥斯，尽一切可能帮助他。斯坎弗拉斯老师是老师中的典范，他为了支持被冤枉的学生，没有丝毫犹豫向教育部提出了辞职。他的同事——法语老师和体育老师也追随了他。还有吉普赛人比瑟罗，虽然说不清话，却像孩子一般善良而敏锐。梅里奥斯的同学们构成了一个小社会，映射着成人世界的善与恶。阿格兰贝丽是少年生命中非常重要的人，是他心脏跳动的原因，是他梦想中的春天气息和阳光色彩；她让梅里奥斯感受到了什么是爱——爱是一首歌，是一簇簇浪花，是眼中的光彩。此外，梅里奥斯的人生中还出现了“留级帮”、冷漠无情的校长、冷酷粗暴的老师、硬心肠的阿莱蒂、野蛮的乌兰娜，还有其他带给他苦难和痛苦的人。在这些“坏人”中，“留级帮”首领达克里奇科斯很特殊，最终，他从一个喜欢恶作剧的捣蛋鬼变成了梅里奥斯真正的朋友，在梅里奥斯需要时站出来保护他。

梅里奥斯的故事是一个关于成长的故事，一个在成长过程中体会对与错、爱与妒、互助与践踏的故事。这个故事教会我们，只要有梦想、信念并为之努力奋斗，不论有多少艰难险阻，生活总会变得更好；这个故事也教会我们，通过读书，我们能够增长见识、广结好友、创造未来。在书籍的海洋中，梅里奥斯结交了诸多好友，这些好友为他开启了一个完整的世界，并在他的奋斗之路上永远伴随着他。在认识了他的第一位朋友——航海家辛巴达之后，他又认识了其他名字古怪、非比寻常的朋友：陀思妥耶夫斯基、普希金、拜伦、福楼拜……

这部小说以生动的笔调展现了20世纪上半叶希腊北部一个闭塞的农耕社会的风俗习惯和社会形态。对成人和儿童世界的描写，刻画出鲜明的人物性格，既展现了他们光明的一面，也展现了他们黑暗的一面，这也是当时希腊社会的深层写照。文中的师生关系反映了当时权威主义学校严苛、死板、教条主义的教学方法，这是朗特米斯所反对的，他认为这违背了教育规律。朗特米斯以敏锐的视角洞悉了问题所在，他没有进行说教，而是娓娓道来事件经过，让读者领悟。他毫无保留地站在弱势的一方，与之一道对抗并战胜问题。他没有用华丽的辞藻,而是用平实简单的话语使读者产生共鸣。

《数星星的孩子》小说发行时，希腊正处于动荡时期，整个国家沉浸在巨大的失败悲剧之中，众人努力想从不幸与不安的泥潭中脱身。首先，1922 年在希土战争末期发生了小亚细亚大溃败，大约有一百三十万希腊族人（其中大部分是妇女与孩子，因为许多男人在战争或劳动营中被杀害了）被迫远离生活了上千年的故土，来到希腊。这些人是从小亚细亚、东色雷斯和黑海来的难民，贫穷、饥饿，带着满身伤痕和悲痛，来到了希腊本土。他们折断了翅膀，却依然对未来充满信心。作者朗特米斯是这群人中的一员，他随家人从小亚细亚的圣基利亚基来到希腊。他原本生在富裕家庭，然而小亚细亚大溃败使他的家庭一无所有，因而他从小便不得不从事各种卑微的工作。年轻时他参加了左翼运动，这使他在中学四年级后就被全国所有中学除名。小说主人公梅里奥斯的经历正反映了作者自身的经历：他的难民身份、他被全国所有中学除名的遭遇、他与残酷生活的抗争、他对读书的渴望和对写作的热情、他生活的环境……甚至主人公梅里奥斯的名字也来源于作者的名字梅奈劳斯。

后来，第二次世界大战和希腊内战先后爆发，战争导致了这个国家严重分裂，只留下了孤儿寡妇和饥荒困苦。朗特米斯积极投身于民族抵抗运动，后来还参加了内战，但不幸被捕并被判处死刑。然而，死刑最终没有执行，他与其他民族抵抗运动和内战中的战士一起被流放至荒岛，其中包括诗人雅尼斯·李佐斯和作曲家米基斯·塞奥多拉基斯。1958 年，他流亡罗马尼亚，在那里一直生活到 1976 年才回到希腊。在此期间他到过许多国家旅行，其中包括中国。

不论是年轻读者还是年长读者，都极其欢迎这部小说。年轻读者们不由自主地将自己代入作品中正面人物角色，拥抱他们的奋斗和期望，同情他们的遭遇和遗憾，因他们欣喜而高兴，与他们共同感动，共同前进，共同成长。年长读者们则跟随朗特米斯笔下主人公们的足迹，重新遇见年轻时的感动，在旧时光的剪影中遨游，在回忆里感受曾见过的人、曾经历过的事和美好的时刻。这是一场纯真芳华与纯粹梦想的邂逅，指向更美好的明天，指向所有人都有无限可能的未来。

因此，《数星星的孩子》这部作品在历代读者中经久不衰地流传着，永远给人们带来盎然兴趣、深切感动与精神愉悦。它给不同文化、不同社会背景、不同语言背景的大小读者们留下了深刻印象。人类为追求知识、正义与爱产生的感动是相通的，而这些正是梅里奥斯追求和奋斗的，他孜孜不倦地数着星星，星星就是书本，是目标，是美德。希望中国读者们和梅里奥斯手牵着手，一步一步前行，直达天际星辰。